옥타비아 버틀러의 말

# 옥타비아 버틀러의 말

희망으로 연결된 SF 세계, 우리의 공존에 대하여

옥타비아 버틀러·콘수엘라 프랜시스

이수현 옮김

**마음산책**

**옮긴이 이수현**

작가, 번역가. 서울대학교 인류학과에서 석사과정까지 공부했다. 2003년 『빼앗긴 자들』을 시작으로 어슐러 K. 르 귄의 여러 작품과 옥타비아 버틀러의 『킨』 『블러드차일드』를 번역했다. 『체체파리의 비법』 『노인의 전쟁』 『유리와 철의 계절』 『새들이 모조리 사라진다면』 『아메리카에 어서 오세요』 『아득한 내일』, '얼음과 불의 노래' 시리즈, '샌드맨' 시리즈, '수확자' 시리즈, '사일로' 연대기, '문 너머' 시리즈 등 많은 SF와 판타지, 그래픽노블 등을 옮겼다. 저서로는 『북유럽 신화』, 러브크래프트 다시 쓰기 소설 『외계 신장』과 도시 판타지 『서울에 수호신이 있었을 때』가 있다.

# 옥타비아 버틀러의 말

희망으로 연결된 SF 세계, 우리의 공존에 대하여

1판 1쇄 인쇄 2023년 10월 15일
1판 1쇄 발행 2023년 10월 20일

지은이 | 옥타비아 버틀러
엮은이 | 콘수엘라 프랜시스
옮긴이 | 이수현
펴낸이 | 정은숙
펴낸곳 | 마음산책

편집 | 성혜현·박선우·김수경·나한비·이동근
디자인 | 최정윤·오세라·한우리
마케팅 | 권혁준·권지원·김은비
경영지원 | 박지혜

등록 | 2000년 7월 28일(제2000-000237호)
주소 | (우 04043) 서울시 마포구 잔다리로3안길 20
전화 | 대표 362-1452 편집 362-1451    팩스 | 362-1455
홈페이지 | www.maumsan.com
블로그 | blog.naver.com/maumsanchaek
트위터 | twitter.com/maumsanchaek
페이스북 | facebook.com/maumsan
인스타그램 | instagram.com/maumsanchaek
전자우편 | maum@maumsan.com

ISBN 978-89-6090-843-7 03840

* 책값은 뒤표지에 있습니다.

* 사전에 저작권자와 연락이 닿지 않은 인터뷰 및 사진은 연락이 닿는 대로
  사용 허가 절차를 밟겠습니다.

제게 SF의 매력은 그저 자유예요.
제가 못 할 게 없는 자유요. 다루지 못할 문제가 없죠.

■ 일러두기

1. 외국 인명·지명·독음 등은 외래어표기법을 따르되 관용적인 표기와 동떨어진 경우 절
   충하여 실용적인 표기를 따랐다.
2. 국내에 소개된 작품명은 번역된 제목을 따랐고, 국내에 소개되지 않은 작품명은 병기
   후 원어 제목을 독음대로 적거나 우리말로 옮겼다.
3. 원서의 주는 ❖로, 옮긴이 주는 *로 표시했다.
4. 편명은 「 」로, 책 제목은 『 』로, 영화명·매체명은 〈 〉로 묶었다.

"제가 SF를 쓰기 시작했을 때는, 아니 제가 SF를 읽기 시작했을 때는 어떤 작품에도 제가 보이지 않았어요. 흑인이라고는 가끔 등장하는 캐릭터, 아니면 이해력이 너무 나빠서 무엇 하나 제대로 해내지 못하는 캐릭터밖에 볼 수 없었죠. 전 저 자신을 글에 집어넣었어요. 저는 저고, 여기 있으며, 글을 쓰고 있으니까요."
— 옥타비아 버틀러, 〈뉴욕 타임스〉, 2000.

옥타비아 버틀러는 1947년 6월 22일, 캘리포니아 패서디나에서 태어났다. 구두닦이였던 아버지는 아주 어릴 때 잃었고, (별명이 주니였던) 버틀러를 키운 어머니는 가사도우미로 일해서 가족을 부양했다. 고통스러울 정도로 수줍음이 많고 쭈뼛거리는 아이였던 버틀러는, 세상 모든 수줍음 많고 쭈뼛거리는 아이들이 그렇듯이 읽고 쓰기로 외로움과 지루함에 맞섰다. 옥타비아 버틀러에 대해 이야기할 때 인터뷰어들은 일반적으로 이렇게 소개를 시작한다. 캘리포니아 토박이, 싱글 맘의 손에서 자람, 외톨이였던 아이, 네뷸러상과 휴고상을 받은 SF 작가가 된 SF 팬, 맥아더 '천재상'(맥아더 펠로십) 수상자, 확연히 백인 남성이 지배하는 장르에서 활동하는 (한동안은) 유일한 흑인 여성. 모두 사실이다. 그러나 그 어떤 설명도 옥타비아 버틀러가 왜 미국 문학계에서 이토록 매력적인 인물인지는 전혀 파고들지 못한다. 이 책에 한데 모은, 버틀러에게 크나큰 명성을 가져다준 작품들이 아직 나오기 전인 경력 초기부터 시작해서 죽기 얼마 전까지를 망라하는 인터뷰들은 우리가 버틀러의 문학적 유산이 무엇인지 가늠해보도록 도와준다.

버틀러와 그의 작품들은 동료인 아프리카계 미국인* SF 작가 새뮤얼 딜레이니Samuel Delany의 작품과 연관 지어질 때가 많다. 어떤 면에서는 둘을 엮는 게 말이 되기도 한다. 버틀러와 딜레이니 둘 다 흑인 작가는커녕 흑인 캐릭터도 극히 드문 장르에서 활동하는 흑인 작가다. 둘 다 우리가 생각하는 인종, 젠더, 섹슈얼리티, 인간성을 탐구하고 그에 도전하는 소설을 쓴다. 하지만 딜레이니가 인간의 욕망과 의식에 대한 통념에 도전하는 작품을 많이 쓴다면, 버틀러는 외계인 납치담이나 디스토피아 소설 같은 전통적인 SF 서브 장르를 바꿔놓는 데 초점을 맞춘다. 그리고 딜레이니는 인터뷰에서 개인사에 대해, 특히 성생활에 대해 자진해 밝히는 반면에 버틀러는 인터뷰어들에게 사적인 이야기를 거의 하지 않는다. 인터뷰어들이 작품에 몰두한 나머지 버틀러가 누구와 데이트하는지에 관심을 두지 않았는지, 아니면 어떤 질문들은 금지된다는 사실을 감지했는지는 알 수 없지만, 이 책에 모은 인터뷰들은 작가로서

---

*    앞으로 읽을 인터뷰들에서 '흑인'이라는 표현이 점차 '아프리카계 미국인'으로 바뀌는 과정을 볼 수 있다. 인터뷰 당시에 미국에서 어떤 표현을 선호했느냐를 반영하기에 통일하지 않았다. 현재는 '아프리카계 미국인'이라는 표현에 대해서도 다시 이의 제기가 나오고 있는데, 미국 흑인이 모두 아프리카 혈통은 아니며, 노예로 시작해 수백 년간 미국에 뿌리내린 이들의 정체성과 현대 아프리카에서 자의로 이민한 사람들과의 정체성에는 차이가 있기 때문이다.

자신의 공적 역할을 받아들이고, 또 그 공적인 역할의 경계선을 유지하는 데 매우 능한 한 여성을 그려 보인다.

버틀러는 또한 어슐러 K. 르 귄Ursula K. Le Guin, 앤 매카프리Anne McCaffrey, 안드레 노턴Andre Norton 같은 여성 SF 작가들과도 자주 비교되었다. 언뜻 보면 그런 비교 역시 이해가 간다. 버틀러는 기존의 SF에서 다루던 젠더 개념에 도전하는 강인하고, 복잡하고, 능력 있는 여성 캐릭터들을 소설 속에 집어넣는다. 버틀러가 빚어내는, 남자들의 부속물로만 존재하거나 사회질서에 금이 가자마자 기꺼이 고리타분한 성역할로 퇴보하지 않는 여자들을 통해서 독자는 인간 본성의 본질적인 요소와 사회를 조직하는 가장 효율적인 방법 같은 질문들을 탐구하게 된다.

그러나, 버틀러가 페미니스트라고는 해도, 그의 페미니즘은 그가 흑인이라는 사실과 마찬가지로 그의 글에 배경 역할을 할 뿐이다. 그는 '스스로를 글 안에' 담으면서도 특별한 페미니즘적, 인종적 의도를 담지 않았다. 그보다는 흑인이자 여성인 스스로에 대한 이해에 기초한 '진실'에 작품 기반을 두었다. 그는 자신이 흑인이자 여성이라는 사실이 SF에서 흔히 보던 것과는 다른 경험을 낳는다는 점을 인정하는 것이 중요하다고 생각했다. 그리고 그런 경험에 뿌리내린 소설을 쓰려고 했다.

이 책에 모은 인터뷰들은 버틀러가 늘 말하던 세 종류의 독자층, 즉 SF 팬과 흑인과 페미니스트들을 반영한다. 그리고 1995년에 맥아더 펠로십을 받은 이후부터는 일반 문학 독자도 반영하기 시작한다. 그러나 넓은 범위를 오가며 인터뷰를 했는데도 불구하고, 인터뷰 속에 한결같은 부분이 몇 가지 있다.

첫째, 버틀러가 자신의 글쓰기 프로젝트를 어떻게 인식하는지가 들어 있다. 그는 반복해서 서평가들에게 자신은 사회적 권력에 관심이 있으며, 인간은 본성상 위계적인 존재라고 이해하고 있음을 말한다. 인터뷰어들에게는 자신이 어릴 때 보던 SF의 전통에 도전하려고 한다고, 자신이 아는 세상에 대해 쓰려고 한다고 말한다. 허세 부리는 백인 남자와 어째서인지 그들에게 (기꺼이) 복종하는 여자들은 거의 존재하지 않는 세상 말이다. 이 인터뷰들을 통해서 우리는 버틀러가 평생에 걸쳐 한가지 이상에 헌신했다는 느낌을 강하게 받게 된다. 또한 이 인터뷰들에서 우리는 버틀러가 그에게 너무나 자주 붙던 정체성 카테고리에 대해 스스로 잘 알고 있었음을 알게 된다. 그는 자신을 '유일한 흑인 여성 SF 작가'라고 광고하고, 작품이 과학과 아무 관계가 없을 때도 계속해서 그 작품에 SF라는 딱지를 붙이는 마케팅의 이점을 잘 알고 있었다. 가난한 흑인 소녀가 문학상을 탄 SF계의 전설이 되었다는 이야기가 왜 매력적인지도 이해했던 것 같다. 그러나 동시에 우리는 인터뷰들 속에서 버틀러가 이런 정체성 카테고리에 저항하는 모습을 본다. 〈크라이시스 Crisis〉 인터뷰어는 그의 작품을 자꾸만 리처드 라이트Richard Wright의 『미국의 아들』과 비교하려 하는데, 인터뷰어가 구성하려는 담화—미국의 시스템을 비난하는 외로운 흑인 문학의 목소리라는 담화에 대해 버틀러가 느끼는 짜증이 문면에 선명하게 드러난다. 그리고 출판사의 홍보에 필요하다는 사실을 이해하기는 해도, 예를 들어 〈사이파이디멘션스 SciFiDimensions〉의 인터뷰어에게는 정체성에 대한 질문들이 '지겹다'고 말한다. 이 책에 모은 인터뷰들은 버틀러가 출판사들이 책을 팔기 위해 만들어낸 인물상과, 그 스스로 이해하는 버틀러라는 사람을 명확히 구별하려고 많이 애썼다는 사실을 드러내 보여준다. 그는 인터뷰어들에게도 그 둘을 구별할 것을 요구했다.

스스로에 대해 설명해달라는 요청을 받으면, 버틀러는 직접 써서 여러 저서에 넣은 약력을 다시 꺼내 든다. "저는 편안한 비非사교인이고, 시애틀 한가운데 사는 은둔자입니다. 주의하지 않으면 비관주의자가 되고, 늘 페미니스트이며, 흑인이고, 과거에 침례교인이었으며, 야심과 게으름과 불안과 확신과 추진력이라는, 어울리지 않는 요소들의 혼합물이죠." 마케팅용인 'SF를 쓰는 유일한 흑인 여성' 옥타비아 버틀러만큼이나 이 설명도 해석적이지만, 적어도 이 설명은 작가 자신의 해석이다. 그래도 가끔 한 번씩은 인터뷰에서 그 해석 바깥의 버틀러가 한 조각 드러난다. 1980년에 이루어진 〈이퀄 오퍼튜니티(기회균등) 포럼 매거진Equal Opportunity Forum Magazine〉 인터뷰에서는 그가 텔레비전 토크쇼 중독이었다는 사실을 알게 된다. 그리고 1990년에 래리 매카프리Larry McCaffery와 나눈 인터뷰에서는 버틀러가 만화책을 모았다는 사실이 드러난다.

이 인터뷰들은 또한 놀랍도록 관대하게 시간을 내어 인터뷰를 하며, 대형 매체와 독립 신문(〈샌프란시스코 베이 가디언San Francisco Bay Guardian〉), 개인 팬들(젤라니 코브Jelani Cobb)을 가리지 않는 작가를 보여준다. 그리고 그는 재미있는 질문이나 특정 작품에 대한 깊이 있는 토론을 기꺼워하는 듯 보이면서도, 작품을 오독한 사람들을 바로잡는 일에 주저하지 않았다. 특히 그의 작품이 가진 중심 테마가 노예 문제라고 주장하는 인터뷰어들에게 그러했다. 「블러드차일드」가 노예제에 대한 이야기라는 랜들 케넌Randall Kenan의 주장에 사실 그건 '집세를 내는' 이야기라고 대꾸한 일은 버틀러의 전설적인 일화다. 그리고 작품에 대한 비평적 견해의 차이에는 개의치 않으면서도, 어떤 서평가들이 작가의 무의식을 원인으로 지목할 때는 철저히 거부했다. 매릴린 머해피Marilyn Mehaffy와 애너루이즈 키팅AnnaLouise Keating과의 인터뷰는 이런 면에서 흥미진진하다.

하지만 이 인터뷰들에서 주로 우리는 옥타비아 버틀러가 자기 작품에 진지하고, 자신의 작품이 사회와 인간과 우리의 미래에 대해 드러내는 바에도 진지하다는 사실을 알게 된다. '우화Parable' 시리즈에 나오는 포스트아포칼립스적 미래, '제노제네시스Xenogenesis'(이종異種 발생) 3부작에 나오는 변화와 차이를 받아들이지 못하는 인간, '패터니스트Patternist'* 시리즈에 나오는 파괴적인 우월의식……. 이런 것들은 버틀러에게 그냥 재미있는 허구가 아니다. 가장 훌륭한 SF 작품들의 전통을 이어, 버틀러는 거울을 들어 올리고 우리가 사는 세상에서 무엇이 아름답고, 타락했고, 가치 있고, 파멸적인지를 우리에게 비춰준다. 그리고 버틀러가 보여주는 우리 모습이 어둡고 폭력적일 때가 많기는 해도, 그 모습은 또한 언제나 희망을 담고 있다.

버틀러는 인터뷰에서 세 가지 독자층에 대해 자주 말한다. SF 팬, 페미니스트, 아프리카계 미국인 독자들 말이다. 버틀러와 인터뷰어들 양쪽다 이 세 독자층을 오직 버틀러의 작품이 창조한 읽기 공간에서만 마주치는 상호 배타적인 이들처럼 대한다. 그러나 나처럼 열렬한 독자이자, 수업에 흑인 학생은 나 혼자일 때가 많은 영문학 전공자로서 막 SF를 발견한 경우도 있었다. 많은 젊은 여성이 대학에서 그랬듯 나도 나름의 페미니즘 인식을 얻는 중이었으며, 대학 시절이 1990년대 초의 신新 흑인민족주의와 겹친 덕분에 변화하는 흑인 정체성의 경계선에 길을 잡으려 하기도 했었다. 비록 첫 버틀러 소설로 『새벽Dawn』을 읽었을 때는 몰랐지만, 나는 버틀러의 세 가지 독자층을 하나로 모은 존재였다. 나는 그 소

---

*  시리즈 전체에서 크게 '패터니스트'란 텔레파시를 기반으로 하는 초능력자 종족을 가리키는데, 이때 패턴은 텔레파시 능력자 사이에 만들어지는 연결이다.

설이 흑인으로서의 나에게 말을 걸지 않는다는 점에 놀랐다. 버틀러의 작품은 견고하게 아프리카계 미국 문학 전통 안에 들어가는데도 말이다. 페미니스트로서도 마찬가지였다. 그의 작품이 확실히 페미니스트 정치학의 인도를 받고 있는데도 그랬다. SF 팬으로서의 나에게만 호소하지도 않았다. 그곳에는 나를 여성이나 흑인이라는 점으로 정의하지 않으면서 흑인 여성에 대해 쓰는 흑인 여성이 있었다. 페미니스트 정치학으로 빚어낸 세계를 창조하면서도 나의 페미니즘이 어떠해야 하는지 명령하지 않는 작가가 있었다. 버틀러는 SF에 대한, 여성의 글에 대한, 아프리카계 미국 문학에 대한 나의 기대를 벗어났고, 그렇게 기대에서 벗어남으로써 나에게 새로운 (지적인, 문학적인, 개인적인) 가능성들을 보여주었다. 그의 작품은, 작가 자신과 마찬가지로 '라벨 붙이기'에 저항했다.

독자들이 이 책에 수록된 인터뷰들에서, 그리고 버틀러의 작품에서 발견하게 될 것은 지속적으로 라벨 붙이기에 저항하고 기대에 도전하는 한 작가다. 우리는 흑인 작가라는 이유로 버틀러가 인종차별에 대한 항의에 깊은 관심을 기울이기를 바란다. 우리는 페미니스트 작가라는 이유로 버틀러가 여성 유토피아를 창조하기를 바란다. 우리는 작가가 하는 일이라는 이유로 버틀러가 인생에서 겪은 놀라운 일들로 우리를 매혹하기를 바란다. 하지만 버틀러는 이 모든 기대를 거부한다. 인터뷰들이 보여주겠지만, 결국 버틀러는 다른 누구도 아닌 스스로의 기대를 충족시키려 할 뿐이다.

내가 처음 미시시피대학교 출판부의 '문학의 대화Literary Conversation' 시리즈에 옥타비아 버틀러의 인터뷰를 모아보겠다고 제안한 것은 그의 마지막 소설인 『쇼리』가 막 출간되었을 때였다. 그리고 『쇼리』는 버틀러가 '패터니스트' 시리즈, '제노제네시스' 3부작, '우화' 시리즈를 위해 창조한 세계처럼, 매력적이고 도발적인 새로운 세계에서 벌어지는 시리즈의 첫 작품이 될 것 같았다. 나는 이 책에 내가 직접 진행한 인터뷰를 포함시키려는 꿈을 꾸었다. 그것은 내가 갓 어머니가 되어 얼떨떨한 상태였던 팬이 아니라 학자로서 다시 한번 버틀러를 만날 기회이기도 했다. 나는 그에게 시애틀의 어느 서점에서 처음 만났을 때 물었더라면 좋았을 질문들을 던지는 상상을 했다. 혹시 예술이 변화에 영향을 미칠 힘이 있다고 믿나요? 맥아더 '천재상'을 타고 난 후에 특별히 책임감을 느끼게 되었나요? 작품 속 캐릭터 중에 누구에게 제일 동질감을 느끼나요? 사회적 권력이라는 문제를 왜 그렇게 매력적이라고 느끼나요? 자신의 작품을 아프리카계 미국 문학 전통의 일부라고 여기나요? 이제 나는 영영 그와 인터뷰를 하지 못할 테지만, 아마 할 수 있었다 해도 그는 내 질문들에 대한 답으로 작품들을 다시 보라고 했으리라 믿는다. 이런 인터뷰 모음집이, 그것도 이렇게 작가 사후에 모은 책이 어떤 유산을 만들고자 하는 시도라면, 분명 이 인터뷰들은 버틀러의 유산이 그가 우리에게 남긴 장편과 단편에 있다는 사실을 일깨우기 때문이다.

이 책은 테리사 후퍼와 에드워드 레너핸의 끈질긴 도움, '최강 닌자 글쓰기 부대'의 지혜와 동지애, 그리고 언제나 그렇듯 브라이언 매캔의 인내가 아니었다면 나올 수 없었을 것이다. 모두에게 무한한 감사를 전한다.

콘수엘라 프랜시스

자신의 책 『쇼리』에 사인하고 있는 옥타비아 버틀러, 2005.

차 례

제가 읽는 SF에 나오는 모든 사람이 백인이었고,

제가 SF에서 읽은 사람들 대부분이 남성이었어요.

그러니까 전 정말로 저 스스로를

글에 넣어야 했죠.

옥타비아 버틀러의 초상.

# 전 주어지는 대로 받기가 싫어요

해리슨     어떻게 해서 SF를 쓰게 됐나요?

버틀러     전 언제나 SF를 읽었어요. 어릴 때는 그게 따로 존재하는 장르라는 사실도 모르면서 즐겼죠. 어려서는 말이 나오는 이야기를 많이 썼는데, 말에게 미쳐 있었거든요. 어느 날인가, 열두 살 때였나, 그날도 말 이야기를 쓰면서 텔레비전을 보다 보니 그게 정말 형편없는 SF 영화라는 생각이 들더라고요. 그때 '내가 저것보단 잘할 수 있어'라고 생각하고는 바로 텔레비전을 끄고 SF 단편을 하나 썼죠. 많은 SF 작가가 끔찍한 SF를 읽거나 본 경험에서 자극을 얻었을 거예요.

해리슨     글을 쓰던 초창기에는 어땠나요?

〈이퀄 오퍼튜니티 포럼 매거진〉 1980년 11월 호. 이 인터뷰는 로절리 G. 해리슨Rosalie G. Harrison에 의해 진행되었다.

버틀러　좌절, 좌절 그 자체였죠. 그 몇 년 동안 전 거절 편지와 좌절을 잔뜩 모았어요.

해리슨　SF 소설을 써서 그랬을까요?

버틀러　아니에요. 제가 뭘 하고 있는지를 잘 몰랐고, 도움받을 사람도 없었기 때문이에요. 수업에서 단편을 쓸 기회가 생기면 전 언제나 SF를 썼어요. 교사들은 매번 제 글을 읽고 제가 어디서 베꼈거나, 누가 대신 써줬을 거라고 우겼어요. 자기들이 아는 어떤 이야기보다 이상하다는 이유로요.
전 영어 교사들에게서 벗어나야 했어요. 한편으로는 영어 교사들이 원하는 대로 쓰고, 다른 한편으로는 저 자신을 위해 쓰는 방법을 익혔죠. 그러다가 '출판을 위한 글쓰기' 수업에 등록하고 나서야 출판사들에 잘 전달되지 않는 종류의 글쓰기가 하나 있다면, 그게 바로 영어 교사들이 좋아하는 종류라는 걸 알게 됐어요.

해리슨　무엇으로 인해 계속되는 거절 편지와 좌절 속에서도 계속 글을 썼나요?

버틀러　사람들이죠. 제가 거절 편지만 모으고 있었을 때도 제 말에 기꺼이 귀 기울여준 사람들…… 제 말을 귀담아듣고, '넌 미쳤어. 왜 다른 일을 하지 않아?'라는 말을 하지 않았던 사람들이요.

제게 가장 큰 영향을 미친 사람들은 제가 한 번도 만나보지 못한 사람들이었어요. 그 사람들은 책을 썼죠. 진부한 자기 계발서들을요. '당하기 전에 먼저 쳐라' 같은 식의 메시지를 전달하는 1970년대 책은 말고요. 『크게 생각할수록 크게 이룬다』* 같은 책을 말하는 거예요. 이루 말할 수 없이 진부한 말들이지만, 그런 책들이 제게는 필요했어요. 제 가족이나 친구 중에는 아무도 줄 수 없었던 격려를 대신 해줬어요. 계속 버틸 수 있게 도와줬죠. 전 마치 독실한 사람들이 성경을 읽듯이 그런 책을 찾아 읽곤 했어요. 덕분에 아무 쓸모가 없다는 기분을 느끼면서도 계속해나갈 수 있었죠.

그리고 작가이기도 한 무척 훌륭한 스승이 한 분 있었는데, 할란 엘리슨Harlan Ellison이에요. 제게 많은 도움을 주었고, 필요할 때 한두 번 제 등을 세게 밀어주었죠. 마침 할란이 판타지와 SF를 많이 쓰다 보니, 영어 교사들에게서는 받지 못한 도움을 받을 수 있었어요.

해리슨    혹시 다른 장르도 써볼 생각인가요?

버틀러    제 책이나 등장인물에게는 언제나 조금 이상한 구석이 있어요. 예를 들어, 소설 『킨』은 SF가 아니죠. 판타지예요. 하지만 아마 그 정도가 제가 SF에서 멀어질 수 있는 한계일 거예요.

---

\* 　데이비드 슈워츠의 1959년 저서로, 최고의 자기 계발서 중 하나로 꼽힌다.

지금은 뇌하수체 주위에 암이 생긴 여자에 대한 소설*을 쓰고 있는데요. 이 여자는 수술을 무척 꺼리는데, 친척 한 명이 수술 중에 죽었고 아버지는 암에 걸리자 총으로 자살했기 때문이에요. 그래서 이 여자는 암을 그냥 내버려두는데, 그러다 보니 천천히 뇌하수체가 새로 자라나게 돼요. 일종의 돌연변이인 거죠.

해리슨    SF를 써서 제일 좋은 점은 뭔가요?

버틀러    제게 큰 장점은 자유가 있다는 거예요. 예를 들어, 지금은 고대이집트에서 벌어지는 소설을 구상하고 있는데요. 『와일드 시드』에 나온 도로라는 캐릭터가 그의 기원으로 돌아가게 될 거예요.** 전 먼 미래를 무대로 하는 소설을 하나 썼고, 현재를 무대로 하는 소설도 하나 썼죠. 초기 아메리카에 대한 소설도 두 권 썼어요. 하나는 식민지 시대, 하나는 남북전쟁 직전을 무대로 하죠. SF에서는 어떤 사회적인 문제나 과학기술상의 문제라도 추론을 펼칠 수가 있어요.

해리슨    SF 독자들이 일반 독자들과 다른 점은 뭘까요?

버틀러    전 SF 작가들이 머리를 쓰는 데 약간 더 적극적이지 않나 생

---

*        1987년에 출간된 『새벽』의 초안을 말하는데, 실제로 완성된 소설과는 내용이 다르다.
**       이 소설은 출간되지 않았다.

각해요. 뭔가 다른 것들에 대해 생각하고 싶어 하죠. 있는 그 대로의 현실을 읽고 싶어 하지 않아요. 현재를 따분해하고요. 어쩌면 현재에서 탈출하고 싶은 건지도 몰라요. 많은 SF 독자가 괴상한 아이, 중학교나 초등학교에서 겉돌던 아이로 시작해요. 클라리온 SF 작가 워크숍에 갔을 때, 주변 모두가 겉돌던 아이인 걸 알고 놀랐어요. 부적응자였거나, 지금도 그런 사람들이었어요.

미국에서 SF는 젊은이들, 괴짜들, 과학과 기술에 관심 있는 사람들과 함께 출발했어요. 그들의 사회환경은 이들에게 사람에 대한 관심을 북돋아주지 않았죠.

해리슨  잠시 작가들 이야기를 해봅시다. SF계에 성공한 흑인 작가가 얼마나 되죠?

버틀러  제가 알기로 실제로 글로 먹고사는 작가는 세 명 있어요. 한 명은 저고, 로스앤젤레스에 사는 스티븐 반스Steven Barnes*, 그리고 뉴욕에 사는 새뮤얼 딜레이니가 세 번째죠.

해리슨  흑인 여성 SF 작가는 작가님뿐이군요.

버틀러  맞아요. 사실이에요. 덕분에 제가 SF계에서 가장 소수자성이 짙은 사람이 됐죠. 아직까지는요.

*  미국의 SF, 판타지, 미스터리 작가이며 드라마 각본도 여럿 집필했다.

해리슨  흑인들은 SF를 많이 읽지 않는 것 같은데요. 왜 그럴까요?

버틀러  일종의 악순환이랄까요. 흑인들이야 초록색이거나 하얗기만
한 우주에 대해 읽고 싶지 않겠죠.

대부분의 SF에는 외계인들, 지구 밖 생명체들,
그리고 백인들이 나와요.

해리슨  무슨 뜻이죠? 화성인과 백인 들만 나온다는 말인가요?

버틀러  대부분의 SF에는 외계인들, 지구 밖 생명체들, 그리고 백인들
이 나와요. 이 문제를 고칠 방법은 흑인 SF 작가가 늘어나는
것밖에 없다고 생각해요. 안타깝게도 SF 작가들은 SF 독자층
에서 나오고, 지금까지 SF에 매력을 느끼는 흑인이 많지 않았
기에, 흑인 SF 작가도 무척 적죠.
제가 처음 SF 컨벤션에 참여했던 1970년에는 저 말고 다른
흑인이 딱 한 명 있었어요. 올해 보스턴에서 열린 컨벤션에
갔더니 흑인이 상당수 왔더군요. 흑인 SF 독자도 서서히 늘고
있어요.

해리슨  지난 2, 3년간은 SF 영화들이 박스오피스에서 흥행했는데요.
그중에서도 크게 성공한 〈스타워즈〉는 소수자를 배제했지만,
속편인 〈제국의 역습〉에서는 빌리 디 윌리엄스Billy Dee Williams
가 주요 인물 중 하나였어요. 이제는 SF에서 소수자를 더 많

이 보게 될까요?

버틀러 음, 이렇게 표현해볼까요. 인간을 넣어도 된다면, 당연히 소수자를 넣어도 되죠. 윌리엄스에 대해서는 사실 잘 모르겠어요. 윌리엄스가 그 영화에 나온 건 좋았지만, 빌리 디 윌리엄스가 그 역할을 연기하는 모습을 보는 건 마치 〈지저스 크라이스트 슈퍼스타〉*를 보면서 우리가 드디어 성서 영화에 들어갔구나, 우리가 유다 역할을 할 수 있구나, 하고 깨닫는 기분과 비슷했어요. 제가 읽은 책 몇 권에는, 드디어 제작자들이 '스타트렉'에 흑인 캐릭터를 넣었는데 그 여자를 전화교환원으로 만들었다는 논평이 있었죠.

전 주어지는 대로 받기가 싫어요. 그래서 더 많은 흑인 SF 작가, 더 많은 흑인 작가의 시대가 올 거라는 희망을 품어요. 어떤 소수자 집단이라도 그 집단의 관점을 대변할 수 있는 사람들이 필요하죠. 그 집단 전체를 위해 말하지는 않더라도, 최소한 특정한 관점과 경험을 보여주는 사람들이요.

해리슨 SF계에서 소수자와 소수자의 자리, 또는 자리 없음을 말하고 있군요. 흑인이라는 점이 이야기에 어떤 식으로든 의미가 있지 않다면 흑인 캐릭터를 내보이지 말아야 한다는 관점에 대해서는 어떻게 생각하나요?

* 1973년 영화에서 유다 역할을 흑인 배우가 맡아 화제가 되었다.

인종차별은 흑인으로 존재한다는 것의 한 단면,
또는 한 측면일 뿐이라고요.

버틀러      그건 사실 흑인이라는 것 자체가 비정상이라는 뜻이죠. 정상
은 백인이고요. 아무튼 그런 식으로 보는 사람들한테는 그런
모양이에요. 그런 사람들에게 흑인 캐릭터를 작품에 넣을 이
유는 오직 '이런 비정상이 있다'고 소개하기 위해서죠. 보통
은 인종차별이나, 적어도 인종에 대한 이야기를 하려고 하기
때문이고요.

제가 다른 작가 하나와 앤솔러지 작업을 하기로 했는데요. 흑
인이 쓰고 흑인을 다루는 앤솔러지가 될 예정이었어요. 그 작
가가 앤솔러지에 포함시킬 만하다고 생각하는 단편 여섯 개
를 저에게 보냈어요. 그런데…… 흑인에 대한 단편들이 아니
더군요. 한 편을 빼면 다 인종차별에 대한 이야기였죠. 전 제
가 강하게 느끼는 내용을 써서 답장했어요. 인종차별은 흑인
으로 존재한다는 것의 한 단면, 또는 한 측면일 뿐이라고요.
많은 백인 작가(그리고 일부 흑인 작가)는 인종차별이 흑인 경
험의 총체라고 여겨요. 저는 흑인에 대해서 쓰면서, 흑인으로
서 혐오를 당한다는 게 얼마나 끔찍한지에만 집착하지 않는
훌륭한 흑인 작가들을 끌어들이고 싶어요.

해리슨      어떻게 하면 SF의 영향력이 소수자와 여성에게 긍정적으로
쓰일 수 있을까요?

버틀러 　저는 SF를, 이 세상에는 백인 남성이라는 한 종류의 사람들만 사는 게 아니라는 사실을 전파하는 한 가지 방법으로 봐요. 여기에 백인 남성만 존재하는 게 아니고, 백인 남성만 중요한 것도 아니에요. 흑인이든 백인이든 따로 분리된 동네에서 살고, 한 종류의 사람들만 있는 직장에서 일하고, (상당히 백인 중심인) 영화와 텔레비전 프로그램을 보는 사람들은 이 사실을 잊기가 아주 쉽죠. 특히 자신이 백인이라면, 사실 중요한 건 백인뿐이라는 생각을 갖기가 쉬워요. 대놓고 그렇게 생각하진 않을지 몰라도, 속으로는 그런 생각을 내재화하죠. 주위에서 다 그러니까요. 전 인간의 차이, 모든 인간의 차이에 대해 쓰고 독자들이 그걸 받아들일 수 있게 돕는 것이 작가의 의무라고 생각해요. 또 SF 작가들이 원하기만 하면 그럴 수 있다고 생각해요. 제 생각이지만, SF 작가들은 다른 작가들보다 사회적 양심이 있을 가능성이 훨씬 높거든요.

SF 작가들은 스스로를 진보주의자로 여기기를 좋아해요. 스스로를 열린 마음의 소유자로 여기고 싶어 하고요. 그러니 어떤 경우에 그들이 세상을 온통 백인으로 그리거나, 우주를 온통 백인으로 그린다면, 그들에게 그건 거짓이라는 걸 일깨우는 게 가능해요.

해리슨 　흑인 운동은 한물갔다는 의견이 널리 퍼진 것 같은데요. 여성 운동도 마찬가지라고 생각하나요?

버틀러 　음, 미국은 유행의 나라죠. 여성운동이 한물갈 것 같지는 않아요. 하지만 미디어가 여성운동의 죽음을 광고하는 것 같기는 해요. 절반이 넘는 주에서 남녀평등헌법수정안ERA을 비준했지만, 남은 몇 개 주는 헌법에 수정안을 덧붙이지 못하게 막고 있죠. 텔레비전 토크쇼에서는 계속(요새 제가 토크쇼를 많이 보거든요) 남녀평등헌법수정안은 사람들이 원하는 바가 아니라는 말이 들려요. 그게 사람들이 원하는 바라면 통과됐을 거라는 거죠. 이 사람들은 얼마나 많은 주가 이미 그 수정안을 비준했는지 모르고 있을 때가 많아요. 그에 반대하는 조직적인 미디어 캠페인이 있다거나 그런 말은 아니지만, 우리는 너무나 유행을 좇고, 남녀평등헌법수정안은 어떤 면에서 지나간 뉴스인 셈이니, 미디어가 남녀평등헌법수정안이 죽어가도록 돕고 있는 거예요.

해리슨 〈옴니Omni〉 잡지에서 경구용 소아마비 백신을 개발한 세이빈 A. Sabin 박사의 말을 최근 인용했는데, "역설적인 말이지만, 나는 미래에 우리가 끝내 죽더라도 건강한 채로 죽을 수 있기를 희망한다"는 말입니다. 전 이 말을 읽었을 때 『와일드 시드』에 나오는 캐릭터 아냥우를 떠올렸습니다. 아냥우는 몸속을 들여다보고 어떤 장기가 기능 이상을 일으켰는지 감지해서 고칠 수 있죠. 이 설정이 SF가 미래를 예측한다는 생각에 신빙성을 더해줄까요?

버틀러 저는 딱히 아냥우에게 예언의 성격을 부여하지 않았지만, SF가 예언이 될 수도 있기는 하죠. 저는 세이빈의 말에 동의하지만, 사람이 어떻게 건강한 상태로 죽을지는 잘 모르겠어요. 그냥 노망이 나거나 붕괴될 때까지 숨을 이어가지 않겠어요? 얼마 전에 어떤 의사가 쓴 글을 읽고 놀랐는데, 이 의사는 이 런저런 질병을 없애려고 노력하는 건 사실 어리석은 짓이라고, 결국 우리는 뭔가로 죽어야 하지 않냐고 하더군요. 혹시 사람들이 죽어가는 모습을 지켜보는 데 단련이 되어 있다면 그럴싸하게 들릴지 모르겠지만, 전 암에 걸려서 죽어가는 사람 한 명을 보았을 뿐인데 그것만으로도 아냥우 같은 캐릭터를 생각하게 됐어요.

해리슨　　그런데도, 소설 속 어느 시점엔가 아냥우는 스스로를 멈춰 세우기로 결단하죠.

버틀러　　그래요. 아냥우는 스스로의 몸에 대해 그 정도의 통제력을 갖고 있었죠.

해리슨　　사람들이 신체의 질병으로 죽지 않는 시점에 도달한다면, 무엇이 죽음을 유발하리라 생각하나요?

버틀러　　아마도 지루함이요.
　　　　　정말로 지루해서 죽는 것도 가능해요. 아냥우에겐 다른 죽을 이유가 있었죠. 사실 아냥우와 도로(『내 마음의 마음Mind of My Mind』과 『와일드 시드』의 주요 캐릭터들로, 키멜레온 같은 성질을 지녔다)는 불사신의 다른 버전들이에요. 도로는 불사이면서 파괴적이죠. 아냥우는 불사이면서 창조적이고요. 아냥우가 죽기로 결정하는 이유는 오직 도로를 더는 참아줄 수가 없는데, 그렇다고 도로 없이 살 수도 없기 때문이었어요.

해리슨    지난 10년간 SF계에서 어떤 변화를 봤나요?

버틀러    SF는 훨씬 더 인간적으로 변해가고 있어요. 지금은 여성 작가가 훨씬 많죠. 여성 캐릭터들이 얼마나 발전했는지 보면 정말 놀라워요. 초창기 SF는 여성을 영웅에게 보상으로 주는 인형으로 그리거나, 나쁜 년bitch으로 그렸어요……. 다시 말해서, 인간으로 취급하지 않은 거죠. 어떤 면에서는 흑인들이 거쳐 가는 단계와 비슷하다고 생각해요. SF 쓰기에 관심을 갖고 실제로 쓰고 있는 여성들이 흑인보다 훨씬 많지만요.

해리슨    실제로 SF가 예언적이라면, SF 작가로서 이 자리에서 공유해 줄 예언이 있을까요? 인류에게 어떤 미래가 오리라 보나요?

우리가 스스로를,
그리고 미래를 파괴할 테죠.

버틀러    실제 미래에 대해서라면 비관적이에요. SF에서나 대중 과학에서나 미래에는 멋진 과학기술을 통한 돌파구를 만나서 우리의 삶이 훨씬 좋아질 거라고 말하는 책을 정말 많이 보는데요. 우리의 미래 생활이 지닌 사회적인 면을 다루는 책은 본

적이 없어요. 일부 SF계 사람들이 생태 문제를 생각하기는 하지만, 대중 과학의 태도는 '아, 우린 이러이러한 문제들을 해결할 거야. 언제나 해결했잖아'란 말이죠.

예를 들어서 발전소 핵폐기물 문제가 있어요. 전 핵폐기물이 우리 모두를 죽일 거라고 말하는 게 아니에요. 다만 계속 이대로 밀고 나가서, 우리가 문명을 일구는 데 걸린 것보다 더 많은 시간이 걸려야 사라질 물건을 계속 만들어내겠다니 좀 위험하지 않냐는 거죠. 그런데 우리는 언젠가, 어떻게든, 누군가 그걸 처리할 방법을 찾을 거라고 생각하고 말잖아요. 전 사람들이 우리가 지구에 하고 있는 짓의 장기적인 측면을 제대로 보고 있지 않다고 생각해요. 우린 시야가 좁아요. 특히 이 나라는 더하죠. 유감스럽게도 우린 혜택받고 사는 데 너무 익숙한 나머지, 늘 살아왔던 그대로 살 방법만 찾고 싶어 해요.

해리슨      SF 작가들이 보는 미래와, 우리가 종말에 다가가고 있다고 말하는 특정 종교의 믿음 사이에 어떤 차이가 있다고 보나요?

버틀러      어머니가 대단히 종교적인 분이었기에 저도 지금이 말세라는 태도라면 아주 잘 알고 있어요. 하지만 현실을 직시합시다. 역사상 어디에 존재했든 간에, 지금까지 존재한 모든 사람이 마지막 나날을 살았어요…… 나름의 종말을요. 누구든 죽으면, 그 사람의 세상도 죽어요. 얼마 전에 어느 SF 컨벤션에 참석했는데, 종교에 대한 패널 토론이 있었어요. 토론이 다룬 주제 중 하나는 SF가 종교를 다루지 않는 편이고, 다룰 때는 꼭 경멸감을 보인다는 사실이었고요. SF는 사람들보다 기계들에 더 관심이 있어 보여요. 그만큼 종교는 무시하죠.

전 그게 현명한 태도라고 보지 않아요. 종교는 인류 역사 전반에 걸쳐서 인간의 삶에 정말 많은 부분을 차지했어요. 그러나 어떤 면에서는 저도 우리가 종교를 벗어날 정도로 성장했으면 좋겠어요. 이 시점에는 종교가 해악을 많이 끼친다고 생각하니까요. 하지만 분명히 종교에서 벗어나더라도 우린 서로를 죽이고 박해할 그럴싸한 다른 이유를 찾아낼 거예요. 전 우리가 하늘에 뜬 '거대한 경찰관'이 없는 윤리 체계에 의지할 수 있었으면 좋겠어요. 하지만 그렇게 될 거란 생각은 안 들어요. 중생Born Again 운동*에 대해서는 잘 모르겠어요. 긍정적일 수도 있지만, 또 아주 파괴적일 수도 있어요.

제가 생각하는 종교는 사실 사람들을 통제하지 않고, 사람들의 에너지를 파괴에서 다른 곳으로 돌리도록 도와주는 건데요. 때로는 종교 자체가 파괴를 일으키죠. 그게 무서워요. 전 중생을 믿는 침례교도로 자랐는데, 다른 교회 목사님 한 분이 교회에 왔던 일이 기억나요. 그분은 유대인과 가톨릭 신자, 그리고 그 외에 누구든 생각이 다른 모두에 대해 편견을 쏟아냈어요. 예상했겠지만, 그 목사님에 대한 신도들의 반응은 '평화의 왕자'를 숭배하는 사람들에게 기대할 법한 것은 아니

---

* 개인의 죄가 사해지고 성령에 의해 영적으로 새롭게 태어난다는 의미로, 복음주의에서 주로 쓰는 개념이다.

었어요. 제 눈에 지금 보이는 종교는 사랑의 종교가 아니고, 그래서 겁이 나요. 우린 이런 상황에서 벗어나야 해요.

우리는 하늘에 뜬 거대한 경찰관이라는 막강한 힘을 창조해 버렸어요. 그런 존재 없이 스스로 치안을 유지한다면 좋겠죠. 아무래도 어떤 식으로든 그렇게 할 것 같기는 해요. 조만간 '우린 말세를 살고 있다'고 말하는 세대가 정말로 말세를 살게 되겠죠. 다만 하늘에서 누군가가 우리를 때려서 멸망하진 않을 거예요. 우리가 스스로를, 그리고 미래를 파괴할 테죠.

# 우리가 살고 있는 세상과
# 조금 비슷한 세상

라벨 붙이기는 한 작가의 작품 세계가 지닌 특별함을 왜곡하기 마련이지만, 옥타비아 버틀러를 가리켜 '남부 캘리포니아 출신의 흑인 페미니스트 SF 작가'라고 말하는 것은 그의 작품 세계를 제한하기보다는 그의 작품에 대한 논의를 여는 데 도움이 된다. 버틀러 자신도 이렇게 말한다. "저에겐 사실 상당히 뚜렷하게 구별되는 세 종류의 독자들이 있어요. 페미니스트, SF 팬, 그리고 흑인 독자들이죠." 이 세 가닥의 실을 엮어서 도발적인 하나의 작품을 만들어내는 솜씨야말로 그의 소설을 정말 특별하고 설득력 있게 만든다.

버틀러가 짐 맥머나민Jim McMenamin과 나에게 이 말을 한 것은 그의 자택에서였는데, 로스앤젤레스의 절대적 중심지(그런 지점이 존재한다면 말이지만) 근처에 위치한 흑인 위주의 중산층 동네에 있는 수수한 듀플렉

---

『상처받은 은하계를 가로질러: 동시대 미국 SF 작가들과의 인터뷰Across the Wounded Galaxies: Interviews with Contemporary American Science Fiction Writers』, 래리 매카프리 편집, 일리노이대학교 출판부, 1990. 이 인터뷰는 1988년 래리 매카프리와 짐 맥머나민에 의해 진행되었다.

스\*였다. 1988년의 눈부신 7월 오후였고, 인터뷰는 대부분 라 브레아 타르 웅덩이들La Brea Tar Pits\*\*이 내려다보이는 공원 벤치에서 이루어졌지만, 우리는 그 집에서 보낸 짧은 시간에 기이하기까지 한 이 작가의 지적, 문학적 감수성에 대해 많은 단서를 얻을 수 있었다. 버틀러가 우리를 위해 책에 사인을 해주는 동안, 우리는 그의 서가를 살펴보기 바빴다. 책장에는 (예상할 수 있는 SF 소설들에 더해) 흥미롭게 엄선한 과학서들, 인류학 관련 책들, 흑인 역사를 다루는 저작물들, 앨범들(재즈, 록, 블루스), 그리고 놀랍도록 많은 카세트테이프가 있었다. 대체로 미국 공영 라디오NPR에서 선정한 음악이었는데, 플레이어에 넣어서 주로 버스를 타거나 걸을 때 듣는다고 했다(버틀러도 레이 브래드버리Ray Bradbury와 마찬가지로 운전을 하지 않는다).

옥타비아 버틀러는 1970년대 중반부터 SF 소설을 출간했다. 초기 작품들도 대단히 훌륭한 비평과 리뷰를 받기는 했지만, 좁은 SF계 바깥에서 의미 있는 관심을 끌기 시작한 것은 지난 몇 년 사이의 일이다. 그의 소설은 백인, 특히 백인 남성이 지배하는 사회에서 성장한 흑인 여성으로서의 경험에 뿌리를 내리고 있다. 그는 '패터니스트' 시리즈를 출간하면서 초반부터 인류학, 인종, 그리고 정치에 관심이 있음을 표했다.

이런 배경을 생각할 때, 버틀러가 구체적으로 인종과 성별 문제에 초점을 맞추리라고, 그리고 SF를 이용해 우리 사회의 성별과 인종 구조에 대안을 제시하리라고 기대하는 것은 자연스러운 일이라 생각한다. 어

---

\* 같은 집 두 채가 나란히 붙어 있는 일종의 다세대주택.

\*\* 로스앤젤레스 행콕 파크 지역에 있는 타르 웅덩이들로, 수만 년 동안 스며 나온 천연아스팔트 속에 여러 고생물의 뼈가 보존되어 있다.

떤 면에서 그의 작품들은 정확히 그런 일을 한다. 예를 들어 그가 쓴 가장 대범하면서도 도발적인 두 장편, 『킨』과 『와일드 시드』는 시간 여행이라는 도구를 가져다가 강인한 흑인 여자주인공으로 하여금 과거의 시대를 떠돌게 한다. 버틀러는 이런 실제 역사적 환경과의 대립들을 활용해 창조한 신선한 관점으로 과거와 현재의 인종, 성별 편견에 대해 많은 것을 드러낸다. 『킨』에서는 강인하고 적응력 있는 흑인 여성이 노예제 초창기인 남북전쟁 이전 미국으로 되돌아간다. 우리 시대에 깔린 전제들과 그 초창기 시대의 전제들을 병치하는, 놀랍도록 단순하지만 시사적인 수단이다. 이런 상호작용은 『와일드 시드』에서 더 발전하는데, 이 소설은 두 대륙을 넘나들며 200년이라는 시간을 포괄한다. 『와일드 시드』는 '아냥우(아프리카 주술사이자 형태 변환자)'와, '특별한' 능력을 지닌 사람들을 선별적으로 낳아 길러서 초인간 종을 만드는 데 열중하는 뱀파이어 같은 인물 '도로' 사이의 어울리지 않는 연애가 어떻게 변화하는지를 따라간다. 『와일드 시드』의 성공에는 아냥우가 지나는 다양한 환경에 대한 버틀러의 꼼꼼하고 상세하며 선명한 표현도 한몫한다. 이런 문화들—아프리카의 어느 신석기 마을, 18세기 뉴잉글랜드, 그리고 남북전쟁 이전의 루이지애나—각각은 노예제와 성별 유형화를 낳았을 뿐 아니라 현시대의 편견에까지 기여한 사회적, 개인적 태도들을 자세히 뜯어볼 기회를 작가에게 제공한다.

그러나 『킨』과 『와일드 시드』 두 소설에서 점점 선명하게 드러나는 것은 여자주인공이 직면하는 딜레마의 원인이 특정하고 구체적인 원천에서 나온 인종과 성 억압만이 아니라, 광범위한 정치적, 경제적, 심리적 강제력이기도 하다는 사실이다. 영향력, 통제력, 그리고 다른 생명체와 자연환경에 대한 지배/우위를 차지하려는 싸움은 모든 생물에게 흔한 원초적 투쟁이다. 그리고 이런 면에서 버틀러의 최고 작품들은, 그 선명한 독특성과 심리학적인 문제들을 다루는 섬세함에도 불구하고, '흑인' 또는 '페미니스트'라는 좁은 분류를 초월한다. 아냥우는 아마도 지금까지 버틀러가 내놓은 가장 복잡하면서도 실감 나는 캐릭터일 텐데, 그는 우리가 최근의 많은 페미니스트 작가와 연관시키는 내면의 힘과 양육적 성향을 갖고 있으면서, 또한 익숙한 고정관념으로 환원되지 않는 격렬하고 폭력적인 여성이다. 버틀러는 인종과 성별을 활용해 인간의 고독이라는 보편적인 문제와, 우리가 공통적으로 갖고 있는 권력과 초월에 대한 욕망을─그리고 공동체와 가족, 성적인 결합을 통해서 이런 고독에 다리를 놓고 싶어 하는 갈망을 탐구한다.

이런 관심사는 버틀러의 '패터니스트' 시리즈에서도 내내 나타난다. 『패턴마스터Patternmaster』 『내 마음의 마음』 『생존자Survivor』를 포함하는 이 시리즈는 지구와 바깥 우주의 과거사와 미래사를 이리저리 오가는데, 이 모든 작품을 하나로 묶는 모티프는 텔레파시를 통한 마음의 연결이다. 하지만 과거에 텔레파시를 다루었던 대부분의 작품(예를 들면 시어도어 스터전Theodore Sturgeon의 『인간을 넘어서』나 아서 C. 클라크Arthur C. Clarke의 『유년기의 끝』)과 달리, 버틀러의 공동체들은 내부적인 갈등에 시달리며 뚜렷하게 양면적으로 그려진다.

더 최근으로 오면, 버틀러는 '제노제네시스' 3부작에서도 비슷한 주제를 확장하고 있다. 『새벽』 『성인식Adulthood Rites』 그리고 최근에 완성된 『이마고Imago』는 멸망 이후에 불임이 되었다가 '오안칼리'라는 외계인에게 유전자 개조를 받는 인류를 살펴본다. 생태학적으로 파괴된 지구에서 구조받아, 아이를 낳기 위해서는 외계인의 개입을 받아들여야만 하는 버틀러의 인류는 '타자'와의 궁극적인 대치에 직면한다. 이 소설들의 추동력은 오안칼리에 대해 인류가 품은 제노포비아*스러운 공포이며, 오안칼리만이 제공하는 인류 생존의 희망은 유전 변이와 '인간'이라는 이름에 대한 더 넓은 해석을 받아들여야만 가능하다.

매카프리　작가님의 모든 소설은 어떤 식으로든 노예나 지배의 다른 형태들을 탐구하는 것 같습니다.

버틀러　그렇게 생각하는 사람들이 있다는 건 알지만, 저는 동의하지 않아요. 다만 '노예'라는 말이 무엇을 의미하느냐에 달린 문제일지도 모르겠군요. 예를 들어 「블러드차일드」를 보면, 어떤 사람들은 제가 노예에 대해 이야기하고 있다고 추측하지만 실제로 제가 말하고 있는 건 '공생'에 대한 이야기거든요. 그렇다고 제가 노예 문제를 다루지 않았다거나, 그에 대해 생각하지 않는다는 말은 아닙니다. 『킨』과 『와일드 시드』는 노예 문제를 아주 직접적으로 다루죠. 노예에 대한 일화를 하나 들려드릴까요. 전 열세 살 때쯤에야 노예가 무엇인지를 제대로 알게 됐어요. 이전까지는 왜 노예들이 그냥 도망쳐버리지 않았는지 이해하질 못했죠. 나라면 도망쳤을 것 같았으니까요. 하지만 열세 살 때쯤, 우리 가족이 이사한 집이 다른 집과 딱 붙어 있었는데, 그 집에 사는 사람들은 자식들을 때렸어요. 아이들의 비명만 들리는 게 아니라, 때리는 소리까지 들

---

*　　일반적으로는 '외국인 혐오'라고 옮기지만, 이 경우에는 '이종異種 혐오'라는 더 넓은 의미로 쓰인다.

을 수 있었죠. 당연히 저는 겁에 질렸고, 엄마에게 혹시 엄마가 어떻게 해줄 방법이 없냐고, 아니면 우리가 부를 수 있는 사람이 없냐고, 경찰을 부르자고 했어요. 엄마는 그 아이들은 부모에게 속해 있고, 부모에겐 자식을 원하는 대로 할 권리가 있다고 했어요. 전 그 아이들에게는 정말로 갈 곳이 없다는 사실을 깨달았죠. 내 또래 아니면 그보다 어린 나이였으니 도망치려고 해봤자 부모에게 돌려보내졌을 테고, 그러면 도망치려고 했다는 이유로 더 심하게 때렸겠죠. 전 이게 노예구나, 깨달았어요. 사람인데 소유물처럼 취급당하는 사람이요. 그리고 무의식중에 그 생각을 마음속 어딘가에 저장해뒀죠. 일을 하다가 그 기억을 불러내야 할 순간까지요. 작가에게 좋은 점이 하나 있다면, 작가를 죽이거나 불구로 만들지 못하는 것은 뭐든 타자기의 먹이로 쓸 수 있다는 거예요. 아무리 끔찍한 일이었다 해도 나중에 써먹을 수가 있죠.

맥머나민　『와일드 시드』나 『킨』처럼 작가님이 흑인 경험의 양상들을 파고드는 책조차도 뭔가 특정 인종이나 문화를 초월하는 내용이 나오는 것 같습니다.

글을 쓸 때 저는 대상을 흑백으로
보지 않는 데 편안함을 느껴요.

버틀러　그랬으면 좋겠군요. 캐릭터를 구성할 때, 전부 흑인으로 하겠다거나 백인으로 해야지, 같은 생각은 떠오르지 않아요. 분리 정책을 쓰는 학교에 다니지도 않았고, 분리 정책을 쓰는 동네에 살지도 않았기에 흑인이(아니면 다른 어떤 민족이나 문화라도) 세상을 온전히 다 구성한다는 생각을 해본 적이 없어요. 글을 쓸 때 저는 대상을 흑백으로 보지 않는 데 편안함을 느껴요. 제가 뭔가를 강력하게 의식할 때 저는 그 대상에 '대해' 쓰지 않아요. 낱낱이 써내죠. 무슨 말이냐면, 너무 친숙해서 제2의 천성이 될 때까지 그 문제를 쓰고 생각한다는 뜻이에요. 오직 인종차별에 대해서나, 인종차별이 없음에 대해 주장하려고 흑인 캐릭터를 포함시키던 초창기 SF 작가들과는 다르게요. 전 이런 소재가 이야기 속에서 특별해 보이지 않는 지점까지 도달하고 싶어요.

매카프리     작가님이 SF 쓰기에 끌린 이유는 뭘까요?

버틀러     SF는 제가 읽기 좋아하는 장르이고, 제 생각에 작가는 즐겨 읽는 것에 대해 써야 해요. 안 그러면 스스로나 다른 모두를 지겹게 만들겠죠. 제가 SF를 쓰기 시작한 건 열두 살 때였어요. 이미 SF를 읽고 있긴 했지만, 이전까지 쓸 생각은 안 했죠. 이전에는 판타지와 로맨스를 썼는데, 열 살이나 열한 살쯤엔 그 두 가지를 많이 알잖아요? 그러다가 벌어진 일은 클리셰 같지만 사실인데요. 텔레비전에서 〈화성에서 온 악녀〉라는 영화를 보다 보니, 제가 그것보다는 나은 글을 쓰겠다는 생각이 든 거예요. 그래서 텔레비전을 끄고 쓰기 시작했는데, 그게 사실 제 '패터니스트' 이야기의 초기 버전에 해당해요.

정작 열세 살이 되고 나서 출간을 생각하며 쓴 단편들은 제 관심사와는 아무 상관도 없었어요. 출판된 책에서 읽었던 것들과 비슷한 이야기를 썼죠. 술과 담배를 지나치게 하는 서른 살짜리 백인 남자가 나오는 소설들이요. 아주 형편없었어요.

매카프리    조애나 러스Joanna Russ*도 같은 말을 하더군요. 고등학교 때는 전쟁에 나가거나 큰 사냥감을 잡으러 가는 남자들에 대해 쓰지 않으면 의미 있게 할 이야기가 없는 줄 알았다고요.

버틀러    맞아요. 그리고 약간 다른 문제가 또 있었는데, 당시에 제가 읽은 책 중에서 여자 독자들을 겨냥한 글은 끔찍하게 재미가 없었어요. 기본적으로 다 '운명의 짝 찾기'였죠. 결혼, 가족, 그게 다였어요. 제가 뭔가 행동을 하는 여자들을 어떻게 써야 할지 몰랐던 건, 그런 소설에서 여자들은 딱 맞는 짝을 기다리는 동안 아무것도 하지 않고, 그저 수동적으로 사건이 벌어지기만을 기다렸기 때문이에요. 달리 어떻게 해야 할지 몰랐기에, 아까 말한 초창기 '패터니스트' 소설을 쓸 때 저는 남자애들용 책을 베꼈어요. 나중에는 그런 접근법이 무척 편해졌지만, 1970년대 중반에 쓴 글들에는 긴장감이 드러나요.

맥머나민    『패턴마스터』에서 앰버는 이렇게 말합니다. "난 마음을 끄는

*     미국의 SF 작가이자 여성주의 비평가로, 국내에는 몇 편의 SF 단편과 산문집 『SF는 어떻게 여자들의 놀이터가 되었나』 『여자들이 글 못 쓰게 만드는 방법』이 소개되어 있다.

여자를 만나면 여자를 선호하고…… 마음을 끄는 남자를 만나면, 남자를 선호해." 이런 열린 태도가 어디에서 나왔는지 조금만 말해주시죠.

버틀러 저는 제 외모 때문에, 성장하면서 내내 저를 동성애자라고(당시에는 아무도 그 말을 쓰지 않았지만요) 여기는 사람들에게 다양하고 잡다한 욕을 들었어요. 그러다 보니 어쩌면 그 사람들이 맞을지 모른다는 생각이 들어서, 게이와 레즈비언 지원 센터에 전화를 걸어서 혹시 이런 문제에 대해 이야기할 수 있는 모임이 있냐고 물었죠. 그래서 거길 두 번 갔는데, 그 시점에서 아니, 이거 아니구나, 깨달았어요. 찬찬히 생각해보고는 제가 은둔자라는 것도 깨달았죠. 전 주로 다른 사람과 함께 있는 것보다 혼자 있기를 좋아해요. 파티에 가거나, 딱 맞는 남자를 찾거나 여자를 찾거나 하는 일에선 그냥 매력을 못 느껴요. 어쨌든, 저도 상상에서나 작업에서 활용하고 싶을 만큼은 동성애 정체성에 흥미를 느꼈어요. 그게 제가 글 속에서 하는 일 중 하나예요. 저 자신에 대해 어떤 사실을 발견하거나, 아니면 제가 무엇이 되고 싶은지 탐구할 수 있는 맥락을 창조하는 거죠. 『내 마음의 마음』에서 제가 '메리'를 창조한 방식에서 이게 어떻게 작동하는지 알 수 있어요. 저는 조금 더 진취적이고 싶었어요. 나서서 책임을 떠맡을 정도까지는 아니지만(가끔 그럴 수 있기는 하겠지만) 나에게 일어나는 일을 책임지기는 하는 사람이요. 저는 대단히 거침없고, 썩 상냥하지 않은 여성으로 메리를 만들어낸 다음, 그게 어떤 느낌인지 알 수 있게 메리의 삶을 살았어요. 심지어 메리가 사는 곳도 제가 예전에 살던 패서디나 지역에, 제일 친한 친구가 살던 집으로 정했죠.

맥머나민    그런 식으로 구체적인 자전적 요소를 작품에 늘 넣습니까?

버틀러    세부 사항은 그게 효과가 있겠다고 생각할 때만 활용해요. 예를 들어, 『내 마음의 마음』에 나오는 모든 길거리 이름은 패서디나의 길거리 이름에 해당하는데, 영어 이름도 있고 스페인어 이름도 있지만, 뒤집어서 썼죠. 이런 짓을 정말 즐기긴 해요. 실제로는 과거에 졌던 싸움을 소설 속에서 이기도록 만들기도 하고요.

매카프리    작가님은 어렸을 때 아버지가 돌아가시고, 어머니와 할머니 손에 컸죠. 그 경험이 작가님 작품에 직접적인 방식으로 영향을 미쳤을까요? 예를 들어 『패턴마스터』에서는 아이들을 부모로부터 보호해 다른 곳에서 키우는데요.

버틀러    아버지 없이 자랐다는 사실이 제 인생에 영향을 미쳤으니, 당연히 작품에도 그랬겠죠. 제 주변에는 남성으로 산다는 게 어떤 의미인지 보여주는 남성이 한 명도 없었으니까요. 그 대신 저는 삼촌들을 지켜보면서 왜 저런 일을 저렇게 할까 궁금해했는데, 어쩌면 그래서 나중에 인류학에 관심을 두게 됐는지도 모르겠어요. 제 어린 시절은 제가 가끔 소설 속에서 친자식을 키우지 못하는 부모들을 묘사하는 방식과 물론 관련이 있을 거예요. 『내 마음의 마음』에서 부모들은 자식들과 가까이 있는 상태를 견디지 못해요. 통제가 안 되는 아이들의 마음속 비명을 참을 수가 없는 거죠. 그리고 『패턴마스터』에는 주어진 조건에서 최선을 다하는 정신질환자가 만들어낸 사회가 나와요. (『내 마음의 마음』에 나오지만) 그 남자는 착한 사람이 아니고, 무엇보다도 나머지 인류를 식량으로 보는 사람이며, 그 남자가 키우는 딸도 착한 사람이 아니에요. 하지만 그 딸이 어떻게 착한 사람이 될 수 있겠어요? 착했다면 살아남지 못했을 텐데요.

맥머나민    작가님은 '패터니스트' 시리즈 내내 다른 위계 제도들을 내놓지만, 그 통제의 메커니즘은 우리가 주위에서 보는 것과 같습니다.

버틀러    아니, 소설 속에 나오는 방식이 더 나쁘죠. 무언인mute*들은 자기들이 무슨 일을 당하는지 모르니까요. 자신들이 완전히 지배당해왔다는 걸 알면, 그런 일이 벌어지고 있다는 사실을 의식하면 맞서 싸울 수도 있어요. 하지만 그 사실 자체를 모른다면, 기회조차 없죠.

맥머나민    피해자들이 전혀 알지 못하는 정신적 조작을 통해서 통제가

---

*        '패터니스트' 시리즈에서 텔레파시를 쓰지 못하는 이들을 가리키는 말이다.

46

이루어진다는 개념은 우리 사회와 유사한 데가 있습니다. 그렇게 행동하도록 설계됐다는 사실도 모르면서 나가서 버드라이트 맥주를 사거나, 토요타 차를 사는 식이죠.

버틀러　바로 그거예요. 그리고 설령 당신이 그런 힘이 있다는 걸 알아차린다고 해도, 그 힘들은 여전히 당신을 소유하거나 통제할 수 있죠. 당신은 그들이 뭔가를 할 때, 정확히 무엇을 하고 있는지를 여전히 모를 수 있으니까요. 십대 시절, 제 글에 대해 무척 의기소침했던 시기를 겪은 기억이 나요. 저는 형제가 없었기에―아무튼 전 기본적으로 혼자인 사람이에요―옛날 영화를 보고 텔레비전에 나오는 걸 아무거나 보면서 몇 시간씩을 보냈어요. 그렇게 지내다 보니, 제가 쓰고 싶어 하는 이야기는 모두 다 이미 텔레비전에서 축약해서 시시하게 만들어놓은 것 같더군요. 물론 당시에는 그 생각을 명확하게 표현하지 못했어요. 대단한 걸 쓰지도 못했고요. 적어도 누군가에게 보여줄 만한 글은 못 썼죠.

매카프리　성장하면서는 어떤 SF를 읽었습니까?

버틀러　열네 살이 되기 전까지는 도서관에서 '피터팬 방'이라고 부르는 구역에만 갈 수 있었어요. 그 덕분에 도서관에 많이 가질 않게 됐죠. 읽다 보니 아동서에 모욕감을 느꼈거든요. SF에 빠지기 선에는 말이 나오는 이야기를 많이 읽었고, 이전에는 요정 이야기를 많이 봤어요. 무슨 이유에선지 아이작 아시모프Isaac Asimov는 나중에야 읽었지만, 로버트 A. 하인라인Robert A. Heinlein은 봤고, 윈스턴 청소년 SF 시리즈*(안에 정작 책 속에서는 벌어지지 않는 온갖 멋진 일들을 그린 환상적인 삽화가 들어가 있는 책들 말이에요)도 읽었죠. 성인 SF를 처음 경험한 건 마트에서 파는 잡지를 통해서예요. 전 여력이 될 때마다 〈어메이징Amazing〉과 〈판타스틱Fantastic〉을 샀고, 그 후에는 〈판타지 앤드 사이언스 픽션Fantasy and Science Fiction〉을 발견했으며, 결국에는 〈갤럭시Galaxy〉를 보게 됐죠. 피터팬 방에서 탈출한 후에 처음 빠진 작가는 제나 헨더슨Zenna Henderson**이었는데, 텔레파시를 비롯해서 제가 관심을 갖고 있던 소재들을 젊은 여자들의 관점에서 썼기 때문이었어요. 누군가가 헨더슨의 『순례Pilgrimage』에 대해 이야기하는 걸 듣고 싶었기에, 구세군 서점에 찾아가서 5센트를 주고 그 책을 사서 사람들에게 나눠 주기도 했죠. 그러다가 나중에는 존 브루너John Brunner***와 시어도어 스터전을 발견했어요. 편안하고 좋은 이야기를 읽고 싶을 때면 에릭 프랭크 러셀Eric Frank Russell****과 J. T. 매킨토시J.

---

\*　　필라델피아의 윈스턴 컴퍼니에서 출간된 서른일곱 권의 미국 청소년 SF 소설 시리즈. 폴 앤더슨, 아서 C. 클라크 등 SF 분야의 많은 유명한 작가의 작품을 포함한다.

\*\*　　초등학교 교사이자 SF 작가로, 로이스 맥마스터 부졸드, 오슨 스콧 카드, 코니 윌리스 등이 자신에게 영향을 미친 작가로 언급한 바 있다. 오랫동안 절판 상태였다가 1995년에 복간된 작품집 『인개더링Ingathering』이 1996년 로커스상 최종 후보에 올랐다.

\*\*\*　　영국의 SF 작가. 『잔지바르에 서다Stand on Zanzibar』로 1969년 휴고상을 받았다.

\*\*\*\*　　영국 SF 작가로, 주로 펄프 잡지에 작품이 실렸다.

T. McIntosh\*에게 기댔던 기억이 나요. 이 작가들이 제가 몰랐거나, 생각해보지 않았거나, 다른 곳에서 읽어보지 못한 내용을 말해줬는지 아닌지는 또 다른 문제였죠. 더 나중에는 매리언 짐머 브래들리Marion Zimmer Bradley\*\*의 '다크오버Darkover' 시리즈를 다 읽었고요. 어슐러 K. 르 귄의 『빼앗긴 자들』을 특히 좋아했고, 프랭크 허버트Frank Herbert의 『듄』도 좋아했어요. 할란 엘리슨의 단편들을 읽었고, 또 존 윈덤John Wyndham\*\*\*, 아서 C. 클라크, A. E. 밴 보그트A. E. van Vogt, 아이작 아시모프도 읽었죠. SF 고전은 손 닿는 대로 다 봤어요.

매카프리   저는 이전에 익숙했던 SF와는 많이 달라 보이는 작품들에 끌렸던 기억이 나네요. 로버트 셰클리Robert Sheckley\*\*\*\*나 앨프리드 베스터Alfred Bester\*\*\*\*\* 같이요.

버틀러   그분들은 제가 거리감을 느끼는, 유머러스하고 풍자적인 SF

---

\*        스코틀랜드의 저널리스트 제임스 머독 맥그리거James Murdoch MacGregor가 SF를 발표할 때 쓴 필명이다. 대표작으로는 『백만 개의 도시The Million Cities』 등이 있다.

\*\*       자기만의 독특한 판타지와 SF를 쓴 작가로, '다크오버' 시리즈 외에 아서왕을 다룬 소설 『아발론의 안개』가 대표작이다.

\*\*\*      아서 C. 클라크, 에릭 프랭크 러셀과 함께 영국 SF 문학의 대표 작가로 꼽히며, 대표작으로는 『트리피드의 날』이 있다.

\*\*\*\*     1950년대부터 활동한 미국 SF 작가로, 단편, 장편, 시나리오를 가리지 않고 많은 작품을 남겼다. 2001년 판타지 작가 명예의 전당에 올랐다.

\*\*\*\*\*    다양한 활동을 했지만 특히 대표작 『파괴된 사나이』와 『타이거! 타이거!』로 SF 역사에 큰 족적을 남겼다. 현대 SF를 지금의 형태로 만든 작가들 중 하나로 꼽힌다.

를 썼던 것 같아요. 아마 어릴 때 저에게 유머 감각이 별로 없어서였을 거예요. 당시에 제가 쓰던 글은 믿을 수 없을 만큼 암울했어요. 너무 암울해서, 교사들은 제가 그 글을 어디서 베꼈을 거라고 여기곤 했죠.

맥머나민   새뮤얼 딜레이니가 1960년대에 쓰던 책들은 어땠나요?

버틀러   전 클라리온 워크숍에 가기 전까지는 딜레이니가 흑인인 줄도 몰랐어요. 십대 초반에 SF 모임에 들어갔을 때 『노바』를 받긴 했는데, 빠져들지 못하겠더라고요. 딜레이니의 소설을 몇 편 읽긴 했지만, 자서전인 『물속 빛의 움직임The Motion of Light in Water』을 빼면 최근 작품은 못 봤어요.

맥머나민   어린 시절에 다른 것도 읽었나요? 만화라거나, 유머 잡지인 〈매드Mad〉*라거나?

버틀러   전 1962년인가, 1963년이 되어서야 〈매드〉를 알았어요. 어머니가 일하는 곳에서 누가 준 잡지를 몇 권 가져오셨죠. 어머니는 잠시 훑어보고도 그게 뭐 하는 잡지인지 전혀 몰랐지만, 그래도 저에게 주셨어요. 전 〈매드〉에 푹 빠지긴 했지만 감정적으로는 거리감이 있었어요. 저는 뭐든 웃긴 이야기를 쓰고 싶지 않았기에, 웃긴 글을 즐겨 읽지도 말아야 한다고 생

*   1952년부터 EC 코믹스가 발행하고 있는 풍자 중심의 유머 잡지.

각했어요. 1960년대부터 1970년대 초까지 만화도 열심히 봤죠. DC 코믹스의 '슈퍼맨'이 먼저였고, 그다음엔 '마블'을 봤고요. 중고 가게란 중고 가게는 다 돌아다니면서 최대한 빠른 속도로 예전 호들을 사 모았어요. 당시에 전 저만의 세계에 살고 있었고—아니면 다른 사람들의 세계들에 살고 있었다고 해야 할까요—제가 관심을 둔 것에 대해 대화할 사람이 없었어요. 제가 SF 팬들의 네트워크에 들어갔다 해도 즐겼을 것 같진 않아요. 팬덤에 심하게 빠지는 사람들은 자주 옥신각신하던데, 그런 일은 귀중한 시간과 에너지를 잡아먹는 데다가 뭘 이뤄내는 것도 아니니까, 당시에는 그런 곳에 얽히지 않는 걸 좋아했죠. 제가 읽고 쓰는 괴상한 것들에 대해 대화를 나눌 사람이 한 명이나 두 명 정도 있었다면 딱 좋았을 거예요.

매카프리  흑인 문화와 과학, 흑인 문화와 SF의 관계에 대해서, 그리고 왜 더 많은 흑인이 SF를 쓰지 않는지에 대해 딜레이니와 대화를 해봤습니다. 딜레이니는 어떻게 보면 아주 뻔한 이야기라고 하더군요.

'아무도 안 하는데, 감히 내가?' 같은 생각이
아예 떠오르지 않았어요.

버틀러  그 말이 맞아요. 작가는 독자들에게서 나오는데, 그냥 오랫동안 흑인 SF 독자가 많이 없었어요. 저는 모두가 백인인 책들을 읽는 데 익숙해졌지만, 많은 흑인이 익숙해지지 못했어요. 대부분은 그냥 독서를 그만두거나, 현실적이라는 말을 듣는 책을 읽죠. 역사 로맨스라거나, 스파이 이야기라거나, 탐정소설 같은 책이요. 무슨 이유에선지, 흑인들도 나중에는 〈스타 워즈〉와 '스타트렉' 영화들에 푹 빠졌으면서도 SF에 빠지진 않았어요. 미시간에서 열린 어느 콘퍼런스에서 젊은 흑인 학생과 대화했던 일이 기억나는데요. 이 여학생은 SF를 써볼까, 하고 생각은 했지만 시도하지 않은 이유가 흑인 SF 작가에 대해 들어본 적이 없어서였다고 하더군요. 제 경우에는 '아무도 안 하는데, 감히 내가?' 같은 생각이 아예 떠오르지 않았어요. 하지만 알고 보니 많은 사람이 모델이 없다면, 그걸 안 하는 이유가 있을 거라고 생각하더라고요.

매카프리     글쓰기를 시작할 때 쓴 작품이 '패터니스트' 시리즈의 다른 버전들이라고 했죠.

버틀러     우선, 저는 뭐든 '평범한' 이야기를 쓴 적이 없어요. 그런 걸 정말로 쓰고 싶었던 적도 없고요. 저는 텔레파시와 초능력에 매료되었다가 결국에는 낡은 조지프 뱅크스 라인Joseph Banks Rhine* 책들을 만났고, '당신도 초능력을 개발할 수 있다!' 같은 선언을 하는 더 환상적인 이야기들도 만났죠. 전 그런 소

---

\*     미국의 심리학자로, 투시, 텔레파시 등의 연구법을 확립하고, 초감각적 지각 및 염력의 개념을 '초심리학'이라고 명명했다.

재에 반해버렸어요. 아마 제가 좋아한 적 없는 유일한 장르는 유령 이야기일 텐데, 아마 열두 살쯤부터 내세를 믿지 않게 되어서였을 거예요. 뭐, 어머니에게 그렇게 말할 용기가 생긴 건 열일곱 살인가, 열여덟 살이 되어서였지만요. 제가 불신하게 된 계기라면, 아마 어느 일요일에 교회에 갔다가(전 중생을 믿는 침례교도로 자랐어요) 목사님이 성서의 한 대목을 읽고는 "전 이게 무슨 뜻인지 모르지만, 믿습니다"라고 하시는 걸 들었던 일일 거예요. 어떻게든 믿고 신앙을 가지면서 그 믿음과 신앙을 뒷받침할 증거가 하나도 없다는 건 걱정하지 말아야 한다는 말과 같았죠. 저는 도무지 그렇게 되지 않았고, 다시는 돌아가지 않았어요.

매카프리 　작가님 작품 중 다수가 불멸을 다루기는 하지만, 살아 있는 동안 불멸이 되는 길을 찾는다면 몰라도 죽음 이후의 삶에 대해서는 다루지 않습니다.

버틀러 　맞아요. 십대 시절에, 친구들 한 무리가 각자의 꿈과 희망에 대해서 이야기하곤 했는데요. 누군가는 늘 이렇게 묻곤 했어요. "원하는 일은 뭐든 할 수 있다면, 넌 뭘 할래?" 저는 영원히 살면서 사람들을 교배하고 싶다고 대답했는데, 제 친구들은 썩 좋게 받아들이지 않았어요. 어떤 면에서는 그 욕망이 『와일드 시드』와 『내 마음의 마음』에서 도로를 움직이는 욕망이죠. 그래도 제가 도로를 나쁜 놈으로 만들긴 했잖아요!

매카프리  사람들을 번식시킨다는 생각에 그렇게 강하게 끌린 이유가
       뭘까요? 삶의 방향을 통제할 수 있다는 이상이었나요?

버틀러   기본적으로는 그래요. 제 생각의 방향이 왜 그쪽으로 끌려가
       는지는 제대로 이해하지 못했다가, 사회생물학이 인기를 얻
       는 동시에 비난을 받는 때가 왔죠. 전 계속 '이러이러한 행동
       의 목적은 저러저러하다' 같은 것들을 읽었어요. 다시 말해서,
       모든 행동에는 생존에 중요한 목적이 있다는 추론인데요. 솔
       직히 인정합시다. 어떤 행동에는 그런 목적이 없어요. 그런 행
       동들이 유전이라면, 인류가 지속하기 위한 생존의 길을 가로
       막지 말고 비켜줘야 해요. 그러다가 겨우 1년인가 전에 제가
       스티븐 제이 굴드Stephen Jay Gould의 책을 한 권 읽었는데, 거기
       서도 거의 똑같은 말을 해요. 저는 생물학자가 어떤 것들은(육
       체적인 특징이든, 행동이든) 사람을 죽이지도 구하지도 않는다고
       쓴 내용을 보고 안도했죠. 어떤 것은 중요한 유전적 특성에 편
       승할 수도 있는데, 반드시 그럴 필요는 없는 거예요. 더해서,
       인간의 행동이 어느 정도 유전적으로 결정되기는 해도, **구체
       적으로** 정해져 있진 않을 때가 많아요. 다시 말해서 그 누구도
       이러이러한 행동을 하도록 설계되진 않는다는 거죠.

맥머나민  작가님의 '제노제네시스' 3부작이 사회생물학의 위험 가능성
       을 어떻게 다루는지 말해줄 수 있을까요?

버틀러   지금 저는 유전공학이 채택한 방향이 무서워요. 괴물이나 뭐

그런 끔찍한 걸 창조한다는 뜻은 아니고요. 그런 일이 일어날지도 모르지만, 지금 무서운 건 '익숙함은 무시를 낳는다'는 생각이에요. 『이마고』에서 이 생각을 다뤘는데, 소설 속에서 유전공학자가 자신이 친족 가운데에서는 짝을 맺을 수 없다는 사실에 대해 이야기하면서 '익숙함은 실수를 낳는다'고 생각하기 때문이라고 하죠. 저는 일단 인류가 유전공학을 더 편하게 여기고 나면, 우리가 그런 조심성을 발휘하지 않고, 단지 누군가가 주의를 기울이지 않는다는 이유만으로 끔찍한 짓을 저지를 가능성이 높다는 걱정이 들어요.

매카프리  당연하게도 그 이야기는 이런 실험들을 누가 하고 있으며, 누구의 이득을 위해서 하는가, 라는 질문을 불러일으키는군요.

버틀러  그때 가장 많은 돈을 벌 수 있을 것으로 보이는 목적에 투입되겠죠. 지금 우리는 뭔가가 심하게 잘못되고 있다면 너무 늦기 전에 알아차릴 거라는 믿음 위에서 움직이고 있는 것 같아요. 하지만 유독성 폐기물과 원자력 폐기물 문제, 아마존 우림 파괴, 오존층 파괴 등을 직시해보면, 어쩌면 이미 너무 늦었을지 모른다는 사실이 분명히 보여야죠.

매카프리  작가님은 지성이 종의 진화 체계 가운데 어디에 들어맞느냐는 문제를 탐구하는 데 관심이 많은 것 같습니다. 개인적으로 저는 우리가 스스로에게 좋지 않을 만큼 지적으로 발달한 게 아닌가 생각해요. 다시 말하면, 우리가 원자력과 유전공학 같은 영역에서 발견하는 바를 다루는 정서적 능력보다 우리의 지성이 더 빨리 진화해버린 게 아니냐는 거죠.

버틀러    지성은 실제로 단기적인 적응일 수도 있어요. 지금은 잘 먹히지만 결국에는 우리를 파괴할, 과도한 전문화로 판명될 수도 있죠. 제가 '제노제네시스' 3부작에서 탐구하는 것은 두 가지 특질이 경쟁 또는 갈등 관계에 있다는 생각이에요. 하나는 지성이고, 또 하나는 위계적 행동, 단순한 우월의식이에요. 위계적인 행동에 기우는 성향이 더 오래됐고 더 견고해요. 이 행성에 사는 모든 동물 종은 물론이고 어떤 면에서는 식물에서도 추적할 수 있는 성향이죠. 위계적 행동은 자동으로 돌아가면서, 필요 이상으로 지성을 좌우해요. 우리의 행동이 어느 정도까지 유전적으로 미리 결정되어 있나를 들여다볼 때마다 —여기에서 사회생물학이 활약하는데요— 우리는 누가 제일 크거나 좋거나 많은 것을 가졌나, 누가 열등하고 누가 우월한가에 집착하죠. 우리가 몇 가지 생물학적인 충동을 억제할 방법을 배울 수 있다면, 스스로가 특정한 방식으로 행동하지 않도록 막을 수 있을지도 몰라요.

매카프리    예를 들면 피임이 그렇지요.

버틀러    그래요. 그리고 일상적인 행동에서도 보여요. 당신이 나에게 화가 난다고 해서 총을 뽑아서 날 쏘거나, 테이블 너머로 손을 뻗어서 내 멱살을 잡진 않겠죠(그러는 사람도 있겠지만요).

하지만 어떤 정치가는 화가 나서 이렇게 말할 수도 있어요. '수백만 명을 도울 수 있다 해도 이 법안은 통과시키지 않겠어. 네가 내 권위를, 나 개인의 능력을 존중하지 않았으니까!' 물론 정치가들이 실제로 저런 말을 하는 일은 없지만, 우린 이런 일이 일어난다는 사실을 알죠. 똑같이 파괴적인 싸움이 의사와 환자 간의 관계에서 일어날 때도 있고, 그럴 때는 환자들이 고통을 받게 돼요.

매카프리   그건 『새벽』의 기초가 된 구상 중 하나 같군요. 우리가 생물학적으로 자기파괴를 하도록 설계됐다는 생각이요.

버틀러   자기파괴를 하도록 설계됐다기보다는, 우리가 '누가 제일 크거나 좋거나 많은 것을 가졌나'의 사고방식을 넘어서려고 하지 않기 때문에 자기파괴가 일어난다고 봐요. 우린 그걸 넘어설 수 있어요. 사실 개개인은 넘어서기도 하고요. 그리고 만일 우리가 그렇다는 걸 안다면, 우린 그걸 극복할 수도 있어야 마땅해요. 『성인식』에서 외계인들은 이렇게 말하죠. "당신들이 해내지 못할 줄은 알지만, 그래도 두 번째 기회를 주겠습니다." 구성체들(외계인과 인간의 유전자 혼합으로 만들어진 새로운 세대의 아이들)이 외계 친척들을 설득해서 인류에게 그저 인간이 될 기회를 한 번 더 주는 거예요.

매카프리   작가님의 모든 작품에는 '유익한 변화를 이룰 필요'와 '그런 변화가 인간성의 상실을 낳을 것이라는 느낌' 사이의 복잡한 균형이 있습니다.

제 소설 속에서는 모두가 이기기도 하고 지기도 하는데
제가 보기에는 세상이 그렇기 때문이에요.

버틀러  많은 사람이(유감스럽게도 그중에는 작가와 편집자들도 있죠) 모
든 것을 선과 악이라는 측면에서 생각하는 것 같아요. 외계인
들은 우리의 한심한 사고방식을 바로잡도록 도와주러 오거
나, 아니면 우리를 죽이러 온다는 식이죠. 제가 소설을 통해
서 완성하고 싶은 것은, '선'과 '악' 같은 먼 개념들 말고, 현
실 세계에서 그에 상응하는 일련의 음영이에요. 결코 절대적
이지 않고, 언제나 단계적이죠. 보통 제 소설 속에서는 모두
가 이기기도 하고 지기도 하는데—『와일드 시드』가 아마 그
부분을 가장 잘 그렸을 거예요—제가 보기에는 세상이 그렇
기 때문이에요.

매카프리  '패터니스트' 시리즈의 처음 구상은 어땠나요? 예를 들자면,
작가님이 쓴 순서대로 출판되지 않았다고 알고 있는데요. 시
리즈 전체에 대해 계획안을 갖고 있었나요?

버틀러  아니에요. 워낙 오랫동안 제 머릿속에 있었기 때문에 계획안
이 필요하지도 않았어요. 처음 세 권은 세 가지 다른 시대를
다룰 생각이었죠.『내 마음의 마음』은 현재,『패턴마스터』는
먼 미래의 지구를 다루고, 좀 더 가까운 미래가 배경인『생존

자』는 도망치기는 했지만 자기 보존은 생각할 수도 없을 만큼 신앙이 강하다 보니 과거에 작별을 고하지는 못한 사람들을 다뤄요. 「블러드차일드」도 생존자들 이야기지만, 그쪽은 캐릭터들이 이 소설과는 다르게 반응하죠. 하나의 종으로 살아남기는 하지만, 변함이 없지는 않은 거예요. 변화에 대한 이런 생각이 제가 작가로서 직면하는 가장 큰 도전 중 하나 같아요. 그리고 변화를 직면하지 못하는 게 많은 SF에서 보이는 큰 문제죠. 어떤 종류든 중요한 변화야말로 SF의 핵심이에요.

매카프리    실제로 이 시리즈 작업에 착수했을 때는 책이 따로따로 구체화되던가요?

버틀러    아니요. 한꺼번에 진행됐고, 오랫동안 한 권도 끝낼 수가 없었어요. 이전까지 20쪽 정도 되는 단편들은 완성할 수 있었기에, 결국에는 장편 하나를 완성할 때까지 20쪽짜리 챕터를 하나씩 써보기로 했죠. 물론 챕터마다 끝나는 길이는 다 달랐지만, 그런 목표를 세웠더니 스스로를 속여서 첫 장편을 완성하는 데 도움이 됐어요.

매카프리    그러니까 첫 장편을 완성하기 전에 상당히 복잡한 전체 콘셉트를 구축해두었던 거군요.

비틀러    지는 까다로운 인간 조건의 영향들을 즐겨 다뤄요. '패터니스트' 시리즈의 복잡성은 제가 정말 오랫동안 머릿속에서 그 우주에 살았기 때문에 나온 결과였죠. 예를 들어 『와일드 시드』를 쓰던 시점에는 숫자와 날짜가 정확한지 살펴야만 했죠. 아냥우와 도로가 엉뚱한 나이대가 아닌지 확인해야 했어요. '패터니스트' 영역은 저에게 워낙 편안했기 때문에, 뭐든 할 수 있다고 느꼈어요. 하지만 '제노제네시스' 우주에서는 문제가 있었는데, 상상 속에서 그 세계에 충분히 오래 살지 않은 탓이었어요. 계속 뒤돌아보면서 내가 뭐라고 했었는지 확인하고, 모든 게 맞아떨어지고 모순이 없는지 살펴야 했죠.

매카프리 『클레이의 방주Clay's Ark』에서 묘사하는 질병은 묘하게 예언처럼 보입니다. 에이즈로 인해 일어난 일을 생각하면요. 그 책을 쓸 때 에이즈에 대해 들어보았나요?

버틀러 아니요. 에이즈에 대해서 들은 건 나중이었어요. 제가 쓴 질병은 광견병에 바탕을 뒀고, 광견병에 대해서는 제가 갖고 있는 오래된 책에서 읽었죠. 전 광견병에 짧게나마 감각이 강화된다는 부작용도 있다는 사실에 매력을 느꼈어요. 전염성이 있으면서 동시에 실제로 신체 능력을 끌어올리는 질병에 걸릴 수 있다면 끝내주겠다고 언제나 생각했거든요. 그래서 『클레이의 방주』에서 걸린 사람에게 좋은 질병에 대해서 썼죠. 물론 살아남는다면 말이지만요.

맥머나민 『킨』은 작가님이 의도적으로 '패터니스트' 시리즈를 끊고 내놓은 작품처럼 보입니다.

실은 『킨』도 '패터니스트' 시리즈에 넣을 예정이었는데, 어울리지 않아 보였어요. 아마 그때쯤에는 앞서 낸 책들보다 더 현실적으로 쓰고 싶었기 때문이었을 거예요. 사실 『킨』은 1960년대 중반에 대학을 다니다가 들었던 어떤 말에서 자라난 이야기예요. 당시에 전 흑인 학생 연합에 들어가 있었는데, 거기에 흑인의 역사가 유행하기 전부터 흑인사에 관심을 두었던 남자가 하나 있었어요. 그 남자는 상당히 박식하다고 느껴졌지만, 노예제에 대한 태도가 제가 열세 살 때 품었던 태도와 거의 흡사했어요. 예전 세대가 저항했어야 한다고 생각하는 식이었죠. 한번은 이러더군요. '우리를 이토록 오랫동안 방해한 늙은 세대들을 다 죽여버릴 수 있다면 좋겠지만, 그러자면 내 부모부터 시작해야 할 테니 못하겠다'고요. 그 남자는 흑인 역사에 대해 저보다 훨씬 많이 알면서도, 그 역사를 마음속 깊이 느끼지 못했어요. 『킨』에서 저는 그 남자와 비슷하게 자란(중산층 흑인이었죠) 인물을 남북전쟁 이전의 남부에 데려다놓고 얼마나 잘 맞서나 보고 싶어졌어요. 하지만 그 캐릭터를 유지할 수가 없었어요. 그 남자의 모든 면이 맞지 않았죠. 보디랭귀지도, 백인을 쳐다보는 방식도, 감히 백인을 쳐다본다는 사실 자체도요. 『킨』을 소망을 충족시키는 판타지로 만들고 싶다면 모를까, 그렇지 않고선 도저히 주인공을 남성으로 할 수 없었어요. 그걸 깨닫고 나서는 학대 경험이 있는 여성 캐릭터를 구축했죠. 위험한 사람이지만, 죽여야 할 만큼 위험하다고 여겨지지는 않는 인물로요.

매카프리 　『킨』이 출간될 당시 SF로 나오지 않았다는 사실이 흥미로운
　　　　데요.

버틀러 　그래요. 그리고 서평가들이 그 부분에 대해 불평하기도 했죠.
　　　　시간 여행이라는 개념이 불편했나 봐요. 그 사람들 태도를 보
　　　　면 SF 같은 '저급한 장르'에서나 그런 말도 안 되는 개념을 막
　　　　쓸 수 있지, '현실적인' 소설을 쓰려면 **완전히** 현실적이어야
　　　　한다는 것 같아요. 하지만 독자들도 가브리엘 가르시아 마르
　　　　케스Gabriel García Márquez 같은 작가가 쓰는 글은 불평 없이 받
　　　　아들일걸요! 어쩌다가 라디오에서 마크 헬프린Mark Helprin이
　　　　『윈터스 테일』에 대해 인터뷰하는 내용을 들은 기억이 나는
　　　　데요. 인터뷰어가 그 소설을 판타지라고 하자, 헬프린이 당황
　　　　해서 자기 작품에 날개 달린 말과 다른 환상적인 요소가 이것
　　　　저것 나오긴 하지만 한 번도 판타지라고 생각해본 적은 없다
　　　　고 했어요. 말인즉슨 어떤 작품이 판타지이거나 SF라면 훌륭
　　　　할 수가 없다는 뜻이었죠.

매카프리 　마르케스만이 아니라 토니 모리슨Toni Morrison도 작품에서 비
　　　　행이라거나 마법, 유령처럼 환상적으로 보이는 요소를 활용
　　　　하지만, 모리슨의 소설은 현실적이라고 여겨지죠.

버틀러 　모리슨의 소설에서 리얼리즘은 모호해요. 『술라』에 어린 여
　　　　자애 둘이 실수로 그들보다 더 어린 아이 하나를 익사시키고
　　　　는 아무에게도 말하지 않는 장면이 있죠. 그 장면은 기괴한

데다가 환상 같기까지 하지만, 전 그 장면의 모든 단어를 믿었어요. 그 여자애들이 "누구요, 우리요?" 하고 빠져나가려고 한다는 게 그렇게 믿기 힘든 일이라고 생각하지 않아요. 모리슨은 그 책에 똑같이 기이한 장면을 여럿 집어넣었지만, 진실이라는 울림을 주죠.

매카프리     정반대 극단에는 '하드 SF'라는 노선도 있죠. 판타지 요소에 기댄다면 다 탈락이라고 주장하는.

버틀러     보통 하드 SF 신봉자들에게 중요한 건 그 작품들이 다루는 내용의 논리예요. 그 결과로 어떤 작품은 캐릭터 구축에 실패하기도 하죠. 전 그걸 '멋진 기계 학교식 스토리텔링' 접근법이라고 불러요. 작가들이 왜 실제 과학을 다루면서 훌륭한 캐릭터를 구축하지 못하겠어요? 전 중편 「저녁과 아침과 밤The Evening and the Morning and the Night」에서 둘 다 해냈다고 생각하는데, 그 소설이 제가 하드 SF의 관점에서 가장 조심스럽게 발전시킨 이야기예요. 이 중편은 의학을 다루는데, 실제로 존재하는 질병 세 가지를 활용해서 소설에 나오는 질병을 만들었어요. 아는 의사 한 명이 전화해서 이 소설이 얼마나 마음에 들었는지 말해줬는데, 아마 그게 제가 받을 수 있는 최고의 찬사일 거예요.

맥머나민     『와일드 시드』의 출발점은 무엇이었나요?

버틀러　　『킨』의 집필을 막 끝냈을 때, 그게 미국 초기 역사 속에 도로와 아냥우가 나오는, 그러나 전혀 다른 소설이라는 느낌이 계속 남아 있었어요. 하지만 둘 다 『킨』에는 나오지 않았죠. 『킨』은 '패터니스트' 우주에 속하지 않았고, 너무 현실적이었으니까요. 노예사와 노예들의 생애사를 조사해야 하다 보니 『킨』은 제가 쓰기에 우울한 책일 수밖에 없었어요. 반면 『와일드 시드』의 집필은 즐겁기만 했죠. 다만 자료 조사 면에서는 지금까지 쓴 소설 중에 제일 힘들었어요. 처음에는 이보Ibo 인*을 다룬다면 한 민족과 한 언어만 알면 된다고 생각했는데, 알고 보니 방언이 엄청나게 많더라고요. 오니차Onitsha 이보에 대한 거대한 민족지를 한 권 찾아낸 게 무척 도움이 됐어요. 저는 어떤 사람이 로스앤젤레스 공공도서관에 불을 지르기 전에 『이보 단어 목록The Ibo Word List』이라는 책도 하나 발견했는데, 다섯 가지 방언으로 단어를 담은 책이었어요. 다 낡아서 책장이 떨어져 나갈 정도로 멋진 옛날 책이었고, 그 책이 제가 필요한 언어를 습득하도록 도와줬죠.

매카프리　　『와일드 시드』의 여자주인공 콘셉트는 어떻게 구체화했습니까?

버틀러　　한동안은 어떻게 아냥우를 이보인과 연관시킬지 몰랐어요. 해결책을 리처드 N. 헨더슨Richard N. Henderson이 쓴 『모든 인간의

---

*　　나이지리아 지역에 사는 민족. 소설 『와일드 시드』의 주인공 아냥우가 이보 사람이다.

왕: 오니차 이보 사회 및 문화의 발전 경향The King in Every Man: Evolutionary Trends in Onitsha Ibo Society and Culture』이라는 책에 나오는 '아타그부시Atagbusi'라는 여자에 대한 주석에서 찾았죠. 전설 속 아타그부시는 평생 자신의 동포들을 도우면서 산 형태 변환자인데, 죽고 나자 시장市場의 문 하나가 그에게 바쳐졌고, 나중에는 보호의 상징이 됐어요. 저는 혼자 생각했죠. 이 여자에 대한 설명이 완벽한데, 누가 이 사람이 죽어야 했대? 그래서 전 '아타그부시'를 아냥우의 이름 중 하나로 삼았어요. '도로'라는 이름은 캐릭터 배경에 대해 아무것도 모르는 채로 붙였는데, 나중에 아주 낡고 너덜너덜한 누비아어-영어 사전에서 '도로'를 찾아봤더니 '태양이 오는 방향'이라는 의미더라고요. 제가 쓰려는 글과 딱 맞아떨어졌죠. 그리고 아냥우도 같이 엮이는데, '아냥우'는 '태양'을 의미하거든요.

매카프리   '제노제네시스' 3부작에 영감을 준 계기는 뭐였습니까?

버틀러   사람들에게는 로널드 레이건이 '제노제네시스'의 영감을 줬다고 말하고 다녀요. 레이건이 제게 불러일으킨 생각 중에서 유일하게 받아들인 생각이었죠. 레이건의 첫 임기가 시작됐을 때, 그 행정부는 '이길 수 있는' 핵전쟁, '제한된' 핵전쟁이라는 아이디어를 떠들었어요. 더 많고 많은 핵 '무기'들을 가지면 우리가 더 안전해진다고도 했죠. 바로 그때 전 인간에게는 시성과 위계적 행동이라는 두 가지 충돌하는 특성이 있는데, 위계적 행동이 너무 많은 힘을 가진 채 자동적으로 돌아간다는 생각을 파고들기 시작했어요. '제노제네시스' 3부작의 외계인들은 인류에게는 빠져나갈 방법이 없다고, 스스로를 파괴하도록 설계되어 있다고 말해요. 인류는 "그건 댁들이 상관할 바가 아니고 아마 사실도 아닐 거야"라고 대꾸하고요. 소설 속의 구성체 캐릭터는 인류가 자기파괴적이든 아니든, 자기만의 운명을 따라가도록 해야 한다고 하죠. 화성은 워낙 가혹한 행성이니까—그리고 그곳에 사는 사람들은 (외부 지원을 받는다 해도) 그 행성을 살 만하게 만들기 위해 아주 많이 노력해야 하니까—그곳에서라면 지배와 우열이 일으키는 적개심과 문제들을 다 잡아먹을지도 모른다는 아이디어와 함께요. 꼭 그렇다는 보장은 없지만, 그래도 희망은 품어볼 만한 거죠.

매카프리   화성을 책의 배경으로 쓰겠다고 결정하면, 그 행성에 대해 실제로 조사를 하는 편인가요?

버틀러   이 경우에는 아니에요. 실제로 어떤 장면도 화성에서 벌어지지는 않아서요. 생물학적인 도구를 가지고 일하는 이 외계인들이 제가 원하는 일을 할 수 있는지 보려고 화성의 환경을 확인해보기만 했어요. 이 소설은 그 과정을 다루는 이야기가 아니니까, 실제로 그 과정을 보여주지 않고 그들이 그런 일을 한다고 쓸 수 있겠다고 판단했죠.
제가 '제노제네시스' 3부작에서(그리고 다른 책에서도) 살펴보고 싶었던 또 한 가지 아이디어는 암을 도구로 쓴다는 개념이에요. 분명 제가 그런 생각을 처음 한 사람은 아니지만요. 질병으로서 암은 끔찍하지만, 흥미롭기도 해요. 암세포는 일부러 죽이지 않는 한 불멸이잖아요. 암세포가 우리의 불멸로 가는 열쇠가 될 수도 있겠죠. 성형수술을 대체할 수도 있을 거예요. 그러니까, 허벅지나 다른 신체 부위에서 뭔가를 떼어 이식하거나 반흔조직을 남기는 대신, 정확히 필요한 걸 키울 수 있겠죠. 그 세포들을 재설계할 방법만 안다면요. 이 아이디어를 세 번째 '제노제네시스' 소설에서 쓰긴 했는데, 제가 원하는 바를 다 쓰지는 않았어요. 아마 『와일드 시드』에서 『이마고』까지 형태 변환이 그랬던 방식대로 진화하고 싶어요. 이 아이디어는 더 다룰 거예요.

매카프리  '제노제네시스' 3부작은 어느 정도나 미리 정해두었나요?

버틀러  결말은 정해뒀지만, 꼭 그대로 쓴다는 보장은 없어요. 저는 글을 쓰기 시작할 때 두 가지가 필요해요. 제목과 결말이요. 그 두 가지가 나오지 않았다면 그냥 아직 시작할 때가 아닌 거예요. 미국서부작가조합Writers Guild of America West의 선생님 중 하나였던 S. L. 스테벨S. L. Stebel*은 우리에게 소설의 전제가 뭔지 한 문장으로 말해보라고 시키곤 했어요. '이건 이러이러한 일을 하는 사람에 대한 이야기입니다' 같은 식으로요. 제 소설들은 이러저러한 행동을 하는 사람들을 다루지, 이러저러

---

*    미국의 소설가이자 각본가. 작품을 많이 쓰기보다는 가르치는 데 더 헌신했다.

한 사람을 다루지 않아요. 그리고 그건 제게 중요해요. 후자는 온통 묘사와 설명만 있고 실제로는 어디로도 가지 않는 고정된 이야기로 흐를 수 있거든요. 저는 글을 쓸 때 벽에 커다랗게 써 붙일 때가 있어요. '행동, 몸부림, 목표'라고요. 저는 제 캐릭터들에게 너무 친절한 편이라서요. 조심하지 않으면 인물들에게 어떤 식으로든 대가를 치르게 할 만한 일이 안 일어나요. 그러면 좋은 이야기가 안 되죠.

맥머나민    작가님 작품에 기독교 성서가 토대를 제공하는 것 같습니다. 혹시 작가님이 성서를 판타지 책으로 보기 때문일까요?

버틀러    성서에선 언제나 빌려올 수 있는 구절이 많아서 좋았어요. 『와일드 시드』는 소제목이 전부 성서에서 나왔고, 『새벽』에서는 캐릭터 하나에 '릴리스Lilith'라는 이름을 붙였죠. 신화에 따르면 아담의 첫 번째 아내이자 아담에게 복종하지 않아서 그의 마음에 들지 않은 인물이에요. 『브루어의 관용구와 우화 사전Brewer's Dictionary of Phrase and Fable』에서는 릴리스를 첫째로 '바빌로니아 괴물'이라고 정의하는데요. 저는 릴리스의 악명이 아담의 명령을 따르지 않겠다고 해서 생긴 결과인지가 궁금해요. 그러니까 대답은, 맞아요, 전 이름들과 참고 문헌들이 너무 재밌어요. 주로 제 캐릭터가 어떤 인물인지에 맞아떨어지는 이름을 써먹길 좋아하죠. 예를 들어서, 기원에 따라 '블레이크Blake'는 '하얀색'이나 '검은색'을 암시해요. 그리고 '매즐린Maslin'은 '혼합'이죠. 캐릭터의 이름이 확정되기 전까지는 그 캐릭터를 제대로 움직일 수 없어요. (이름 사전의 도움도 자주 받는데) 일부는 아마 어렸을 때 묘지에 자주 따라간 경험에서 나올 거예요. 제 친척들 절반은 앨터디나에 묻혔고, 제 어머니는 묘지에 꽃을 두러 갈 때마다 저를 데려가곤 했어요. 돌아다니면서 묘비에 적힌 이름들을 베끼던 기억이 나네요. 어째선지 그 이름들을 갖고 있으면 그 사람들과 연결된 기분이 들었거든요.

맥머나민　혹시 작가님 작품이 대부분의 SF에 자리 잡은 백인 남성 위주의 전통과 편견을 깨뜨리려는 의식적인 시도라고 생각하나요?

버틀러　제 소설이 전통적이었던 적이 없긴 해요. 적어도 제가 술과 담배를 지나치게 많이 하는 서른 살짜리 백인 남자들에 대한 끔찍한 단편을 쓰는 걸 그만둔 이후부터는요. 지금 '의식적'이라는 표현을 쓴 게 흥미로운데, 제가 지금 말하신 방식으로 의식하고 뭘 하는 것 같진 않군요. 저는 제가 해야 한다고 의식하는 것이 아니라, 제가 재미있어 하는 것에 대해 씁니다. 그게 제가 살고 있는 세상과 조금 비슷한 세상에 대해 쓴다는 의미가 될 때가 많기는 해요. 인정합시다. 우주 전체가 미국 백인으로만 가득한 세상을 쓰는 사람들이라면, 아마 외계 행성은 고사하고 진짜 세상도 못 다루지 않겠어요? UCLA 스터디 그룹과 함께 갔던 페루의 쿠스코에서, 저와 키가 비슷한 금발 여성과 같이 거리를 걸었던 일이 기억나요. 주위에 보이는 모든 사람이 갈색 피부에 몸이 작고 단단했고, 우리보다

키는 30센티미터쯤 작은 데다, 머리가 검은색 직모였어요. 우리는 여기가 우주에서 우리 둘이 똑같이 외계인처럼 보이는 몇 안 되는 장소일 거라고 입을 모았죠.

매카프리 　 SF는 페미니스트들에게나, 다른 문화에서 온 사람들에게 탐구하기 유용한 영역처럼 보입니다. 편견에 대해서 탐구하려면요.

## 소설가들은 지나치게 교육자처럼 굴거나 지나치게 논쟁적일 수 없어요.

버틀러 　 사실이지만, 거기엔 함정이 있어요. 소설가들은 지나치게 교육자처럼 굴거나 지나치게 논쟁적일 수 없어요. 사람들이 가르침을 받고 싶다면 수업을 듣겠죠. 설교를 듣고 싶다면 교회에 갈 테고요. 하지만 소설을 읽고 싶어 한다면, 그 소설은 꽤 좋은 이야기, 이야기로서 독자들의 관심을 붙들 이야기인 쪽이 좋아요. 다른 수많은 소설은 물론이고 텔레비전, 영화, 스포츠, 그 밖의 다른 오락물들과 경쟁해야 하죠.

매카프리 　 지난 약 15년 동안은 유토피아 모델을 다루는 페미니스트들의 SF가 많이 나왔습니다.

버틀러 　 맞아요. 그리고 저는 그 계통을 받아들이기가 힘들어요. 개인적으로 유토피아라는 게 우스꽝스럽거든요. 우리가 완벽한 인간 사회를 얻으려면 완벽한 인간들이 있어야 할 텐데, 그런 일은 일어나지 않을 것 같거든요. 게다가 진짜 유토피아라면 믿을 수 없을 만큼 지루할 게 거의 분명하고, 지나치게 특수하게 만들어진 나머지 어떤 변화라도 도입하면 체제 전체가 무너질 거예요. 우리 인간들이 때로 정말 형편없긴 하지만, 현재의 체제에 그런 문제가 생길 것 같지는 않아요.

매카프리　혹시 작가님 작품 속에서 남성성과 여성성이 공존할 방법을 찾으려고 노력하는 모습을 비판하는 래디컬 페미니스트의 반응을 받아본 적이 있나요? 특히 '이 행성이 살아남으려면 우리는 대단히 극단적인 일을 해야 한다. 예를 들면 남성을 다 없애버린다거나 하는 일 말이다' 같은 말을 하는 샐리 기어하트Sally Gearhart는 뭐라고 할까요.

버틀러　아니요. 특별히 그런 반응을 받아보진 못했어요. 그런데 기어하트는 정말로 그렇게 생각하나요? 남성을 (번식 목적으로만 남기고) 모조리 없앤다거나, 여성에게만 힘을 쥐여준다고 해서 우리 문제들이 해결되진 않을 거예요. 여자들이 폭력이나 다른 수단을 통해서 힘을 장악하는 데 성공한다면, 그때 우리는 이전과 많이 비슷해지겠죠. 문제를 오히려 키우는 꼴이 될 거예요. 전 인류가 성장해야 하고, 종으로서 우리가 성장할 수 있는 최선의 길은 우주로 나가는 데 있다고 생각해요. 전 화성이나 이 태양계 다른 어디에나 생명이 없을 것 같다는 내용을 읽고 무척 기뻤어요. 그렇다면 우리가 살아남기만 한다면 태양계 전체로 나아갈 수 있으니까요. 그러면 우주 공간을 여행하고 지구가 아닌 곳에서 사는 방법을 익혀야 하는 스트레스를 이용할 수 있겠죠. 그 스트레스를 이용해서 우리의 에너지를 붙들어 매면, 성숙할 시간을 가질 수도 있을 거예요. 그렇다 해도 끔찍한 짓을 계속 저지를 수는 있겠지만, 어느 불행한 외계인보다는 우리 스스로에게 할 테죠. 물론 아마 우린 꽤 오랫동안 제일 가까운 항성까지도 가지 못할 테지만요. 전 이 아이디어가 마음에 들어요.

# 라벨 붙이기

옥타비아 버틀러는 하나의 현상이다. 그는 1976년부터 지금까지 아홉 권의 장편을 출간했는데, 이는 북미의 다른 어떤 흑인 여성 작가보다 많은 숫자다. 심지어 더 놀라운 것은 그가 SF를 쓴다는 점이다. 모든 주요 SF 상을 받아낸(네뷸러상 한 번, 휴고상 두 번) 그는 상당한 추종자를 모았을 뿐만 아니라 평단의 찬사도 받고 있다. 특히 1979년에 냈다가 1988년에 명망 높은 비컨 흑인 여성 작가 시리즈Beacon Black Women Writers Series로 다시 나온 『킨』이 더욱 그렇다. 『킨』은 1976년에 다른 인종과 결혼을 하고 로스앤젤레스에 사는 흑인 여성인 다나 프랭클린의 이야기로, 다나는 알 수 없는 이유로 여러 차례 시간을 거슬러 1824년의 메릴랜드에 떨어져서 백인 조상에 얽힌 도덕적 딜레마를 경험한다. 사실과 환상의 소름 끼치게 성공적인 조합이라는 점에서 카프카의 『변신』과 자주 비교되는 이 소설은 많은 독자에게 현대의 고전으로 여겨지고 있다. 버틀러는 SF의 관습들을 활용해 인종, 성별, 권력에 대한 오랜

〈캘럴루Callaloo〉 14권 2호. 찰스 H. 로웰Charles H. Rowell 편집, 존스홉킨스대학교 출판부, 1991, 495~504쪽. 이 인터뷰는 1990년 랜들 케넌에 의해 진행되었다.

가정들을 전복해낸다. 그의 손에서 이 장치들은 우리 세상을 재해석하고 재고하는 능란한 은유가 된다. 강인한 여성들, 다인종 사회, 그리고 인류의 자기파괴성을 문제 삼는 외계인들 같은 특징은 그의 소설을 장르 너머까지 밀어 올린다.

그 외에 지금까지 나온 작품으로는 『패턴마스터』 『내 마음의 마음』 『생존자』 『와일드 시드』 『클레이의 방주』, 그리고 '제노제네시스' 3부작 (『새벽』 『성인식』 『이마고』)이 있다. 버틀러는 또한 단편과 중편도 여럿 내놓았는데, 그중 「블러드차일드」는 1984년에 상을 타기도 했다. 현재는 새로운 시리즈의 첫 권을 쓰는 중이다.

옥타비아 버틀러는 로스앤젤레스에 산다. 이 전화 인터뷰는 1990년 11월 3일에 이루어졌다.


케넌    작가님은 혹시 작가님 자신의 작품을 SF나 판타지가 아니라 사변소설이라고 부르는 쪽을 선호합니까?


버틀러    아니요. 사실 그렇지 않거든요. 제 작품은 대부분 SF예요. 일부는 판타지가 맞고요. 사실 전 그런 이름 붙이기를 좋아하지 않고, 다 마케팅 도구라고 생각하는 데다가, 글을 쓸 때는 그런 문제를 신경 쓰지 않아요. 그런 이름들은 또한 작품을 제한하는 요소로도 작동하죠. 이름만 보고 뭘 쓰는지 안다고 생각하기 때문에 특정한 사람들이 읽지 않거나, 사지 않는 결과를 초래하거든요. 당장 SF라고 하면 모두가 〈스타워즈〉나 '스타트렉'을 생각하니까요.

| 케넌 | 하지만 작가님이 쓰는 개념들, 이를테면 『킨』에 나오는 시간 여행 같은 경우나……. |
|---|---|

| 버틀러 | 『킨』은 판타지예요. 말 그대로, 판타지예요. 『킨』에는 과학이 없어요. 그게, 저는 무엇인가가 SF라는 말을 들으면 그 안에서 과학을 다루는 대목이 있으리라 기대하거든요. 예를 들어 『와일드 시드』는 대부분의 사람이 생각하는 것보다 더 과학적인 소설이에요. 주인공이 의료 과학을 다루는데, 다만 그걸 어떻게 말해야 할지 모를 뿐이죠. 『킨』에는 과학이 전혀 없어요. 시간 여행조차도요. 전 시간 여행 기계나 원리 같은 것을 쓰지 않았어요. 여기에서 시간 여행은 그저 주인공이 뿌리에 직면하도록 그를 과거로 끌고 가는 이야기 장치에 불과해요. |
|---|---|

| 케넌 | 예전 인터뷰들에서 작가님은 어머니의 삶에 대한 작가님의 이해와, 작가님이 작품에서 탐구하는 몇 가지 주제 사이에 흥미로운 유사성이 있다고 언급했습니다. 어머니가 사회에서는 잘 보이지 않는 역할을 수행하는 모습을 성장기 때 어떻게 바라보았는지 이야기했죠. 어머니의 삶에 대한 어떤 생각들이 작가님 작품에 영향을 미쳤습니까? 의식적으로든, 무의식적으로든요. |
|---|---|

| 버틀러 | 어머니는 가사도우미 일을 했는데, 가끔 일터에 따라가서 보면 사람들이 어머니에 대해 그 자리에 없는 사람처럼 말했어요. 또 저는 어머니가 뒷문으로 오가는 모습을 보아야 했고, |
|---|---|

대체로 어머니가 받는 취급을 보면…… 저는 어린 시절 많은 시간 동안 어머니가 하는 일을 부끄러워했어요. 그리고 제가 『킨』을 쓴 이유에는 그 감정을 해결하려는 마음도 있었던 것 같아요. 결국 저는 어머니가 한 일 덕분에 먹고살았으니까요……. 『킨』은 사람들이 더 빨리 상황을 개선하지 않은 부모를 부끄러워하거나, 아예 화를 내기도 했던 1960년대 상황에 대한 반응으로 나온 소설이기도 해요. 저는 지금을 사는 사람을 한 명 데려다가 노예제도가 있던 시절로 보내고 싶었죠. 제 어머니는 1914년에 태어나서 루이지애나의 설탕 농장에서 어린 날을 보냈어요. 어머니에게 들은 이야기에 따르면 그 시절은 노예제 시절과 많이 다르지 않았고, 차이라곤 떠날 수 있다는 것뿐이었죠. 그래서 결국엔 떠났고요.

케넌    책 한 권을 쓸 때 조사를 얼마나 하는지도 궁금합니다.

버틀러   경우마다 많이 달라요. 『킨』을 쓸 때는 메릴랜드에 가서 상당한 시간을 보냈죠. 주로 볼티모어에 있는 이넉 프랫 무료 도서관과 메릴랜드 역사 모임에서 시간을 보냈어요. 그리고 동부 해안에 있는 탤벗 카운티, 정확히는 카운티 소재지인 이스턴까지 가서 걸어 다니기도 했어요. 그냥 길거리를 배회했는데, 상당히 보기 좋지 않은 꼬락서니였을 거예요. 당시에는 돈이 없었기 때문에 그레이하운드 버스*와 기차로 여행하고 끔찍하게 더러운 작은 호텔에 묵었거든요…… 정말로 좀 무서웠죠…… 제가 뭘 하고 있는지도 모르겠고……. 그해에는 고택 투어를 놓쳤는데, 그 투어를 특정 계절에만 운영한다는 걸 몰랐기 때문이었어요. 어쨌든 전 워싱턴 D.C.로 가서 마운트 버넌** 버스 투어를 했고, 플랜테이션 경험은 그게 다였어요. 그 무렵에는 노예 오두막을 다시 지어놓지도 않았고, 투어 가이드는 노예라는 말을 쓰지 않고 '하인들'이라고 하면서 그곳이 노예 플랜테이션 지역이었다는 사실을 아주 조심스럽게 피해가며 말하더군요. 그래도 그곳에서 전반적인 배치를 이해할 수 있었어요. 실제로 사용된 도구들, 일하는 데 쓰인 오두막집들을 볼 수 있었죠.『킨』에 대한 자료 조사차 집을 떠난 건 그 정도였어요. 많은 조사는 도서관에서 했어요.

케넌    노예 체험기도 많이 읽어야 했을 텐데요…….

버틀러    맞아요, 맞아요. 정말 그랬어요. 재미있지는 않았죠……. 즐거운 독서는 아니었어요. 사실은 어떤 노예 체험기를 읽다가, 아마 자신이 어떻게 의사에게 팔려가 의료 실험체로 쓰였는지 설명하는 어떤 남자의 글이었을 텐데, 그러다가 저는 도저

---

*      미국의 버스 회사 이름이자, 이 회사의 장거리 버스노선 전체를 가리킨다. 미국 전역을 오가는데, 주로 가난한 사람들이 이용하며 서비스가 좋지 않은 것으로 유명하다.

**    미국의 초대 대통령 조지 워싱턴의 농원 저택.

히 노예제도를 있는 그대로 보여주는 일의 근처에도 갈 수 없다는 걸 깨달았어요. 어떻게든 정돈한 버전으로 보여주지 않으면 아무도 내 소설을 읽지 않겠구나 싶더군요. 대부분의 소설가는 그렇게 할 거예요. 그럴 수밖에 없어요.

케넌　하지만 그와 동시에 저는 작가님이 놀라운 지성과 깊이로 정확성과 거리감이라는 두 마리 토끼를 잡았다고 생각합니다. 작가님은 적나라하고 직접적인 모습을 넣는 대신에, 우리가 노예해방으로부터 얼마나 멀리 떨어졌는지를 새롭게 이해하도록 해줬어요. 예를 들어서 『킨』에서 다나가 도망노예를 잡는 순찰자들을 목격하는 장면에서 작가님은 이 문제를 솔직하게 다루죠. 다나가 그런 참상을 목격할 준비가 얼마나 안 되어 있었는지에 대해서요. 그러니까 작가님은 독자가 그게 얼마나 잔인하며 또 잔인했는지를 의식하게 만들고, 그와 동시에 우리가 얼마나 그런 과거의 현실과 동떨어져 있으며, 텔레비전 프로그램과 영화가 어떻게 우리에게 편견을 심어주었거나, 어떤 경우에는 사실을 보지 못하게 만들었는지 깨닫게 해줍니다.

버틀러　텔레비전 프로그램과 영화가 폭력을 정말 만화 같은 방식으로 받아들일 수 있게 만들었다는 게 참 이상하죠……. 얼마 전에 친구와 그 사건에 대해 이야기를 나눴는데요. 핼러윈에 로스앤젤레스 지역 부근을 돌아다니던 열넷, 열다섯 살쯤 되는 아이들이 핼러윈 사탕을 든 더 어린 아이를 하나 발견하고는 쏴버리고 사탕을 빼앗아 간 사건이요……. 제가 어렸을 때도 어린애들을 때리고 사탕을 빼앗아 가는 깡패들이 있기는 했지만, 그런 짓을 하려고 총이나 칼을 들고 나가지는 않았단 말이에요. 이건 전혀 다른 주제이긴 하지만, 그게 지금 제 관심사예요. 세상을 대체 어떻게 해야 생명에 대한 존중을 조금이라도 되살릴 수 있을까요?

케넌   하지만 『킨』을 너무나 고통스러우면서도 예술적인 작품으로 만드는 또 한 가지 요소는 작가님이 도덕적인 복잡성과 다나와 백인 남편이 내려야만 하는 선택들을, 과거만이 아니라 현재로도 옮기는 방식입니다.

버틀러   제가 다나에게 그런 남편을 준 건 인생을 복잡하게 만들기 위해서였죠.

케넌   그리고 많은 면에서 그 역할들은 과거의 사회가 붙여준 것임에도 다나는 현재에 와서 비슷한 선택을 내려야 하지요. 마치 시간은 허상에 불과하다는 듯이요.

버틀러   음, 말했다시피 저는 사실 이 책을 쓸 때 1960년대의 감정들을 다루고 있었어요. 그러니 그렇게 느끼셨다는 사실이 놀랍진 않고, 오히려 사실은 기쁘네요. 그 부분은 복잡하게 만들려고 했어요.

케넌 　또한 폭력은, 어떤 면에서는 작가님의 모든 작품에 꼭 따라오
　　　는 것 같습니다. 『킨』에서 다나가 팔을 잃는다는 사실이 어떤
　　　층위에서는 불가해한데요…….

남북전쟁 이전의 노예제는 사람들을
온전한 상태로 남겨두지 않았어요.

버틀러 　도저히 다나를 고스란히 돌아오게 할 수는 없었어요. 다나가
　　　예전 그대로 돌아가게 할 순 없었어요. 전 다나를 온전하게 회
　　　복시킬 수 없었고, 팔을 잃는 것이 다나가 온전하게 돌아오지
　　　못했다는 사실을 제대로 상징한다고 생각해요. 남북전쟁 이전
　　　의 노예제는 사람들을 온전한 상태로 남겨두지 않았어요.

케넌 　하지만 또한, 「블러드차일드」 같은 경우에는, 희생이 있어야
　　　만 한다는 생각이…….

버틀러 　희생이 아니에요. 아니에요…….

케넌 　희생이 아니라고 보나요? 사람을 가르는 일을?

버틀러 　아니에요……. 「블러드차일드」에서 남자들은 무시무시한 노
　　　예제를 보는데 여자들은 이렇게 생각한다는 점이 아주 흥미
　　　롭죠. 아, 제왕절개를 받았구나, 그게 뭐 대수라고! (웃음)

케넌 그러니까 정말로 작가님은 그 장면을 폭력으로 묘사한 게 아니라고요?

버틀러 그건 뭐랄까…… 음, 아프리카는 어땠는지 모르겠고, 유럽 중세 시대에는 여자가 아기를 낳다가 죽으면, 아기를 살리려고 했다는 점을 기억해야죠.

케넌 여자보다 아기를요?

버틀러 이 소설의 경우에는 둘 다 구하려고 하고 있고, 그런 면에서 그건 제가 만들어낸 무시무시한 장면이 아니라는 거예요. 예전 SF에는 정복에 대한 내용이 많이 나왔죠. 다른 행성에 착륙해서 식민지를 세우고, 원래 주민들은 어딘가에 보호 구역을 얻고 다시 와서 정복자들을 위해 일하고요. 그런 소설이 많았는데, 그건 사실 유럽과 아프리카와 남아메리카 역사를 한 번 더 반복하자는 거였어요. 저는 그런 걸 보면서 아니지, 아니야, 우리가 지성체가 사는 다른 행성에 간다면 우선은 아주, 아주, 아주 긴 운송 공정 끝에 있게 될 거야, 사람들이 자유롭게 오갈 것 같지는 않아, 잉글랜드와 이 나라 사이를 오간 방식과도 전혀 다를 거야, 그렇게 생각했어요. 왕복하는 데 평생이나 그 이상이 걸리겠죠. 그러니까 고향의 도움에 기댈 순 없을 거예요. 도움이 있다고 해도 당신을 돕진 않을 테고요. 혹시 당신이 살아남아서 자식을 둔다면 그 아이들은 도움을 받을지 모르지만, 아닐지도 모르죠. 그러니까 당신은 그 지역 사람들과 모종의 거래를 해야 할 거예요. 사실상 집세를 내야 하는 거죠. 그리고 「블러드차일드」에 나오는 사람들이 한 일도 정확히 그거예요. 거래를 한 거죠. 거기 머물 수는 있지만 그에 대한 대가를 치러야 해요. 그리고 전 여기에서 노예제를 보지 않고, 이게 특별히 야만적이라고 보지도 않아요. 인류가 다른 종들과 그렇게 괜찮은 거래를 맺을 수 있다면 기적이었을걸요. (웃음) 실제로 그런 상황을 만난다면, 소설 속에 나온 것보다도 훨씬 힘든 거래가 될 거라고 생각해요.

케넌   매혹적이면서 흠잡을 데 없이 논리적이군요. 하지만 다시 폭력이란 개념에 대해 이야기하자면, 『와일드 시드』에서 도로와 아냥우의 관계는 어떻습니까. 그 관계는 다른 패러다임을 나타내는데요. 그 둘은 서로에게 극도로 폭력적이에요.

버틀러   딱 남자와 여자죠!

케넌   (웃음) 하지만 특히 그 둘의 다양한 변신은, 아냥우가 표범이 될 때라거나, 순수하게 도로가 죽이는 사람의 숫자만 해도요, 그건 자연스러운 폭력 같거든요. 아니면 생존을 위한 폭력이라고 해야 할까요…….

버틀러   사람들을 자극하려고 그런 내용을 넣은 건 아니에요. 혹시 그런 느낌을 받았다면요. (웃음) 전 그런 짓을 하지 않아요. 사실 전 더 나쁜 폭력은 그 둘 사이가 아니라, 두 사람 주위에서 일어난다고 생각해요. 그 둘의 주위에 있으면서 그렇게 힘이 강하지는 않은 사람들에게 벌어지는 일이요.

케넌 작가님 작품에서는 이곳은 폭력적인 우주라고 못 박아놓는 것 같고요. 작가님은 어떤 면에서도 그걸 낭만화하지 않죠.

버틀러 그랬으면 좋겠군요. 낭만화하려고 해본 적은 없어요. 아마 제 소설 중에서는 초기작들이 제일 폭력적일 거예요. 지난번에 한 친구가 제 소설을 읽다가 그 점에 대해서 제게 알려줬어요. 『패턴마스터』에 폭력이 많이 나온다는 점에도, 무심한 폭력이라는 점에도 놀랐다고 말해주더군요. 전 아마 그 작품을 쓸 때 제가 어렸기 때문일 거라고 대답했어요. 어릴 때라고 해서 꼭 폭력을 낭만화하지는 않겠지만, 폭력을 별생각 없이 받아들이기는 훨씬 쉬운 것 같아요. 젊을 때는 남자든 여자든 더 폭력적일 가능성이 높다고 생각해요.

케넌 『와일드 시드』에서 활용한 아프리카의 신화와 전설에 대해 언급한 적이 있는데요. 그 이야기를 좀 더 해줄 수 있을까요? 저는 작가님이 그렇게 고생한 줄 몰랐거든요.

버틀러 저는 특히 오니차 이보 사람이었던 아타그부시의 신화를 이용했어요. 아타그부시는 형태 변환자였는데, 살아 있는 동안에는 동포들을 도왔고 죽어서는 오니차 시장의 문에 그 이름이 붙었죠. 누구든 이 문을 이용하는 사람은 아타그부시의 보호 아래에 있다고들 믿었어요…….

도로는 영원히 살면서 사람들을 교배, 개량하겠다는 청소년기의 제 환상에서 태어났어요. 그리고 제가 좀 더 분별력이 생기고 나서 도로 캐릭터를 만들기 시작했을 때는 누비아인으로 해야겠다고 정했죠. 어떻게든 고대이집트와 연관시키고 싶었거든요. 그때쯤에 이름은 이미 도로였고, 그 이름을 바꾸기는 무척 힘들었어요. 그래서 전 도서관에 가서 너덜너덜하고 귀퉁이가 접혀 있는 누비아어-영어 사전을 찾아냈죠. '도로'라는 단어를 찾아봤더니 정말로 있었고, 의미는 '태양이 오는 방향' '동쪽'이었어요. 완벽했죠. 특히나 그때는 '아냐우'라는 이름을 정하기 전에 '엠마 대니얼스'라고 생각하던 캐릭터에게 붙일 이보 이름을 뒤지고 있었는데, 그러다가 해와 달에 대한 신화를 하나 찾아냈거든요. 정작 그 신화는 잃어버렸지만요. 적어두지 않았는데 다시는 찾을 수가 없었고, 남은건 그 신화에 나오는 이름 하나뿐이었어요. 아냐우, 태양을 뜻하는 이름이요. 그 이름은 동쪽을 뜻하는 도로와 완벽하게 어울렸죠. 그래서 그 둘을 이어 붙였어요.

케넌  어원 면에서나 문화 면에서나 정말 많은 울림이 있네요. 마치 아프리카 전설이 작가님을 매개체로 쓰고 있나 싶을 정도예요. 조금 다르지만, 관련된 주제가 떠오르는데요. 작가님은 작품 세계를 통틀어 여러 다른 차원에서 '이종 결합'이라는 아이디어를 탐구하는 것 같습니다. '제노제네시스' 3부작에서는 그 탐구가 새로운 차원에 이른 것 같아요. 지난 몇 년간 작가님은 성, 인종, 성역할을 다뤘지만, 이제는 그 문제를 새로이 복잡한 단계로 올려놓고 있어요.

버틀러　　(웃음)

케넌　　진심입니다. 『킨』에서는 이종 결합이 말 그대로 인종 간 결합이었죠. 하지만 『새벽』『성인식』 그리고 『이마고』에서는 유전학이 오래된 개념을 이상하게 비틀어요.

버틀러　　제가 『생존자』*에 대해 가장 민망하게 생각하는 지점은 제 인간 캐릭터들이 다른 행성에 가자마자 이종교배가 가능한 다른 사람들을 찾아낸다는 거예요. 나중에 전 생각했죠. 음, 부끄러운 초기 작업을 지워버릴 순 없지만, 그렇다고 같은 실수를 반복할 필요는 없지. 그래서 다시 한번 다른 행성 출신들을 엮게 된다면 어려움이라도 줘야지, 생각했어요. 그래서 양쪽이 심각하게 다른 건 말할 것도 없고, 서로 호환이 되는 생식기관도 주지 않기로 했죠. 물론 그래도 여전히 제가 무시한 생물학적 문제가 많이 남아 있어요.

케넌　　개인적으로 아는 다른 흑인 SF 작가가 몇 명이나 되나요?

버틀러　　두 명(스티븐 반스, 새뮤얼 딜레이니) 알아요.

---

\*　　버틀러는 이 책에 대해 여러 번 불만을 표하다가, 이후 시리즈를 다시 낼 때 제외했다.

케넌    다른 흑인 여성 작가는 없고요?

버틀러  저 말고 SF를 쓰는 흑인 여성은 아무도 몰라요. 백인 여성은
        많지만, 흑인 여성은 하나도 모릅니다. 그렇다고 정말 하나도
        없진 않겠죠. 제가 모를 뿐이지.

케넌    전 작가님을 다른 네뷸러상과 휴고상 수상 작가들과 비교할
        수가 없었습니다. 팬들과 소통해보면, 작가님이 흑인이고 여
        성이라는 사실에 팬들이 어떻게 반응하나요? 작가님이 사실
        상 유일한 흑인 여성 SF 작가라는 독특한 사실에 관심이 많이
        쏟아지나요?

버틀러  아니요. 혹시 그 점을 궁금해한다 해도 저에게 말하지는 않
        는 편이고, 저는 그 상태가 좋아요. 전 SF계에 있은 지 오래됐
        고 많은 사람을 알아요. SF 컨벤션에 가면, 이 나라 어디로 가
        더라도 아는 사람을 만나죠. SF계는 일종의 소도시나 다름없
        고 저도 얼마든지 즐겁게 지낼 수 있어요. 당연히 불쾌한 일
        을 겪을 때도 있지만, 일반적이진 않아요. 제가 '검둥이nigger'
        라는 말을 들은 곳은, 그러니까 공공장소에서 누군가가 저를
        보고 검둥이라고 소리치는 걸 들은 유일한 곳은 보스턴이었
        어요. 맙소사. 콘퍼런스 참석자는 아니었고, 다른 SF계 사람
        들과 같이 컨벤션으로 가다가 멈춰서서 신호등이 바뀔 기
        다리던 저를 본 낯선 사람이었죠.

케넌 앞서 한 질문의 연장선이 되겠지만, 작가님의 주인공이 대부분 여성이고, 그보다 더 자주 흑인이라는 사실에 대해서는 독자들이 어떻게 반응합니까? 그 문제가 제기되기도 합니까?

버틀러 네. 사실 저라는 작가가 눈에 보이기 전에는 더 많이 제기됐죠. 제가 세 권의 책을 낼 때까지만 해도 여기 로스앤젤레스의 몇 명 빼고는 아무도 제가 누군지 몰랐어요. 그 당시에 저는 왜냐고 묻는 유의 편지를 몇 통 받았죠. 제가 왜 흑인들에 대해서 쓰는지 은근히 궁금해하는 편지를요. 하지만 그런 편지도 몇 통뿐이었어요. 아마 편견이 심한 부류는 저와 대화 자체를 하고 싶지 않겠죠. 가끔 한 번씩 누군가가 실수하거나, 누군가가 예의를 잃거나, 무심코 어떤 말이 튀어나올 때 편견을 접하기는 해요. 하지만 그런 일이 많지는 않아요.

케넌 SF계의 여성에 대해 말이 나오니 말인데, 최근에 제가 접해본 많은 흑인 여성 작가가 흑인 여성들과 페미니즘 간에 이어지는 논쟁에 대해 이야기합니다. 분명히 SF계 안에서도 페미니스트 논쟁이 이어질 텐데요. 작가님은 그런 논쟁에 휩쓸릴 때가 있나요?

버틀러 사실 별로 안 그래요. 그런 논쟁은 1970년대에 크게 타올랐고 지금은 과거에 결론이 난 일 취급을 받죠. 누가 특별히 페미니스트라고 히지도 않지만, 누군가가 그런다면 그건 그 사람 일인 거예요……. 예전에 한번은 제가 일요일 이른 아침 텔레비전 쇼에 출연했는데요, 진행자가 흑인 여성이었고 저 말고도 다른 흑인 여성 작가가 둘 있었어요. 시인 하나, 극작가 하나, 그리고 저였죠. 그런데 진행자가 거의 마지막 질문으로 페미니즘에 대해 어떻게 생각하냐고 물었고, 다른 두 사람은 별다른 생각이 없다고, 페미니즘은 백인용이라 여긴다고 했어요. 저는 여성이 동등한 권리를 얻는 것도 흑인이 동등한 권리를 얻는 것만큼 중요하다고 생각한다고, 그러니 난 확실히 페미니스트일 거라고 느낀다고 했어요.

케넌     그렇다면 작가님 작품이 적극적으로 페미니즘의 이상을 반영한다고 생각하나요?

버틀러     음, 여자들이 꽤 원하는 대로 한다는 면에서는 그렇죠. 제가 '제노제네시스' 3부작에서 다루고 싶었던 것 하나는, 특히 첫 번째 책에서는, 1970년대에 없어진 셈이지만 이전까지는 만연했던 오래된 SF계의 신화를 다루고 싶었어요. 예를 들어 사람들이 다른 행성에 떨어지면 갑자기 '타잔과 제인'으로 퇴보하고 여자들은 그걸 완벽하게 잘 받아들이는 그런 모습이요. 여자들을 막 남에게 양도하기도 하고 취급도…… 음, 어떤 그림인지 아시겠죠. 전 뭔가 다른 걸 해볼 생각이었어요.

케넌     작가님 작품을 쭉 보면 존속이라는 관점이 종말이라는 관점으로 이동하는 것 같습니다. 예를 들어 『클레이의 방주』에서는 문명이 미생물의 공격을 받는 정도였죠. 그러나 '제노제네시스'에서는 아포칼립스 시나리오가 나옵니다. 작가님 생각이 달라진 건가요? 제가 이해하기로 지금 SF계에는 인류를 싹 지워버리고 다시 시작하는 작가들에 대해 큰 논쟁이 있죠. 인류가 어떻게든 살아남을 거라고 생각하고, 그 가정에서부터 추론을 펼치는 윌리엄 깁슨William Gibson이나 다른 사이버 펑크 작가들과는 대조적인 입장 말입니다.

버틀러  전 우리가 다른 종보다 잘 살아남을 것 같지 않아요. 특히나 스스로를 과도하게 전문화해서 흥미로운 구석에 밀어 넣었다는 점을 생각하면요. 하지만 다른 한편으로, 제 신작이 포스트아포칼립스 소설이라고 보지는 않아요. 전 대부분의 인구가 사라진 지구에 대해서 쓰지 않았어요. 사실, 이 지구에는 변함없이 사람이 살아요. 실은 더 살죠. 미래니까요. 온실효과가 심해지면서 농업의 이동과 기근이 일어나기는 했어요. 심각한 문제들도 있죠. 지금 우리의 주요 농지 일부는 이전처럼 작물을 생산할 수 없을 것이고, 캐나다에는 농업을 할 만한 기후가 있겠지만, 또 다른 한편으로 캐나다는 지난 몇 번의 빙하기에 타격을 입어 표토를 많이 잃었고, 그 표토가 여기로 내려왔어요. 이것들은 큰 문제고, 매력적인 문제가 아니기에 제가 쓰는 시리즈에서 다루는 주된 문제는 아니지만, 배경에는 있어요. 아무튼 이건 포스트아포칼립스가 아니에요. 사회가 심각한 변화를 겪지만, 계속되기는 하는 이야기죠.

케넌  전 작가님의 캐릭터들이 종종 경구처럼 말하는 방식에 정말 감탄합니다. 딱딱한 대화라는 말은 아니고, 위엄이 있다고나 할까요. 특히 인간이라는 종에 대해, 우리가 어떻게 상호작용하는지를 말할 때요. 작가님의 캐릭터들이 하는 말은 설교 같지 않으면서도 지혜로워요. 이건 어떤 문학적 영향으로 인한 겁니까? SF든 아니든, 어떤 작가들이 영향을 미쳤나요?

버틀러    영향이야 온갖 것들이 다 주죠. 전 여러 가지에 영향을 받아요. 전 어떤 것이 관심을 끌면 거기에 몰두해요. 어렸을 때 저는 주로 SF를 읽었죠. 할란 엘리슨의 수업을 들었는데, 언젠가 엘리슨이 SF 팬들은 너무 SF만 많이 읽는다고 말한 기억이 나요. 물론 그 말이 맞기는 한데, 그럼에도 청소년기에 저는 교과서 말고는 SF만 읽었어요. 제가 제일 많은 것을 배운 작가들이 꼭 최고의 작가들은 아니었던 것 같아요(그중에 시어도어 스터전도 있고 그분은 확실히 최고의 작가 중 하나라고 생각하지만요). 아이디어로 감명을 준 작가들이었죠. 전 솔직히 뭐가 좋은 글인지 몰랐고, 글쓰기에 특별한 재능도 없었기에 소설을 쓰면서 옛날 펄프 잡지에 글이 많이 실린 작가들의 방식을 열심히 베꼈어요. 그러다가 서서히 그게 제가 원하는 글쓰기가 아니라는 사실을 알았죠.

하지만 지금 저에게 영향을 미치는 것을 이야기하자면, 음, 이를테면 남극에 대한 책을 한 권 읽고 있었는데…… 너무나 많은 고통이 나오기에 읽기가 힘든 책이었어요. 남극은 이 지구 환경 중에서 지구 바깥의 행성과 가장 가까울 거예요……. 전 대단히 불확실한 지역에서 살아야 하는 추방자들한 무리가 있다면 어떨까 생각했고, 그 지역을 미래의 남부 캘리포니아에 있는 건조하고 황량한 땅으로 정했어요. 여기에는 산봉우리가 깊은 계곡으로 이어지고, 지진의 도움 없이도 절벽이 부서져서 바다로 떨어지는 곳들이 있거든요. 제 캐릭터들은 마치 다른 행성에 가듯이 이 황폐한 곳으로 가는데, 그곳에서 새로운 환경에 적응한 사람들을 만나요. 산을 기어다니는 원시인들은 아니고요. 전 그 사람들이 뭔가 다른 적응법을 찾아내기를 바랐는데, 그야 어떤 사람들은 당연히 그랬을 테니까요. 모두가 유인원이 되거나 깡패 집단이 되어서 사람들을 죽이고 다니진 않을 거란 말이에요. 어떤 어려움이 있어도 괜찮은 삶을 꾸려내려고 하는 사람들이 있을 테니까요…….

정말이지, 제게 영향을 줬다는 건 그런 뜻 같아요. 제가 남극에 대한 책을 읽었다고 남극에 대해 쓰게 되진 않았지만, 그 책 덕에 제가 이미 아는 지구의 한 부분을 가져다가 많은 특수효과 게임 없이 그곳이 어떻게 될지를 보게 된 거죠.

케넌    달리 문학이나 문학 외의 경험 중에 의식적으로나 무의식적으로나 작품에 영향을 줬다고 생각하는 게 있습니까?

버틀러   제가 살아본 모든 곳이 영향을 줬죠. 제가 한동안 관심을 기울일 만큼 인상이 깊었던 장소와 사람 전부 다요. 전 뭔가에 끌리면 진심진력으로 관심을 기울여요. 『클레이의 빙주』를 쓰던 당시에 뉴스를 듣다가 어떤 소식을 접했는데, 그 내용이 바로 소설 속에 엮여 들어갔던 일을 떠올릴 수 있어요. 사실 『클레이의 방주』를 완성하고 나서 알게 된 몇 가지는 더욱 흥미로운데요. 『클레이의 방주』를 완성하고 1년쯤 후였나, 엘살바도르에서는 많은 부유한 사람들이 지프 왜고니어에 장갑판을 대어 가족용 차량으로 쓴다는 내용을 읽었어요. 제 캐릭터들도 딱 그런 차량을 쓰고 있었고, 전 제가 선택을 잘했다는 사실이 기뻤죠.

케넌   새뮤얼 딜레이니처럼 유명한 몇몇 예외를 빼면, SF 작가들은 글쓰기 스타일이 경직됐고 오로지 플롯을 전달하기만 한다는 비판을 자주 받습니다. 작가님의 글에는 때로 거의 성서와도 같은 함축이 담겨 있는데요. 의식적으로 그런 스타일을 꾀한 건가요?

어쩌면 많은 사람이 그저 제대로
이해해보려고 한 적이 없는 게 아닐까요.

버틀러   저는 언어에 대한 사랑을 꽤 늦은 시기에 발전시켰어요. 아마 이전까지 펄프 소설을 쓰고 있었다는 사실을 깨달은 순간이었을 거예요. 그때 전 펄프를 쓰고 싶지 않다는 사실을 깨달았죠. 상당한 고통을 감수하면서 제 글을 다시 읽어보니 뭐가 문제인지 알 수 있었고, 시간이 지나면서 그 스타일에 거리를 두게 됐어요. 또한 그 이전에도 제가 배워야 할 것들이 있었다는 사실을 깨달았는데요. 1960년 선거와 케네디 행정부 때,

제가 그때부터 뉴스를 열심히 보게 됐어요. 전 케네디에게 관심이 많았고 케네디 연설을 귀 기울여 듣곤 했는데, 열세 살쯤이었나? 그 사람이 당선이 되고 나자 제가 케네디가 하는 말을 반도 이해하지 못한다는 걸 알고는 마음이 정말, 정말 안 좋더라고요. 제가 멍청하다고 느꼈죠. 그 당시에는 미처 몰랐지만 저는 약간 난독증이 있어요. 그때 전 배워야 할 게 훨씬 더 많다는 사실을 깨달았죠. 언제나 제가 모르는 것이 너무나 많다는 걸 깨닫게 돼요. 그때부터 전 학교에서 보여주기 위해서가 아니라 스스로 배우기 시작했어요. 그냥 그렇게 해야 할 때가 오는 것 같아요. 제대로 이해하는 순간, 그게 없으면 정말로 지식인이 되지 않는 거예요. 어쩌면 많은 사람이 그저 제대로 이해해보려고 한 적이 없는 게 아닐까요.

케넌 뻔한 말이지만, 작가님은 글을 아름답게 씁니다. 그러니까 전혀 다른 아이디어와 주제 들이 서로 들어맞고, 작가님의 관심사들이 만나는 과정이 다 저절로 이뤄지는 건가요?

버틀러 아니요, 노력해야 이뤄지죠. (웃음) 하지만 스타일을 말하시는 것 같군요. 그래요. 그리고 그건 제가 말할 수 없는 부분이에요. 아주, 아주 내밀한 과정이거든요. 전 신호판들을 만들어요. 제 책상 옆의 벽은 신호판과 지도 들로 덮여 있죠. 때때로 저에게 뭔가를 일깨워주기 위한 신호판들이에요. 예를 들이 라요스 에그리Lajos Egri의 『극작의 기술』이라는 책에서 따온 신호판은, 그대로는 아니고 약간 바꿔서 썼는데 이래요.

"긴장과 갈등은 타협하지 않는 캐릭터들 간의 필사적인 싸움을 통해 얻을 수 있다." 글쓰기에서 제가 기억해야 할 몇 가지 요소를 일깨우기 위해 그런 말들을 벽에 그냥 붙여놓는 거죠. 그것도 지워지지 않는 검은색 잉크로요. 조금 어린애 같지만, 그런 행동이 제겐 정말 도움이 돼요. 하지만 글쓰기에는 그냥, 너무 내밀해서 도저히 말로 풀 수가 없는 요소들도 존재해요.

케넌  마지막으로 물어봐야겠는데요. 젊은 작가들에게 하고 싶은 조언이 있을까요?

버틀러  몇 가지 없어요. 첫 번째는 당연하게도, 읽으라는 거예요. 얼마나 많은 사람이 작가가 되고 싶다고 생각하면서 책 읽기는 싫어하는지 놀라울 정도예요.

케넌  아멘!!!!

버틀러  그리고 두 번째는 쓰라는 거예요. 마음에 들거나 말거나, 매일 쓰세요. 영감을 쥐어짜세요. 세 번째는 재능에 대해서는 잊으라는 거예요. 당신이 재능이 있든 없든, 잊어요. 사실 재능은 중요하지 않으니까요. 제게는 음악에 대단히 뛰어난 재능이 있지만 음악을 생계 수단으로 선택하지 않은 친척이 있어요. 취미이긴 해도, 직업은 아닌 거죠. 직업으로 삼을 수도 있었어요. 재능을 타고났거든요. 아주 어렸을 때부터 음악을 했고, 모두가 언제나 그 음악에 감탄했죠. 반면에 제가 특별한 문학적 재능을 타고났다는 생각은 전혀 안 들어요. 그저 글쓰기가 제가 하고 싶은 일이었고, 제가 하고 싶은 일을 추구했을 뿐이에요. 다른 직업을 구했다면 돈은 더 벌었을 테지만, 인생이 비참해졌을 테니까요. 이 정도가 보통 작가가 되고 싶다는 사람들에게 제가 하는 조언이에요.

케넌    (웃음) 작가님에게 아무런 문학적 재능이 없다는 말은 제가 동의하기 어렵군요. 하지만 그거야 작가님의 생각이니까요.

버틀러    가만히 앉아서 하늘에서 떨어지는 대로 받는 문제가 아닌 건 확실하죠.

# 있을 법한 일들에 대해

옥타비아 버틀러의 SF 이야기들은 20년간 독자들에게 즐거움을 줬다. 그의 캐릭터들은 강인하고, 아프리카에 조상을 두었으며, 종종 비범한 자질을 보여주며 엄청난 싸움을 극복한다. 하지만 주로 그가 창조한 사람들(과 다른 존재들)은 내면적이고, 강한 개성과 복잡한 인격을 가졌으며, 놀랍도록 우리가 현실에서 마주하는, 혹은 마주할 수 있는 문제들에 직면할 때가 많다. 그의 능란한 작품들은 세 종류의 독자들을 끌어들였다. 흑인, 페미니스트, 그리고 SF 팬.

최신작 『씨앗을 뿌리는 사람의 우화』는 미래의 미국으로 떠난다. 한 가족이 빈부의 분열이 냉혹하게 드러나게 된 미국에 살고 있다. 경제적으로 다른 집단마다 벽을 둘러 분리한 세상이다. 악랄한 부작용이 따르는 새로운 마약이 문제를 복잡하게 만든다. 이 마약을 상용하는 사람들은 무엇이든 불타오르는 모습을 보고 싶어 한다.

풍족하던 마을에 가난한 사람들과 공격적인 중독자들이 침입하고 주민

〈크라이시스〉 1994년 4월 호. 이 인터뷰는 H. 제롬 잭슨 H. Jerome Jackson에 의해 진행되었으며, 크라이시스 출판사와 전국유색인종진보연합NAACP 잡지 발행인의 허가를 받았다.

들은 달아나야 한다. 그러나 그들이 찾는 무엇인가는 대륙 반대쪽인 워싱턴 D.C.에서나 구하게 될 것이다. 삶을 힘겹게 꾸려나가며, 어떤 사람에게는 죽음이 더 나은 대안인 2025년의 미국에서 성인이 되려 하는 젊은 여성의 눈을 통해 이야기는 전개된다.

〈크라이시스〉가 처음 옥타비아 버틀러와 대화했을 때, 그는 막 매일 하는 약 6.5킬로미터 달리기를 끝내고 다음 작품인 『은총을 받은 사람의 우화』에 달려들려던 참이었다. 다음은 두 번에 걸친 대화를 압축한 내용이다.

잭슨
세인트루이스의 어느 서평가는 작가님을 리처드 라이트*와 비교했습니다.

버틀러
라이트는 저보다 훨씬 심각하고 현실적이죠. 제가 비현실적이라는 의미는 아니에요. 어떤 요소가 너무 불쾌할 때는 조금 바꿔야 할 뿐이죠. 예를 들어서 『킨』을 쓸 때는 처음에 노예 이야기를 많이 썼는데, 곧 아무도 진짜 일어난 일을 읽고 싶어 하진 않겠구나, 깨달았어요. 그래서 현실을 조금 누그러뜨려야 했죠. 실제 노예 생활과는 다른, 제가 '깨끗한 노예 생활'이라고 부르는 방향으로요. 그런 의미예요. 사람들이 소설을 읽을 때는 어디까지 참고 견딜지에 한계가 있어요.

---

\* 1960년에 사망한 흑인 소설가로, 작품 속에서 19세기와 20세기에 걸쳐 고통받던 흑인들을 주로 다루었다. 20세기 중반에 미국에서 일어난 인종 인식 변화에 영향을 미친 작가로 여겨진다. 사후에 더 평가가 높아졌다.

잭슨  작가로서 작가님의 책임은 뭘까요?

버틀러  제가 제일 먼저 해야 할 일은 좋은 이야기를 하는 거죠. 저는 일반적인 의미에서 사람들에게 설교를 하진 않아요. 설교를 하긴 하지만, 그 전에 먼저 좋은 이야기로 사람들을 끌어들여야지, 그렇지 않으면 아무도 남아서 설교를 듣지 않을 테죠. 현실에서는 경쟁할 대상이 많다고 인식하고 있어요. 전 텔레비전과도 경쟁하고, 비디오게임과 농구코트와 밖에 있는 수많은 것들과도, 친구들과도 경쟁해야 하죠. 이런 상황을 고려하지 않는다면 어리석을 거예요.

잭슨  그렇다면 작가님의 주안점은요? 『씨앗을 뿌리는 사람의 우화』에서는 의견을 내놓으려고 한 건가요?

전 떠날 수조차 없는 사람들에 대해
말하는 거예요.

버틀러  『씨앗을 뿌리는 사람의 우화』는 아마 『킨』 이후에 제가 쓴 어떤 소설보다 심각할 거예요. '이렇게 계속 가다간……' 유의 이야기죠. 그리고 솔직히 말하면, 그 소설 안에 우리가 이대로 계속 가다간 일어나지 못할 일은 하나도 없어요. 그 점을 생각하면 상당히 위협적이죠. 게다가 무서운 건, 그중에 어떤 일들은 이미 일어나고 있다는 거예요……. 다들 미국의 삶이라 생각하지 않으려고 하는 일들도요. 예를 들어서 노예제가 있죠. 벌이가 좋다거나 그런 거짓말에 속은 후, 자기 뜻에 반해 갇힌 채로 일을 하며 지냈던 사람들에 대한 뉴스가 한 번씩 나와요. 미국에서도, 이 지역이라면 보통 히스패닉이죠. 남부에서는 흑인들에게 똑같은 일이 벌어진다고 들었어요. 이미 일어나는 일인 거예요. 전 떠날 수조차 없는 사람들에 대해 말하는 거예요. 떠나려고 했다간 두들겨 맞거나 죽는 사람들요.

노예의 정반대도 지금 이미 존재해요. 쓰고 버리는 노동력이요. 멕시코에 있는 미국 공장들이 가장 좋은 예일 거예요. 미국 회사들이 값싼 노동력과 환경 규제법이 없다는 점을 이용하러 그쪽으로 내려가거든요. 북미자유무역협정NAFTA 이전부터 그랬어요. 거기선 사람들을 고용해놓고서 안전 대비를 전혀 안 해줘요. 그러니 화학물질에 중독되거나, 장비 고장으로 다치거나 할 수 있죠. 아니면 근처에 아무것도 없어서 형편없는 오두막에서 살아야 하거나요. 상수도와 하수도도 없이 개천에서 오염된 물을 마시고, 삶을 유지하기 충분한 돈을 주지도 않기 때문에 온 가족이 일하러 나서야 해요. 이게 미국 회사들이 멕시코에서 최대한의 이익을 취하는 모습이에요. 그리고 사람들은 시간이 어느 정도 흐르면 녹초가 되기 마련이죠. 그러니까 10년 동안 가방 회사나 그런 곳에서 계속 일한 서른다섯 살 여성이라면, 아마 회사에서 더는 쓰고 싶어 하지 않을 정도로 몸 여기저기에 말썽이 생겼을 거예요. 그러면 회사는 기꺼이 나라면 해낼 거라고 생각하는 적극적인 스무 살짜리를 고용한 다음, 그 사람도 소모하는 거예요.

잭슨      그런 상황에 동요한 것 같군요.

버틀러    그런 일이 일어나면 안 되죠!

잭슨      하지만 히스패닉 이야기잖아요. 흑인들에게도 문제는 충분히
         있지 않습니까?

버틀러    (긴 침묵 후) 그저 제 반응을 얻고 싶어서 그런 질문을 하는 거
         군요. 하지만 자기 동포들에게 일어나는 일에만 관심을 기울
         이다간, 정신을 차리고 보면 위기가 슬금슬금 근처로 다가오
         는 법이에요. 그때쯤이면 아주 깊이 파고들죠.

잭슨      SF 작가로서 작가님의 역할은 무엇입니까?

버틀러    우선은 아까 말한 대로, 좋은 이야기를 쓰는 거죠. 그러지 않
         는다면, 달리 무슨 일을 하든 중요하지 않아요. 아무도, 아무
         관심도 두지 않을 테니까요. 그리고 둘째로, 내가 진실이라고
         생각하는 것을 말하는 거예요. 말 그대로의 진실만이 아니라
         있을 법한 일을 쓰자는 뜻이기도 해요. 하지만 또한, 예를 들
         면, 지난 몇 년 동안 일어난 사건을 보고 우리가 재난으로 향
         하는 수많은 길을 밟고 있다는 사실이 보인다면 그 문제에 대
         해 뭔가 말해야 한다는 뜻이기도 해요. 제가 북미자유무역협
         정 이전에 멕시코의 미국 공장들에 대해 이렇게 많이 읽을 줄
         은 저도 몰랐어요. 강연을 할 때 제가 대단히 정치적으로 변

한다는 사실에도 놀랐죠. 이전에는 그러지 않았거든요. 저는 다른 인종들끼리 어떻게 어울려야 하고, 흑인을 어떻게 대해야 하고, 그런 의미에서 정치적이에요. 특히나 특정 집단에게 말할 때는요…….

잭슨    좋은 이야기의 조건은 뭡니까?

버틀러   재미있어야죠. 이렇게 답하면 이제 무엇이 재미인지 물어보겠군요.

잭슨    도움 감사합니다. 힘든 하루였어요. (웃음)

버틀러   사람들은 선과 악에 대한 이야기를 더 좋아하지만, 저는 선과 악을 가르는 게 지루하다고 생각해서 잘 쓰지 않아요. 밖으로 나가서 대의를 찾고 100퍼센트 선한 사람들과 100퍼센트 악한 사람들을 찾기는 어렵죠. 그래서 히틀러가 그렇게 인기가 좋은가 봐요. 정말 쉽게 미워할 수 있는 대상이니까요. 하지만 저는 사람들끼리의 투쟁에 대해 쓰는 편이에요. 무엇인가를 향한 투쟁, 또는 무엇인가에서 벗어나려는 투쟁, 성장하거나 어떤 변화를 해결하기 위한 투쟁이요. 긴장이요. 그것도 독자들이 도망치고 싶어질 정도로 심하면 안 되지만, 계속 읽을 만큼은 긴장감을 유지해야죠. 제 소설들은 아주 빠르게 진행되지는 않아요. 많은 인기작이 굉장히 빠르게 전개되더군요.

잭슨 다시 돌아가서, 투쟁을 그리는 게 좋다고 했는데요.

버틀러 전 인간의 투쟁에 대해 쓰는 게 좋아요. 확실히 뭔가를 해야 하거나, 뭔가가 되어야 하거나, 뭔가에 도달해야 하는 사람들, 서로와 싸우는 사람들이요. 제게는 스스로에게 뭘 해야 하는지 일깨우기 위한 슬로건 같은 게 있는데요. '추적' '승부' '탐색' '시험'이에요.

제 첫 소설은 추적 이야기였죠. 추적 이야기는 쉽게 쓸 수 있어요. 하나의 인물 또는 인물 집단을 두고, 그 뒤에 그들을 잡으면 친절하게 대하지 않을 다른 집단을 두면 되죠.

승부요? 전 승부 이야기 읽기를 좋아해요. 두 인물이 부딪치는데, 주먹다짐을 하는 게 아니라 머리를 쓰는 싸움을 하는 거죠. 체스 게임에서 하는 것 같은 싸움이요.

탐색은, 어떤 면에서는 『씨앗을 뿌리는 사람의 우화』의 두 번째 부분이 탐색이에요. 그들도 끝에 다다르기 전까지는 자기들이 탐색을 하고 있었다는 걸 모르지만요. 그들은 어느 방향으로 가는지 알지만, 언제 멈출지는 모르죠.

시험은, 성장 이야기에 자연스러운 단계예요. 『씨앗을 뿌리는 사람의 우화』도 성장담이고요. 로런은 책 중반을 향하면서 상당한 시험을 겪죠. 그 시험에 통과하지 못했다면, 거기서 끝날 수도 있었어요.

잭슨 벽에 에워싸인 동네의 상징성 말입니다. 집이 몇 채 있는 막다른 길이요. (리처드 라이트의) 『미국의 아들』에서는 비거 토마스가 바깥 세력에 의해 벽 안에 갇히게 됩니다. 『씨앗을 뿌리는 사람의 우화』에서는…….

상황을 이해하고 거기서부터
계속 나아가는 사람들은 아이들이죠.

버틀러 벽에 둘러싸인 막다른 길에는 상징성이 가득하죠. 사람들은 벽 안에 있지만, 어디로도 가지 못해요. 살아남는 동안에는 살아남을지라도요.

그 사람들의 생활 방식에도 아무 진전이 없어요. 그들은 좋았던 옛날이 돌아올 때까지 버티려고만 하죠. 괜찮은 사람들이 긴 하지만요. 우리라도 그렇게 할 거예요. 달리 어떻게 해야 할지 모를 테니까요. 그리고 상황을 이해하고 거기서부터 계속 나아가는 사람들은 아이들이죠. 아이들은 어른들이 말하는 좋았던 옛날이 어떤 것인지 아예 모르고 신경도 쓰지 않으니까요.

제 주인공의 부모는 풍요로운 시절이 돌아오기를 기다려요. 꿈의 두 번째 부분이 시작되는 곳에서요. 주인공이 어렸을 때 꾸는 꿈이 두 부분으로 들어가 있거든요. 그 부모는 21세기 초의 방식으로 살고 있죠.

잭슨 작가님은 사회 상황과, 사회가 어디로 가는지에 대단히 통찰력이 있습니다.

버틀러 　전 뉴스 중독자예요. 전 무슨 일이 벌어지는지 알거나, 아니면 안다고 상상할 만큼은 안다고 생각해야 해요.

잭슨 　하지만 작가님이 다루는 문제 중에 어떤 것들은 많은 사람이 길 한가운데 상자를 놓고 밟고 서서 공직에 출마할 때 들고나오는 문제들인데요.

버틀러 　저는 작가예요. 외톨이에 혼자 사는 사람이죠. 이게 제가 하는 일입니다. 전 열 살 때부터 글을 썼어요. 어머니가 제게 작가라는 직업이 가능하다는 사실을 알려준 이후부터 쭉 그랬어요. 글쓰기에 미래가 있는지 없는지 그 여부도 몰랐을 때부터 썼죠.

잭슨 　작가님은 작품 속에서 자본주의를 좋게 다루지 않는 것 같습니다.

사람들은 변화를 어려워하고, 뭔가를 찾아내서
거기에 맹렬히 매달리고 싶어 하죠.

버틀러 　……저는 순수하게 선하거나 순수하게 악한 캐릭터가 있다고 믿지 않아요. 순수한 시스템이 있다고 믿지도 않죠. 뭐든 순수한 게 있을 리가요. 자본주의에는 좋은 면이 있고, 정말 나쁜 면이 있어요. 최악의 면은 멕시코 국경 근처에 자리 잡은 미국 공장들 같은 것이고, 그런 게 여기에도 다가올 거예요.

예를 들어서 한 시간에 1달러나, 한 시간에 80센트로 노동력을 얻을 수 있다면, 회사가 남쪽으로 가지 않더라도 남쪽으로 가겠다고 위협만 하면 임금을 더 낮출 수 있잖아요. 그리고 남쪽에서는 강에 오염물을 버릴 수 있다면, 이곳의 환경 규제가 엄격하니 그리로 옮기겠다고 언제든 위협할 수 있죠.

그리고 레이건의 태도를 기억하세요—정확히 이런 식으로 말하지는 않았지만—너무 많이 죽이지만 않고 이득을 낸다면 사람들을 죽여도 괜찮다, 이미 또 태어나지 않았느냐, 이런 태도요. 자본주의가 최악일 때 보여주는 모습은 꽤 추잡해요. 전 소련이 아직 있었을 때 소련에서 한동안 지내봤는데요. 새로 지은 호텔에 묵었는데도 시설이 부서져가더군요. 그러니 사회주의나 공산주의가 가진 최악의 면 또한 분명하죠. 그러니까 제가 찾는 건 현존하는 시스템의 장점들을 취한 하나의 시스템이에요. 사람들은 변화를 어려워하고, 뭔가를 찾아내서 거기에 맹렬히 매달리고 싶어 하죠. 거의 종교처럼요. 전 바로 레이건 행정부 기간에 자본주의도 확실히 종교라는 인상을 받았어요. 그러니까 자본주의에 대해 안 좋은 말을 하면 신이나 설교자를 욕하는 것 같은 취급을 받죠.

잭슨    무엇이 작가님에게 이렇게 날카로운 통찰력을 준 겁니까?

버틀러    전 관심을 기울여요. 그리고 마음을 쓰죠. 제가 주목하는 무시무시한 현실 하니는 더 어린 세대, 특히 가난하게 기워진 아이들이 다른 이에게 마음 쓰는 일을 경멸하면서 자란다는 사실이에요. 세상에, 그 아이들이 어떻게 살아야 하는지 봐요. 그 아이들이 총을 구해서 누군가를 쏠 나이가 될 무렵이면, 볼 장 다 봐서 그 정도는 아무것도 아니란 식이에요.

잭슨     미래에는 여자들에게 특별한 자리가 있다고 봅니까?

버틀러     남자보다 특별할 것은 없다고 생각하는데요. 『킨』을 쓸 때 알게 된 사실 하나는, 제가 시간 여행을 할 수 있다 해도 돌아갈 만한 다른 시기가 없다는 거예요. 여자들은 너무나 끔찍한 대우를 받았거든요. 꼭 두들겨 맞거나 고문당한다는 의미는 아니에요. 그저 여자들에겐 너무나 좁은 자리만 있어서, 맞거나 말거나 상관없이 몸을 밀어 넣어야 했다는 거죠. 저에겐 적합하지 않았을 거예요. 혼자이길 선호하는 사람으로 살기만도 벅차요. 학교에서는 그 성격만으로도 얻어맞았어요. 다른 모두보다 키가 크기 전까지는요. 과거 어느 시대에 가더라도 제게는 인생이 지옥일 거예요. 대부분의 사람에게도 지옥일 테고, 특히 여자들에겐 더 그렇겠죠. 여성을 더 잘 대하는 사회일수록, 더 나은 사회가 될 가능성이 높아요. 여자들을 따로따로 떼어놓는 사회, 남자가 가끔 여자를 방문하는 사회 같은 곳들은…… 가장 폭력적인 사회가 되는 경향이 있죠. 남자들이 서로서로 폭력을 부추기니까요. 그런 사회에서는 남자들이 여자를 대하는 태도도 대체로 형편없어요.

잭슨     혹시 흑인 여성이어서 겪는 구체적인 문제가 있습니까?

글쓰기 자체와 무관한 문제들이라면 있죠. 예컨대 일반 서점에서 사인회를 하던 기억이 나네요. 전 이미 언급한 대로 SF나 페미니스트, 흑인 전문 서점 셋 중에 어딘가에서 사인회를 하는 것을 좋아해요. 적어도 그런 곳에 가면 저도 그 사람들이 무엇에 관심이 있을지 알고, 그쪽에서도 제가 같은 문제에 관심이 있겠지, 생각하죠. 그렇지 않았다면 제가 거기 있지 않을 테니까요. 하지만 일반 서점에서는, 그런 곳에서 제가 사인을 하고 있으면 사람들이 스쳐 지나가면서 오, 흑인이네, 이런단 말이죠. 그러니까 백인들은 걸음을 멈추지 않아요. 제가 큰 소리로 말을 걸어서 사람을 모은 적도 있어요. 보통은 예의 바르게 굴고, 쿵쾅거리면서 가버리지는 않아요. 가끔은 멈추기도 하고, 더 가끔은 책을 사기도 하죠. 아마 그러면서 스스로도 놀랄 거예요. 그러니까, 이런 의미에서는 문제가 있긴 해요. 사람들은 제가 뭘 쓰는지 안다고 생각하고는 정말로 알아보려고는 하지 않아요. 그렇지만 흑인 여성 작가로 분류되어서 겪은 피해보다는 SF 작가로 분류되어서 입은 피해가 더 클 거예요. 사람들은 SF가 아이들용이라고, 고급 만화 같은 거라고, 그러면서도 별로 고급은 아니라고 생각하거든요. 그리고 이젠 그런 걸 읽을 나이가 아니라고 생각하죠. SF라면 훌륭할 수가 없다고요.

# 글로 캐낸 삶의 조각들

코브     말했다시피, 처음에 할 질문들은 대충 글쓰기와, 작가님이 어떻게 글을 쓰고 싶다는 생각을 하고 또 발전시켰는지에 바탕을 둘 겁니다. 그리고 마지막에는 작품 자체를 다룰 거예요.

버틀러     조금 더 크게 말해줄 수 있을까요.

코브     좋아요. 어떻게 글쓰기를 시작했나요?

버틀러     음, 글쓰기는 열 살쯤에 시작했는데요, 혼자 이야기를 지어내기는 네 살쯤에 시작했으니 결국엔 그걸 쓰자고 생각한 것도 자연스러운 진행이었어요. 열 살쯤에 글을 적어놓자고 생각하게 된 건 지어냈던 이야기를 몇 개 잊어버리기 시작해서였고요. 그런데 글쓰기가 너무 즐거웠던 탓에 계속한 거죠.

---

이 인터뷰는 1994년 젤라니 코브에 의해 진행되었다. 인터뷰 전문은 젤라니 코브의 웹사이트(JelaniCobb.com)에서 찾아볼 수 있다.

코브      어릴 때는 어떤 글을 읽었나요?

버틀러      아, 손 닿는 책이라면 뭐든지요. 특히 동물 이야기, 요정 이야기, 신화 같은 것들을 좋아했지만, 사실은 손에 넣을 수 있는 글이라면 뭐든 읽었어요. 어머니가 저에게 읽히고 싶어 하지 않았던 글까지도요.

코브      그러고 보니 흥미로운 내용을 읽었습니다. 작가님 어머니인가, 할머니인가가 집에 책을 가지고 돌아왔다고요…….

버틀러      어머니였어요…….

코브      2주쯤 전에 제가 아미리 바라카Amiri Baraka*를 인터뷰했는데, 그분도 똑같은 이야기를 했어요…….

버틀러      그래요…….

코브      바라카의 할머니가 백인들을 위해 일했는데, 집에 책을 가져오셨다고요. 구할 수 있는 책은 뭐든 챙기셨고, 특히 아이들용을 가져오셨지만 그 정도에서 그치지 않았다고요. 그러니까 그 집에서 오래된 잡지를 버리면, 할머니가 챙겨서 집에

---

*     리로이 존스LeRoi Jones로도 알려진 미국의 시인이자 극작가, 작가, 음악 비평가. 아프로-아메리카 문화의 지도자이기도 했다.

가져온 거죠. 어떤 건지 아시죠? 그러면 작가로서 작가님의 기술과 스타일과 감수성을 발전시키는 데 실제로 영향을 미친 사람은 누구였습니까?

버틀러　　영향을 미친다는 말을 정의해봐요.

코브　　　좋아요, 음…….

버틀러　　누가 작가가 되라고 격려해줬는지 알고 싶나요?

코브　　　격려해준 사람과 또…….

버틀러　　아무도 없었어요.

코브　　　정말입니까?

버틀러　　어머니가 다른 사람들보다 덜 짜증 내긴 했죠. 가족과 친척 대부분은 그저 제가 글을 쓰고 있으면 말썽을 일으키지 않으니 좋은 일이라고 생각했지만, 실제로 뭔가가 될 거라고 생각하지는 않았어요. 다들 세상에 흑인 작가가 있다는 사실을 몰랐거든요. 실제로 이모는 저에게 세상에 흑인 작가 같은 건 없으니 제가 작가가 될 수도 없다고 장담했어요.

코브　　　그거 재미있군요…….

버틀러 　어머니는 경제적으로 절 도와줬어요. 예를 들어 제가 멍청하게도, 음, 그러니까 어릴 때니 뭘 알았겠어요. 아무튼 어릴 때 제가 검토 비용을 내라고 하는 에이전트를 만났어요. 어머니는 당시 우리 집 한 달 월세가 넘는 돈을 힘겹게 모았어요. 절 도우려고 했던 거예요. 하지만 그러면서도 제가 작가가 되고 싶어 하는 게 철없다고 생각했고, 제가 안전하게 비서나 그런 게 되기를 바랐어요.

코브 　그렇다면 어떻게 계속 작가의 길을 간 겁니까? 그 목표를 계속 추구한 이유는 뭐였던 거죠?

버틀러 　제가 정말로 하고 싶은 일이라곤 오직 글쓰기밖에 없었어요. 그 사실을 알고, 제가 글쓰기를 좋아한다는 사실을 알고 나서 열 살 때쯤인가, 어머니가 우연히 어떤 말을 했죠. 어머니는 제가 글을 쓰는 모습을 보았고, 제가 이야기를 쓰고 있다고 했더니 "넌 작가가 될지도 모르겠구나"라고 한 거예요. 그때까지 저는 세상에 작가라는 게 있다는 사실도 몰랐고, 책과 이야기들이 어떻게 쓰이는지 생각해보지도 않았어요. 그런데 어머니의 그 짧은 말, 그건 만화에서 사람 머리 위에 빛이 내려오는 장면과 비슷했어요. 전 갑자기 그래, 작가라는 게 있구나, 하고 깨달았어요. 사람들이 작가가 될 수 있다면, 나도 작가가 되고 싶다고요.

코브 　아까 영향에 대한 질문에서 또 한 가지 묻고 싶었던 건, 혹시 누군가의 작품을 읽었는데 그게 소설이란 이래야 한다는 모범이 되어준 경험이 있냐는 거였습니다.

버틀러     아, 아니요.

코브       한 번도 없었나요?

버틀러     없죠. 그런 작품은 없으니까요.

코브       마술 버튼 비슷한 얘긴가요.

버틀러     아니 내 말은, 소설은 이래야 한다는 한 가지 길 같은 건 없으니까요. 만약 그런 길이 있다면 모두가 비슷하게 쓸 테고, 그러면 재미가 없어서라도 모두가 그만두겠죠. 그런 작품은 없어요. 하지만 제가 하곤 했던 건, 글을 하나라도 팔기 전에 익숙했던 건 말이죠. 제가 지어낸 이야기를 글로 쓰기 전에도 언제나 많이 읽었지만, 십대로 넘어가서 글을 쓰고 제 소설을 투고하면서부터는 더 많이 읽었는데요. 전 열세 살쯤부터 작품을 투고하기 시작했고 사실상 반송 우편으로 돌려받았죠. 그리고 전…… 흠, 잠시 다른 데로 빠졌네요. 제가 무슨 말을 하고 있었죠?

코브       그게, 직전에는 소설에 특정한 한 가지 길은 없다는 이야기를 하고 있었습니다.

버틀러 아, 제가 당시에 익숙했던 책들에 대해 말하려고 했군요. 그래요, 당시에 제가 읽던 어떤 책들은 너무 형편없어서, 바로 다음 날에도 소설 내용을 떠올릴 수가 없을 지경이었어요. 방금 제 생각에 혼선이 일어난 것과는 다른 의미로요. 말 그대로, 책을 보고 그 책을 읽었다는 사실을 아는데도 펼쳐 들고 몇 페이지 넘겨봐야 내용이 기억나는 거죠. 그야말로 형편없는 책, 구성도 형편없고 쓰기도 형편없이 쓴 책들이었는데, 그게 다른 무엇보다도 제게 많은 걸 알려줬어요. 그러니까, 사람들이 이런 쓰레기를 써서 출판을 한다면 분명히 나도 출판할 수 있겠구나, 했던 거죠.

코브 흑인 여성이라는 점 특유의 어려움에 직면하기도 했습니까?

버틀러 네. 본보기가 전혀 없었다는 점이요. 흑인이라고 해서 저 바깥에 다른 흑인들이 있다는 사실을 모를 정도까지는 아니었어요. 십대에는 서서히 그런 사람들이 있다는 걸 알게 됐지만, 그 사람들은 저 멀리 별들 사이에 있는 것 같았고 너무 멀게만 보였어요. 1994년 전국흑인예술축제NBAF에서 몇 사람이 이런 사람들을 만난 경험에 대해 말하는 걸 들으니 재미있었어요. 랭스턴 휴스Langston Hughes*를 만나면······ '세상에, 마치······ 모세라도 만난 것 같아'라고 생각하는 거죠. (웃음)

---

* 미국의 유명한 시인이자 극작가로, 인종차별을 다루는 작품을 많이 썼다. '재즈시'라는 형식의 초기 혁신자였으며 할렘 르네상스를 이끈 인물로 평가받는다.

그런데 제 말은, 제가 아무도 못 만났다는 거예요. 고등학교 졸업 학년에 제가 다닌 학교에는, 아니 제가 다닌 학교들 어디에도 문예창작이나 출판을 위한 글쓰기 수업 같은 건 없었어요. 그러니까 저는 알아서 해야 했고, 그나마 찾아낼 수 있는 최선이 저널리즘이었어요. 어쩐지 저널리즘을 배우셨을 것 같은데, 맞나요?

코브    맞습니다.

버틀러    어쨌든, 고등학교 졸업 학년 말에 우리는 각자의 희망 진로 영역에서 일하는 사람들과의 만남을 가질 수 있었는데요. 학교에서는 제게 소설가를 찾아주지 못했어요. 대신 지역 신문에서 일하는 저널리스트를 찾아줬는데, 그 사람은 계속 이렇게 말했죠. "음, 뭐라고 말해야 할지 모르겠구나." 그러고는 저널리즘에 대해 조금 말하다가 또 이러는 거죠. "정말이지 뭐라고 해줘야 할지 모르겠어." (웃음) 그 사람이 매정하다거나 그런 건 아니었고, 그냥 말 그대로 저에게 어떤 방향을 제시해야 할지 몰랐던 거예요. 그저 영문학 수업을 많이 들으라거나 그런 소리만 했는데, 알고 보니 당연하게도 전혀 도움이 되지 않았죠. 제겐 정말로…… 아무런 본보기가 없었고, 제가 뭘 잘못하고 있는지 전혀 알지 못했어요. 막 작가가 되려고 하는 많은 사람이 그래요. 뭐가 잘못된 건지를 모르죠. 왜 글이 계속 거절당하는지를 몰라요. 제 생각엔 많은 흑인 젊은이가 몸을 뒤로 기대고서 "쳇, 그냥 인종차별이야"라고 하는 것 같아요. 그리고 일부는 인종차별이라고 생각하면서 포기해버리고, 우리가 아주 형편없는 글을 쓰고 있기 때문에 거부당한다는 걸 영영 모르는 거죠. 대학 교수로 일하고 있는 친구 하나가 열여덟, 열아홉 살짜리 신입생들을 받고는, 그 아이들이 제 책 한 권에 대해서 쓴 보고서를 보내줬는데요. 전…… 놀랐어요. 정말 글이 별로더라고요. 이 아이들 중에 누군가가 투고를 해놓고 '저들이 내 글을 출판해주지 않는 건 내가 흑인이고 흑인 문제에 대해 쓰기 때문이야'라고 생각하는 모습은 상상하기도 싫어요. 그러니까, 분명히 제가 어렸을 때도 그런 문제를 안고 있었을 거예요. 전 어떻게 해야 할지, 어떻게 하면 원하는 곳에 도달할지를 몰랐고, 제 글이 얼마나 나쁜지도 몰랐어요. 글을 비교할 데가 있었어야 말이죠. 제가 정말로 관심을 둔 주제는 아무도 다루지 않았고, 제가 투고하던 글은, 수많은 SF를 읽으면서 본 게 그것뿐이었기 때문에, 다 술과 담배에 찌든 서른 살 백인 남자만 다뤄야 한다고 생각했어요. 술 마시고 담배 피우는 장면이 그렇게 많이 나오는 이유는 그 작가들이 단어마다 돈을 받기 때문이라는 걸 전혀 몰랐거든요. 그런 소설에서는 주인공이 술을 마시거나 담배를 피우거나 담뱃불을 붙이거나 해서 단어를 몇 개 더 넣을 수 있으면 돈을 더 버는 거였어요. 세상에, 그 작가들은 소설 단어당 2, 3페니를 받고 있었다고요. 그러니까 생계를 위해 그 작가들은 불필요한 요소를 잔뜩 넣어서 이야기를 불려야 했죠. 당시에 전 이런 사실을 이해하지 못했기에 지나치게 술을 마시고 담배를 피우는 서른 살의 백인 남자가 나오는 단편

소설을 써서 투고했고, 하나같이 정말 끔찍한 소설이었어요. 하지만 제가 저 자신을 위해서 쓰던 소설도 끔찍했는데, 그걸 개선할 방법을 몰랐죠.

코브      그렇다면 어떻게…….

버틀러    ……그래도 그게 제가 처음 내놓은 장편들의 뼈대가 됐어요. 제가 어떻게 결국 방법을 찾아냈는지 물으려던 거죠?

코브      네.

버틀러    우선 저는 패서디나시티칼리지에 갔고, 그곳에는 글쓰기 강의가 몇 개 있었어요. 단편소설 쓰기, 출판을 위한 글쓰기, 창작 강의가 있었죠. 대부분 어린이책을 쓴 친절하고 나이 많은 강사들이 가르쳤는데, 제가 쓰는 글에 대해서는 전혀 이해하지 못했고 절 도와주고 싶어 하면서도 서슴없이 이해는 못 하겠다고 말하는 분들이었어요. 그리고 전…… 제가 그분들에게 얻은 건 오히려 평범한 글쓰기 팁들이었어요. 부사를 너무 많이 쓰지 말아라, 아니면 저런, 여기 장면 전환은 썩 좋지가 않구나, 같은 말이요. 고등학교 영어 교사에겐 그런 정보도 없을 때가 많았으니까, 그런 지적이 도움이 됐죠. 더해서 전 영어 수업에서 배웠던 것들이 쓸모가 없다는 사실도 알게 되었어요. 그건 다른 종류의 글쓰기였어요. 학문적 글쓰기는 소설과 완전히 다른 거죠. 학문적인 글쓰기는 장황해야 할 때도 있거든요. 그래서 전 거의 저 혼자 글쓰기를 익혀야 했어요. 그러다가 캘리포니아주립대학교 로스앤젤레스에 갔어요. 거긴 글쓰기 수업이 하나 있었는데, 밤늦은 시각이었고, 저는 버스를 타고 다녔던 탓에 들을 수가 없었어요. 대신 학교가 끝나면 미국서부작가조합에서 하는 글쓰기 강의를 들으러 갔죠. 영화와 텔레비전 프로그램 극본을 쓰는 사람들이었어요. 그 사람들이 이 강좌를 무료로 연 건, 주위를 둘러보고 서로에게 "왜 우린 다 백인이지?" 물어본 탓이었어요. 그래서 이런 강좌를 열면 와서 글쓰기에 관심을 보일 흑인이나 히스패닉 아이들이 있을까 보기로 결정한 거죠. 전 영화 극본에는 관심이 없었지만, 누구든 직업 작가라면 제게 도움이 될 거라고 생각했어요. 그래서 그 강좌에 갔는데 첫 학기는 끔찍했어요. 우리에겐 〈TV 가이드TV Guide〉를 그냥 읽어주는 강사들이 있었죠. 물론 문제는 그들이 사실 가르치는 사람이 아니라 작가라는 데 있었어요. 어떻게 가르쳐야 하는지를 몰랐던 거죠. 우리가 어찌나 형편없었던지, 그 작가들은 그 자리에서 포기해버렸어요. 하지만 다음 학기, 그러니까 이 프로그램의 두 번째 학기에 작가 할란 엘리슨이 강사로 참여했고, 또 다른 작가인 스테벨도 왔어요. 전 그 둘의 강의에 들어갔죠. 스테벨은 소설화 작업, 그러니까 영화를 가져다가 소설로 바꾸는 방법에 대해 가르쳤고, 할란은 그냥 시나리오를 가르쳤지만, 전 할란의 책을 많이 읽었기에 그 사람이 SF를 많이 썼다는 걸 알고 있었어요. 전 제가 관심을 끌 수 있다면 할란이 절 도와줄 수 있다는 걸 알았고, 할란은 전적으로 도울 마음이

버틀러의 스승이었던 할란 엘리슨(우측 첫 번째)과 함께, 1988.

있었기에, 아주 훌륭했어요. 뭘 쓰든 할란 엘리슨이 훑어보고 말해주는 내용을 들으면, 그 사람에게 썩 좋지 않은 기분이 든 채 집에 가게 될지도 모르지만, 그래도 그건 제게 필요한 비평이었어요. 학교에 있으면요…… 예를 들어볼까요. 가끔 제가 유일한 흑인인 수업에 있으면 전 아예 무시당하거나, 아니면 토닥임을 많이 받는 경향이 있어요. 둘 다 전혀 도움이 되지 않죠. 그래서 전 그런 취급에서 벗어나기 위해 열심이었고, 할란은 조금도 저를 그렇게 대하지 않았어요. 할란은 돈도 받지 않으면서 자기 시간을 희생해 거기 와 있었고, 그곳에 하러 온 일을 했어요. 게다가 할란은 제게 클라리온 SF 작가 워크숍을 알려줬죠. 클라리온은 제가 받은 또 하나의 훌륭한 글쓰기 경험, 글쓰기 교육이었어요.

코브  좋아요. 안 그래도 작가님이 언급한 내용과 관련이 있다고 할 만한 질문이 있는데요. 작품을 시나리오로 각색하거나, 시나리오를 쓸 생각도 있습니까?

버틀러  그럴 생각은 별로 없어요. 전 무척 느리게 쓰는 작가이고, 시나리오는…… 그쪽에선 정말로 빨리 쓰기를 원하는 데다가, 변화를 줄 때도 빠르게 고치길 원해요. 제가 관심을 둔 분야는 아니에요. 할 수 있는 부분도 있고, 시나리오 수업을 들은 것도 사실이지만, 제가 뛰어들어서 계속하고 싶은 분야는 아니에요.

코브    그러니까 작가님에게 글쓰기란 의식의 흐름이라기보다는 꼼꼼하고 세심한 과정이군요?

버틀러   음, 왜 그 두 가지를 다르게 생각하죠?

코브    (웃음) 실은 작가님이 어떻게 그 두 가지가 상호작용할 수 있는지 알려주시면 좋겠는데요.

버틀러   글쓰기는 '다시 쓰기'이기도 해요. 그러니까 물론 막 달려서 페이지에 다 쏟아내는 과정이 있겠지만, 돌아가서 고치는 과정이 없으면 아무도 읽고 싶어 하지 않을 거예요.

코브    좋아요, 알겠습니다. 이해했어요. 혹시 압력을 받은 경험은 있습니까? 특히 처음 출간했을 때, 혹시 작품의 정치성을 없애라는 압력을 받기도 했나요?

버틀러   제 작품은 사실 그렇게 정치적이지 않아요. 실은 오히려 반대 방향의 압력을 받았어요. 좀 더 정치적으로 쓰라고요. "왜 SF를 쓰는 거죠? 왜 그렇게 비현실적인 이야기를 썼어요? 의미 있는 글을 쓰지 않고?" 이런 식이었죠. 1960년대에 '의미 있다'는 건 중요한 말이었고 제가 흑인사에 대해서 아니면 투쟁에 대해서 더 써야 한다는 식이었어요. 문제는, 뭘 써야 하는지를 다른 사람이 이래라저래라 참견하게 두었다간 아마 쓰레기를 쓰게 될 거예요. 스스로의 관심사에 대해 써야죠. 자신의 관심을 끄는 것들에 대해서 쓰는 방법은 언제나 스스로 익힐 수 있어요. 하지만 뭘 써야 할지에 대한 판단을 다른 사람에게 맡긴다면 그건 학교 과제를 하는 거나 다름없고, 쓰다가 지루해지겠죠.

SF의 멋진 점 하나는 제가 파고들고 싶은 것은
뭐든 자유롭게 파고들 수 있다는 점이에요.

코브    그거 흥미롭군요…….

버틀러    정말로 당신의 감정을 불러일으키는 뭔가를 쓰세요. 열정이 내내 당신을 몰고 갈 것이고, 컴퓨터든 타자기든 뭐든 글쓰기 도구와 혼자 마주할 때는, 추진력이란 추진력은 다 끌어와야만 해요.

코브    그렇다면 작가님의 감정을 불러일으키는 주제는 뭡니까?

버틀러    글쎄요, 사실 많죠. SF의 멋진 점 하나는 제가 파고들고 싶은 것은 뭐든 자유롭게 파고들 수 있다는 점이에요. 『씨앗을 뿌리는 사람의 우화』를 썼을 때, 저를 가장 자극한 건 바로 지금 일어나고 있는 일들이었어요. 매일 나오는 뉴스요. 끔찍한 일이 너무나 많이 일어나는데, 아직 그렇게까지 나쁘지는 않다는 이유로 아무도 관심을 두질 않아요. 전 축제에 가서 그런 문제 몇 가지를 이야기했어요. 제가 말하지 않은 문제들은 책 속에 나오죠.『씨앗을 뿌리는 사람의 우화』읽어봤나요?

코브  네. 읽은 지 오래되지 않았습니다.

버틀러  좋아요, 그렇다면『씨앗을 뿌리는 사람의 우화』에서 제가 노예제 부활에 대해 말한다는 걸 알겠군요. 현실의 노예제요. 역사에서 끌어낸 게 아니라, 신문에서 끌어낸 문제예요. 알죠, 이미 여기 남부 캘리포니아에, 센트럴 밸리나 남쪽의 더 시골 지역에서도 그런 일이 일어나고 있어요. 불법 입국한 외국인들을 데려다가 일을 시키고 돈은 주지 않으면서 떠나지도 못하게 하고 학대하고…… 아니면 교육을 충분히 받지 못했거나 아는 사람이 없어서 그곳에서 벗어나지 못할 흑인들에게, 아니면 갈 곳이 없고 학대당하는 노숙자들에게 그러는 거예요. 또 쓰고 버리는 노동력도 있죠. 책 속에서도 언급했는데요. 바로 지금도 많아요. 바로 지금, 국경만 넘어가면 나오는 멕시코의 마킬라도라Maquiladora* 공장에서 사람들이 끔찍한 조건으로 부려먹히고, 손에 잡히는 재료로 만든 오두막집에서 끔찍하게 살고 있어요. 그리고 그 사람들이 서른 살이나 서른다섯 살쯤 되면, 다치거나 몸이 상하거나 아니면 너무 지쳐서 도저히 주어진 일을 할 수가 없는 상태가 되고, 화학물질이든 기계든 간에 더는 다룰 수가 없어지면, 그 사람들

---

\*  주로 멕시코 북부 접경지대에 위치한, 미국 수출 원칙의 가공업체들을 가리킨다. 원래는 1965년에 제정된 보세保稅가공 제도의 이름으로, 이 제도에 따라 정해진 제품을 미국에 수출할 때 그 재료와 기계 등을 무관세로 수입한다.

을 버리고 더 젊은 노동자를 쓰는 거예요.

코브    『씨앗을 뿌리는 사람의 우화』를 읽은 저를 정면에서 후려친
       건 민영화(사유화) 문제였습니다. 제가 '정치적'이라고 말했을
       때는 그런 의미였어요. 그런 광범위한 사회문제를 다룬다는
       의미요.

버틀러   어제, NPR에서요. 추천하고 싶은 라디오 방송국인데, 혹시 들
       어봤나요?

코브    아뇨. 전에도 추천은 받았습니다만, 이제 들어보겠습니다.

버틀러   들어볼 가치가 있어요. 〈모닝 에디션Morning Edition〉이나 〈모든
       점을 고려해All Things Considered〉를 추천할게요. 퍼시피카Pacifica
       방송국에 있는 프로그램들도 어느 것이나 좋은 정보원이에
       요. 특히 퍼시피카가 그렇죠. 아무튼, 어제 NPR에서 어떤 단
       체에 대해 다뤘거든요. 사기업인데, 현재 볼티모어의 공립학
       교 아홉 개를 운영하고 있어요. 그리고 코네티컷의 하트퍼드
       에서는 이 회사가 학교 시스템을 아예 넘겨받고 싶어 했어요.
       이건 교육 시스템을 돕기 위해 어떤 대기업을 끌어들이는 문
       제가 아니에요. 교육 시스템을 사기업에 넘겨주는 거죠. 그리
       고 사기업이 하는 말이 좋을 수도, 아닐 수도 있겠지만, 사기
       업이 제일 중시하는 건 수익을 내는 기예요. 갑자기 교육의
       중점이 아이들을 교육하는 게 아니라, 회사를 위해 이익을 내

는 게 되는 거죠. 전 『씨앗을 뿌리는 사람의 우화』를 쓸 때 민 영화가 크게 유행한다는 사실을 알았어요. 마치 사기업이 하지 않는 일은 뭐든 할 가치가 없다는 식이었죠. 그게 1980년 대의 큰 변화였고, 아직 끝나지 않은 것 같아요. 사실 끝나리라 기대하지도 않았어요. 그야 회사 입장에서 생각하면, 어떤 사업을 차지하고, 나이를 먹을 때까지 일해서 괜찮은 봉급을 받고 있는 사람들을 자르고 새로운 사람들을 들일 수 있잖아요. 그 사람들이 일을 아주 잘하지 못한다 해도, 그 사람들이 아무 힘이 없고 노조를 결성하지도 않으면, 아마 돈을 꽤 벌 수 있겠죠. 적어도 처음에는요.

코브 분명히 그렇습니다. 뉴어크, 뉴저지만이 아니라 컬럼비아 특별구*에서도 그런 말이 나와요.

버틀러 전 이 회사에 대해 호기심이 커요. 대체 그 사람들이 뭘 하고 있는지 궁금할 수밖에 없잖아요. 물론 어제 방송에서는 자기들이 잘 해내고 있다고 말했죠. 교사 노조에서는 아니라고 했지만, 교사 노조야 당연히 그렇게 말하는 거라면서요. 하지만 전 대체 거기에서 정말로 무슨 일이 벌어지는지가 너무 궁금해요.

코브 그건 제가 직접 살펴봐야겠군요. 제게는 작가님이 직접 쓴 소

---

* 워싱턴 D.C.를 가리킨다.

개 글이 없습니다만······.

버틀러    아, 몇 년 동안이나 내보냈는데요. 듣고 싶나요?

코브      네.

버틀러    어디 보자, 여기 어딘가에 하나 있을 텐데······. 사실 보통은
         예전 프로필이 몇 개쯤은 널려 있거든요. 책이 나오면 기한이
         끝날 테니, 버려지기만 기다리는 신세죠. 아, 여기 『씨앗을 뿌
         리는 사람의 우화』 표지에 작게 들어가 있군요. 제목은 '옥타
         비아 E. 버틀러와의 짧은 대화'이고 첫 번째 질문은 이래요.
         "옥타비아 E. 버틀러는 누구인가? 어디로 향하고 있으며, 지
         금까지 어디에 있었는가?" 답변은 이렇고요. "제가 누구냐고
         요? 전 열 살의 작가였던 때를 기억할 수 있고, 언젠가는 여
         든 살의 작가가 되기를 기대하는 마흔일곱 살의 작가예요. 또
         저는 편안한 비사교인이고, 로스앤젤레스 한가운데 사는 은
         둔자입니다." 사실은 이제 거기 살지 않지만, 지금 읽어드리
         는 소개는 예전 것이라서요. "주의하지 않으면 비관주의자가
         되고, 늘 페미니스트이며, 흑인이고, 과거에 침례교인이었으
         며, 야심과 게으름과 불안과 확신과 추진력이라는, 어울리지
         않는 요소들의 혼합물이죠." 혹시 녹음하고 있나요?

코브      네.

버틀러 아, 다행이네요. 달리 이걸 받아 가실 방법을 생각할 수가 없어서요.

코브 아니에요, 녹음하고 있습니다. 그 모든 특성이 작품 속에서 어떻게 상호작용하나요? 그게 전부 드러난다고 생각하세요?

버틀러 저는 알아볼 수 있죠. 작가로서 제가 하는 일은 제 인생을 캐내고, 역사를 캐내고, 뉴스를 캐내고, 뭐든 거기 있는 걸 캐내는 거예요. 마치 온 우주가 광물이고 저는 그 안에서 금을 캐내야 하는 것 같죠. 그리고 물론 저는 제 글에서 제 인생의 조각들을 볼 수 있어요. 아까 이야기한 특성들로 말하자면, 당연히 저를 방해하기도 하고 저를 밀어주기도 하고 다른 일들도 해요. 예를 들어, 저는 지금 더 큰 집을 사기 직전이고 어머니에게 같이 살자고 하고 있어요. 어머니는 이제 여든이고, 신경 써야 할 시점이 가까이 다가오고 있으니까요. 전 이 문제를 생각하면서 두려움을 느끼는데, 제가 일하는 방식을 생각하면 어머니는 제가 대부분의 시간 동안 아무 일도 하지 않는다고 믿으실 것 같거든요. 그러니까, 예를 들어 야심과 게으름과 추진력의 조합이라는 건, 제가 책을 읽거나 앉아서 멍하니 있거나 오디오북이나 음악을 듣거나 그러면서 많은 시간을 허비하는 것처럼 보이다가 갑자기 맹렬하게 글을 쓸 때가 있는데, 그렇게 빈둥대는 것처럼 보이는 기간이 어머니와 저에게 문제가 될 것 같단 말이에요. (웃음) 어머니는 그 시간도 일하는 시간이라고는 도저히 믿지 못할 테니까요.

코브    작가님이 그렇게 단언하시니 정말 기쁩니다. 저도 그럴 때가 많거든요.

버틀러    그래도 일은 완성하죠. 안 그래요?

코브    맞아요. 전 언제나 끓이는 중이라고 말합니다. 아직 덜 끓었다고요.

버틀러    일을 하는 것뿐 아니라 일을 완성하는 게 정말 중요해요. 계약서에는 마감일이 적혀 있고 그건 내 마감일이니까요. 제가 언제 그 책을 내놓을 수 있을지 정하고, 그 날짜를 상대방이 계약서에 적게 하거나 내가 직접 적는단 말이죠. 당연히 그 마감을 맞추는 건 중요해요. 그러지 못한다면, 작가로서 뭘 할 수 있겠어요? 그러니까 제 모든 단점과 기벽 등등에도 불구하고 여전히 그건 일을 완성하는 문제예요.

코브    작가님의 페미니스트적인 시각이 여성 캐릭터들에게 영향을 주나요?

버틀러    물론이죠. 제 작품에 나오는 어떤 여성 캐릭터를 보더라도, 음, 별로 뭘 하지 않는 것처럼 보이는 캐릭터도 몇 있기는 하지만, 확실히 그런 경우는 최고의 캐릭터들은 아니에요.

코브    사실 제가 떠올린 건 『씨앗을 뿌리는 사람의 우화』와 『와일

「은총을 받은 사람의 우화」에 대한 구상을 담은 노트.

드 시드』 모두에서 제가 본 속죄의 성격이었습니다. 양쪽 다에서요. 그것 때문에 한 질문이었어요.

버틀러    정확히 어떤 의미죠?

코브      아낭우는…….

버틀러    아, 『씨앗을 뿌리는 사람의 우화』가 아니라 『와일드 시드』 말이군요.

코브      『와일드 시드』만이 아니라 『씨앗을 뿌리는 사람의 우화』에서도요. 제 생각에 로런은 연합하는 집단과 같이 일하기에 다른 어느 누구보다도 적합해 보이거든요…….

버틀러    그거야 로런이 바로 집단이 연합하도록 한 사람이니까 그렇죠. 로런에겐 이 사람들을 한데 모아서 '지구종Earthseed'을 형성하자는 꿈이 있어요. 사실 지금 『은총을 받은 사람의 우화』를 쓰고 있는데, 십대 청소년이 남들이 미쳤다고 생각하는 꿈을 품으면 사람들이 참아주지만, 아이가 하나둘 정도 있는 어른 여자가 그런 꿈을 품으면 사람들이 이렇게 생각한단 말이죠. '세상에, 저 사람은 성장하지도 않나?' '저 사람은 뭐가 문제야?' 그래서 『은총을 받은 사람의 우화』에서 제 주인공은 그 꿈을 어린아이의 헛소리라고만 생각하는 사람들과 훨씬 더 힘든 시간을 겪어요. 그리고 그런 사람들의 선봉에 남편이 있죠.

코브      그러면 『은총을 받은 사람의 우화』는 언제쯤 완성이 될까요?

버틀러      내년 6월에요.

코브      좋습니다. 기대할 일이 생겼군요.

버틀러      제 마감 기한이 그렇다는 말이고, 아마 그 후에 1년은 지나야 출간될 거예요.

코브      『씨앗을 뿌리는 사람의 우화』에 대해 질문이 하나 더 있습니다. 소설 속에서, 되풀이해서 일어나는 방화에 대해 쓴 부분은 1992년 로스앤젤레스 저항과 관련이 있습니까?

버틀러      아니요. 아니었어요. 완전히 다른 문제와 연관된 이야기였어요. 사람들이 그 질문을 많이 하는데요. 사실 그래서 한동안은 그 문제에 대해 꽤 방어적이기도 했어요. 아무튼 아니에요. 사실 저는 폭동이 발발했을 때 그 소설을 쓰고 있었고, 써놓은 내용을 바꿔야 하나 걱정했어요. 폭동 중에 벌어진 몇 가지 일을 이용하는 것처럼 보이기도 싫고, 부추기는 것처럼 보이기도 싫었거든요. 세상에, 그 사람들은 제가 제일 좋아하는 흑인 서점을 불태웠다고요. 손댈 수만 있다면 뭐든 다 태워버리는 것 같았어요. 정말이지, 좋아요, 그 불태우는 부분이 어디에서 나온 건지 말해주죠. 제 가장 어린 시절 기억 중에 불타는 집에서 들려 나왔던 기억이 있어요. 불타는 사막이었을 텐데, 다만 한밤중이었을 거예요. 제 할머니에게는 여기 캘리포니아의 빅터빌과 바스데일 사이에 양계 목장이 하나 있었는데, 굉장히 원시적인 곳이었어요. 그러니까, 우물도 있고 옥외 변소도 있는 그런 곳 알죠? 게다가 워낙 외따로 떨어져 있어서 전화 같은 것도 없었어요. 그 당시에는 전기도 없었죠. 그러니까, 소방서에 전화할 방법이 없었어요. 우린 촛불과 등유 램프를 썼고, 지금까지도 누가 저지른 일인지는 모르겠지만, 누군가가 촛불이나 등유 램프로 사고를 쳤던 거예요. 그런 일이 가족 안에서 어떻게 돌아가는지 알죠? 할머니 댁이었으니까요. 다들 서로를 탓했어요. 그때 저는 겨우 네 살쯤이었으니, 어떻게 된 일인지 아직도 몰라요. 그저 잘 자다가 누군가가 저를 낚아채서 집 밖으로 달려 나가는 바람에 깼던 것만 알아요. 거긴 삼촌들이 직접 지은 집이었으니까, 특히…… 그곳엔 할머니의 모든 물건이 있었어요. 자식들의 출생을 기록해둔 것까지 전부 다요. 할머니는 자식들을 모두 집에 두셨기에 다른 기록이라곤 없었죠. 할아버지는 약초 재배자셨고, 최선을 다해 도우려고 하셨지만, 그건 온갖 것들을 다 잃을 상황이었어요. 아무튼 제게는 누군가에게 들려 나가면서 깨어나서, 밖에 서서 집이 다 불타버리는 모습을 지켜본 기억뿐이에요.

코브 　그러면 그 사건이 영향을 미친 건가요?

버틀러 그렇게 일찍 각인된 기억은 깊이 남을 수밖에 없죠. 그리고 공동체 주위를 두른 장벽에 대해서라면, 그건 또 다른 이야기 인데요…… 음, 사람들이 불타지 않으려고 벽을 둘렀지만 그럼에도 결국에는 불타는 일이라면 여기 로스앤젤레스에서 지금 많이 일어나는 일이죠. 사람들은, 심지어 가난한 사람들까지도 동네에 높은 벽을 쌓거나 교통 장벽을 두르고 싶어 해요. 가난뱅이들을 막기 위해서, 아니면 마약 판매상들을 막기 위해서요. 어떤 지역에 교통 장벽이나 다른 장벽이 둘러져 있으면, 마약 판매상들은 들어가고 나가는 길이 하나밖에 없는 상황을 싫어하니까 아예 다른 데로 갈 거라고 생각하는 거죠. 그러니까, 지금도 그런 시도가 많아요. 저도 그래서 기꺼이 그런 생각을 중산층인 사람들에게로 확장한 거예요. 그 사람들은 전문가니까 그 일을 아주 잘할 것 같지만, 아시다시피 바뀐 상황 때문에 썩 잘하지 못하죠.

코브 저는 캘리포니아에도 로스앤젤레스에도 가본 적이 없습니다만, 『석영의 도시City of Quartz』*라는 흥미로운 책을 한 권 읽었습니다. 건축 면에서 정말 흥미진진한 비평이었어요.

버틀러 경찰이나 그런 쪽에 대한 비평이 아니었던가요?

---

* 남부 캘리포니아에 기반을 둔 작가, 도시 연구가, 역사가, 정치 활동가인 마이크 데이비스 Mike Davis의 책.

코브　책 속에 '오퍼레이션 해머Operation Hammer'*에 대한 챕터가 있죠. 몇 가지 다른 문제를 탐구하는 챕터지만, 'L.A. 요새'라는 글에서 바로 건축에 대한 문제를 다뤘어요. 저자가 건축 비평가니까요. 어떻게 로스앤젤레스가 스카이라인을 망치지 않으려고 사무실 건물처럼 생긴 높은 감옥을 짓는지 말하더군요.

버틀러　아, 이런. 음, 감옥은 대부분 로스앤젤레스 근교에 지어지지 않지만, 지금은 그런 도시**가 하나 있군요. 원래는 관광용으로 멋진 도시여야 했는데, 공교롭게도 중하위층 노동자들의 도시이고, 그것도 다 백인이에요. 이 이야기 속에서 흑인이라곤 하나도 못 봤으니 다 백인이겠죠. 아무튼 그 사람들은 자기들이 가난하고, 관광객들을 끌어모으는 데 재주도 없는 것 같고 하니까—이 도시는 우리의 정말 아름다운 산악 지역 근처에 있는데도 말이죠—감옥을 두면 좋겠다는 결정을 내린 거예요. 주 정부는 언제나 감옥을 둘 곳을 물색하고 있죠. 아무도 진심으로 감옥을 가까이 두고 싶어 하지 않는데, 갑자기 감옥이 유망한 산업이 되어가고 있어요. 시골 감옥과 핵폐기물 처리장과 독성 폐기물 처리장 근처에 사는 게 유행이라는 듯이요. 그게 우리 문화에 대해 뭘 말해줄까요?

---

\*　　망치 작전. 1987년부터 1990년까지 갱단의 폭력과 마약을 단속하기 위해 로스앤젤레스 경찰이 운영했던 강도 높은 작전이나. 5만 명이 넘는 사람들이 급습으로 체포뇌었다.

\*\*　　1993년에 캘리포니아주립교도소가 설립된 랭커스터시를 말한다.

| 코브 | 안 그래도 지금 기괴한 이야기가 있는데, 혹시 이미 알고 있으신지 모르겠군요. 메스칼레로 아파치Mescalero Apache 사람들이 자기네 보호 구역에 핵폐기물 처리장을 유치하려고 한답니다. '일시적인' 핵폐기물 처리장이라고 하더군요. |
|---|---|
| 버틀러 | 아하, 그래요. 방사능이 수천 년밖에 안 가긴 하겠죠. |
| 코브 | 아니요. 이 폐기물을 20년쯤 후에 다른 곳으로 옮길 거라서 일시적이라고 한다는군요. |
| 버틀러 | 그래요. 그렇겠죠. |
| 코브 | 이 이야기가 특히 흥미로운 건, 처리장을 유치하려고 하는 사람이 코치스Cochies*의 후손이라는 겁니다. 그리고 가장 강하게 반대하는 사람은 제로니모Geronimo의 후손이고요. 코치스의 후손이 "걱정하지 마십시오. 우린 일자리를 얻을 것이고 공동체가 돈을 벌게 될 겁니다"라고 하면 제로니모의 후손은 "농담이겠죠?"라고 하고, 코치스의 후손이 "음, 20년쯤 지나면 폐기물은 다른 곳으로 옮길 겁니다"라고 하면 제로니모의 후손은 다시 "말이 됩니까?"라고 한다는 거죠. (웃음) 오늘의 풍요를 위해 내일을 팔겠다는 사람이 있고, 내일을 내다보면서 "그럴 수는 없다"고 하는 사람이 있는 겁니다. 보통은 끔찍 |

---

\*      제로니모의 장인이자 그와 함께 19세기 아파치의 저항을 이끌었던 아파치 지도자.

한 일이지만 이 경우에 다행인 건, 주 정부도 메스칼레로 보호 구역에 핵폐기물을 버리고 싶진 않아서 반대하고 있다는 점입니다. 보통은 미국 원주민이 돈을 벌겠다는데 주립 정부에서 반대한다면 원주민 편을 들게 되잖아요. 이 경우에는 주정부 편을 들고 싶어집니다.

버틀러    이해할 만하네요.

코브      어떤 사람은 제게 『씨앗을 뿌리는 사람의 우화』가 공포소설이라고 생각했다고 말하더군요.

버틀러    잘됐네요.

코브      왜 잘됐다고 하시죠?

버틀러    그야, 애초에 경고를 보내길 의도했으니까요. "우리가 조심하지 않으면 어떻게 될지 봐라" 유의 이야기잖아요. 사람들이 이 소설을 무섭게 본다면, 눈을 조금 더 크게 뜨게 될지도 모르죠. 예를 들어서 북미자유무역협정이 이루어지기 전에, 여러 강연을 돌아다니며 전 마킬라도라에 대해 이야기하면서 뭐랄까…… 그걸 우리 미래에 덧대어 이야기하곤 했어요. 솔직히 회사들이 멕시코나 다른 나라로 가서 거의 무료로 노동자들을 고용하고 환경에 대한 고려나 작업장의 안전은 무시해도 된다면, 젠장, 왜 안 그러겠어요? 그리고 그 회사들이 지금 당장 떠나기가 불편하다면, 떠나겠다고 협박만 하면 여기 임금을 낮추고 환경에 대한 규제도 없애버릴 수 있겠죠. 여기 남부 캘리포니아는 스모그가 무시무시한데도, 사람들은 "우리의 스모그 규제는 너무 빡빡하다, 사업에 좋지 않다"고 한단 말이죠. 물론 그와 동시에 여기는 스모그가 너무 끔찍해서 벗어나야겠다고 말하면서 떠나는 사업체들도 있고요. 흥미로운 상황이죠. 우린 가난한 사람은 훨씬 더 가난해지고 중산층도 훨씬 더 가난해질 상황을 만들어가고 있는데, 많은 중산층이 아직 그 사실을 알아차리지 못한 것 같아요. 어떤 사람은 『씨앗을 뿌리는 사람의 우화』를 읽고 이렇게 서평을 썼더군요. "음, 흥미로운 책이긴 한데, 작가는 우리가 어떻게 해서 지금 상황에서 『씨앗을 뿌리는 사람의 우화』에 나오는 상황으로 가게 될지를 좀 더 명확하게 써줬어야 했다. 나는 상황이 그렇게 변할 이유를 모르겠다"는 거예요. 전 생각했죠. '저런……'

코브    우리가 이미 그 상황에 와 있어서요?

버틀러    와 있지는 않지만, 그리로 가고 있죠. 『씨앗을 뿌리는 사람의 우화』와의 차이라면 그 세계에서는 더는 아무것도 제대로 돌아가지 않는다는 거예요. 예를 들어서 요새는 소방서에 전화를 걸면, 아마 소방차가 와서 화재를 진압하겠죠. 『씨앗을 뿌리는 사람의 우화』에서는 소방차가 올 수도 있고 오지 않을 수도 있고, 온다 해도 엄청난 값을 물 거예요. 『씨앗을 뿌리는 사람의 우화』에도 사회제도가 아직 존재하지만, 더는 작동하

지를 않죠. 그래도 세금은 거둬갈지 모르지만요. (웃음)

코브     그러니까 인류는 그런 방향으로 가게 되어 있다는…….

우리 모두가 훨씬 열악한 삶을 받아들인다면
훨씬 많은 사람을 먹여 살릴 수 있겠죠.

버틀러     아니, 그렇지 않기를 바라긴 하죠. 말했다시피 이건 경고를 보내는 이야기예요. 그리고 이런 경고를 하는 사람이 저 하나인 것도 아니에요. 우리가 피할 수도 있는데 굳이 뛰어들고 있는 문제들이 정말 많아요. 안타깝게도 그중에 쉬운 건 하나도 없죠. 쉬운 건 거의 없어요. 이를테면, 이집트에서 인구 문제에 대해 이야기하는 콘퍼런스가 열릴 텐데요. 지구가 어느 정도의 안락함과 문명을 누리도록 떠받칠 수 있는 사람 수가 얼마나 될까요? 우리 모두가 훨씬 열악한 삶을 받아들인다면 훨씬 많은 사람을 먹여 살릴 수 있겠죠. 하지만 그런 이야기를 하려고 하면 사람들이 겁을 먹는단 말이에요. "아, 어떻게 하려고?" 이러면서요. 예를 들어 흑인들은요, 사람들이 흑인의 수를 줄이려고 할까요? 무슬림들도 같은 생각을 할 거예요. "이거 혹시 비무슬림 세계가 우리보다 번성하려는 술책인가? 어떻게 돌아가는 거야?" 이러겠죠. 언제나 이런 걱정과 우려가 있어요. 문제가 실제로 있을 수도 있고 없을 수도 있지만, 우리는 문제가 있다고 말하는 사람들을 믿질 않아요.

코브 재미있네요. 안 그래도 얼마 전에 제가 볼티모어에서 노플랜트Norplant* 일이 어떻게 돌아가느냐에 대해서 쓰려고 조사를 했거든요. 그러다 보니 노플랜트가 흑인과 라티노용으로 설계됐다는 강력한 주장에 맞닥뜨렸습니다. 제 생각에는 이게 아무래도…….

사람들은 정말로 하던 대로 하는 걸 훨씬 편안해하거든요. 그 하던 대로 하던 일들이 불가능해지기 전까지는요.

버틀러 '우리를 아주 싫어하는 자들이 우리 숫자를 줄이거나, 우리의 출생률을 낮출 새로운 방법을 찾고 있다'는 의심은 언제나 있죠. 하지만 우리가 정말로 이 행성에 저지르고 있는 일을 보면요, 우리에겐 인구문제도 있고, 또 느리게 더해가는 문제지만, 아니 요새는 그렇게 느리지도 않은 상황인데, 지구온난화 문제도 있어요. 우리가 안고 있는 거대한 문제 중 어느 것도 해결하기가 쉽지 않을 거예요. 지구온난화는, 사실상 화석연료로 돈을 버는 모든 회사가, 화석연료 사용이든 생산이든 뭐든 간에 그걸로 돈을 버는 회사들은 화석연료 사용을 줄이려고 하지 않을 거예요. 제가 느끼기에는 우리가 정말로 그 문제에 마음을 기울였다면, 진작에 태양열 발전이나 다른 대안 에너지로 훨씬 많이 이동했을 거예요. 가능하니까요. 우린 대

---

* 팔에 집어넣는 간편한 피임 기구로, 1991년에 FDA 승인이 나고 획기적이라는 평을 받았으나 이후 부작용을 일으키며 대규모 법적 분쟁이 일어났다.

안 에너지는 너무 비싸다는 소리를 듣고 또 듣죠. 너무 적은 사람이 사용해서 비쌀 뿐이에요. 더 많은 사람이 쓰고, 더 많은 사람이 배울수록 덜 비싸질 테고, 우리가 활용법을 잘 배울수록 더 효율적이겠죠. 우리가 기꺼이 그런 일을 하지 않는 건 이 사회가, 이렇게 표현해도 된다면 인류 문명이 기꺼이 그러려고 하지 않기 때문이에요. 인류 문명은 선택을 강제하지 않는 한 그런 변화를 선택하지 않아요. 제 생각에 사람들이 태양열보다 원자력으로 가려 하는 건 단지 원자력 발전은 중앙 집중형 공급자로부터 오는데, 태양열은 개별적이기 때문이에요. 지금도 직접 나서서 전력이 풍부한 자립형 주택을 지은 사람들이 있고, 심지어 남는 전력은 전력 회사에 다시 팔기까지 해요. 태양열로 발전을 하거나, 풍력발전 터빈을 돌리거나 풍차를 돌리거나 해서요. 근본적으로 그런 장치들은 해야 할 일을 꽤 잘해요. 그런 집에는, 뭐라고 부르더라, 퇴비화 화장실도 있어서 변기로 내려간 것들을 정원에 비료로 쓰면서 질병을 얻지 않을 수 있어요. 이런 장치들이 인기가 썩 없는 건 그 길로 가려면 일을 더 해야 하고, 변화해야 하기 때문이에요. 사람들은 정말로 하던 대로 하는 걸 훨씬 편안해하거든요. 그 하던 대로 하던 일들이 불가능해지기 전까지는요.

코브  이제 질문이 몇 개 안 남았습니다. 애틀랜타에서 작가님은, 권력을 추구하는 사람들은 권력을 가져선 안 된다는 말을 한 적이 있죠.

아, 저만의 생각에 대해 말한 거예요. 말 그대로 뭘 해야 한다거나, 하지 말아야 한다는 말은 아니었어요. 하지만 어쩐지 전 권력을 추구하는 것이 비도덕적이라는 생각을 품게 됐어요. 개인적인 신화라고 불러도 좋겠죠. 바로 그 생각 때문에 이 책을 쓰기가 무척 어려웠는데, 우선 그 신화를 극복해야 했고 그 믿음이 예상보다 훨씬 강력했기 때문이에요. 전 그 믿음을 극복해야 했고, 제 친구가 믿는 개인적인 신화를 끌고 와서 그 문제를 이야기했는데요. 제가 그 문제에 대해 이야기할 때 이용하는 두 가지 신화는 거의 죽은 신화들이에요. 하나는 부자는 불행하다, 부자는 부유하기 때문에 불행할 수밖에 없다는 믿음이에요. 1980년대가 대부분의 사람에게서 그런 믿음을 걷어냈지만, 전 아직도 그렇게 믿는 사람을 적어도 두 명은 알아요. 또 하나는 지혜는 힘이라는 믿음인데요. 전 그런 믿음에 대해 계속해서 말하려고 하고, 이러한 개인적 신화는 자기방어적이라고 말해요. 내가 가난하다면, 부자는 불행하다고 믿는 게 아주 편리하다는 뜻이에요. 또 내가 힘이 없다면, 권력을 추구하고 얻는 사람은 비도덕적이라고 믿는 게 아주 편리하겠죠. 실제로 그럴 수도 있고 아닐 수도 있지만, 중요한 건 그렇게 믿는 게 편리하다는 점이에요. 그리고 내가 교육을 잘 받았다면, 온갖 어려움을 헤치고 교육을 받았다면 내가 사회적으로 상위 계급에 속해 있다고, 정말로 해냈다고 믿는 게 편리하겠죠. 어쩌면 그 후에는 가만히 앉아서 별일도 하지 않으면서 권력이 흘러오기를 바라다가, 그렇지 않으니까 억울해할지도 몰라요. 지혜와 권력과 돈은 다

도구들이에요. 얼마든지 원하는 방식으로 사용할 수 있는 도구들이죠. 그 도구들을 이용해서 뭔가를 망가뜨릴 수도 있고, 뭔가를 만들어낼 수도 있어요. 일단 그런 개념을 염두에 두는 데까지도 꽤 긴 시간이 걸렸는데, 이 소설을 쓸 준비가 되기까지만 3년이 들었어요. 쓰고, 쓰고, 쓰고, 또 썼는데 다 쓰레기였죠. 그게 제 두 가지 큰 문제점 중 하나였어요. 전 받아들일 수가…… 두 가지 문제가 있었는데, 하나는 정말로 주인공이 권력을 추구하는 사람이라는 걸 받아들일 수가 없었어요. 이전에도 힘에 대해 쓰기는 했지만 그건 언제나 힘이 사람들에게 떨어진 쪽에 가까웠어요. 타고났거나, 아니면 '제노제네시스' 3부작에서처럼 큰 책임이라는 형태로 떠넘겨지는 방식이었죠. 그러니까 제겐 두 가지 어려움이 있었어요. 첫 번째는 말한 대로 연민을 가졌으면서도 권력을 추구하는 인물에 대해 쓰는 것이었고, 두 번째는 흑인 여성이 권력을 추구하기만 하는 게 아니라 실권자가 될 수 있다고 믿는 것이었어요. 그것도 꼭 흑인도 아니고 여성도 아닌 사람들에게 힘을 발휘하는 실권자요.

코브    혹시 논픽션 책을 써봤거나, 쓸 생각이 있습니까?

버틀러   모르겠네요. 모르겠어요. 저를 붙들고 놓아주지 않는 논픽션 아이디어가 생긴다면 쓸지도 모르죠. 아니면 그 아이디어를 소설로 쓸 수도 있고요. 저는 다 소설로 쓰는 편인데, 이야기를 하는 쪽이 좋아서예요. 논픽션을 쓰려면 훨씬 더 조심해야 하죠. 가상의 이야기 속에서 어떤 상황을 인간화할 수 있다면 그쪽이 좋아요. 전 제가 하는 일이 훨씬 더 행복합니다. 그나 저나, 저도 짧은 논픽션 글 정도는 쓴 적이 있어요.

코브      안 그래도 방금의 질문이 나온 이유가 그런 글 때문이었습니다. 인터뷰를 준비하다가 〈에센스Essence〉*에 실린 작가님 글을 발견했거든요.**

버틀러      〈에센스〉에 실었을 때는 제가 학창 시절 선생님 한 분을 칭송한 내용에서 한 줄을 전략적으로 빼버렸는데, 그 한 줄이 그냥 사라지는 바람에 아무도 그게 무슨 내용인지 모르죠.

코브      그렇더라고요.

버틀러      그래요. 제가 8학년 때 선생님 한 분이 제 첫 단편을 대신 타이핑해줬어요. 제가 뭘 하고 싶은지 말하고 손으로 쓴 글을 보여드렸죠. 제가 직접 타이핑하고 싶기도 했지만 8학년은 아직 그래도 좋다는 허락을 받지 못했고, 제 타이핑 실력은 두 손가락만 움직여서 종이에 구멍을 뚫거나 이중으로 찍거나 하는 수준이었거든요. 그 선생님이 받아서 대신 타이핑해주셨는데, 아직도 그 일을 많이 고맙게 기억해요. 해주실 이유가 없는 일

---

\*      1970년부터 발행된, 흑인 여성을 대상으로 하는 라이프스타일 잡지.

\*\*      「블러드차일드」에 수록된 에세이 「긍정적인 집착」을 말한다.

이었거든요. 다른 할 일이 없었던 것도 아니고요.

코브      작가님 작품이 흑인이라는 정체성과 무슨 관련이 있냐는 질
         문을 받으면, 어떻게 답하나요?

버틀러    이상하다면 이상한 일인데, 요새는 그런 질문을 받지 않아요.
         그 질문을 받지 않은 지 상당히 오래됐네요. 1960년대에도 그
         문제가 나왔고, 1970년대에도 질문을 많이 받았거든요. 답변
         이야 뭐, 〈에센스〉 글에서 한 대로 대답했죠. 마치 우리가 미
         래와는 떨어져 있으면서 과거에는 속해 있다고 말하는 것 같
         아요. 솔직히 바보 같죠. 우리도 더 넓은 세상, 더 넓은 우주
         를 봐야 해요. 다른 어떤 집단이나 마찬가지로요.

코브      답변 감사합니다.

# 우린 같은 레코드판을
# 계속 돌리고 있어요

이 잡지의 독자들에게 옥타비아 버틀러는 그야말로 소개가 따로 필요 없는 작가다. 그의 강렬하고도 통찰 있는 작품들—특히 '제노제네시스' 3부작(『새벽』『성인식』『이마고』)과 수상작 중편 「블러드차일드」—을 이 지면에서 여러 차례 논의하고 분석하기도 했다.

보통 옥타비아 버틀러와 연락하려면 아침 일찍 일어나야 한다. 혼자 있기를 좋아하는 그는 해가 뜨기 전에 글을 쓰고, 오전 8시면 그날의 볼일을 보러 나갈 때가 많다. 그에게는 이외에도 독특한 면이 여럿 있다. 그는 로스앤젤레스에서 평생 살았으면서도 운전을 하지 않는다. 유색인이 거의 없는 장르에서 글을 쓰는 유색인 여성이며, SF 작가이면서도 명망 높은 맥아더 펠로십을 1995년에 받기도 했다.

이 대화는 1996년 2월의 어느 이른 아침에 전화로 이루어졌다. 편집 과정에서는 여담, 불필요한 반복, 무관한 발언을 삭제하고 연결 문제로 누락된 부분을 보완했다. 완성된 판본은 작가가 직접 살펴보고 수정했다.

---

〈사이언스 픽션 스터디스Science Fiction Studies〉 23권 3호, 1996. 이 인터뷰는 스티븐 W. 포츠Stephen W. Potts에 의해 진행되었다.

포츠 　작가님의 이름은 (우리 〈사이언스 픽션 스터디스〉처럼) 진지한 SF 연구에 매진하는 학술지들에 갈수록 자주 나타나고 있습니다. 작품에 대한 서평이나 문학비평을 읽으시나요?

버틀러 　읽기는 하지만, 화가 날 때가 많아요. 누군가의 해석에 동의하지 않을 때 화가 나는 건 아니고, 사람들이 책을 다 읽지 않은 게 뻔히 보일 때요. 어떤 사건에 대해 사실 관계를 틀리게 쓰면야 그건 누구에게나 있을 수 있는 일이니 그러려니 하지만, 내용을 완전히 틀리면 화가 나죠. 예를 들어 『씨앗을 뿌리는 사람의 우화』의 서평을 쓴 누군가가 '아, 지구종 종교라는 건 그냥 기독교의 재탕이네'라고 쓴 걸 보고, 전 이 사람이 지구종의 시들을 읽었을 리가 없다고, 그냥 제목에서 결론을 끌어낸 거라고 생각했죠.

포츠 　이런 질문을 한 건 현대 문학이론의 상당 부분이 권력관계를, 그리고 갈등의 장으로서의 인간 신체를 강조하기 때문입니다. 남성과 여성 사이의 갈등, 계급 및 인종 간의 갈등, 지배국의 국민과 식민지 국민들 사이의 갈등처럼요. 이런 주제는 작가님 소설의 주제와 멋지게 교차하죠. 저는 작가님이 문화이론에 정통한지 여부가 궁금했습니다.

버틀러 　아, 아니요. 전 비평 이론은 가까이하지 않아요. 제 작품에 영향을 줄까 봐서요. 뭐랄까, 일반적인 논픽션에 대해서는 소설에 영향을 줄까 걱정하지 않고 오히려 영향을 주기를 바랍니다만, 비평에서 받을 영향은 걱정하죠. 악순환을 초래하거나, 더 나쁜 방향으로 이어질 수도 있으니까요. 제 일방적인 인상에 불과하지만, 어떤 경우에는 비평가와 작가 들이 서로를 치켜세우는 것 같아 보여요. 그건 소설 쓰기에 좋지 않습니다.

포츠 제가 처음 읽은 작가님 작품은 〈아시모프 사이언스 픽션 Asimov's Science Fiction〉에 수록되어 있던 「블러드차일드」입니다. 특히 고전 SF에 흔히 나오던, 지구를 침략하는 곤충 눈의 괴물 형상을 가져다가 매력적일 만큼 상대를 보살피는 어머니 같은 외계인으로 바꿔놓았다는 점에 강한 인상을 받은 기억이 나요.

버틀러 「블러드차일드」는 근본적으로 사랑 이야기예요. 여러 다른 종류의 사랑이 나오죠. 가족의 사랑, 육체적인 사랑……. 외계인은 출산을 위해 소년이 필요하고, 그 일이 더 수월해지도록 소년에게 애정을 보여주고 보답으로 애정을 얻어내죠. 어쨌든 그 소년과 아이를 낳을 테니까요.

포츠 사실은 그 외계인이 소년을 수태시키지 않습니까.

버틀러 맞아요. 하지만 너무나 많은 비평가가 이 단편을 노예에 대한 이야기로 읽었어요. 단지 내가 흑인이라서였겠죠.

포츠 안 그래도 나중에 작가님의 작품이 어느 정도나 노예를 다루는지 물어보려고 했습니다.

버틀러   제가 노예에 대해 쓴 글은, 제가 실제로 그렇다고 말한 글뿐입니다.

포츠   『킨』처럼 말이죠.

SF는 새로운 아이디어와
가능성들을 탐구하는 장르잖아요.

버틀러   그리고 『내 마음의 마음』과 『와일드 시드』가 있죠. 제가 「블러드차일드」에서 하려고 했던 건 침략 이야기를 다른 각도로 다루는 것이었어요. 인류가 다른 행성을 식민화하는 소설들을 읽다 보면 이야기가 둘 중 하나의 길로 갈 때가 정말 많아요. 외계인이 저항하고 우리가 폭력적으로 그들을 짓밟아야 하거나, 아니면 외계인이 항복하고 좋은 하인이 되는 길이죠. 후자의 경우는 구체적으로 떠오르는 작품도 있는데, 제목까지 말하고 싶진 않네요. 아무튼 전 이 두 갈래 길이 다 마음에 안 들고, 새로운 길을 만들고 싶었어요. SF는 새로운 아이디어와 가능성들을 탐구하는 장르잖아요. 「블러드차일드」의 경우에는 우리와 다르지만, 여전히 알아볼 수 있는 지네 형태의 외계인을 만들었어요. 하지만 그런 존재를 악으로 간주하면 안 되죠.

포츠 '제노제네시스' 3부작에서도 비슷한 일이 벌어지지 않습니까? 대학교 수업에서 이 책들에 대해 가르치다 보면, 인류와 오안칼리 중에 어느 쪽이 더 나쁘냐에 대한 의견 충돌을 접하게 되더군요. 인류에게는, 특히 남성에게는 위계라는 결점이 있지만, 오안칼리는 자신들의 목적을 위해 인간의 유전자 전체를 바꿔놓을 뿐 아니라 근본적으로 다른 모든 생명체까지 얻기 위해 행성을 파괴하는, 궁극의 이용자입니다. 우리가 여기에서 악의 균형을 봐야 하는 걸까요?

버틀러 두 종족 모두 각자의 강점과 약점이 있어요. 폭력적인 소규모 인간 집단들이 있지만, 모든 인류가 '모순'의 결과로 광란하지는 않죠. 대부분의 내용에서 오안칼리는 인류가 짝짓기를 하도록 강요하거나 독촉하지 않고 서서히 끌어들이려고 해요. 사실 『성인식』에서 구성체인 아킨은 참여를 거부하는 인간들을 다 죽일 수는 없다고 오안칼리를 설득하고, 오안칼리는 인류에겐 누구도 손대지 않은 인류만의 세계를 얻을 자격이 있다고 결론 내려요. 설령 그게 화성일지라도요.

포츠 인간과 오안칼리, 두 경우 모두에서 작가님은 행동에 대해 사회생물학적인 주장을 내놓습니다. 인간은 자기를 파괴하는 방향으로 만들어져 있고, 오안칼리는 생물학적으로 다른 종의 유전자를 흡수해 그들의 생물권을 훔치도록 만들어진 존재죠. 대체로 사회생물학의 법칙들을 받아들이나요?

Sensory Tendrils around ears, eyes, mouth and breathing slits on throat <closed during speech> These are tough fibers that protect delicate openings and intensify sensory input.

The apperance is more of a mask than of hariness.

mouth tendrils inside. No teeth. Rasper tips & very acid saliva

Tendrils can come together and appear to be slightly darker, unbroken flesh, or they can wave free or clutch at objects, examining them Microscopicly

'제노제네시스' 3부작에 등장하는 오안칼리에 대한 구상, 1985년경.

우리는 때로 우리가 설계된 바를 벗어날 수 있어요.
그게 뭔지 이해만 한다면요.

버틀러   어떤 독자들은 제가 완전히 사회생물학에 경도되었다고 보지
         만, 사실 그렇지는 않아요. 우리 행동이 어느 정도 생물학적
         인 힘에 통제된다는 사실을 우리도 받아들여야 한다고 생각
         하기는 해요. 예컨대 때로는 뇌에 약간의 변화만 줘도—세포
         몇 개만 바뀌어도—어떤 사람이나 동물의 행동 방식이 다 바
         뀔 수 있잖아요.

포츠     혹시 올리버 색스Oliver Sacks의 책을 생각하는 건가요?『아내
         를 모자로 착각한 남자』같은?

버틀러   바로 그거예요. 아니면 포자를 널리 퍼트리기 위해 열대 개미
         들이 나무를 오르게 만드는 곰팡이, 아니면 영양이 죽기 전에
         계속 빙빙 돌게 만드는 병균 같은 것도 있죠. 하지만 고전적
         인 사회생물학을 받아들이지는 않아요. 우리는 때로 우리가
         설계된 바를 벗어날 수 있어요. 그게 뭔지 이해만 한다면요.

포츠     작가님의 여러 작품에서 생식에 대한 착취, 그리고 이를 확대
         한 가족의 착취가 나타나는데요. '패터니스트' 시리즈에서 도
         로는 지배계급 종을 만들고 있고, 가족이라는 끈을 이용해서
         『와일드 시드』의 아냥우, 『내 마음의 마음』의 메리 같은 여자
         주인공들을 통제합니다. 『킨』에서도 가족이라는 끈이 다나와

루퍼스의 문제적인 관계를 통제하죠. 「블러드차일드」속 관계의 핵심에도, '제노제네시스' 가운데 인류와 오안칼리 사이에도 생식과 가족 문제가 놓여 있습니다. 의도적으로 생식과 가족이라는 주제에 중심을 둔 건가요, 아니면 그냥 이렇게 된건가요?

버틀러 아마 여성이라서 가족과 생식의 중요성을 생각할 수밖에 없는 거겠죠. 전 남자들이 이 문제를 어떻게 느끼는지 몰라요. 제게 남편과 자식은 없지만 다른 가족은 있고, 제게는 가족이 가장 중요한 관계로 보입니다. 가족은 우리의 정말 많은 부분을 차지하죠. 가족이라고 할 때 꼭 순수한 생물학적 관계를 의미하는 건 아니고요. 전 외부에서 누군가를 입양한 가족들을 알아요. 이때 입양이란 법적인 입양 자식만을 말하는 게 아니라, 그저 다른 어른, 친구들, 그저 집 안에 들어와서 머무는 사람들을 포괄하는 말이에요. 가족이라는 끈은 정말 끔찍한 학대를 견디고도 살아남을 수 있어요.

포츠 물론 작가님은 그런 힘이 양방향이라는 것도 보여줍니다. 예를 들어 『와일드 시드』의 아냥우와 『킨』의 다나는 둘 다 결국 각자의 '주인'이 그들을 필요로 한다는 사실을 이용하지요.

버틀러 그 둘은 그 남자들을 주인으로 여기지 않아요.

포츠 그래서 주인이라는 말에 따옴표를 붙였습니다. 그러면 종속

된 위치에 있는 사람들이 스스로가 가진 힘을 인식하고 이용해야 한다고 암시하는 겁니까?

버틀러    해야 할 일은 해야죠. 무엇이든 가진 힘은 최대한 활용해야 하고요.

포츠    우리는 심지어 인류가 오안칼리에게 대항할, 생각보다 더 큰 힘을 갖고 있다는 사실도 보게 됩니다. 특히 『이마고』에 나오는 구성체 울로이*에게서요. 이들은 인간 짝이 없으면 아무런 정체성이 없어요. 주인공의 누이인 아오르는 민달팽이 형태로 전락하죠.

버틀러    구성체는 하나의 실험이에요. 그들은 자기들이 어떻게 변할지, 언제 그렇게 될지를 몰라요. 그리고 꼭 인간이 필요한 것도 아니에요. 인간을 선호하기는 하지만, 무엇과도 결합할 수 있죠. 다만 결합이 필수인 거예요.

포츠    작가님의 문학 인생을 조금 되짚고 싶은데요. 작가 지망생 시절에 영향을 미친 작가는 누구였습니까?

---

\*    '제노제네시스'에 나오는 오안칼리에게는 남성, 여성, 울로이라는 세 가지 성이 있다. 그리고 울로이에게만 서로 다른 종의 유전자 혼합을 가능케 하는 능력이 있다. 지구인과 오안칼리의 혼합 종인 구성체는 초기에 남성과 여성만 태어나다가, 3부인 『이마고』에 이르러 최초의 울로이가 나타난다.

버틀러 　성장기에는 아무 차별 없이 수많은 SF를 읽었어요. 좋은 것, 나쁜 것, 끔찍한 것 가리지 않고요. (웃음) 누구 하나에게 꽂히면 찾을 수 있는 모든 작품을 읽었던 기억이 나네요. 존 브루너 같은 작가요. 정말 많은 책을 썼죠. 5센트에서 10센트면 중고 책방에서 '에이스 더블'* 책 한 권을 살 수 있었기 때문에, 전 언제나 존 브루너를 읽고 있었어요. 시어도어 스터전도요. 성인용 SF를 읽을 때쯤에는 스터전의 작품이 꽤 쌓여 있었죠. 물론 로버트 A. 하인라인도요. 제일 처음 읽은 성인용 SF가 「붉은 안개의 로렐라이Lorelei of the Red Mist」라는 단편이었던 게 기억이 나요. 기억이 맞다면, 그게 레이 브래드버리가 처음 내놓은 소설이었을 거예요. 리 브래킷Leigh Brackett** 이 시작했고 브래드버리가 마무리했죠.***

포츠 　SF계 바깥에서 떠올릴 수 있는 작가는요?

버틀러 　집에 있는 책이라면 뭐든 다 읽었으니까, 오래된 책을 많이 읽었죠. 언제나 남성 클럽에 대해서만 쓰던 작가 누구였죠?

---

\* 　에이스 북스에서 출간한, 각기 다른 두 작가가 쓴 페이퍼백 두 권을 위아래로 뒤집어서 맞댄 형태의 책 시리즈.

\*\* 　1950년대 스페이스오페라의 퀸으로 불린 작가. 할리우드에서 시나리오작가로 활동하며 〈빅 슬립〉 〈리오 브라보〉 같은 명작을 썼고 〈제국의 역습〉의 초안을 잡기도 했다. 소설 대표작으로는 『아득한 내일』과 『화성에 드리운 그림자Shadow Over Mars』 등이 있다.

\*\*\* 　이 소설은 리 브래킷이 시나리오를 쓰러 할리우드에 가게 되면서 마무리하지 못하고 브래드버리에게 부탁해 완성되었다. 다만 이 소설이 브래드버리의 첫 작품이라는 것은 버틀러의 잘못된 기억이다.

존 오하라John O'Hara. 저한테는 그게 화성 같았어요. 같은 이유로 제1차 세계대전과 제2차 세계대전 사이에 쓰인 영국 미스터리물도 좋아합니다. 화성에서 일어나는 이야기나 다름없었죠. 완전히 다른 세계에서요.

포츠 그러니까 존 오하라가 상류층 백인 문화에 대해 쓰기 때문에, 그의 세계는 작가님에게 SF에 나오는 다른 행성처럼 낯설다는 뜻인가요?

버틀러 바로 그래요. 집에 존 오하라의 단편집이 한 권 있었고, 제임스 서버James Thurber*와 제임스 볼드윈James Baldwin** 책도 있었어요. 어렸을 때는 랭스턴 휴스를 읽지 않았지만, 나중에는 휴스와 궨덜린 브룩스Gwendolyn Brooks***에게 푹 빠졌던 기억이 나네요. 제가 성장하던 시절에는 교과서에서 볼 수 있는 흑인이라곤 노예들뿐이었어요. 언제나 대우를 잘 받은 노예였고요. 나중에, 개인을 다루게 됐을 때는 부커 T. 워싱턴

---

* 미국의 유머 작가이자 만화가. 영화 〈월터의 상상은 현실이 된다〉의 원작자이기도 하며 풍자와 유머, 인간의 혼란을 담아낸 에세이, 소설, 우화 및 드로잉 작품으로 20세기 미국 대중문화에 많은 영향을 끼쳤다.

** 20세기 미국 문학, 민권운동을 대표하는 작가. 인종차별과 섹슈얼리티에 대한 소설, 에세이, 희곡 등을 남겼으며, 대표작으로 『조반니의 방』 『단지 흑인이라서, 다른 이유는 없다』 등이 있다.

*** 흑인 최초로 퓰리처상 시 부문을 수상한 미국의 여성 작가. 주로 이웃의 평범한 사람들을 다룬 작품들을 썼으며, 1960년대 흑인예술운동에도 깊이 관여했다.

Booker T. Washington*과 조지 워싱턴 카버George Washington Carver**
가 나왔죠. 부커 T. 워싱턴은 대학을 설립했고, 카버는 땅콩
으로 뭔가를 했는데 학생들은 그게 뭔지 전혀 몰랐어요. 제임
스 웰던 존슨James Weldon Johnson***의『창조The Creation』말고 흑
인 작가의 글이라곤 하나도 읽지 않았고, 그것도 고등학교에
서나 나왔죠. 말하자면 우린 어떤 흑인 문화도 소개받지 못한
채로 어찌어찌 청소년기를 통과한 거예요.

포츠 저도 같은 세대에 속했는데, 1970년대에 가서야 겨우 정전 목
록에 흑인을 포함하기 시작했던 기억이 납니다. 사실, 정전이
어디까지 포괄해야 하느냐, 우리가 흑인의 작품을 하나라도
정전에 넣어야 하느냐를 두고 벌어진 소위 '문화 전쟁'으로
판단하자면, 이 문제는 아직도 논란거리죠.

버틀러 그래요, 정말 심하죠. 어떤 때는…… 음, 제가 많이 존경하던
사람이 하나 있었는데, 그 사람이 정전에 넣을 흑인 작가를
한 명도 찾지 못하는 모습을 보고 존경심을 심하게 잃었어요.

포츠 겉으로만 보자면『씨앗을 뿌리는 사람의 우화』는 작가님의

---

\*      교육자이자 연설가로, 아프리카계 미국인 공동체와 현대 흑인 지식인 등을 포함한 흑인 사
회의 지도자였다.

\*\*     미국의 농업과학자로, 20세기 초의 가장 유명한 흑인 과학자이기도 하다.

\*\*\*    미국의 작가이자 인권운동가로 활발히 활동했으며, 1934년에 뉴욕대학교 최초의 흑인 교
수가 되기도 했다.

초기 작품들과 방향을 달리하는 것 같습니다.

버틀러 별로 그렇지도 않아요. 여전히 근본적으로 사회적인 권력을
다루죠.

포츠 하지만 현재의 추세에 훨씬 근접한 추론을 담았죠. 점점 심해
져가는 빈부격차, 범죄에 대한 두려움, 도시가 교외로 퍼져나
가면서 벌어지는 혼란, 우리 사회를 찢어놓는 원심력까지요.

버틀러 그래요. 우리가 지금 미국 사회에서 벌어지는 일들을 바라보
기만 한다는 게 전 정말 괴로워요. 이런 일들이 일어날 필요
가 없는데요. 우리 이전에 영국이 그랬듯 모든 문명은 융성했
다가 쇠퇴할 수밖에 없다는 주장도 있지만, 지금 이 쇠퇴는
우리 스스로 불러왔어요. 지금 일어나는 일은 전에도 일어났
던 일이에요. 힘 있는 몇 명이, 얻을 것은 하나도 없고 심지어
잃을 것만 많은 하층 계급의 찬성을 얻어서 권력을 쥐는 거
요. 남북전쟁 때와 비슷해요. 당시에 노예제도를 유지하겠다
고 싸운 남자들 대부분은 사실 그 제도로부터 해를 입은 사람
들이었어요. 대농장과 경쟁할 수도 없고, 노예주가 노예들을
더 싸게 고용시킬 수 있다 보니 임금노동력으로도 노예들과
경쟁할 수 없었던 농부들인데, 그래도 그 사람들이 노예제도
를 지지했단 말이에요.

많은 사람이 그저 우월감을 느낄
대상을 필요로 하는 것 같아요.

포츠      아마 약자 우대 정책에 반대했겠죠.

버틀러      (웃음) 맞아요. 많은 사람이 그저 우월감을 느낄 대상을 필요
로 하는 것 같아요. 유감스럽게도 지금 미국인들 역시 그러고
있죠. 자기 이익에 맞지 않는 투표를 하면서요. 딱 우리를 파
멸시킬 근시안적인 행동이에요.

포츠      이런 문제들이 미국 사회에만 있을까요?

버틀러      아, 아니에요. 물론 아니죠.

포츠      분명히 그렇게 대답하실 줄 알았습니다.

버틀러      우리는 여기에서 미국 특유의 형태를 보고 있지만, 소련을 봐
요. 자본주의가 득세하면 얼마나 빨리 범죄 문제를 성장시키
는지 놀라울 뿐이에요. 안타깝게도 그쪽에서 가장 성공한 자
본주의자들은 지금 범죄자들인 것 같더군요.

포츠      아이러니로군요. 고전 소비에트 마르크스주의 이론에서는 자
본가 계급이 범죄자 계급과 관련되어 있었죠.

버틀러    그게 문제일지도 몰라요. 우린 진흙탕에 들어서고 있어요. 전러시아에서 어떤 노인이 농장을 성공적인 사기업으로 바꾸려고 했는데, 이웃들이 와서 노인이 노력한 바를 다 망가뜨렸다는 말을 들었어요. 그 노인은 범죄자가 아니었지만, 이웃들에게는 그런 개인적인 이득 추구가 범죄적 행동이었던 거죠. 아무래도 러시아에서 성공하려면 첫째, 이웃들이 무슨 생각을 하든 신경 쓰지 않고 둘째, 경호원이 있는 사람이어야 하나봐요. 그리고 그런 위치에 있다면 아마 범죄자가 맞겠죠.

포츠      다시 『씨앗을 뿌리는 사람의 우화』로 돌아가서 말하자면, 로런 올라미나는 엠파시*가 있죠…….

버틀러    로런은 엠파시가 아니에요. 스스로는 그렇다고 생각하죠. 보통 SF에서 '엠파시'라고 하면 정말로 고통받고, 다른 사람과 텔레파시로 적극적인 소통을 하는데, 로런은 그렇지 않아요. 그저 떨쳐낼 수 없는 망상을 갖고 있죠. 생물학적으로 그렇게 설계된 셈이에요.

포츠      흥미롭군요. 그렇다면 로런이 직접 상처 입은 개를 죽이고 그 고통을 느꼈을 때는, 무슨 일이 일어난 겁니까?

---

*         타인의 감정을 읽는 능력. 소설 내에서는 초공감 증후군이 있다고 표현되는데, 작가가 반복해 설명하듯이 이 증후군은 여기에서 말하는 초능력으로서의 엠파시와는 다르다.

| 버틀러 | 아, 그런 능력은 없다고 해도 고통을 느끼긴 하는 거죠. 첫 번째 챕터에서 로런은 남동생이 속임수를 썼던 일을 이야기해요. 남동생이 다친 척, 피 흘리는 척을 해서 로런에게 고통을 유발한 일이요. 전 로런이 텔레파시 능력자라고, 정말로 그런 힘이 있다고 주장하는 사람들에게 짜증이 좀 났어요. 실제로 로런이 가진 건 주체할 수 없는 망상이에요. |
|---|---|
| 포츠 | 그렇다면 우리는 로런에게서 냉소적인 거리를 둬야 하나요? |
| 버틀러 | 아니요. |
| 포츠 | 그래도 여전히 우린 우리를 로런과 동일시해야 하는군요. |
| 버틀러 | 전 독자들이 제 모든 캐릭터와 스스로를 동일시했으면 좋겠어요. 적어도 읽는 동안에는요. |
| 포츠 | 로런은 '지구종'을 통해서 공동의 목적과 의미를 되찾고 싶어 합니다. 사람들의 눈을 별들로 돌려서요. 그 대목에서 전 1960년대의 우주개발 프로그램이 그 시대에 널리 퍼져 있던 희망찬 분위기를 반영했다고, 그때는 우리가 다 같이 분투한다면 어떤 일이든 가능하다는 믿음이 있었다고 생각했습니다. |
| 버틀러 | 그리고 그게 제가 청소년이었던 시대죠. 우린 같은 레코드판을 계속 돌리고 있어요. 아까도 제가 그 얘기를 했죠. 우리가 |

뭔가를 시작하고, 그걸 어느 지점까지 성장시키면 꼭 자체적으로 붕괴하거나 외부의 공격으로 파괴돼요. 이집트나 로마, 그리스, 이 나라, 영국, 어디든 그래요. 전 우리가 같은 레코드를 박살 날 때까지 계속 돌리거나―책에서도 그렇게 말했죠. 표현은 똑같지 않지만―그렇지 않으면 다른 뭔가를 할 거라고 생각해요. 그리고 다른 일을 할 제일 좋은 방법은 우리에게 요구하는 부담이 달라질 어딘가 다른 곳으로 가는 거라고 생각해요. 다른 곳에 간다는 이유로 스스로를 바꾸는 게 아니라, 다른 곳으로 가서 강제로 바뀌는 거죠.

## 우리는 나아질 수도 있고, 더 나빠질 수도 있어요.

포츠      우리가 그렇게 바뀌면 나아질 거라고 보세요?

버틀러      가능하죠. 우리는 나아질 수도 있고, 더 나빠질 수도 있어요. 보장은 없어요.

포츠      『씨앗을 뿌리는 사람의 우화』가 멈춘 지점을 이어받을 다른 책을 기대해도 좋겠지요.

버틀러      지금 쓰고 있는 책은 『은총을 받은 사람의 우화』예요.

포츠      작가님이 이번 책에서 어디로 갈지 알고 싶은데요.

버틀러  음, 『씨앗을 뿌리는 사람의 우화』에서는 문제들에 초점을 맞췄죠. 우리가 잘못한 것들, 우리가 잘못하고 있다고 보는 것들, 그리고 그런 잘못들이 우리를 어디로 이끌어갈지 등을요. 실제로 어떤 일이 일어날 수 있는지, 어떤 일이 지금 일어나고 있는지를 말하는 데 정말 노력을 기울였어요. 장벽을 친 공동체들과 반지성주의와 지구온난화 등등에 대해서요. 『은총을 받은 사람의 우화』에서는 캐릭터들에게 해결을 위해 노력할 기회를 주고 싶어요. "이게 해결책이에요!" 하고요.

포츠  『씨앗을 뿌리는 사람의 우화』는 『블러드차일드』와 마찬가지로 작은 출판사에서 출간됐습니다. 『킨』도 작은 출판사에서 재출간되었고요. 성공한 SF 작가가 되어서 덜 상업적인 출판사로 돌아간 이유가 뭡니까?

버틀러  아마 저는 SF에서는 일종의 안정기에 접어들었을 테고, 그 자리를 떠날 수 있을 것 같지도 않아요. 제게는 적어도 세 종류의 독자들이 있지만, 원래 내던 SF 출판사들이 그 점에 관심을 기울이도록 설득할 수가 없어요. 하루 종일 설득하더라도 그 사람들은 "그래요, 맞아요"라고만 하고 나가서 다른 일을 하죠. 알다시피, 논쟁에서 이기는 제일 좋은 방법은 맞장구를 친 다음에 잊어버리는 거잖아요. 원래는 보통 SF를 내지 않는 대형 출판사 한 곳을 시도해보고 싶었는데, 에이전트가 이 작은 출판사는 어떠냐고 했고, 한번 운에 맡겨보기로 했어요.

포츠    흔히 퍼진 마케팅적인 분류들 사이의 벽을 허물고 싶나요?

버틀러    아, 그건 불가능해요. 우리가 어떤지 알잖아요. 하나를 죽여 봤자 다른 걸 발명해낼 거예요.

포츠    제가 이 질문을 한 건, 비컨 출판사에서 『킨』을 '흑인 여성 작가' 시리즈로 출간했다는 사실이 눈에 들어와서인데요.

버틀러    그래요, 저에게 세 종류의 독자가 있다고 했죠. SF 팬들, 흑인 독자들, 그리고 페미니스트 독자들이요.

포츠    그런 분류를 통해서 홍보되는 게 싫지는 않은 거군요.

버틀러    음, 조금 전에 말했듯이 분류는 존재하는 것이고, 제가 할 수 있는 일은 없으니까요.

포츠    제 기억에 1960년대 뉴웨이브 시기에…….

버틀러    아, 이젠 어디로 가는 거죠?

포츠    저는 그 당시에 SF가 문학의 최전선으로 이동하고 있다고 믿는 사람들 사이에 있었습니다.

버틀러    음, SF 일부는 확실히 주류로 진입했죠. 다른 경우에는 사람들이 그저 자기들이 쓰는 글을 'SF'라고 부르지 않았고요. 말하자면 로빈 쿡Robin Cook*은 자기가 쓰는 것이 의학 SF라고 선언하지 않았고, 딘 쿤츠Dean Koontz**는 자기 작품을 SF로 출판하지 않아요. 그 외에도 SF를 쓰지만 책 안팎 어디에도 그 말이 보이지 않는 작가들이 많이 있죠. 그렇다고 해서 그 사람들이 SF를 싫어하는 건 아니에요. 밥벌이를 하고 싶어 할 뿐이죠.

포츠    제가 처음에 지적했듯이, 작가님이 권력과 성별과 인종을 다루는 방식은 현재 문학이론의 관심과 많이 일치하고, 또 작가님의 인종과 성별은 작가님 작품에 대한 문학비평에도 들어갈 수밖에 없습니다. 아프리카계 미국인이라는 점이 작가님의 주제 선정과 접근법에 영향을 미쳤나요?

버틀러    그렇지 않을 도리가 없겠죠. 모든 작가는 자기 정체성에 영향을 받아요. 작가가 백인이라도 중국인으로 산다는 것에 대해 쓸 순 있겠지만, 작가 자신을 많이 끌어들이게 되겠죠.

---

\*    안과의사로 활동하면서 1970년대부터 전문 지식을 활용한 소설을 쓰기 시작했으며, 『코마』 등으로 세계적인 베스트셀러 작가가 되었다. '메디컬 스릴러'라는 장르를 개척했다는 평을 듣는다. 1990년대 한국에서도 큰 인기를 끌었다.

\*\*    스티븐 킹과 함께 미국 서스펜스의 양대 산맥으로 불리는 초대형 베스트셀러 작가. 1970년대부터 『인공두뇌』 『어둠속의 속삭임』 등 수많은 작품을 썼는데, 스티븐 킹과 마찬가지로 명백히 SF를 여러 권 썼음에도 SF 작가로 호명되지는 않는다.

포츠   작가님도 에세이 「긍정적인 집착」에서 쓴 이야기지만, 저로
      서는 작가님이 SF 공동체에서 독특한 존재라는 점에 주목할
      수밖에 없습니다. 30년 전에 비해 SF를 쓰는 여성이 많아졌지
      만 아프리카계 미국인은 얼마 없고, 아직까지도 작가님 외에
      다른 아프리카계 미국인 여성은 하나도 떠올릴 수가 없어요.

버틀러  단편을 몇 개 발표한 작가들이라면 듣긴 했어요. 실제로 책
      을 쓰지만 SF 작가라고 자칭하지는 않는 사람들인데, 실제로
      쓰는 글이 호러나 판타지니까 그것도 맞죠. 예를 들어 레즈
      비언 뱀파이어물인 『길다 이야기The Gilda Stories』를 쓴 주웰 고
      메즈Jewelle Gomez, 그 사람은 SF는 아니지만 판타지를 쓰니까,
      그 정도면 친척이라고 할 수 있어요. 하지만 아마 고메즈는
      자기 작품을 판타지로도 내세우지 않았을 거예요.

포츠   혹시 아직까지도 SF는 주로 백인 남성의 장르라고 믿는 사람
      들이 많다고 보세요?

버틀러  네. 사실, 가끔 일반 대중을 상대로 강연을 하면 다들 SF계에
      여성이 많다는 사실에 놀라요. SF가 무엇인지에 대해 고정관
      념이 있으니까요. 텔레비전의 영향이거나, 아니면 분위기로
      포착하는 걸 거예요.

포츠   마지막으로 SF 비평가들에게, 작가님 작품에 어떻게 접근할
      지 일러줄 말이 있을까요?

버틀러   이런 세상에. 아니에요!

포츠   (웃음)

버틀러   비평에 관해서라면, 독자가 작품을 어떻게 읽는지도 내가 작
품에 뭘 집어넣는지 못지않게 중요하니까요. 오독이 일어난
다고 해서 마음이 상하지는 않아요. 단, 제가 정말로 하려던
건 이러이러한 것이라고 말하는데도 "아, 하지만 분명히 무의
식적으로는 이런 의미였을 거예요"라는 소리를 들을 때는 빼
고요. 정말이지, 날 내버려두라고요! (웃음) 제 소설을 해석하
려는 시도는 얼마든지 해도 좋지만, 비평가들에게 무의식 분
석을 당하고 싶진 않아요. 비평가들에게 그럴 자격이 있을 것
같지도 않고요.

# 작가가 되기 위해서

로웰  소설가 랜들 케넌과의 인터뷰 끝에서 나온 이 발언 말인데요. "제가 특별한 문학적 재능을 타고났다는 생각은 전혀 안 들어요. 그저 글쓰기가 제가 하고 싶은 일이었고, 제가 하고 싶은 일을 추구했을 뿐이에요. 다른 직업을 구했다면 돈은 더 벌었을 테지만, 인생이 비참해졌을 테니까요." 작가님이 내놓은 소설이 몇 편인지, 그리고 얼마나 많은 상을 받았는지 생각하면(맥아더 펠로십까지 포함해서요), 옥타비아가 랜들에게 무슨 뜻으로 그런 말을 했을까 궁금해지더군요.

버틀러  그건 작가 지망생들과, 그리고 이렇게 말해서 미안하지만, 특히 흑인 작가 지망생들과 정말 자주 맞닥뜨렸던 문제예요. 너무나 많은 작가 지망생이 자기가 재능이 없을까 두려워해요. 사실 저는 이 문제에 대해 『블러드차일드』에 수록한 에세

---

〈캘럴루〉 20권 1호, 찰스 H. 로웰 편집, 존스홉킨스대학교 출판부, 1997, 47~66쪽. 이 인터뷰는 찰스 H. 로웰에 의해 진행되었다.

이에도 썼는데요. 아무튼 제 말은, 제가 기술을 익혀야 했다는 뜻으로 한 말일 거예요. 그것도 잘못 써가면서 조금씩 조금씩, 그리고 몇 년이고 거절 편지를 모으면서 배워야 했죠. 그래도 전 계속 썼어요. 글쓰기를 좋아했으니까요. 방금 읽어주신 문장은 원래 인터뷰 내용에서 조금 압축이 됐는데요. 전 수많은 직업을 전전했어요. 온갖 일을 다 해봤죠. 제 소설 『킨』을 읽으셨다면 블루칼라 노동에서부터 타이피스트 같은 낮은 급의 화이트칼라 일까지 제가 해본 일들을 몇 가지 알아볼 수 있을 거예요. 먹고살아야 하니까 그런 일들을 하긴 했지만, 일하는 동안에나 일을 쉬는 동안에나 글을 썼어요. 제가 정말로 하고 싶은 일은 글쓰기뿐이었으니까요. 다른 모든 직업은 지붕 밑에서 자고 식탁을 차리기 위한 일일 뿐이었죠. 그때는 내가 살기 위해서 살고, 그저 살아내기만 하는 짐승 같았어요. 하지만 글을 쓰는 동안에는 내가 그보다 더한 무엇인가를 하기 위해 산다고, 내가 정말로 좋아하는 일을 위해 산다고 느꼈어요.

로웰    그게 작가로서 작가님이 가진 재능이 아니라면, 무엇에 대해서 말하는 건가요?

버틀러  기교 습득에 대해 말하는 거예요. 그리고 연습하고, 연습하면서 또 배우라는 거죠. 글에 맞지 않는 방법을 쓰고 있다는 소리를 들으면 마음이 아플 때가 많지만요. 글쓰기는 대단히 개인적이고, 작가 자신이 정말 사랑하는 데다 완벽하다고 생각하는 작품에서 무엇이 잘못되었는지 듣는 일은 때로 정말 상처가 돼요. 작가의 글은 작가 내면의 감정과 생각과 믿음과 자아의 표현이죠. 직업 작가로서 글을 쓰는 방법을 익히기가 어려운 건 그게 너무나 고통스럽기 때문이기도 해요. 거절은 정말 고통스러워요. 마치 한 사람으로서 거절당한 것 같고, 어떤 면에서는 실제로 그렇기도 하죠. 아무리 누가 걱정하지 말라고, "그건 당신 자신이 아닙니다. 그냥 작품이죠"라고 하더라도요. 작품은 그 사람 자신이에요. 그러니 아프죠. 작가는 그 과정을 거쳐야 하고, 아무리 전문적으로 글 쓰는 방법을 익혔다 해도 멈춰서는 안 돼요. 계속 배워야죠. 계속 배우지 않는다면 글이 진부해지고, 똑같은 것만 반복하게 돼요.

슬픈 소리지만, 똑같은 것만 반복하는 게 어떤 사람들에게는 수익성이 있을 수도 있어요. 하지만 그보다는 일종의 죽음, 문학적인 죽음일 때가 더 많죠. 아까 언급한 에세이(『블러드차일드』에 수록된 「푸로르 스크리벤디」)에서 저는 글쓰기 기술을 더하고 훈련하는 방법에 대해 말하는데요. 당연히 읽으라고, 매일 쓰라고, 일정을 관리하라고 말하죠. 정해진 글쓰기 일정을 지키라고요. 하루에 한 시간밖에 못 쓴다 해도 실제로 쓴다는 건 무척 중요해요. 읽기 역시 중요하죠. 독서를 이용해서 글쓰기의 기법을 배울 뿐 아니라, 다른 사람들이 어떻게 썼는지를 배우는 거예요. 자신의 글쓰기와 아무 상관 없는 정보를 모으더라도, 모든 것이 한 우물로 모이니까요. 그러다가 글을 쓰기 시작하면, 갑자기 무엇이 튀어나오는지 보고 놀라게 돼요. 글을 쓰다 보면 친숙한 무엇인가가 튀어나올 때가 많아요. 작가는 그런 것들에 대해 쓸 생각이 전혀 없었다 하더라도요. 1년 전에 캘리포니아 지질학에 대한 아주 복잡한 책을 읽었다고 해봐요. 당시에 그 책을 읽은 건 책에서 지진을 다루는 부분에 호기심을 느껴서였는데, 나중에 보니까 당신이 캘리포니아 지질학 아니면 일반적인 지질학에 관련이 있는 글을 쓰고 있게 되는 거예요. 하지만 1년 전에는 지질학에 대해 쓰려고 그 책을 읽은 게 아니었죠. 재미와 정보를 위해서 읽었지만, 결국에는 그게 튀어나오는 거예요. 작가에게 감정을 끌어낸 사건도 무엇이든 글에 드러나게 돼요. 전 학생들에게, 우리를 죽이거나 불구로 만들지 않는 일은 뭐든 글에 반영될 거라고 말해요. 살아 있고 글을 쓰는 한은 계속 글쓰기를 배워야 해요. 그러지 않는다면, 그러고 싶지가 않다면 아마 당신은 작가가 되고 싶을지는 몰라도 정말로 글을 쓰고 싶지는 않은 거예요.

꽤 많은 사람이 좋은 직업 같아서, 중요한 사람 같아서 작가가 되고 싶어 한다는 생각이 들어요. 하지만 되고 싶다고는 하면서, 실제로 힘든 부분을 하고 싶어 하진 않죠. 그러니까 그런 사람들은 내가 언젠가 위대한 소설을 써낼 거라는 말만 하고 말아요. 글쓰기에 도움이 될 만한 방법은 정말 많아요. 예를 들면 매일 일기를 쓰는 게 있죠. 감정 경험이 얼마나 중요한지 아까 말했는데요. 일기를 쓰면서 자신에게 영향을 준 것들에 푹 잠긴다면, 그러니까 기쁜 일들, 분노를 일으키는 일들, 질투를 일으키는 일들을 쓴다면, 일기에 솔직할 수 있다면, 그래서 아침에 뭘 먹었는지나 얼마나 많은 빨래를 했는지 말고(아무도 그런 데엔 관심이 없죠) 당신의 느낌과 당신이 마음을 쓰는 문제에 대해 쓸 수 있다면, 바로 그것들이 다른 사람도 느끼고 마음을 쓰는 소재라는 걸 알게 될 거예요. 때로 그게 어렵다는 건 알아요. 특히 남자들은, 스스로를 공개적으로 드러내는 기분이 드는 게 불편하게 느껴질 수 있으니까요. 저는 작가 워크숍에서 가르칠 때 학생들에게 이런 과제를 내길 좋아해요. 학생들이 감정적 경험에 깊이 파고들기를 원하죠. 감정 경험이란 개인적인 경향이 강하기에, 전 학생들이 하나의 감정 경험을 그때와 똑같은 감정으로 소설화하길 원해요. 똑같은 감정 경험을 다뤄야 하는 건 아니에요. 그저 같은 감정을 다루면 되고, 그러고 나면 그 학생에게 그걸 이야기로 바꾸라고 주문하죠. 솔직하게 쓰는 연습, 자신이 느끼는 바와 자신에게 중요한 것을 쓰는 연습이에요.

로웰　어느 정도 자리를 잡은 작가와 문학비평가라면 그 '기술을 익혀라'라는 말이 무슨 뜻인지 바로 이해할 겁니다. 하지만 막 시작하는 작가나 성장기의 신인 작가, 그리고 일반 독자는 무슨 뜻인지 이해할지 잘 모르겠군요. 기술을 익히라는 말의 의미를 조금 더 풀어줄 수 있을까요?

우린 가능성의 바다가 있다는
사실을 알고, 압도당해요.

버틀러　우선, 학교에 다니고 있다면 글쓰기 수업을 들어야 해요. 글쓰기 수업의 훌륭한 점은 강사에게 글쓰기를 개선하는 데 도움이 될 정보를 얻을 수 있다는 것만이 아니고, 수업을 같이 듣는 다른 학생들이 독자라는 데 있어요. 신인 작가들은, 다들 이게 이런 의미라고 생각하던데 나는 사실 그런 의미가 아니었다, 전혀 다른 의미를 담았다, 이런 반박을 정말 자주 해요. 정말 작가가 되려는 사람은 그럴 때 다른 사람들이 그 작품에서 무엇을 보는지를 두고 왈가왈부하기를 그만두고, 자신의 의미를 말하는 방법을 익혀요. 그게 의사소통에서 가장 어려운 지점 중 하나죠. 우리 작가들은 지나치게 혼자 지내고, 혼자 글을 쓰는 경향이 있거든요. 그럴 수밖에 없어요. 하지만 그러다가 나중에 가서는 우리가 전달했다고 생각한 내용을 제대로 전달하지 못했다는 사실을 알게 되죠. 그건 글을 고쳐야 한다는 뜻이에요. 고친다고 해서 오독이 없어진다는 뜻은 아니고요. 오독이야 필연적이죠. 다만 많이 고치면, 독자들도 오독하기 위해 더 노력해야 하겠죠. 제가 학생들에게 꼭 시키는 연습 또 하나는, 스스로의 문제점을 보는 거예요. 예를 들어서 학생이 도입부를 쓰는 데 어려움을 겪는다면, 훌륭한 이야깃거리가 있긴 한데 어디에서 시작할지, 어떻게 시작할지를 모른다면, 저는 장편이든 단편이든 자신이 즐겨 읽는 작품들을 찾아보라고 해요. 그리고 도입부만 여섯 개를 베껴 써보라고 주문하죠. 단어 하나하나 그대로 필사해보라고요. 얼마나 베껴야 할지는 정하기 힘들어요. 처음 몇 문단일 수도 있고, 첫 페이지 전부일 수도 있죠. 이건 그저 그 작가들 각각이 지금 하려는 이야기에 어떻게 돌입하느냐를 알아내보는 연습이니까요. 이 경우에는 여섯 개의 도입부를 가져다가 (더 많아도 좋지만, 그보다 적게 보는 건 좋지 않아요) 각각의 작가가 시작하기 위해 무엇을 했는지 알아내보는 거예요. 그러면 대화 도입부, 액션 도입부, 곧바로 독자를 미스터리로 끌어들이는 도입부 같은 것들을 보게 되죠. 설명으로 시작하는 경우도 있고요. 다른 작가들이 시작을 어떻게 했는지 배우면, 어떤 방법이 가능한지 이해하는 데 도움이 돼요. 다른 작가의 도입부를 흉내 내라는 게 아니에요. 그래서 최소한 여섯 개는 보아야 한다는 거고요. 이건 무엇이 가능한지를 배우는 과정이에요. 작가로서 우리가 가진 큰 문제 중 하나는요, 우리가 너무 많이 알거나 아니면 충분히 알지 못한다는 거예요. 때로는 양쪽 다를 해낼 수도 있죠. 우린 가능성의 바다가 있다는 사실을 알고, 압도당해요. 그리고 그 바다에서 딱 우리에게 필요한 것만 건져낼 방법은 몰라요. 신인 작가라면 때로 다른 작가들이 어떻게 했는지(도입부만이 아니라 장면 전환이나 주요 캐릭터 설명처럼, 일반적으로 까다로운 소설 쓰기의 요소들 전부 다요)에 초점을 맞추는 것이 도움이 될 수 있어요. 저는 학생들이 제가 고른 작품이 아니라, 각자가 정말로 좋아하는 작품을 골라서 그 작가들이 쓴 방법을 베껴보고 왜 그 방법이 통하는지 알아내게 하기를 좋아합니다. 저도 많은 문제에 이 방법을 썼고, 사실은 지금의 고민거리에도 이 방법을 써요.

로웰  그 고민이 뭔지 공유해줄 수 있을까요?

버틀러    (웃음) 어쩌면, 나중에요.

로웰    좋아요. 저는 작가님의 두 가지 배경에 매력을 느낍니다. 가족, 그리고 공식적인 고등교육이요. 먼저 가족에 대해서 이야기를 나누고 싶은데요. 우리 세대의 많은 아프리카계 미국인 작가와 학자가 그렇듯, 작가님도 노동계급 출신입니다. 가족의 뿌리가 루이지애나에 있죠. 물론 작가님이 그곳에서 살지는 않았지만요. 어머니는 캘리포니아의 가사도우미였고, 작가님도 평생 캘리포니아에서 살았죠. 그런 노동계급 배경이 소설가로서 작가님 작품에 어떤 식으로든 기여했다고 볼 수 있을까요? 피상적인 수준에서는 작가님이 19세기 루이지애나를 『와일드 시드』의 무대로 이용했다는 점을 들 수 있을 텐데요.

버틀러    『와일드 시드』에 대한 지적은 맞아요. 전 박식하게 떠들 만큼 루이지애나에 대해 잘 알지는 못해요. 『와일드 시드』의 배경으로 쓰기 위해 조사를 좀 했죠. 제 어머니의 삶과 외할머니의 삶, 그리고 제가 조금 아는 더 먼 조상들의 삶은 굉장히 힘들고 끔찍했어요. 제가 살고 싶어 할 만한 삶은 아니었죠. 제 어머니가 가사도우미 일을 한 건 흑인이라서만은 아니고, 큰딸이라서이기도 했어요. 그러니까 교육은 겨우 3년만 받고 학교에서 끌려 나와 일을 해야 했다는 뜻이죠. 어머니보다 몇 살 위였던 큰삼촌은 학교에 갈 기회를 얻었어요. 하지만 딸은 일종의 희생물이 되어 일을 하러 나가야 했죠. 어머니는 다시는 교육을 받으러 돌아가지 못했어요.

어머니는 1914년생이니까, 어머니가 어린아이였던 시절은 꽤 오래전이겠죠. 어머니의 어머니는 사탕수수를 베고, 가족의 빨래도 했어요. 가족의 옷만이 아니라 고용주인 백인 가족의 옷까지요. 커다란 무쇠솥에다 방망이 같은 걸로 옷을 빨았죠. 힘겨운 육체노동이었어요. 외할머니가 수많은 아이를 낳고 평생 일만 하다가 쉰아홉에 돌아가신 것도 놀랍지 않아요. 그게 선택의 여지 없이 그분이 살아야 했던 삶이었어요. 제가 그곳을 언급한 이유는, 그 지역에 학교가 하나도 없었기 때문이에요. 흑인 아이들이 다닐 학교는 아예 없었고, 그 시절에는 인종 분리 정책이 아주 엄격했죠. 루이지애나의 그 지역에는 인종 통합 학교가 없었어요. 외할머니와 외할아버지는 자식들을 학교에 보내기 위해 도시 지역으로 이사했죠. 그때 어머니는 이미 일고여덟 살쯤 됐고요. 어머니는 몸집이 컸고, 딱 보기에 유치원생 같지 않으니까 그곳에선 바로 3학년에 넣었어요. 어머니는 갑자기 하나도 모르는 개념들을 마주하게 된 거죠. 어머니는 죽을 때까지도 당신이 멍청하고 뭘 배울 수가 없다고 생각했는데, 다른 아이들은 일찍 배웠지만 어머니는 접한 적도 없었던 개념들을 갑자기 배워야 했기 때문이에요. 어머니는 사실 꽤 많이 배웠지만, 열등감을 느꼈죠. 육체적으로는 용기가 있어서, 어떤 일이 닥쳐도 감당할 수 있었어요. 하지만 감정적으로나 지적으로는 스스로를 열등하게 여겼고, 언제나 지적인 능력을 요구하는 일이 닥치면 고개를 수그렸어요. 제가 몇 번이나 그렇지 않다고 말해보았지만, 그 생각이 너무 깊이 새겨져서 도저히 빠져나올 수가 없었던 것 같아요.

어머니의 큰 꿈은 제가 앉아서 일할 수 있게, 비서 같은 직업을 구하는 거였어요. 제 큰 꿈은 절대로 비서는 되지 않는 것이었고요. 소름 끼치도록 굽실거리는 직업 같았고, 알고 보니 실제로 많은 면에서 그랬거든요. 텔레비전을 보다가, 물론 그것도 제 어머니는 어렸을 때 꿈도 못 꾼 물건이었지만, 거기에 나오는 비서들이 사장이 시키는 대로 이리 뛰고 저리 뛰는 모습을 보면서 그 모든 게 좀 굴욕적이라고 생각했던 기억이 나요. 가끔은 어머니의 일터에 따라갔다가 하루 종일 차에 앉아 있어야 할 때도 있었어요. 당연히 그 사람들이 저를 반기진 않았으니까요. 가끔은 안에 들어갈 수도 있었는데, 그럴 때면 사람들이 어머니에 대해 딱 듣기에도 무례하게 말하는 걸 들을 수 있었어요. 어렸을 때는 그 사람들의 역겨운 행동을 탓하지 않고, 그런 대접을 받는 어머니를 탓했죠. 이해를 못 했던 거예요. 어머니가 뒷문으로 드나들고, 필요하다면 귀가 들리지 않는 사람처럼 굴던 그 기억들이 꽤 오래갔어요. 어머니는 거기서 더 들었다간 반응을 해야 하니까 그랬던 거죠. 늘 있는 일이었어요. 그리고 저는 나이가 더 들고 어머니가 그런 일을 해서 저를 먹여 살리고, 지붕 아래 재운다는 사실을 깨달았죠. 그때부터 어머니가, 더 나아가서 할머니가, 할머니를 낳다가 아주 젊은 나이에 돌아가신 가엾은 증조할머니가 무슨 일을 겪었는지에 관심을 기울이게 됐어요.

대학에, 패서디나시티칼리지에 들어갔을 때는 흑인민족주의

운동이, 일명 '블랙 파워' 운동이 젊은 사람들 사이에 한창이었어요. 그러다가 저와 같은 나이인데 부모님이 자기를 먹여 살리려고 무엇을 했는지를 자신의 삶과 전혀 연결시켜보지 않은 듯한 남자가 하는 말을 들었죠. 그 남자는 아직도 굴욕에 대해서나 고용주의 역겨운 행동을 받아들인 데 대해서 부모님을 탓하고 있었어요. "이렇게 오랫동안 우리의 발전을 방해한 늙은 세대들을 다 죽여버리고 싶어. 하지만 내 부모부터 시작해야 할 테니 그럴 순 없지." 그 남자의 '우리'는 흑인을 말했고, '늙은 세대'는 나이 많은 흑인들을 말했어요. 바로 그 말이 『킨』의 씨앗이었어요. 전 30년 동안 그 말을 품고 살았죠. 그 남자는 구세대가 해야 했던 일을 너무나 부끄러워했고, 그런 행동이 그분들에게만이 아니라 자신을 위해서도 필요했다는 맥락은 전혀 생각하지 않았어요.

『킨』을 쓸 때 저는 캐릭터를 과거로 데려가서 우리 조상들이 겪어야 했던 일들을 겪게 하고, 머릿속에 현재의 지식이 있는 채로 얼마나 잘 살아남는지 보고 싶었어요. 원래는 남자주인공으로 시작했는데, 현실적으로 도저히 남자 캐릭터는 계속 살려둘 수가 없어서 계속 쓸 수가 없었죠. 현대의 남자라면 살해당할 만한 짓을 너무 많이 저지르겠더라고요. 규칙을, 복종의 규칙을 배울 시간조차 주어지지 않고, 규칙을 모른다는 이유로 죽었을 거예요. 규칙을 모르는 흑인 남자는 위험하다고 여겨졌을 테니까요. 여자주인공은 똑같이 위험하다 해도 그렇게 여겨지지 않죠. 여자는 두들겨 맞을 수도 있고, 강간당할 수도 있지만 아마 살해당하진 않을 테니까, 그렇게 썼어요. 두들겨 맞고 학대당하지만 죽지는 않게요. 어떤 면에서는 성차별이 유리하게 작동한 셈이죠. 물론 주인공을 데려다가 살려놓고 성차별의 혜택을 받았냐고 물어본다면 그렇게 생각하진 않겠죠. 고통받았으니까요. 하지만, 어쨌든 그건 장황한 답변이고요. 이게 제가 『킨』을 쓰게 된 경위예요.

로웰 '겉도는 아이'로 자랐다고 했죠. 책을 많이 읽었나요? 어려서는 뭘 읽었죠? '겉도는 아이'라는 건 무슨 뜻인가요?

책과 제가 지어낸 이야기들로
저만의 세상을 만들었어요.

버틀러 책을 많이 읽거나 글을 써서 겉도는 아이였던 건 아니에요. 적어도 처음에는요. 제가 겉돌았던 건, 형제가 없는 외동이라서 집단에 소속되는 방법을 배우질 못해서였어요. 처음에는 그게 중요하지 않았죠. 네 살짜리들이 다니는 유치원에서는 애들이 어차피 혼자 노는 편이니까요. 저도 대부분의 아이들과 비슷했어요. 그런 거죠, 아이들이 대화는 같이 하지만, 정말로 같이 놀지는 않았거든요. 나중에 가서도, 다른 아이들과 어울리는 법을 몰랐던 만큼이나 어른들과 어울리는 법도 잘 몰랐어요. 아무튼 그래서 아이들 주변에서 무척 쭈뼛거리며 어색하게 굴었고, 그러다 보면, 아이들에게도 새처럼 쪼는 서열이 있거든요. 쪼였는데 마주 쪼지 않으면, 계속 쪼이는 입장에 서게 되죠. 병아리라면 그것 때문에 죽지만, 어린

아이라면 죽고 싶어지기만 할 뿐이에요. 전 많은 시간을 얻어 맞고 걷어차이면서도 어떻게 해야 할지를 몰랐는데, 대부분의 시간 동안 어른들과 지내다 보면, 어른이 때릴 때 마주 때렸다간 큰일이 났단 말이에요. 특히나 그 시절 남부의 흑인 어른이라면요. 그래서 제가 마주 때리는 방법을 익히기까지는 시간이 좀 걸렸어요. 한동안은 이상했죠. 저는 또래 애들보다 덩치가 컸거든요. 그건 저보다 나이가 많은 아이들이 절 거슬려 했다는 뜻이에요. 비슷한 나이의 애들은 절 내버려두는 편이었는데, 나이가 많은 아이들은 절 훌륭한 목표물로 봤죠. 나중에, 맞서 싸울 수 있다는 사실을 깨달은 후에는 제가 생각보다 훨씬 힘이 세다는 걸 알았어요. 우연히 사람을 해친 거죠. 전 공감 능력이 컸고, 누군가를 해치면 정말 심란했어요. 그런 이유로 아이들을 해치기가 망설여졌고요. 초등학교 때만요. 초등학교 때는 아이들이 몸싸움을 많이 벌이죠. 나중에는 싸움이 줄어드는데, 나이가 들면 정말로 타격을 주게 되어서 더 위험해지기 때문이에요. 그래서 나중에 몸싸움은 별로 하지 않게 되었지만, 배척은 더 당했어요.

열 살 때쯤에는 글을 쓰고 있었고, 시간이 나면 언제든 쓸 수 있게 커다란 공책을 들고 다녔어요. 그러면 외로울 이유가 없었죠. 보통 전 친구가 몇 없었고, 외로웠어요. 하지만 글을 쓸 때는 외롭지 않았고, 아마 어린 나이에 글을 계속 쓰기엔 그 정도면 훌륭한 이유였을 거예요. 같은 이유에서 읽기도 많이 읽었죠. 도서관을 발견한 건 유치원 시절이었을 거예요. 우리 학교에는 도서관이 없었지만, 패서디나의 시립도서관이 멀지 않았어요. 교사들은 우리가 손에 손을 잡고 같이 도서관으로 걸어가게 했죠. 우리가 둘러앉으면 누군가가 우리에게 이야기를 들려주거나, 읽어줬어요. 누군가는 도서관 이용법을 알려줬고요. 여섯 살이 되어서 겨우 학교에서 읽을 책을 받아보니, 그 책들은 믿을 수 없을 정도로 따분하더라고요. '딕과 제인Dick and Jane'* 유의 유치한 책이었죠. 전 어머니에게 도서관 카드를 만들어달라고 부탁했어요. 그때 어머니가 짓던 표정이 기억나요. 놀라면서도 기뻐 보였죠. 어머니는 바로 절 도서관에 데려갔어요. 함께 집으로 가다가 말고 도서관에 데려가서 카드를 만들어줬어요. 그때부터 도서관은 제 두 번째 집이었죠. 어떻게 보면 읽기와 쓰기가 제 외로움을 달래줬지만, 또 한편으로는 그로 인해 다른 아이들이 생각하기에 괴짜로 계속 남아 있었어요. 그러니까 읽기와 쓰기는 저를 도와주기도 하고 방해하기도 한 셈이죠.

오빠들이 살아 있었다면 제가 어떤 사람이 되었을까 자주 생각해요. 제겐 오빠가 넷 있었어요. 어머니는 임신을 유지하는 데 어려움을 겪었고, 출산 중이거나 출산 전에 아이를 다 잃었죠. 그 오빠들이 다 살아서 제가 좀 더 사회적인 아이로 자랐다면 어떤 사람이 됐을까요. 하지만 어쨌든 제겐 형제가 없었기에, 책과 제가 지어낸 이야기들로 저만의 세상을 만들었어요. 전 네 살에 혼자 이야기를 지어내기 시작했죠. 구체적

---

* 한국 교과서의 '철수와 영희'처럼. 윌리엄 S. 그레이가 만든 어린이용 읽기 교습 책에 등장하는 두 캐릭터. 나중에는 이 이름 자체가 시리즈를 가리키게 되었다.

인 시점도 떠올릴 수 있어요. 벌을 받을 때는 나가서 놀 수가 없었거든요. 다른 아이들이 재미있게 노는 모습을 보다가 이야기를 만들기 시작했죠. 그때는 사촌들과 가까이 살았는데, 거기에서 산 기간은 1년도 되지 않아요. 짧은 기간이나마 사촌들이 가까이 살던 건 재미있었죠.

텔레비전과 영화에 대해서도 물어보셨죠. 재미있네요. 저에게 처음으로 강한 영향을 미친 매체는 라디오라고 생각하거든요. 제가 엄청나게 나이가 많아서가 아니라―어떤 분들에겐 그렇게 보이겠지만요―처음에는 집에 텔레비전이 없었기 때문이에요. 전 라디오로 '슈퍼맨'과 '섀도The Shadow'* 같은 캐릭터들을 접했어요. '더 휘슬러The Whistler'**와 '조니 달러 Johnny Dollar'*** 그리고 〈마이 트루 스토리My True Story〉 같은 프로그램도요. 라디오는 재미있었어요. 예전에 라디오는 마음의 극장이라고 불렸는데, 실제로도 그래요. 어렸을 때는 어른들이 수많은 것에 대해 말할 때 무슨 의미인지 모르고, 온갖 상상을 하죠. 예컨대 집에 겨우 텔레비전이 생겼을 때 저는 어린아이였고, 매카시 시대였어요. 그때 텔레비전에서 방영되던 것 중에 〈나는 세 가지 인생을 살았다I Led 3 Lives〉라는 프로그램이 있었어요. 아마 공산당원인 척하는데 실제로는 FBI

---

*      1930년대에 탄생한 괴도 캐릭터로, 원래는 라디오 쇼를 위해 만들어졌으나 이후 만화로 더 유명해졌고, 영화로도 여러 차례 만들어졌다.

**     1940년대에 방송된 미스터리 라디오 드라마. 드라마를 진행하는 내레이터의 이름이기도 하다.

***    1949년부터 1962년까지 이어진 라디오 드라마이자, 주인공인 탐정의 이름.

를 위해 일하던 이중 첩자 미국인 이야기였을 거예요. 물론 훌륭한 사람이고요. 아무튼, 이 프로그램에서는 주인공이 한 번씩 누군가가 "숙청됐다liquidated"*는 말을 했단 말이에요. 어린아이가 앉아서 저게 무슨 말일까 생각하다가 사람이 큰 그릇 같은 데 녹아내리는 모습을 상상하는 장면이 떠오르죠. 그때는 대부분의 것들이 뭔지 전혀 몰랐기에, 모든 것이 마음의 극장이었어요.

영화는 제 인생에서 큰 역할을 하지 못했어요. 어머니가 영화는 죄악이라고 생각하는 분이었거든요. 우린 영화관에 가지 않았어요. 그러다가 일곱 살 때쯤인가 갔는데, 새아버지가 데려갔어요. 친아버지는 제가 거의 갓난아이였을 때 돌아가셨고, 강렬한 기억도 없어요. 제가 일곱 살쯤 됐을 때 어머니는 다시 결혼해도 좋겠다는 생각을 했고, 새아버지가 될 분이 우릴 영화관에 데려가곤 했어요. 어머니는 영화관이라면 저도 데려갈 수 있고, 베이비시터에게 돈을 쓰지 않아도 되기에 따라갔죠. 덕분에 전 〈화성에서 온 침입자〉** 같은 걸 봤어요. 이 우스꽝스러운 영화는, 아마 나중에 리메이크도 되었던 것 같은데, 어린 소년이 비행접시가 착륙하는 모습을 보는데 그 비행접시에 타고 온 사람들이 다른 사람들 뒤통수에 무슨 짓인가를 해서 모두를 자기들로 바꿔놓는 내용이었어요. 결국에는 그자들이 소년의 부모님을 잡아서 같은 짓을 하는데, 그

---

*        직역하면 '액체화하다'라는 뜻이다.

**      1986년에 상영된 B급 SF 영화.

다음에 모든 게 꿈이었다고 밝혀지죠. 그 영화를 보고 전 악몽을 꿨어요. 대체로 저는 악몽을 즐기긴 했어요. 악몽은 끝내주게 재미있었죠. 어떤 악몽은 죽도록 무섭기도 했지만, 그래도 하나같이 정말 재미있었어요. 텔레비전에서 보고 죽도록 무서워한 영화들과 비슷했죠. 이상하게도 영화가 텔레비전으로 오면, 어머니가 보기에 더는 사악하지 않았어요. 적어도 죄악이란 말은 안 했죠. 당시 이건 죄악이 아니냐고 묻지 않을 정도의 머리는 있었지만, 그래도 의아하다는 생각은 했어요. 그리고 입 다물고 있어야겠다는 생각도 했죠. 그래서 전 텔레비전으로 영화를 많이 봤어요. 몇 번이고 다시 볼 수 있었죠. 그 영화들이 제 관심을 사로잡았던 것 같아요. RKO 방송국이 있던 시절에는 '9번 채널 극장'이라는 게 있었는데요. 9번은 RKO 방송국 채널이었죠. 거기선 일주일 동안 매일 밤 같은 영화를 보고, 일요일에는 두 번 볼 수 있나 그랬어요. 워낙 오래전이라서 정확하게 기억나진 않네요. SF 영화도 있었고, 프레드 애스테어Fred Astaire*가 춤을 추는 영화도 있었어요. 그렇게 몇 번이고 보고 또 본 영화들이 저에게 큰 영향을 미쳤을 가능성이 높다고 봐요. 한 번만 본 영화보다는요. 일단 생기고 나자 텔레비전은 제게 끝내주는 친구가 됐어요. 정말 많은 시간을 텔레비전과 보냈죠.

---

\*     미국의 무용가이자 가수 겸 배우. 브로드웨이에서 뮤지컬코미디로 명성을 얻었고 영화계로 진출했다. 미국 영화 속 춤의 역사를 시작한 인물로 평가받는다. 미국영화연구소에서 선정한 위대한 남성 배우 25인 중 5위를 차지했다.

로웰    어릴 때 보고 읽던 것들에 대해 더 이야기해볼까요? 예를 들어, 라디오와 텔레비전과 책이 어떻게 작가님을 작가로 빚어내는 데 도움을 줬을까요? SF 영화를 봤다고 했는데요. 〈화성에서 온 침입자〉 같은 영화요.

버틀러    화성이 들어가면 거의 SF라고 정의해야 했어요. 사실 중요한 건 〈화성에서 온 침입자〉가 아니었죠. 그건 그냥 예시로 말한 영화였고요. 제가 SF를 쓰게 만든 영화는 〈화성에서 온 악녀〉였어요. 어딘가 다른 행성에 남자가 다 없어졌다는 이야기가 나오는 오래된 SF 서브 장르물이었는데요. 그래서 아름답고 매력적인 화성 여자가 남자를 구하러 지구에 온 거예요. 물론 남자들은 남자에게 굶주린 여자만 가득한 화성에 가고 싶지 않죠. 남자들은 필사적으로 여기 남고 싶어 해요. 바보 같은 영화였지만, 지금 제 설명만큼 형편없진 않았어요. 어린 제 눈에는 그 영화가 바보 같았고, 그래서 텔레비전을 끄고 글을 쓰기 시작했죠. 그때는 내가 저것보다는 나은 이야기를 쓸 수 있다고 생각했어요. 그리고 제가 본 이야기가 SF라고 하길래, 저도 SF 같은 걸 쓰기 시작한 거예요. 과학에 대해 잘 모르면서도요. 그때도 이미 제가 과학 다큐멘터리를 좋아한다는 건 분명했죠. 텔레비전에서 본 다큐든, 학교에서 선생님들이 보여주는 다큐든 상관없어요. 그런 영화를 정말로 좋아하는 아이는 몇 없었을 텐데, 제가 그중 하나였어요. 그런 영화들은 설교하려 들기도 하고 따분한 편이긴 했지만, 생각할 거리를 주고, 이전에 몰랐던 뭔가를 가르쳐줄 때가 많았어요. 천문학

말과 함께 있는 옥타비아 버틀러. 인터뷰에서 그는 어릴 적 '말' 이야기에 심취했다고 밝힌 바 있다.

과 지질학이라는 개념도 그런 짧은 영화로 처음 접했죠. 아무
래도 천문학은 더 배울 만큼 관심이 갔는지, 제 돈으로 산 두
번째 책이 별들을 다룬 책이었어요. 더 배우려고 산 책이었
죠. 저는 화성에 대해서나, 우주에 있는 다른 어디에 대해서
나 하나도 몰랐기에 완전히 상상으로 소설을 쓰고 있다는 걸
알았어요. 그래서 더 알고 싶었고, 그래서 별들을 다룬 책을
사러 갔던 거예요.

로웰     그게 언제였나요?

왜 다른 은하계에서
와야 하는데요?

버틀러     그때는 열두 살이었어요. 그 전까지 사본 책이라곤 말들에 대
한 책 한 권뿐이었는데, 열 살 때는 말에 미쳐 있었거든요. 실
제로는 접해본 적도 없으면서요. 온갖 말 품종이 나오는 책을
한 권 샀고, 놀라운 마법의 야생마가 주인공으로 나오는 소설
인지 긴 연속극인지를 끄적였어요. 그 글은 끝을 낼 수가 없
었죠. 어떻게 끝을 냈겠어요? 저는 공책에 연필로 이 놀라운
마법의 야생마에 대해 쓰고 또 썼어요. 시간이 지나자 연필
자국이 너무 번져서 대부분의 페이지를 읽을 수가 없더군요.
어쨌든, 그게 초창기에 쓴 글이에요.
　　　제가 계속 SF를 쓴 건 과학을 좋아했기 때문이에요. 전 과학
에 대해 읽고 듣기를 즐겼어요. 무엇이 진짜인지, 아니면 적

어도 모두가 무엇이 진짜고 무엇이 아니라고 추정하는지 알아내는 게 즐거웠어요. 우주가 어떻게 작동하는지 이해하려는 과정도 즐거웠어요. SF 같은 장르를 쓰고 싶다면, 그냥 하나도 모르는 화려한 뭔가를 쓰고 싶다는 욕망만 갖지 말고 과학에 대한 기본적인 관심도 있어야 한다고 생각해요. 언젠가 버스에서 옆자리에 앉았던 청년이 생각나요. 전 언제나 사람들을 쓰기에, 버스에서 사람들에게 말 걸기를 좋아해요. 그렇게 만나는 사람들이 흥미진진할 때도 많죠. 하지만 이 청년은 대화를 나누기도 전에 이렇게 말했어요. "아, SF요. 전 언제나 SF를 쓰고 싶었어요. 다른 은하계에서 온 생명체라거나 그런 거요." 저는 말했죠. "왜 다른 은하계에서 와야 하는데요?" 그러고 나서 잠시 대화를 나눴더니, 그 청년은 은하계가 무엇인지 모르더군요. 그냥 어디선가 주워들은 말이었어요. 심지어 대학에 다니는 청년인데도요. 그 청년에겐 은하계와 태양계가 대충 비슷한 거였어요. 그 순간에 저는 세상에 SF를 쓰고 싶어 하고 어쩌면 잘 쓸 수도 있지만 완전히 잘못 생각하는 사람들이 있겠구나, 하는 걸 깨달았어요. 그 사람들은 텔레비전이나 영화로 SF를 알았죠. 그리고 SF란 아무리 이상한 것이라도 쓸 수 있는 장르라고 생각해요. SF는 그런 게 아니에요. 전 SF에 관심이 있다면 과학에도 관심이 있었으면 좋겠어요. 아니면 그냥 자신이 쓰는 글을 판타지라고 불러도 좋겠죠. 판타지는 SF와 완전히 규칙이 달라요.

로웰　　　SF와 판타지와 그밖에 다른 인접한 장르를 구별하는 요소나 캐릭터는 무엇인가요? 또 사변소설이라는 것도 있지요. 호러도 있고요.

## SF 소설은 반드시 내적 일관성과
## 과학을 갖춰야 해요.

버틀러   SF는 과학을 이용하고, 우리가 아는 과학에서 가능할 수도 있는 과학, 가능할 수도 있는 기술을 추론해요. SF 소설은 반드시 내적 일관성과 과학을 갖춰야 해요. 판타지에는 내적 일관성이 있어야 하죠. 사변소설이란 뭐든 특이한 소설을 다 가리키는데, 어감이 괜찮죠. 이런 라벨은 마케팅 도구예요. 뭐든 의미하면서 아무 의미도 없을 때가 지나치게 많죠.

SF와 판타지를 구별하기는 쉬워요. 확실히 둘 다 환상적인 경향이 있지만, SF는 기본적으로 과학을 이용하고, 어느 시점까지는 정확하게 이용해요. 과학을 기반으로 추론하죠. 판타지는 좋을 대로 가요. 판타지는 내적인 일관성만 지키면 되지요. 『은하수를 여행하는 히치하이커를 위한 안내서』 같은 방식으로 코믹할 수도 있고요. 하지만 텔레비전에서, 그리고 가끔은 영화에서 SF라고 불리는 부류의 SF에 대해서는 조심해야 해요. 잡지에 수록하거나 출판사에서 책으로 내려고 할 때, 텔레비전에서 말하는 SF 같은 부류는 SF로 여겨지지 않아요.

로웰   작가님을 비롯해 다른 많은 작기들이 작가가 되고 싶다면 읽어야 한다고 조언하는데요. 이 인터뷰에서도 이미 그런 조언이 나왔죠. 저도 신인 작가들에게 그렇게 말합니다. 그런데 작가님이 읽으라고 할 때 정말로 전달하고자 하는 바가 뭔가요? 읽기 연습이 어떻게 작가의 발전에 기여한다고 보나요? 물론 저는 최고의 작품을 읽으라고 추천하시리라 여기고 하는 말이지만요.

버틀러    전혀 아니에요.

로웰    저는 가끔 젊은 시인을 만날 때, 그 시인들이 아주 형편없는 어떤 시인들을 읽었다고 말하면 끔찍하던데요. 어떤 작가들은 지금까지 리타 도브Rita Dove*, 제이 라이트Jay Wright**, 로버트 헤이든Robert Hayden*** 같은 사람들의 작품을 들어보지도 못했다고 한단 말이죠.

우리 불운한 인간들이 되풀이하고야 마는
일이 무엇인지 배워야죠.

버틀러    전 작가들이 두루두루 조금씩 읽었으면 좋겠어요. 어린아이들에게 "세상에, 난 우리 아이들에게 만화를 읽히기 싫어" "내

---

\*     아프리카계 미국인 시인으로, 퓰리처상을 수상했다.

\*\*     아프리카계 미국인 시인으로, 월트 휘트먼이나 T. S. 엘리엇과 비교되기도 한다.

\*\*\*     아프리카계 미국인 시인으로, 미국 의회도서관에서 시 분야의 고문 역할을 맡았다. 이는 이후의 계관시인과 같은 역할이다.

아이들은 '구즈범스Goosebumps'*를 안 봤으면 좋겠어요" 아니면 "정통 문학민 읽었으면 좋겠어요" 하고 말하는 어른들을 생각하면 불안해요. 애들이 따분해서 몸부림칠걸요. 그럴 만도 하죠. 정통 문학은 아이들 보라고 쓰인 책이 아니니까요. 전 손 닿는 건 뭐든 읽으라고 권해요. 더 나이가 들어서 고등학교에 가고, 대학에 가서도 '마음의 정크푸드' 조금쯤은 해롭지 않아요. 그것만 읽는다면 또 몰라도요.

어느 SF 창작 수업 선생님이 대부분의 SF 작가 지망생은 SF만 지나치게 많이 읽는다고 했던 일이 기억나네요. 당시에는 그게 무슨 말인지 제대로 이해하지 못했어요. 그저 SF를 쓰고 싶다면 SF를 읽어야 한다고만 생각했고, 그것도 물론 사실이죠. 하지만 오직 그것만 읽는다면 다른 누군가가 한 일을 재현하게 될 뿐이에요.

다음 세대 사람들에게 말할 때는 조심해야 해요. 가끔 한 번씩 누군가가 찾아와서 이러거든요. "아, 이건 읽기와 관련은 있지만, 그냥 읽기가 아니군요." "작가가 되려면 대학에서 뭘 전공해야 할까요?" 그러면 전 대학에서 무엇을 전공하는지나, 심지어는 대학에 가는지 여부 자체도 그렇게 중요하지 않다는 말을 삼켜야 해요. 대신 이렇게 말해야죠. "전공은 역사 같은 걸 해야죠. 어쩌면 심리학과 인류학과 사회학을 잘 들여다봐야 할 수도 있고요. 사람들에 대해 배우세요. 다른 사람들에 대해 배우세요. 제가 역사라고 할 때는, 그냥 왕과 여왕

---

*　R. L. 스틴의 아동용 호러 소설 시리즈. 큰 성공을 거두어 TV 드라마와 영화로도 제작되었다.

과 장군과 전쟁 들에 대해 공부하라는 말이 아니에요. 사람들이 어떻게 살았는지 배우고, 어떤 것이 사람들에게 동기를 부여하는지 배우라는 말이에요. 우리 불운한 인간들이 되풀이하고야 마는 일이 무엇인지 배워야죠. 우린 역사에서 정말로 배우질 못해요. 한 세대에서 다음 세대로 넘어가면서 같은 실수를 반복하는 경향이 있죠. 역사에는 순환이 일어나요. 아니면 진화생물학 같은 학문을 들여다보는 것도 좋죠. 진화생물학은 역사보다 더 멀리, 문화인류학보다 더 멀리 돌아가요. 우리가 작동하는 방식, 우리가 움직이는 방식에 대해 최대한 배우세요.

소설은 종류를 가리지 말고 읽으세요. 학교에서는 고전을 읽으라고 시킬 테고, 그것도 좋아요. 유용하죠. 훌륭한 작품이 많고, 글에도 도움을 줄 거예요. 하지만 또 그런 작품 다수는 낡은 명작이라서 지금 당신이 쓰는 글에 꼭 도움을 준다는 보장은 없어요. 그러니 현재의 베스트셀러를 읽으세요. 새로운 관심사를 갖도록 만들어줄지 모를 책을 읽으세요."

저는 예전에도 그랬고, 지금도 프로젝트 사이에 시간이 나면 그렇게 해요. 도서관에 가서 '맛보기'를 해요. 전에 들여다본 기억도 없는 서가를 어슬렁거리면서, 뭔가 관심을 끄는 게 나올 때까지 책 제목을 훑어보는 거예요. 그런 책이 나오면 하나도 모르는 분야를 파고들죠. 그게 제 관심을 많이 끌 때도 있고, 몇 페이지 읽고 바로 따분해질 때도 있어요. 안 그래도 일주일쯤 전에 도서관에 갔다가, 책과 오디오테이프를 산더미처럼 쌓았어요. 그리고 제가 가져간 책을 대출해주는 사서에게 말했죠. "새로운 프로젝트를 시작하는데, 지금 내가 뭘 하고 있는지 전혀 모르겠거든요. 그러니 책을 많이 빌릴 수밖에요." 뭘 찾는지 알 때는 책 몇 권이면 돼요. 하지만 아무 생각이 없다면, 산더미 같은 책을 훑어봐야죠.

전 오디오테이프를 좋아해요. 난독증이 있어서 책 읽는 속도가 무척 느리거든요. 속독 수업을 받아보긴 했는데, 별 도움은 되지 않았어요. 전 제가 읽는 내용을 마음의 귀로 들을 수 있을 만큼 천천히 읽어야 해요. 그래야 좋아요. 테이프를 틀면 전 훨씬, 훨씬, 훨씬 많이 배우고 더 잘 배우죠. 아주 어렸을 때 어머니가 책을 읽어주던 기억이 나는데요. 아까 말한 대로 제가 어렸을 때 어머니가 가사도우미 일을 하셨는데도, 밤이면 책을 읽어주셨어요. 전 그 시간을 사랑했죠. 그것도 마음의 극장이었어요. 솔직히 전 밤에 아이들이 잠에 빠져들 때 책을 읽어줘서 잘못될 리는 없다고 생각해요. 지금도 전 테이프를 좋아하는데, 예전 그 기억을 되살리는 탓도 있겠지만 우연히 제가 직접 읽기보다 들을 때 더 잘 배운다는 걸 알아서예요. 전 오디오북과 종이책을 잔뜩 빌렸고, 집으로 돌아와서 '맛보기'를 시작했죠.

로웰      예전에 읽은 책 가운데 지금도 여전히 중요하게 생각하는 책으로는 무엇이 있습니까? 작가 옥타비아 버틀러로서요. 그리고 자꾸 되돌아가게 되는 책, 그저 즐거움을 위해서만이 아니라 형식이나 언어나 캐릭터 구축을 위해 자주 찾게 되는 책으로는 어떤 것이 있을까요? 가끔 다시 보게 되는 그런 책들이 있나요?

버틀러     학생 시절에 추천받은 책이 한 권 있는데요. 라요스 에그리의
『극작의 기술』이라는 책이에요. 제가 글을 쓰다가 난관에 봉
착하면 다시 찾는 책이고, 가끔 도움이 돼요. 오래된 책이죠.
극작가 헨리크 입센Henrik Ibsen을 읽어본 적이 없다면 이해가
조금 어려울 수도 있어요. 에그리가 이 책에서 가르치는 방법
이 저에게는 아주 효과적이었어요. 그래서 학생들에게도 자
주 추천하죠. 에그리는 무척 분명하게 말해요. 작법서를 쓰는
작가들이 분명하게 말하지 않을 때도 있는데, 그런 작가들은
독자가 생각보다 많이 안다고 가정하지만, 에그리는 그러지
않아요. 거들먹거리는 일 없이 그냥 말하죠. 무척 기본적이
지만, 동시에 복잡하기도 하고, 그러면서 선명해요. 에그리는
그 책을 정말 훌륭하게 써냈어요. 그리고 제가 좋아하는 소설
을 말하라면, 대부분 고전은 아니에요. 제가 가본 적 없는 어
딘가로 데려가준 소설들이죠. 예를 들어 제가 제일 좋아하는
책 중에는 『대부』가 있어요. 영화가 아니라 책이라는 점을 다
시 강조하는데, 그 책은 절 다른 세계로 데려가줬어요. 그게
꼭 현실 세계는 아니지만요. 상당히 불쾌한 사람들로 훌륭한
남자들을 빚어냈죠. 그 책은 정말로 절 다른 세계로 데려가줬
어요. 아, 그렇지, 『쇼군Shōgun』* 같은 책도요. 『듄』은 제가 제

---

\*     1962년부터 1993년까지 제임스 클레벨이 쓴, 아시아의 유럽인들을 중심으로 서로 다
른 두 문명의 만남이 동서양에 미친 영향을 탐구하는 여섯 권의 소설 시리즈 '아시안 사가
Asian Saga'의 한 권. 1975년에 출간된 『쇼군』은 1990년까지 1500만 부가 팔렸다.

일 좋아하는 SF 중 하나예요. 좋아하는 SF 소설이라면 얼마든지 있어요. 몇 권만 말하면 이래요. 지금 어떤 목록을 알고 싶으신지 모르겠지만, 이렇게 몇 권이 우선 생각나네요.

전문 사전과 백과사전도 많이 좋아해요. 보통은 한 권이나 두 권짜리 백과사전이요. 예를 들어 지금 제 무릎 바로 오른쪽에는 『옥스퍼드 의약품 사전The Oxford Companion to Medicine』이 있네요. 이 책은 조심해야 하는 게, 영국식 철자로 적혀 있는 데다가 아직도 놀랄 만한 내용이 좀 있어요. 전 지리학, 인류학, 정신과학, 종교에 이르기까지 모든 분야의 전문 사전이 수십 권도 더 있어요. 미국의 종교에 대한 두 권짜리 사전도 있고, 고대이집트에 대한 사전도 있죠. 이름만 대면 관련된 전문 사전이 저에게 하나쯤은 있을 거예요. 검색을 위해서만 이용하는 건 아니에요. 그것만을 위해서라면 표준 백과사전으로도 충분하겠죠. 아이디어를 쇼핑할 때 입맛을 돋우기 위해서나, 그냥 이것저것을 찾기 위해서, 그런 이유에서 사전들을 써요. 이것도 '맛보기'의 다른 형태죠. 이전에는 생각해보지 않았고, 어쩌면 긴 글까지 읽고 싶지는 않을 만한 소재들을 찾아보는 거예요. 예를 들어 미국의학협회의 『의약품 백과사전Encyclopedia of Medicine』을 그냥 훑어보다가 유용할 만한 내용을 찾거나, 육지 동물 사전에서 절 정말 놀라게 하는 동물 같은 걸 발견한다거나요. 아니면 무척추동물 백과사전에서 뭔가를 찾기도 하죠. 무척추동물 사전은 SF에 정말 유용해요. 어떤 무척추동물은 정말 외계 생명체처럼 생겼거든요. 그런 온갖 게 다 있어요. 말했다시피 이름만 대봐요. 관련 있는 전문 사전이나 백과사전이 여기 있을 거예요.

로웰　'아이디어 쇼핑'이라는 건 무슨 뜻인가요? 표현이 마음에 드
　　　는데요.

독서는 우물을 채워요.
상상력의 우물을 채워주죠.

버틀러　제가 '아이디어 쇼핑'이라고 할 때는, 제 관심을 끌고 제 안에
　　　서 감정적인 반응을 유발하거나 불러내는 뭔가를 찾는다는
　　　뜻이에요. 예를 들면, 제겐 척추 없는 동물만 다룬 책이 한 권
　　　있는데요. 동시에 제겐 무척추동물에 대한 혐오감도 있거든
　　　요. 사실상 공포증이죠. 그 책을 보다가 떨어뜨릴 정도로 무
　　　서운 사진 하나를 만났어요. 이 동물은 길이가 3센티미터쯤
　　　밖에 안 되고 무해한 데다가, 가슴을 쓸어내리며 말하지만 제
　　　가 사는 지역에는 존재하지도 않을 거예요. 혐오스러운 작은
　　　괴물이고, 더 크지 않아서 정말 다행이죠. 전 그 생김새 일부
　　　를 이용해서 '제노제네시스' 3부작 중『성인식』과『이마고』에
　　　나오는 외계인 캐릭터를 만들었어요. 그렇게 가끔 한 번씩 강
　　　렬한 인상을 남기는 게 있어요. 그보다 덜한 인상을 남기는
　　　자료도 있죠. 예전에 총기에 대한 책을 훑어봤는데, 그때는
　　　그 책에서 찾은 정보를 쓸 생각이 전혀 없다가『클레이의 방
　　　주』를 쓸 때가 되어서야 생각이 났어요. 다시 그 책을 찾아서
　　　총에 대한 정보를 썼죠.『씨앗을 뿌리는 사람의 우화』에서도

써먹게 됐고요. 독서는 그런 식으로 우물을 채워요. 상상력의 우물을 채워주죠. 그러면 그 우물로 돌아가서 채워둔 물을 길어 올릴 수 있는 거예요. 아니면 은행이라고 생각해도 좋겠죠. 다시 찾아가서 예전에 입금해둔 지적 재화를 출금할 수 있달까요. 책을 읽지 않으면 은행 잔고가 바닥으로 떨어지죠. 뭐든 꺼내러 갈 수가 없게 되는 거예요. 그러면 글의 질이 상당히 떨어지겠죠. 읽지 않고 배운 것에만 한정해서도 쓸 수는 있지만, 그랬다간 딱 한 권만 써낸 작가가 될 수 있어요. 그것도 작가가 된다면 말이고요.

로웰　작가님이 받은 정규교육을 살펴보는 것 자체가 제게는 공부가 됐는데요. 2년짜리 패서디나시티칼리지를 졸업한 다음, 캘리포니아주립대학교에 들어갔지만 졸업은 하지 않았죠. 그렇지만 또 나중에 UCLA에서 문예창작학 강의를 들었고요.

버틀러　전 찾을 수 있는 곳이라면 어디에서나 글쓰기 수업을 들었어요. 누가 '글쓰기 강의'라는 말과 '무료'라는 말을 같은 문장에 썼다면, 무조건 저도 그곳에 있었을 거예요. 나중에 끔찍하고 소박한 일자리들을 전전하면서 돈을 조금 더 벌게 되자 UCLA에 수업을 들으러 갈 수 있게 됐죠. 사실 제 첫 장편은 UCLA에서 시어도어 스터전에게 수업을 듣던 도중에 팔렸어요. 물론 그 수업에 들어가기 전에 투고한 소설이었지만, 그 수업을 듣던 도중에 무척이나 조건이 많이 달린 수락 연락을 받았죠. 그 수락 편지를 스터전에게 보여줬기 때문에 기억해요. 그나저나 스터전은 아주 유명한 SF 작가인데요. 지금은 돌아가셨지만, 아주 잘 알려진 작가였죠. 정말 뛰어난 장인이었기에 그분 작품을 좋아했어요. SF 작가는 필요 이상으로 펄프 잡지스러운 글을 쓸 때도 있거든요. 굳이 기교를 배울 필요가 없으니까요. 지금 이건 구세대 SF 작가에 대한 얘기에요. 멋진 기계를 가지고 뭔가를 할 사람들보다는 그 멋진 기계 자체에만 신경을 쓰던 작가들요. 그 당시 작가들은 성격묘사를 잘하지 못했어요. 특히 여자 캐릭터들은 막대기나 줄에 달린 인형 같았죠. 그런데 스터전은, 그분은 제 아버지뻘인데도 그런 식으로 글을 쓰지 않았어요. 그 외에도 몇 명이 그랬죠. 전 특히 그런 작가들의 글에 관심을 기울였어요. 그리고 스터전에게 수업을 받을 기회가 오자 덥석 붙잡았죠.

흥미로운 수업이었어요. 제게 작가들에 대해서 가르쳐줬죠. 그나저나 스터전은 아마 고등학교도 졸업하지 않았을 거예요. 강의 시간에, 아마 공개 강의였을 텐데, 이런 말을 했거든요. 아마 고등학교도 졸업하지 않은 남자가 대학에서 가르칠 수 있는 나라는 미국뿐일 거라고요. 그 말에 일리가 있었어요. 전 글쓰기가 대학에 가서 배워야 할 기술이라고 생각하지 않아요. 다만 어떤 교육이든 도움이 될 뿐이죠. 글쓰기는 아무리 많은 수업을 듣더라도 결국 스스로 배워야 하는 기술이에요. 수업은 독자가 되어주고, 뻔한 문제점들을 바로잡게 도와주죠.

제 문제점 하나는, 처음으로 대학 글쓰기 수업을 들었을 때 구두점을 대충 찍었다는 거예요. 구두법에 대해 확고한 생각도 없었고, 철자법도 엉망이었죠. 이전까지는 '난독'이라는 말을 들어보지도 못했을 거예요. 어휘력에 대해서는 그래도 공부해 둔 게 있었어요. 이건 열두 살 때로 거슬러 올라가는데요. 아니, 열두 살보다도 어렸을지 몰라요. 아무튼 케네디가 닉슨을 상대로 선거를 치를 때였어요. 제 가족은 모두가 케네디를 지지했고, 아무도 닉슨은 좋아하지 않았어요. 우린 캘리포니아 사람이었고, 닉슨에 대해서는 질리도록 본 후였죠. 모두가 케네디를 너무나 좋아하는 것 같았기에 전 케네디에 대해 더 알고 싶었어요. 그래서 텔레비전을 틀어서 뉴스를 보며 케네디가 하는 말을 들었죠. 무슨 말인지 절반도 이해할 수 없었어요. 열두 살이었으니, 일부러 그런 어휘를 구사했을 수 있다는 생각도 못 했죠. 그 시절의 저는 정치가들에 대해 전혀 몰랐지만, 그 연설을 제가 이해하지 못한다는 사실에 엄청난 충격을 받았어요. 제가 생각보다 더 무식하다는 사실을 깨닫고 너무나 우울해졌죠. 단어를 더 배우고 싶었어요. 사람들이 하는 말, 특히 중요하다 싶은 사람들, 그러니까 텔레비전에 나와서 연설하는 사람들의 말을 더 잘 이해하고 싶었어요. 그게 동기가 되어서 이전까지 읽던 것보다 조금 더 어려운 책을 읽게 됐죠. 또 논픽션을 찾기도 했어요. 이것저것 추천하는 영어 교사들에게도 전보다 더 관심을 기울이게 됐고요. 그런 동기가 없었다면 아무 관심도 두지 않았을지 몰라요. 누가 읽으라고 시킨 책을 끝까지 읽을 수 없을 때가 많다는 사실을 일찌감치 알았거든요. 전 읽는 속도가 너무 느렸기에 훑어보는 방법을 익혔는데요. 아니, 훑어본다는 말도 안 맞아요. 그보다는 요약해 읽는 방법을 익혔다고 해야겠네요. 그러니까 처음, 끝, 그리고 중간 조금을 읽으면 대체로 꽤 읽은 척을 할 수 있었어요. 점수도 그리 나쁘지 않았죠. 하지만 그때부터는 좀 더 관심을 기울이기 시작했어요. 제가 생각하기에 세련된 영어로 쓰려고도 노력했고요. 그건 제 글이 딱 나이보다 어른스러운 척하려는 아이처럼 부자연스럽고 이상해졌다는 뜻이죠. 이이야기는 했었나 모르겠는데, 열세 살부터는 출판사에 원고를 투고하기 시작했어요. 편집자들 몇 명이 저에게서 형편없는 쓰레기를 계속 받았다는 뜻이지만, 그렇게 글을 쓰니 제가 영어를 어떻게 사용하는지 더 배울 수 있었어요.

패서디나시티칼리지에 다닐 때는 일을 하고 있었기 때문에, 2년짜리 대학을 졸업하는 데 3년이 걸렸죠. 그리고 마지막 해이자 마지막 학기 때가 1968년이었는데, 굉장히 이상했어요. 중간고사와 기말고사 기간에 암살 사건이 일어났거든요. 정말, 정말 나쁜 일이었죠. 마틴 루서 킹과 로버트 F. 케네디 암살이었어요. 패서디나시티칼리지가 처음으로 흑인 문학 강의를 연 게(최초였어요) 1968년이었고, 야간 강의였어요. 그 무렵에 전 낮 동안 상근 일을 하고 있었으니 다행이었죠. 캘리포니아주립대학교 로스앤젤레스에 있던 멋진 흑인 여성 교수님이 와서 강의를 했어요. 죄송하게도 지금 그분 성함은 기억이 나지 않네요. 그 강의를 들은 지 시간이 많이 지나서요. 그렇지만 전 그분이 정말 좋았어요. 그 교수님은 우리에게 도전을 요구했거든요. 주어진 과제 책을 다 읽을 순 없었지만, 제가 썩 훌륭하게 읽은 척을 해냈다고 생각해요. 에세이를 쓰면

으스댈 수 있었기 때문에 전 언제나 에세이 유형의 시험을 좋아했는데, 그 교수님은 전부 에세이 시험으로 치렀어요. 책의 일부를 읽으면 상당히 잘 으스댈 수 있는 거 알죠. 교수님은 제가 들어보지도 못한 작가들, 거의 하나도 모르던 문학, 그리고 전에는 들어보지도 못했던 단어들을 소개해줬어요. 일부러 그런 단어를 썼죠. 우리가 얼떨떨한 표정을 짓고 있으면 맥락 속에서 그 단어의 정의를 알려줬는데, 전 교수님이 그러는 모습을 보면서도 마음이 상하지 않았어요. 그만큼 잘 가르쳤던 거죠. 이전까지는 그런 선생님을 만나본 적이 없었어요. 제가 어떤 선생님이 제 학습 의욕을 고취시켰다고 말하는 일이 생긴다면, 바로 그분일 거예요. 다른 선생님도 몇 명 있긴 했지만, 그분이 마지막이었어요. 그래서 기억하고 있고요. 성함을 떠올릴 수 있다면 좋겠네요. 이상하죠. 초등학교 때 선생님 이름은 다 기억하고, 중학교 때 선생님도 대부분 기억하는데 그 이후는 흐릿하다니요.

로웰      오늘 '글쓰기 생활'이라는 책을 쓰라는 의뢰를 받았다고 상상해본다면요. 제일 처음에는 무슨 말을 쓸까요? 아시다시피 많은 사람이 글쓰기 생활은 고독하다고 했는데요.

버틀러      글쎄요, 이미 매일 규칙적으로 읽고 쓰라는 소리는 많이 했고요. 일기를 쓰고 수업을 들으라는 이야기도 했죠. 작가가 되기 위해서 가장 중요한 한 가지를 꼽으라면, 자기만의 방식을 찾아야 한다는 거예요. 이미 출판된 글을 모델로 삼는 방법에 대해서도 말했는데요(도입부나 장면 전환이나 결말이나 캐릭터 묘사 등등을 여섯 가지쯤 필사하라는 거요). 작가들이 뭘 하는지 보기 위해서 여섯 명쯤의 인생을 볼 수도 있겠네요. 그렇다고 다른 작가가 하는 대로 하라는 건 아니고, 그 작가들이 자기만의 방식을 찾았다는 점에서 배워야 해요. 다들 자기에게 통하는 방법을 찾아냈죠. 예를 들어 저는 새벽 3시에서 4시 사이에 일어나는데, 그때가 제가 글을 쓰기 제일 좋은 시간이라서예요. 우연히 알아낸 사실이죠. 다른 사람들 밑에서 돈 버는 일을 할 때 낮에 글을 쓸 시간이 없었기 때문에 알게 됐어요. 당시에는 육체노동, 그것도 주로 힘든 육체노동을 했고 밤에 집에 오면 너무 지쳐 있었어요. 게다가 다른 사람들로 너무 가득 차 있기도 했죠. 전 다른 사람들과 많은 시간을 보낸 이후에는 글을 잘 쓸 수 없다는 걸 알았어요. 다른 사람들과 시간을 보낸 후에 조금이라도 자야 글을 쓸 수 있었기에, 이튿날 일찍 일어나곤 했죠. 보통 새벽 2시쯤 일어나곤 했는데, 사실 그건 너무 이른 시각이긴 했어요. 그래도 당시에 전 야심이 가득했고, 직장에 갈 준비를 하기 전까지 글을 쓰곤 했어요. 그러고 나서 일을 하러 가면 종일 졸리고 퉁명스러웠죠. 어머니가 상냥한 침례교인이어서 욕을 못 하게 가르치시길 다행이었어요. 나중에 욕을 배우긴 했지만, 필요하면 입을 닫칠 수 있다는 것도 배웠어요. 보통 일터에서는 기분이 너무 안 좋아서, 그런 배움이 없었다면 누가 저에게 무슨 말을 할 때마다 신나게 욕했을 거예요. 다행히 그러지 않을 자제력이 있었죠. 아무튼 그 무렵에 제가 밝아지기 전 새벽 시간, 잠은 좀 잤지만 아직 밖은 어두운 시간을 굉장히 좋아한다는 걸 알았어요. 그래서 밤이 긴 겨울을 제일 좋아하기도 해요. 남부 캘리포니아에 살다 보니 겨울이면 한 번씩 비가 내려서 좋기도 하고요. 비가 올 때 글을 쓰는 것을 정말 좋아하거든요.

로웰 　혹시 제가 작가님의 사적인 글쓰기 공간에 들어가서, 글을 쓰는 동안 옆에 서서 작업 과정을 관찰한다면 허락해주실까요? 지금 「블러드차일드」나 「저녁과 아침과 밤」 같은 단편을 쓰고 있다고 치고요.

글쓰기에 좋은 점이 있다면
이것저것에 대해 생각하게 만든다는 거예요.
나에게 친숙하지 않은 뭔가를 생각하게 만들어요.

버틀러 　음, 그건 좀 어렵겠는데요. 저도 제 글쓰기 과정을 지켜보지 못해요. 제가 일하는 대부분의 시간 동안 사람들은 제가 일하지 않는다고 생각할 거예요. 아마 그냥 여기 앉아 있을 거라서요. 라디오로 음악을 듣고 있을 수도 있고…… 라디오보다는 스테레오로 테이프나 CD를 틀었을 가능성이 높죠. 예를 들어서 『씨앗을 뿌리는 사람의 우화』를 쓸 때는 생태학에 대한 오디오테이프를 많이 들었어요. 실제로 창작을 하고 있을 때는 텔레비전도 볼 수가 없어요. 개고할 때라면 볼 수 있지만, 처음 창작을 할 때는 텔레비전을 못 봐요. 텔레비전을 틀면 그쪽에 주의가 쏠려서요. 하지만 테이프리코더나 그런 걸로는 뭐든 틀어놓을 수 있고, 〈노바Nova〉*나 생태학에 대한 다른 프로그램이나 책 테이프를 틀었어요. 생태학 문제가 『씨앗을 뿌리는 사람의 우화』에서 중요한 역할을 해서였죠. 생태학, 특히 지구온난화는 『씨앗을 뿌리는 사람의 우화』에 나오는 또 한 명의 캐릭터나 다름없어요. 그래서 전 그런 테이프를 많이 틀었어요. 같은 내용을 반복하고 또 반복해서 틀어놓는 모습을 상상해도 좋아요. 다른 사람은 그런 상황을 참지 못할걸요. 다른 작가들도 그런 비슷한 얘길 하는 걸 들었어요. 저야 여기에 다른 가족과 같이 살지 않으니, 다른 사람들의 짜증을 유발하진 않죠. 하지만 다른 작가들은 같은 음악이나 같은 뭔가를 끝없이 반복하기 위해 글을 쓸 때 헤드폰을 써야 한다는 말을 들었어요.

이건 작가들이 어떤 습관을 확립해야 하는지에 대한 문제로 이어지는데요. 뭐든 자신에게 통하는 습관을 유지하세요. 몸에 해롭지만 않다면요. 술을 마시는 습관은 추천하지 않아요. 술을 마셔서 글이 나아질 거라고 생각하지 않으니까요. 그리고 건강을 생각해서 담배를 물고 앉지도 말라고 하겠어요. 담배도 별 도움은 되지 않을 거예요. 뭐든 도움이 되는 일을 하세요. 예를 들어서 저 같은 사람은 하루 중의 특정 시간에 특정한 장소에 있어야 해요. 어떤 사람에게는 글을 쓸 때 입고 싶은 옷이 있을 수도 있어요. 제게는 알몸으로 글을 쓰는 친구도 하나 있죠. 그 친구는 그냥 문을 닫아걸고 글을 써요. 뭐

* 미국의 인기 과학 프로그램.

든 통하면 그만이죠. 비슷하면서 다른 말이 하나 기억나는데요. 마이아 앤절로<sup>Maya Angelou*</sup>의 말이었던 것 같은데, 정확히는 기억나지 않지만 대충 이런 말이었어요. "글쓰기에 몰입하기 위해 거꾸로 매달려서 다리에 꿀을 발라야 한다면, 그렇게 해라. 어떤 방법이 통하는지는 당신만이 안다."

이제 어떻게 글쓰기 생활을 시작하는지로 돌아가야겠네요. 음, 스스로에게 무엇이 통하는지 알아내고 그대로 실행하면 글쓰기 생활이 몸에 밸 거예요. 그걸 알아낼 가장 좋은 방법은 다른 사람들은 뭘 하는지 보고 대체로 그런 방법들을 거부하는 거고요. 그나저나, 제가 아이디어를 얻는 방법 중에 인용문들을 모아놓은 책을 훑어보는 것도 있어요. 인용문들을 모아놓은 책을(길수록 좋아요) 뒤지다 보면 꼭 격하게 반발심이 일어나는 말을 만나게 되거든요. 그러면 내가 정말로 생각하는 바를 생각해야 하죠. 내가 정말 믿는 게 뭔지, 왜 그리고 어떻게 그 믿음을 지지하는지를요. 그냥 "아, 저 작자는 멍청이야"라고만 해선 쓸모가 없어요. 어떤 것들에 대해 정말로 생각해야죠. 글쓰기에 좋은 점이 하나 있다면 이것저것에 대해 생각하게 만든다는 거예요. 다른 사람들의 삶에 대해 생각하고, 다른 사람들이 믿는 바에 대해 생각하고, 예를 들면 종교 같은 것에 대해서도 생각하죠. 그게 정말 매력적이에요. 나에게 친숙하지 않은 뭔가를 생각하게 만들어요.

학교에 다닐 때는 제가 이미 모든 것을 다양한 관점에서 본다

---

\* 미국의 시인이자 회고록 작가, 배우. 흑인민권운동에도 적극적으로 참여했다.

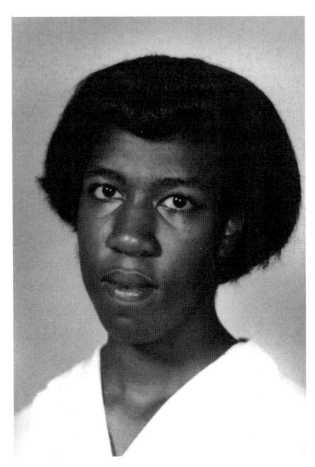

학창 시절의 옥타비아 버틀러, 1962년경.

는 사실이 문제였어요. 중학교 때는 특히나 사람들이 놀랍도록 융통성이 없죠. 애써서 뭔가를 배웠으니 그게 유일하고 하나뿐인 정답이어야 하는, 그런 때거든요. 중학교가 어땠는지 기억하시죠. 고등학교에 가도 혼자 다른 의견을 갖고 있거나, 집단이 알지 못하고 따라서 찬성하지 않는 일을 하면 웃음거리가 될 수 있어요. 하지만 저에게는 또 무엇이 있는지 알아내는 게 언제나 매력적인 일이었어요. 제가 알지 못하는 게 무엇이 있는지, 제가 생각도 해보지 않은 게 무엇이 있는지요. 그런 뭔가가 제 관심을 사로잡아서 그에 대해 더 알고 싶어지면, 도서관에 가서 또 다른 뭔가를 찾아냈죠.

로웰  랜들 케넌과의 인터뷰에서 "책상 옆의 벽은 신호판과 지도 들로 덮여 있"다고 했는데요. 왜 그런 건가요? 너무 사적인 질문이 아니라면 좋겠네요.

버틀러  별로 사적인 이야기도 아니에요. 지금은 벽이 비어 있는데, 새로 시작하는 때라서 그렇고요. 이 프로젝트를 반쯤 진행할 무렵이면 벽이 다시 뒤덮여 있을 거예요. 전 지도를 좋아해요. 『씨앗을 뿌리는 사람의 우화』를 쓰던 당시에는 제 캐릭터들이 여행하는 지역의 지도들을 붙였죠. 지도 가게에 가서 캘리포니아 여기저기의 상세 지도를 사는 데 돈을 쏟았는데, 캐릭터들이 어디에서 멈출지 확실치 않았기 때문에 오리건 국경 근처까지 다 샀어요. 하지만 이들이 오리건에서 남쪽으로 좀 떨어진 훔볼트 카운티에서 멈추겠구나, 깨달은 후에는 크고 자세한 홈볼트 카운티 지도를 구해서 벽에 붙였죠. 캐릭터들이 어디에 있고, 어떤 지형에 들어섰는지 바로 이해할 수 있도록요. 그 지도 말고도 단어가 가득한 어휘 목록을 붙였는데, 이 소설에서만 쓰이고 다른 경우에는 쓸 일이 없는 단어나, 아니면 제가 철자를 잘 틀리는 단어들을 적어놨어요. 바로 이 책이 무슨 이야기를 하는지, 바로 이 챕터가 무슨 이야기를 하는지 상기시키기 위한 장치였죠. 또 캐릭터 목록도 있었어요. 캐스팅 목록이라고도 할 수 있겠네요. 『씨앗을 뿌리는 사람의 우화』는 첫머리에 상당히 큰 공동체가 나오고 여러 가족이 나와서, 사람들을 헷갈리지 않으려면 가족 목록을 만들어놓아야 했어요. 누가 어느 가족 소속인지 같은 것들을요. 사실 목록에 적어놓은 사람 중 대부분은 책에 쓰지도 않았죠. 가끔, 몇 사람이 언급되긴 했지만 대부분은 군중으로서가 아니면 무대 위에 나오지도 않았어요. 그래도 누가 누구이고, 어디에 살며, 주인공과 어떤 관계인지, 로런이 그 가족을 어떻게 생각하는지 같은 걸 제가 알아둬야 했어요. 이 가족은 미쳤고, 이 가족은 완전 믿을 수 있고 그런 것들요. 문제에 따라 어떻게 보이는지 다 다르니까요. 이 가족은 할머니가 염탐을 하니까 좀 이상한 가족, 이 가족은 진짜 고자질쟁이인 남자가 있으니까 섬뜩한 가족, 이렇게요. 그 남자가 누군가에 대해 나쁜 사실을 알게 되면 퍼트릴 수 있고, 그걸 좋아할 거예요. 그리고 제 주인공의 부모는 경찰과 문제가 있었는데, 그 남자가 경찰에게 가서 의심을 불어넣죠. 물론 비밀리에요. 이런 식으로 온갖 짓을 하는 온갖 사람이 있고, 전 그 사람들이 무대에 오르는 일이 없다 해도 모두 알고 있어야 했어요. 그래서 그런 가족 목록도 벽지가 됐고, 뭐든 저를 고생시키는 내용은 다 거기 붙였죠. 기억을 돕기 위해서요. 그 책은 1인칭일 뿐만 아니라 일기 형식으로 썼기 때문에, 사건의 전조를 보여주기가 굉장히 어려웠어요. 제 주인공이 앞으로 일어날 일을 알 수 없다면, 저도 주인공이 모르도록 구성을 짜야 했죠. 그러면서도 로런은 제가 설정한 대로 지적인 여성이어야 했고요. 차라리 로런이 어리석었다면 더 쉬웠을 거예요. 하지만 로런은 바보가 아니었어요. 그래서 전 독자들이 다가올 일을 알아보게 만들면서, 로런은 독자들만큼 분명하게 내다보지는 못하게 해야 했어요. 사실 로런은 어느 정도 앞일을 내다보았죠. 다만 그 일이 닥쳤을 때는 로런의 예상보다 훨씬 나빠야 했어요. 그래서 전 미래의 말썽을 내다보는 문제에 관한 메모들을 붙였고, 또 로런이 일종의 종교를 만들고 있었기에 종교에 대한 메모들도 붙였어요. 종교에 대해서는 조사를 해야 했죠. 여러 다른 종교를 들여다봤어요. 그렇게 찾은 내용을 벽에 붙였어요. 조금이라도 이 책과 관련이 있다면요. 가끔은 너무 엉망이 되어서 다 내려야 할 때도 있었어요. 메모 위에 메모가 붙고, 메모에 메모가 매달려 있어서요. 정말이지 뒤죽박죽이었죠. 제 집필실은 대체로 토네이도가 휩쓸고 간 것 같은 꼴이에요. 집 안의 어느 방도 그렇지 않은데, 집필실은 어쩔 수 없이 엉망이죠.

로웰　작가님이 '패터니스트' 시리즈로 하려던 건 뭐였나요?

버틀러 이상한 사람들의 공동체를 다루는 재미있는 이야기를 써보려고 했죠. 자꾸만 그런 시도를 반복하게 돼요. 그게 제 의도의 전부는 아니고요. 시리즈 내의 작품마다 조금씩 다른 걸 해보려고 했어요. 하지만 전체적으로 보면 이상한 사람들을 모아서 어떤 공동체를 시작하는데, 그게 잘 돌아가지 않는 이야기예요. 그들이 이겼다고, 그러니 전부 다 잘됐다고 생각하는 사람들이 있어요. 하지만 그 사람들, '패터니스트'들은 사실 썩 친절하지 않았어요. 『패턴마스터』를 읽어보면 알 거예요. 실은 꽤 끔찍한 사람들이죠. 누구든 그 사회에 살고 싶진 않을 거예요. 그러면 왜 그들이 그렇게 끔찍했느냐? 그 사람들이 그렇게 끔찍해진 건 나쁜 선생이 있었기 때문이죠. 시리즈를 여러 권 이어가기 전까지는 제가 이 시리즈로 블랙 아메리카에 대해서 논평하고 있는 건지도 모르겠다는 생각을 전혀 떠올리지 못했어요. 일단 그런 생각이 떠오르고 나니 정말로 제가 블랙 아메리카에 대해 말하고 있었는지도 모르겠다는 걸 깨달았죠. 그다음에는 제가 그걸 어떻게 생각하는지 자문해야 했어요. 어쩌면 제가 스승에게 잘못된 것을 배우는 문제를 두고 의견을 내고 있었던 건지도 모르겠다는 점을요. 그게 제가 생각해야 했던 문제였던 것 같고, 그게 제가 해야 할 말이었던 것 같아요. 그러니 하려던 말을 멈추거나, 그런 말을 했다는 사실을 부인할 생각은 전혀 없었어요.

로웰 흑인 SF 작가라고는 작가님, 새뮤얼 딜레이니, 스티븐 반스,

그리고 (캐나다에 사는) 찰스 R. 손더스Charles R. Saunders* 뿐이죠. 그 점에서 작가님은 다른 아프리카계 미국인 작가들과 달라지는데요.

버틀러      음, 이제 좀 더 늘어나는 것 같기는 해요. 하지만 주로 판타지와 호러 작가들이긴 하죠. 흑인 레즈비언 뱀파이어를 다룬 『길다 이야기』의 주엘 고메즈가 있어요. 윈스턴 A. 홀렛Winston A. Howlett과 후아니타 네스빗Juanita Nesbitt도 소설을 몇 권 썼죠. 『충성Allegiance』과 『긴 사냥The Long Hunt』이요. 이 둘은 같이 글을 써요. 홀렛은 진 로라Jean Lorrah라는 백인 작가와도 협업을 했고요. 타나나리브 듀Tananarive Due는 호러 소설을 두 권 냈어요. 『사이The Between』와 『영혼 지키기My Soul to Keep』죠. 하퍼콜린스에서 출간하고요. 두 번째 소설은 아직 나오지 않았지만, 곧 출간될 거예요. 다른 흑인 SF 작가들도 어딘가 존재해요. 안타깝게도 아직 명성을 얻진 못했지만, 어딘가에서 글을 쓰고 있어요.

로웰      요새와 다르게 초창기에는 어땠는지 이야기 부탁합니다. SF를 쓰는 흑인 여성으로서요.

버틀러      제가 처음 글을 쓰기 시작했을 때는, 아마 사람들이 절 작가

---

\*      작가이자 저널리스트로, '이마로Imaro' 시리즈를 통해 일명 '검과 영혼sword and soul' 장르를 개척했다.

로 보지 않았을 거예요. 전 사람들이 생각하는 작가처럼 생기지 않았죠. 제가 생계를 위해 글을 쓴다는 생각을 전달하는 것조차도 어려웠어요. 직접 전달할 때 말이에요. 누가 "무슨 일을 하시나요?" 하고 물어보면 "전 작가예요"라고 대답하곤 했는데요. 정확히 '생계로 글을 쓴다'고 말하는 요령도 익혔지만, 그렇게 말해도 의미가 전달되지 않아서 보통 상대방이 이러곤 했어요. "와 멋지네요. 언젠가는 글을 파는 날이 오겠죠." 그 정도만 해도 나쁜데, 제가 작가라고 대답하면 엉뚱한 소리만 계속하는 사람들도 있었어요. 그러다가 나중에 가서 또 이러는 거죠. "음, 생계로는 무슨 일을 하세요?" 언젠가 어느 파티에서는 제가 어떤 여성에게 대놓고 이렇게 말했어요. "제가 작가라고 대답했을 때는 무슨 말이라고 생각했나요?" 그랬더니 이러더군요. "취미 이야기인 줄 알았어요." 그 말도 이해는 할 수 있었어요. 여기 로스앤젤레스에선 모두가 작가니까요. 모두가 언젠가 훌륭한 책을 쓸 예정이거나, 아니면 그 훌륭한 책이 맨 아래 서랍에 들어 있는데 출판사들이 속이 좁아서 그 책의 진가를 못 알아본다거나 하는 식이죠. 언젠가 그 사람들은 그 책을 자가 출판으로 낼 거고요. 실은 로스앤젤레스의 방송국 한 곳에서 몇 년 전에 길거리를 돌아다니면서 사람들을 인터뷰했는데, 기자가 길을 걷는 사람들에게 다가가서 이렇게 물었어요. "당신의 대본은 어떻습니까?" 그러면 열 명 중에 아홉 명은 이미 썼거나 쓰는 중인 대본에 대해 이야기했죠. 이 지역에는 자칭 작가면서 전혀 글을 쓰지 않거나, 서랍에 넣어둘 글을 쓰거나, 그냥 미친 사람이 정말 많아요. 이상한 일이 하도 많이 벌어지다 보니, 사람들에게 제가 끼기리는 시신을 전달하기가 쉽지 않아요. 사람들에게 생계로 글을 쓴다고 대답하고 나서도 '언젠간 글을 팔겠죠' 같은 말을 너무 많이 들어서, 그 후부터는 이렇게 말하기 시작했어요. "잠깐만요. 방금 제가 생계로 글을 쓴다고 했죠. 전 벌이가 없이 살 만큼 여유 있다고 말하지 않았어요. 생계 수단으로 글을 쓴다고 했죠." 그 시점부터는 사람들이 제 말투를 듣고 화제를 바꾸는 게 좋겠다고 생각하더군요.

흑인 SF 작가라는 점에 대해서는, 초반의 고립 상태가 도움이 됐어요. 어느 단계에서는 제가 아는 다른 흑인 SF 작가가 한 명밖에 없다는 사실을 깨달았는데, 바로 새뮤얼 '칩' 딜레이니였어요. 딜레이니를 알았던 건 클라리온에서 가르침을 받았기 때문이고요. 전에도 딜레이니의 작품을 보긴 했지만, 흑인인 줄은 몰랐죠. 할란 엘리슨이 미국서부작가조합에서 운영하는 무료 수업에서 절 가르쳤는데요. 아까 말했듯이, 전 무료이면서 글쓰기 강의라면 무조건 들었거든요. 그러다 보니 시나리오 작법은 전혀 좋아하지 않는데도 이런 수업에서 시나리오 작법을 배우게 됐고요. 아무튼 할란이 클라리온 SF 작가 워크숍에 대해 말하면서 저보고 관심 있냐고 물었어요. 저는 클라리온이 뭔지부터 물은 다음에 바로 이렇게 물었죠. "거기 다른 흑인이 있을까요?" 펜실베이니아 산속의 아주 작은 마을에서 열릴 예정이었거든요. 할란은 칩이 있을 거라고 대답했어요. 전 그때 처음으로 새뮤얼 딜레이니가 흑인이란 사실을 알았어요. 당시에 제가 아는 유일한 흑인 SF 작가였죠.

처음 갔던 SF 컨벤션도 기억나네요. 클라리온에 다닐 때 갔는데요. 피츠버그에서 해마다 열리는 SF 컨벤션에 가려고 우르르 몰려갔어요. '플랜지Phlange'라고 했죠. 전 그게 뭘 하는 건지 몰랐지만, 다른 학생들이 재미있을 거라고 해서 따라갔어요. 한 여학생에게 밴이 있었고 우린 밴 하나에 모조리 구겨들어갔어요. 열네 명인가, 열다섯 명은 됐을 거예요. 1970년이었죠. 우린 플랜지 컨벤션에 갔고, 전 전혀 적응하지 못했어요. 뭐가 어떻게 돌아가는 건지 전혀 몰랐죠. 돌아다니다가 흑인을 딱 하나 봤어요. 전 그 남자에게 걸어가서 물었죠. "작가예요?" 그 남자는 "아니요. 당신은 작가인가요?" 하고 물었고, 전 아무런 자신감이 없었기에 "아니요"라고 대답했어요. 그때는 제가 책을 출간한 작가가 아니었거든요. 우린 서로 다른 방향으로 갈라져서 더 중요한 사람들을 찾으러 갔죠. 백인만 가득했다 뿐이지, 누가 와서 당신은 여기 들어올 수 없다고 말하진 않았어요. 그저 제가 사교적으로 어울리는 방법을 잘 모르는 게 문제였죠. 전 이후부터 그냥 이런 행사에 얼굴을 내밀곤 했고, 아무도 절 내쫓지 않았기에 결국에는 조금이나마 적응하는 데 성공했어요. 전 사교적이었던 적이 별로 없어요. 어릴 때부터 쭉 그랬죠. SF 작가 중에도 극도로 사교적인 사람들이 있는데, 할란이 확실히 그래요. 하지만 우리처럼 사실상 은둔자 같은 사람들이 있죠. 우리는 집 밖에도 거의 나가지 않는데, 저는 좀 심한 편이에요.

다른 흑인 작가들이 절 발견한 일도 재미있었어요. 전 흑인 작가로 알려져 있지 않는데, 무시당해서가 아니라 제가 제 사진을 싫어해서였죠. 아마 실제로도 사진처럼 생겼을 테고, 제가 어쩔 수 있는 일은 아니지만요. 아무래도 언제나 제가 그보다는 더 낫게 생기길 바라나 봐요. 그래서 제 책 뒤표지 에는 한 번도 사진을 넣은 적이 없어요. 흑인 작가들도 (초반 에는) 제가 흑인인 줄 몰랐는데, 몇 번의 경험이 도움이 됐어 요. 〈워싱턴 포스트The Washington Post〉에 책 두 권의 서평을 부 탁받았는데, 하나는 인터뷰집인 클로디아 테이트Claudia Tate 의 『일하는 흑인 여성 작가들Black Women Writers at Work』이었고, 또 하나는 아미나 바라카Amina Baraka와 아미리 바라카가 편집 한 두꺼운 흑인 여성 작가 앤솔러지 『확인Confirmation』이었어 요. 전 그 두 권을 살펴본 후에, 왜 제가 그 책들에 없는지 의 아했죠. 그리고 생각했어요. '내가 이 책에 들어가지 않은 건 아무도 나에 대해 몰라서야.' 〈에센스〉에 에세이를 쓰기도 했 는데, 그 글은 아무에게도 가닿지 않았나 봐요. 더블데이 출 판사의 편집자 한 명이—이름이 베로니카 믹슨이었는데— 〈에센스〉에 저에 대한 글을 싣기도 했지만, 그 글도 특별히 관심을 끌지 못했죠. 어쨌든 전 그 두 책의 서평을 썼어요. 그 런 다음에 여기 흑인 작가 모임에 갔죠. 미시간주립대학교에 서 열린 흑인 여성 디아스포라 작가들 모임에도 참석했고요. 그제야 사람들이 '아, 옥타비아 버틀러가 흑인이구나' 깨달은 것 같아요. 그곳에서 전, 아마도 제가 흑인 캐릭터를 쓰기 때 문에 제 소설을 읽은 듯한 사람들에게 둘러싸였어요. 그리고 이 사람들이 갑자기 제가 흑인인 걸 알게 된 거죠. 그러니까 그때부터 제가 알려진 것 같아요. 〈에센스〉도 조금은 도움이 됐고요. 〈미즈Ms.〉* 잡지에 작가인 셸리 앤 윌리엄스Shelley Anne Williams가 저에 대한 글을 하나 쓰기도 했죠. 〈미즈〉가 지금보다 상업적이었던 시절에요. 제가 어딘가에 노출이 되면 될수록 더 많은 사람이 알게 됐어요. '아, 그랬군. 흑인이었어'라고요. 그때부터는 제가 SF를 써서, 혹은 제가 여성이라서 관심을 두는 사람들만이 아니라 흑인 작가여서 관심을 두는 사람들의 목소리가 들리기 시작했어요.

전 언제나 제 출판사에 제가 이런 세 종류의 독자 집단을 갖고 있다고 설득하려고 해요. 이따금 다른 독자도 끌어들이고요. 예를 들어 저는 뉴에이지 독자들이 『씨앗을 뿌리는 사람의 우화』에 관심이 있을 거라고 밀어붙였는데, 출판사를 설득할 수가 없었어요. 그들은 대체로 작가가 한 종류의 독자에게 호소한다고 생각하는 편이고, 제 경력의 대부분에 그 한 종류는 SF 독자였죠. 전 그 분류에 갇힌 셈이에요. 안 그래도 다른 작가에게 그런 편지를 또 받았어요. 자기도 이런 카테고리에, 그러니까 호러나 SF 같은 카테고리에 들어갈까 걱정해야 하느냐고 묻는 편지요. 전 출판사에서 거기에 집어넣지 않는 한은 괜찮다고 대답했죠. 출판사에서 당신을 아주 작은 집단에게만 광고한다면, 그때는 곤란하다고요. 제가 바로 그런 곤란을 겪어봤기에 알아요. 전 SF라는 분류에 오래 있었어요. 어떤 출판사들은 아예 제 책을 광고하지 않았고, 또 어디에서

\*     1971년에 창간된, 최초로 미국 전역에서 판매된 페미니즘 잡지. 저널리스트이자 사회, 정치 활동가 글로리아 스타이넘이 공동 창립했다.

도 절 홍보 투어에 내보내지 않았어요. '네 개의 벽과 여덟 개의 창문Four Walls Eight Windows'이라는 명칭의 아주 작은 출판사에 가기 전까지는요. 그곳에서는 제 편집자 댄 사이먼이 저를 투어에 내보낼 생각을 했고, 실행에도 옮겼어요. 다른 편집자는 아무도 그러지 않았고요. 참고로 댄의 새로운 출판사는 '세븐 스토리스 프레스'예요. 이전까지 전 초대받았을 때만 강연하러 갔어요. 돈을 많이 벌지 못했기 때문에, 여행 비용은 다른 사람이 지불했죠.

로웰    작가님이 흑인이라는 사실을 몰랐던 백인 독자들의 반응은 어땠습니까?

버틀러    제가 댄이 기획한 홍보 투어에 나섰을 때쯤에는 저도 꽤 알려져 있었어요. 꽤 여러 곳에 제 얼굴이 나갔으니까요. 『SF의 얼굴들Faces of Science Fiction』이라는 책이 있었는데 거기에도 실렸죠. SF 백과사전이나 가이드 같은 참고 서적 몇 권에도 실렸고요. 컨벤션에도 여러 번 참석한 후였어요. 그러니까 특별히 누굴 놀라게 하진 않았을 거예요. 미국으로 건너와서 저보고 텔레비전 프로그램을 위한 인터뷰를 해줄 수 있냐고 물었던 영국인들 빼고는요. 그 남자는 인터뷰 이후에 제가 흑인이라는 사실을 못 들었다고 말했지만, 그 사실에 불만이 있어 보이진 않았어요. 그저 몰랐을 뿐이죠. 투어에 나섰을 때는 이미 제가 꽤 알려져 있었어요.

# 라디오 상상력

아프리카계 미국인 SF 작가인 옥타비아 버틀러의 작품은 주제 면에서 유전적으로 변형된 신체들—다종족 혼성체들과 다민족 주체들—이 현시대 애국주의, 인종차별, 성차별, 동성애 혐오 등을 바로잡을 수 있다는 잠재성에 천착한다. 그러나 이런 주제 의식에 대한 비평적 반응은 신기할 정도로 극단적인 이원론이 지배해왔다. 도나 해러웨이와 어맨다 볼터는 버틀러의 소설들이 한결같이 "20세기 후반의 인종과 성별로 구축된 가공의 영역에서 재생산, 언어, 원자력 정치를 집요하게 파고든다"고 상찬한 반면,❖ 찰스 존슨은 버틀러의 소설에는 "환상에 너무 깊

❖ Amanda Boulter, "Polymorphous Futures: Octavia E. Butler's Xenogenesis Trilogy," *American Bodies: Cultural Histories of the Physique*, ed. Tim Armstrong, New York UP, 1996, pp. 170~185; Donna J. Haraway, "A Cyborg Manifesto: Science, Technology, and Socialist-Feminism in the Late Twentieth Century," *Simians, Cyborgs, and Women: The Reinvention of Nature*, Routledge, 1991, pp. 149~182. 필자의 강조를 더함.

〈멜루스: 미국 다민족 문학 연구회 저널MELUS: The Journal of the Society for the Study of the Multi-Ethnic Literature of the United States〉 26권 1호(2001년 봄 호). 이 인터뷰는 1997년 매릴린 머해피와 애너루이즈 키팅에 의해 진행되었다.

이 빠져들어서 일상생활의 재현이 (…) 사라져버리는" 경향이 있다고 일축한다.❖ 해러웨이와 볼터의 말대로 버틀러의 SF는 특히 동시대를 해부하는 재현의 언어와 상호작용하는 급진적인 교정敎正의 성격을 띠는가? 아니면 존슨의 말대로 별세계의 주제와 캐릭터를 자주 사용하다가 이후에는 판타지로 분류된다는 점이 버틀러의 작품을 사회에서 유리되게, 또는 에릭 화이트처럼 좀 더 긍정적인 비평가의 표현을 빌리자면 "인종차별 없는 SF"❖❖로 만드는가?

우리가 옥타비아 버틀러와 나눈 인터뷰는 버틀러의 소설에 내재하는 신체화 내러티브와 관련된 몇 가지 소주제 질문들을 중심으로 한다. 이념 구부리기ideology-bending 장르로서 SF가 갖는 효과, 그리고 버틀러 텍스트의 비정통적인 신체화 방식, 버틀러가 미국 문학(아프리카계 미국 문학과 '주류' 문학 양쪽 모두)의 정통에서는 상대적으로 주변부에 있다는 사실 사이에 가능한 상관관계에 대해서다. 버틀러가 정통이라는 맥락에서 상대적으로 주변부에 있다는 사실은 SF라는 장르 안에서 그의 작품이 지닌 독특한 위치와도 공명을 일으킨다. 최근에 그는 SF계에서 가장 위상이 높은 상인 휴고상과 네뷸러상을 여러 번 수상했고, 1995년에는 흔히 '젊은 천재상'이라고도 불리는 맥아더 펠로십을 받았다. 그러나 버틀러의 작품은, 그가 우리 인터뷰에서 표현했듯이 단 한 번도 정통 문학이나 SF 문학의 전통적인 기대에 '들어맞은' 적이 없다. SF는 오랫동안 주로 '백인' 남성이 '백인' 남성 청소년을 위해 쓰는 장르였다.

❖      Charles Johnson, *Being and Race: Black Writing Since 1970*, Serpent's Tail, 1988, pp. 115~116.

❖❖    Eric White, "The Erotics of Becoming: Xenogenesis and The Thing," *Science Fiction Srudies* 20.3, 1993, pp. 394~408.

몇 가지 드문 예외를 제외하면 유색인 여성이 SF를 쓰지도 않았고, 여성 캐릭터는 보통 성관계 대상으로만 그려졌으며, 유색인 남성이 SF 장편이나 단편을 쓰는 일도 그 안에 나오는 일도 드물었다. 따라서 버틀러가 이 장르에 나타난 것은 드물고 의미심장한 약진이다. 그의 소설들은 보통 아프리카계 미국인인 강력한 여성 주인공과, 그 외에도 다양한 인종의 캐릭터들을 내놓는다.

이런 면에서 그의 작품은 전통적인 SF의 주제(예를 들면 글로벌 파워와 로컬 파워의 투쟁 같은)를 복잡하게 만든다. 성별, 민족, 계급 차이라는 함의로 그런 투쟁을 굴절시켜서 말이다. 버틀러는 또 다른 인터뷰에서 이렇게 설명한다. "전 인간의 차이, 모든 인간의 차이에 대해 쓰고 독자들이 그걸 받아들일 수 있게 돕는 것이 작가의 의무라고 생각해요. 또 SF 작가들이 원하기만 한다면 그럴 수 있다고 생각해요. 제 생각이지만, SF 작가들은 다른 작가들보다 사회적 양심이 있을 가능성이 훨씬 높거든요."✤

더 나아가 1995년의 자전적인 에세이에서 버틀러는 특히 아프리카계 미국인의 역사에서 일어난 투쟁을 재현하는 데 있어 장르로서 SF가 지닌 효과가 무엇이냐는 질문들에 대해 언급한다. 그는 아프리카계 미국인 독자들이 더 자주 묻는 이 질문 "SF가 흑인들에게 무슨 쓸모가 있나?"에 이렇게 대답한다.

어떤 종류의 문학이든 흑인에게 무슨 쓸모가 있을까?

과거, 미래, 현재에 대한 SF의 사고가 무슨 쓸모가 있을까? 대안적인 사고와 행동을 경고하거나 고려하는 SF의 경향은 무슨 쓸모가

---

✤ 앞서 나온 인터뷰 「전 주어지는 대로 받기가 싫어요」 중에서.

있을까? 과학과 기술, 혹은 사회조직과 정치 방향이 미칠 수 있는 영향에 대한 SF의 탐구는 무슨 쓸모가 있을까? 기껏해야 SF는 상상력과 창조력을 자극할 뿐이다. SF는 독자와 작가를 다져진 길 밖으로, '모두'가 말하고 행하고 생각하는 좁디좁은 오솔길 밖으로 끌어낸다. 지금 그 '모두'가 누구든 간에 말이다.

그래서 이 모든 것이 흑인들에게 무슨 쓸모가 있을까?*

글을 시작하면서 인용한 도나 해러웨이, 찰스 존슨, 어맨다 볼터의 비평과 마찬가지로 이 인터뷰에서 우리가 던지는 질문들도 비정통적이면서 언제나 신체화된, 버틀러 작품의 주제론 그리고 사회적 개입에 대한 잠재력에 대해 다룬다. 하지만 우리는 또한 버틀러의 SF가 로버트 스텝토가 "미국의 독서 행위"**라고 가리킨 행태를 바꿔놓을 공식적인 전망에도 관심을 둔다. 예를 들어, 주제 면에서 버틀러의 작품이 '끔찍함과 아름다움'으로 번갈아 체화된 세계적인 대중을 그린다면, 어떻게 이렇게 범주를 혼합해 재구성된 주관이 독자의 인식을 구조적으로 약화하고, 따라서 진부한 인종, 젠더, 또는 섹슈얼리티에 지배받는 독자의 주관을 약화할 수 있을까? 다시 말하면, 그 비정통적인 형식의 미학에서 버틀러의 SF가—또는 어떤 급진적인 작가의 소설이라 해도—사회를 교정하는 프로젝트로서 얼마나 많은 정치적 힘과 효능을 약속할 수 있을까? 예를 들어, 토니 모리슨은 작가가 위계화된 검은 몸과 흰 몸을 사용하는

❖   에세이 「긍정적인 집착」 중에서.

❖❖  Robert Stepto, "Distrust of the Reader in Afro-American Narratives," *Reconstructing American Literary History*, ed. Sacvan Bercovitch, Harvard UP, 1986, pp. 300~322.

것, "팔레트 위 피부 색깔의 다양성을 악마화하고 구체화하기"❖를 미국 정통 문학 서사를 정의하는 기초적인 은유이자 정규 관례로, (백인) 민족주의 정체성과 식민주의 독서 습관으로 설명한다. 주관적인 성별 범주에 대해서는, 루스 이리가레이도 현대적 재현을 구성하기 위해 여성 신체를 형식적으로 사용하는 데 대해 비슷한 질문을 던진다. "여성이라는 신체-재료를 착취하지 않는다면," 문학 서사를 포함해 "사회를 지배하는 상징 과정이 어떻게 될까요?"❖❖ 더하여, 모리슨과 이리가레이의 글이 전형적인 예지만, 대부분의 포스트모던 비평은 '신체(몸)'를 은유와 형식적 서사 관습으로 추정한다. 이런 맥락 속에서, 버틀러가 주제 면에서 인종, 젠더, 국적, 섹슈얼리티라는 개별적이고 식별 가능한 범주들에 대해 현대 생물학적 '진실'을 유도하는 19세기 몸 유전학으로—사회생물학, 우생학으로—돌아가는 듯 보일 때의 이념적 효과는 무엇일까?

옥타비아 버틀러와 우리의 인터뷰는 이런 질문들, 그리고 신체화 내러티브의 시학과 정치학에 관련한 다른 질문들에 중심을 둔다. 이를테면 주관적 몸성corporeality의 위계와 전 세계적인 환경파괴 사이에 버틀러가 놓는 연결, 보다 공평한 개인적, 집단적 사회관계를 성취하기 위해 텍스트로 재구성하는 대중적 재현의 효과, 작가의 신체가 작품에 미치는 결정적인 영향, 대안적 몸성에 대한 SF계의 오랜 몰두와 미국 문학의 믿음직한 구성 요소로서 SF의 주변부화, 그리고 마지막으로, 아프리카계 미국인 여성 글쓰기의 정통 안에서나 현대 미국 문학 전체 안에서

---

❖      Toni Morrison, *Playing in the Dark: Whiteness and the Literary Imagination*, Harvard UP, 1992, p. 7.

❖❖      Luce Irigaray, "The Power of Discourse and the Subordination of the Feminine," *This Sex Which Is Not One*, trans. Catherine Porter, Cornell UP, 1985, pp. 68~85.

버틀러가 차지하는 비평적 위치에 대해 작가 자신은 어떻게 인식하는 지까지.

옥타비아 버틀러가 스스로의 예술 미학을 설명할 때 쓴 용어인 '라디오 상상력'을 이 글의 제목으로 고른 것은, 이 말이 버틀러의 비정통적인 형식 미학을 개괄하기 때문이다. '라디오 상상력'은 캐릭터의 몸에 대한 시각화를 불러일으키고 또 독자에게 소개하지만, 토니 모리슨과 로버트 스텝토가 현대 독서 습관과 연결하는 캐릭터에 대한 근본적인 시각화는 일단락시킨다. 라디오 내레이션에서처럼, 말하는 사람의 사회적으로 구성된 신체 또는 (버틀러 소설 속에서의) 캐릭터의 신체는 처음에 추방되고 지체되며 화면 밖이나 무대 밖으로 밀려나 보이지 않게 된다. 국적이나 성별이 늘 사라지지는 않더라도, 최소한 민족성과 섹슈얼리티는 사라진다. 버틀러가 당시 인터뷰에서 한 말에 따르면, 그런 미학적 '펀치punch'는 독자들이 익숙한 인종, 젠더, 섹슈얼리티 안에서 관계들을 범주화하기 전에 먼저 캐릭터들 상황의 관계들과 '문제'들을 '보고' '듣게' 해준다.

그러나 역설적으로, '라디오 내레이션'은 그로 인해 독자들에게 그런 '문제'들과 관계들에 몸적인 정체성이 갖는, 바꿀 수 없는 의미를 더욱 강화한다. 하지만 처음에 주어지는 시각적인 소개 없이, 그러므로 읽기 쉽게 적힌 신체적 고정관념이 따라오는 일도 없이 말이다. 그러나 형식적으로는 식별 가능한 특징으로서 몸의 겉모습이 갖는 의미를 줄이면서도, 버틀러는 그 몸이 "우리가 아는 우리의 확실한 것"이라고 설명한다. "우리가 확실히 갖고 있음을 아는 것은 몸뚱이뿐이에요." 상호 보완적으로, 그의 소설에 담긴 신체학 내러티브는 개인적으로나 집단적으로나, 물질적으로나 이야기로서나 지식과 소통의 주된 현장이자 기표로서 그 몸을 치료 및 재활용할 것을 주장한다. 버틀러는 여기에서 자신이 '신체 지식'을 서사에서 착취적으로 이용하고 있다는 사실을 인정한다고 해서 그것이 꼭 신체를 거부함은 아니며, 그보다는 생존이라는 윤리 속에서 신체를 다시 상상하고 다시 조립하는 데 가깝다고 주장한다.

머해피 아시다시피 저희 인터뷰 프로젝트의 핵심은 미국 문학 텍스트의 형식적인 내러티브 관습으로서의 신체 활용입니다. 즉, 어떻게 신체가—보통은 인간의 몸이요 (웃음)—내러티브 목적을 위해 쓰이고 구성되느냐가 중점이죠. 예를 들어, 어떻게 문학의 신체들이 광고나 텔레비전 프로그램이나 영화, 아니면 정치적 담화와 같은 다른 대중문화 텍스트에 담긴 고정관념과 편견을 반영하는가 같은 문제요. 저희는 어떻게 특정 텍스트가 특정한 방식으로 신체를 담아내느냐에 관심이 있습니다. 그리고 하나의 결과로 어떻게 구체적인 가치와 미학 들이 특정한 인종 범주에 배속되는지에도요. 또 어떻게 문학의 해석이 대중의 인식과 상호작용하거나, 영향을 미치는지도요. 저희는 친숙한 주관적인 정체성 범주—그러니까 젠더 정체성, 민족 정체성, 섹슈얼리티 정체성 등에 대해 다른 접근을 궁리하는 작가들을 연구합니다. 그런 식으로 재상상된 신체들이 독자들에게 어떻게 영향을 미치고, 그에 따라 인종과 젠더와 섹슈얼리티 같은 주관적 범주에 대한 대중의 인식에도 영향을 미치는지 연구하죠. 이 대목에서 작가님이 나오는데, 작가님의 책들은 저희가 보기에 모두 여러 다른 방법으로 신체를 재창조하는 이야기이기 때문입니다.

제게는 듣는 종류의 상상력이 있어요.
'라디오 상상력'이라고 여기죠.

버틀러　　흠, 재미있는 말이네요. 하지만 말하시는 내용은 대부분 겉
　　　　모습에 대한 관심 같은데요. 전 열두 살에 글을 쓰기 시작했
　　　　고, 이미 SF를 읽고 있었어요. 나중에, 사람들이 정말로 이런
　　　　소설을 출판한다는 사실을 깨달았을 때는 제가 몇 년 동안이
　　　　나 사람들에 대해 쓰면서도 정작 '본' 적은 없었다는 것까지
　　　　깨달았죠. 제게는 듣는 종류의 상상력이 있어요. 전 그걸 '라
　　　　디오 상상력'이라고 여기죠. 저는 텔레비전보다 라디오를 훨
　　　　씬 좋아하고, 캐릭터들이 어떻게 생겼을지는 자꾸 되돌아가
　　　　서 상상해야 해요. 열두 살에 글을 쓰기 시작했을 때는 그러
　　　　질 못했거든요. 전 앞으로 돌아가서 그 안의 캐릭터들에게 색
　　　　칠을 해야 했어요. 예전에는 내가 이 캐릭터가 어떻게 생겼
　　　　으면 했을까? 그런 거죠. 『패턴마스터』에 한 캐릭터가, 아주
　　　　초창기 캐릭터가 있는데요. 이름은 달라졌지만 제가 열두 살
　　　　때 만든 인물이에요. 그런데 전 그 남자가 제 머릿속에 산 지
　　　　1년이 넘어서야 퍼뜩 생각했죠. '어떻게 생겼는지 알아야겠
　　　　어'라고요. 하지만 뭘 상상하거나 스케치해보려고 해도 실망
　　　　스러웠어요. 어째선지 이런, 뭐랄까 이런 식으로 실체 없는
　　　　상태가 아니면 그 남자는 제 상상대로가 아니었어요. 사실 그
　　　　게 굉장히 섹시했거든요.

머해피　　그나저나 작가님 책이 굉장히 섹시하긴 하죠. 전 언제나 그

렇게 생각해요. 진짜 흥분된다고요. 누가 그런 섹시함에 대해 말하는 건 못 들어봤지만요.

버틀러      제가 글을 쓸 때 스스로를 일깨우려고 벽에 붙여놓는 말 중에 '섹시함'이 있어서라면 좋겠군요. 사람들이 섹스를 할 때를 의미하는 섹시함만이 아니라, 독자들의 삶에 손을 뻗고 싶고 독자들이 즐기도록 요청하고 싶다는 의미에서의 섹시함이요.

머해피      지금이 제가 품고 있던 시각에 대한 질문을 하기 좋은 순간 같네요. 작가님이 처음에는 캐릭터들을 시각적으로 보지 못한다는 말과 관련이 있거든요. 오안칼리와 오안칼리-인간 구성체들의 신체 기능 중에서 제 흥미를 끄는 부분은, 그들이 눈 없이도 볼 수 있다는 점이에요. 인간의 시각이 아니라 감각 촉수나 감각이 가능한 피부의 일부분으로 보잖아요. 이건 현대에 와서 타자와 타자의 신체를 보고 아는 데 시각이 제일 우선하는 방식이 널리 퍼져 있다는 점을 짚고 있는 건가요?

버틀러      아무래도 원래 제 생각보다 더 많은 의미를 부여하시는 것 같은데요, 이건 제가 지하실 구석에서 조지프 뱅크스 라인이나 다른 작가들과 함께하던 시절의 잔재예요. 이상한 사람들이 나오는 책, 이례적인 능력이나 결핍을 지닌 사람들이 나오는 책들이 있었어요. 읽다 보면 한 번씩 이상한 위치에 감광성 조직이 있는 누군가의 이야기가 튀어나왔죠. 그 사람들은 그 감광성 조직으로 글을 읽진 못하더라도, 빛과 어둠이라든가 흐릿한 이미지는 감지할 수 있었어요. 전 캐릭터들이 외계인같이 보이길 원했기 때문에 '이거 좋겠다'고 생각했죠. 전 제 캐릭터들이 어떻게 생겨야 하는지에 아무 관심이 없다가, 그다음에는 어떻게 생겼는지가 아주 중요하다는 걸 인정하게 됐어요. 특히 인간이 아니어야 한다면 더 그렇죠. 전 독자들이 그 캐릭터들을 머릿속에 그려보게 도와줘야 해요. 독자가 보는 그림은 제 머릿속의 그림과 다를 테지만요. 제 캐릭터들은 감광성 조직을 다른 곳에 두고, 인간의 눈 못지않게 효율적인 시야를 갖고 있죠. 예상하시는 것 같은 이유에서는 아니에요.

키팅　지금 캐릭터들의 신체와 작가님이 그 신체를 어떻게 보는지에 대해 이야기하고 있으니, 이 질문을 넣어도 되겠죠. 제가 작가님 작품에서 매력을 느낀 이유 중에는 작가님이 캐릭터가 어떤 혈통이냐가 아니라 색깔로 캐릭터의 신체를 나타내는 방식도 있습니다. 그리고 작가님은 맥락상 이야기에서 중요할 때만 색을 언급하시죠. 예를 들어 『킨』에서 독자들은 24쪽이 될 때까지 다나가 '검다'는 사실을 모르고, 케빈이 '희다'는 사실은 54쪽이 될 때까지 몰라요. 학생들은 이 점에 화들짝 놀랍니다.

버틀러　그게 글쓰기죠. 캐릭터가 거울을 들여다보면서 "저 부드러운 갈색 피부와 고동색 눈동자를 봐"라고 하게 하면 너무 뻔하잖아요.

키팅    스스로를 저평가하는 것 같은데요. '인종'이 제 연구 분야 중 하나인데, 다른 작가들이 극도로 뻔한 방식으로 혈통을 표현하는 모습을 계속 보거든요. 보통은 도입부에서부터 캐릭터가 어떤 혈통인지 언급하는데, 작가님은 그러지 않죠. 『킨』에서 피부색 묘사가 늦게 나오는 건 일부러 그런 건가요?

버틀러   네. 그때는 일부러 나중에 내보냈어요. 그 책이 그런 책이었으니까요. 제가 캐릭터들의 인종을 더 일찍 알렸다면 그 측면의 충격이 약해졌을 테고, 아마 독자들도 반응하기는커녕 그 정보를 던져버렸다가 나중에 가서 뭐가 문제일까 의아해하기 시작했을 거예요. 하지만 제가 그 정보를 독자에게 대단히 극적인 방식으로 던진다면? 그러면 역사 때문에, 남북전쟁 이전의 노예제이기 때문에 케빈과 다나의 관계를 구성하는 한 가지 요소로서 인종이 더 큰 힘을 발휘하고 더 큰 결정권을 갖게 되죠.

키팅    『생존자』에서도 우리는 얼래나가 부모님을 회상하면서 독자들에게 시각적인 묘사를 제공하고 나서야 얼래나의 어머니가 흑인이었고 아버지는 아시아인이었다는 사실을 알게 됩니다. 그냥 묘사를 통해서 정보가 들어오고, 그것도 27쪽에 가서야 나오죠. 『새벽』에서도 그랬고, 『씨앗을 뿌리는 사람의 우화』에서도 똑같았어요. 민족성이 맥락에 들어맞을 때 독자가 그 특정 맥락 속에서 민족성을 알게 되는 거죠. 캐릭터에 대한 독자의 인식에 영향을 미치거나 미리 방향을 정하기 위해서 민족성을 이용하려는 경우는 없고요.

버틀러    그것도 제 삶에서 겪은 일 때문이에요. 중학교와 고등학교 시절에 뒤섞인 문화적 배경을 가진 친구가 하나 있었는데, 전 다른 사람이 말하기 전까지 그 사실을 몰랐어요. 알고 보니 그 친구의 부모님이 제 친척의 이웃집에 살았는데, 어느 날 그 친구 어머니가 일본인이고 아버지는 흑인이라는 사실을 알게 됐죠. 그 후에 전 그 문제를 생각해봤어요. '세상에, 난 이 긴 시간 내내 걔가 라틴아메리카계라고 생각했네.' 그 사실을 안다고 그 친구에 대한 생각이 바뀌진 않았지만, 그 친구의 삶이 굉장히 궁금해지긴 했어요. 그렇게 보기 드문 상황에서 태어나면 삶이 어떻게 달라질까? 하고요. 그 당시에는 보기 드문 일이었거든요. 하지만 살다 보니 그런 식으로 제가 모르거나, 나중에야 알게 되는 상황이 많았고, 그편이 훨씬 흥미로웠어요. 제가 곧바로 알았다면 어땠을지는 저도 몰라요. 아마 그냥 어딘가에 밀어놓고 잊어버렸겠죠. 하지만, 다시 한번 말하자면, 이럴 때 펀치 효과가 있어요.

키팅    아까 『패턴마스터』에 나오는 '실체 없는' 캐릭터에 대해 말했을 때요, 테러이 이야기였나요? 작가님은 한 번도 테러이의 외모를 묘사해준 적이 없는 것 같은데요.

버틀러    음, 테러이는 제 첫 남자친구였어요. (웃음) 그리고 실체가 없는 멋진 몸을 갖고 있었는데, 제가 실제로 무슨 의미인지 규정할 필요도 없이 끝내주게 섹시하면서 잘생길 수 있었죠. 그래서 그 점을 소설에서도 유지했을 거예요. 외모 묘사를 한 적이 없다는 생각은 못 했는데, 그 말이 맞아요. 테러이의 외모를 묘사하지 않는 게 너무 습관이 되어서, 시도해봤자 잘 되지가 않았거든요.

키팅     테러이의 성격은 완벽하게 전해집니다.

버틀러     굉장히 젊고, 여전히 남자가 되는 방법을 배우는 중이죠.

머해피     아마도 저희가 인터뷰하길 희망하는 모든 작가 중에서, 글로리아 안살두아Gloria Anzaldúa✦ 정도는 예외가 될지 모르겠지만, 다른 모든 작가 중에서는 작가님 작품이 가장 친숙한 이상과 예상을 배신하는 방식으로 인간의 몸을 상상할 겁니다. 인종과 민족성 면에서만이 아니라, 젠더와 섹슈얼리티와 종족이라는 면에서도요. 예를 들어 '제노제네시스' 3부작에서 섹스는 하나도 둘도 아닌 세 가지 젠더의 활동이죠. 재생산 과정에서 오안칼리의 세 번째 젠더인 울로이가 인간과 오안칼리라는 두 종족의 유전 물질로 자손을 만들어요. 3부작 내에서의 표현을 빌리자면 '조립'을 하죠. 쾌락이 재생산 과정에 꼭 결부되는 것도 아니고요. 그리고 가족 안에서의 양육도 달라

✦     멕시코와 텍사스 접경지대에서 태어나 그 배경을 연구에 반영한 미국 학자. 문화 이론, 퀴어 이론, 그리고 멕시코계 아메리카인이면서 스스로의 혈통에 자부심을 가진 사람들인 '치카나' 정체성에서 출발한 치카나 페미니즘이 주요 연구 분야였다.

지는데요. 두 가지 다른 종족으로 이루어진 다섯 명의 양육자가 있게 되죠. 더 정확히는 세 가지 젠더와 두 가지 종족으로 이뤄지고요. 이렇게 달라진 성별을 지닌 신체들은 주로 환상의 영역에 있는 건가요, 아니면 '가족'과 '남성-여성'이라는 범주에서 대중적인 서술은 섹슈얼리티와 젠더를 표현하기에 불충분하다고 암시하는 건가요?

버틀러    아, 확실히 불충분하죠.

머해피    혹은 자손을 낳고 기르는 데 불충분한가요?

버틀러    음, 한 사람도 자손을 기를 수 있고, 이제는 복제 기술이 임박했으니 한 사람으로 자손을 낳는 것도 가능하죠. 대부분의 사람이 스스로를 재생산하기를 좋아하다가 크게 실망하기도 할 거예요. 당연히 복제는 자기 자신이 아닐 테니까요.

머해피    그렇다면 이렇게 다른 가족, 섹슈얼리티, 젠더의 설정은 단지 환상이고 상상이며 재미일 뿐인가요? 아니면 대중적인 서사나 전통적인 기대는 성을 표현하기에 정말로 부족하다는 말로 일종의 정치적 선언을 하는 건가요?

버틀러    전 사람들의 마음을 넓히려고 했어요. 이 세 권('제노제네시스' 3부작)의 중심에 인류에게는 서로 충돌하는 두 가지 특질이 있다는 아이디어가 있다는 걸 기억하시죠.

머해피   네. '인간의 모순' 말이죠.

버틀러   위계 행동과 지성이요. 안타깝게도 위계 행동이 더 오래된 행
동 방식이고, 그게 사실이에요. 조류藻類에서조차 찾을 수 있
죠. 맙소사. 때로는 둘 중에서 위계 행동이 주도권을 갖지 말
았으면 좋겠어요. 제가 핵전쟁으로 인류가 자멸했다는 아이
디어로 이야기를 시작하는 것도 그래서예요. 이 3부작을 시
작했을 때 제 의도는, 제가 정말로 하고 싶었던 것은, 남자들
을 변화시켜서 위계 행동이 더는 중요한 문제가 아니게 만드
는 거였어요. 그러니까, 맞아요, 전 머릿속에 '인식 바꾸기' 아
이디어를 품고 있었죠. 여자들이 위계적이지 않다는 말은 아
니지만, 우리에게 대량 살육의 경향은 없잖아요.

머해피   보통 전쟁을 시작하는 건 여자가 아니긴 하죠.

버틀러   그래요. 다만 우리 여자들은 서로의 등을 찌를 가능성이 훨씬
더 높죠. 슬픈 비유지만요.

머해피   그쪽이 어떤 면에서는 시체를 덜 내놓긴 하네요. (웃음)

버틀러   하지만 제가 하려던 일을 제대로 해냈는지는 잘 모르겠어요.
전 결국 어느 정도 다른 위계 체제를 만들어냈죠. DNA로 통
제될 때와 비슷하지만, 그 대신 페로몬으로 통제되는 체계를
요. 전 캐릭터들이 전통적인 방식으로 기능하지 않으면서 그

자체로 기능은 하게 할 방법을 찾고 싶었어요. 하지만 또 재미 요소도 있죠. 어렸을 때 전, 예를 들자면 스물일곱 가지 다른 성이 있는데 그 모든 성이 다 재생산에 꼭 필요한 외계 인종이 나오는 SF 단편 같은 것들을 읽곤 했어요. 하지만 그런 단편들은 절대로 성행위가 어떻게 이뤄지는지, 캐릭터들이 쾌락을 위해 정확히 뭘 하는지 말해주질 않았죠. 그래서 전 다른 형태의 성이 생물학적으로 어떻게 작동할지를 정확하게 생각해내는 흥미로운 과업을 성공시키고 싶었어요.

키팅     작가님이 지성과, 인간이 그 지성을 타자를 가늠하고 평가하고 지배하고 통제하는 데 쓰도록 강제하는 위계 행동의 유전적 결합으로 묘사한 그 '인간의 모순'이 '제노제네시스' 3부작의 중심 테마죠. 오안칼리는 이 모순이 결국에는 인류를 멸종으로 몰고 가리라 믿습니다. 작가님의 통찰도 그렇습니까?

버틀러     냉전이 끝나고 나니 더 그래 보이긴 하죠. 우리가 증오할 다른 상대를 얼마나 찾아 헤매는지 보세요.

키팅     그렇다면, 작가님도 오안칼리와 같은 생각인가요? 인간의 위계 행동은 유전적인 특성이라고 보는 건가요?

버틀러     네, 그래요. 우리의 위계 경향이 조류에게까지 거슬러 올라간다는 점을 생각하면요. 살아 있는 것은 어떤 존재든 위협받는다고 느끼면 다른 것을 밀어내려고 합니다. 예전에 PBS의 다큐멘터리에서 그런 내용을 보고는 그 후에 다시 찾아봤어요. 바닷가 바위에서 자라는 특별한 해조류가 하나 있는데요. 같은 바위에 유전적으로 두 개의 똑같은 조류가 자라다가 결국 마주치게 되면, 서로 다른 방향으로 가거나 모래밭으로 내려가거나 다른 바위로 옮겨 가거나 하지 않고 한쪽이 다른 한쪽을 중독시켜요. 정확히는 둘 다 서로를 중독시키려 하는데, 한쪽만 성공하죠. 그러니까 단순한 위계 행동은 그렇게 오래전으로 거슬러 올라가는 거예요. 전 생명의 시작점부터 그랬을지 모른다고 생각해요. 그리고 지성은 우리를 더 낫게 만들어주지 못했죠. 예를 들어, '제노제네시스'를 위한 조사 작업차 페루에 갔을 때 우리는 페루의 국립공원에 해당하는 곳을 여러 군데 갔어요. 누군가가 밤중에 와서 나무를 잔뜩 잘라 갔기 때문에 한 군데는 못 갔지만요. 그것도 새로 자라는 질 좋은 나무들을요. 아무튼, 우리가 갔던 국립공원 중에 한 군데에 마코앵무 떼가 두 무리 있었는데 관광객들이 주는 먹이를 먹으러 날아오곤 했어요. 굉장히 길들여진 새들이었죠. 야생이었고, 자기들끼리 살면서도 매일 날아왔어요. 사람 어깨에 앉아서 먹이를 주는 대로 먹고, 먹이를 주지 않으면 귀를 깨물기도 하고요. 먹이를 줄 관광객이 없을 때는, 그곳에 새가 올라앉을 홰가 하나 있었는데요. 아래쪽은 길고 위로 올라갈수록 점점 짧아지는 피라미드형이었거든요. 자기들이 뭘 하는지 알고 있었을지는 모르겠지만 그 새들은 누가 꼭대기에 앉을지를 두고 하루 종일 싸웠어요.

곤충과 식물에 대한 연구차 마추픽추를 방문한 버틀러.

머해피   새들이 그랬다고요? 실망스러웠겠군요?

버틀러   아니요, 그건 완벽하게 정상적인 행동이었어요. 그게 제가 하
         고 싶은 말이에요. 그나저나 어떤 새도 꼭대기에 3초 이상 앉
         아 있지는 못했어요.

머해피   그렇다면 끊임없이 싸웠겠군요. 꼭대기에 계속 앉은 새는 한
         마리도 없었단 말이죠?

버틀러   싸움이 계속 이어졌다는 뜻이죠.

머해피   그러니까 언제나 권위를 쥐려는 도전이 있었군요?

버틀러   그래요.

키팅     저도 지성이 더욱 심한 위계나 꼭대기를 차지하기 위한 새로
         운 전략들을 고안하는 데 쓰일 수 있다는 사실은 압니다만,
         또한 우리는 지성이 다른 대응 방식을 찾아내는 데 쓰일 수도
         있다는 희망을 품어야 하지 않나요?

버틀러   물론 그렇죠. 하지만 위험한 건 우리가 더 위계적일수록 우리
         나 다른 사람의 지성에 귀 기울일 가능성이 낮아진다는 거예
         요. 걸프전쟁 시기에, 캘리포니아에 있는 대학에 다니려고 미
         국에 온 이탈리아 학생이 한 명 있었어요. 다른 학생들은 전

쟁을 지지한다는 뜻에서 소매에 미국 국기를 붙이고 다녔죠. 그 학생은 자기가 미국인도 아니고 이탈리아로 돌아갈 테니 똑같이 국기를 붙여선 안 된다고 여겼는데, 결국에는 미국 학생들이 하도 괴롭혀서 그냥 떠나버렸어요. 때로 우리는 우리가 어떻게 해야 하는지, 무엇이 합당한지, 무엇이 지적인 일인지를 완전히 망각하고 그냥 위계 행동이 머리를 차지하게 내버려둬요. 어차피 머릿속에 위계 행동이 있기도 하고요. 그런가 하면 제 어머니가 고양이를 싫어하게 된 이유는, 수컷 고양이 둘이 싸우는 걸 말리다가 그 녀석들이 어머니의 입술 한가운데를 찢어놓았기 때문이거든요. 두 남성이 싸우는 데 끼어드는 것도 대단히 위험하죠. 싸움을 멈출 수도 있지만, 아마 멈추지 않을 거예요. 진짜 싸움은 우리가 텔레비전에서 보는 것보다 훨씬 지저분하거든요. 그러니 저로서는 우리의 지성에 얼마나 기회가 있을지 계속 의문을 던지게 돼요. 우리가 환경에 하는 짓을 보세요. 해를 입히고 있다는 걸 알면서도 멈추질 못하죠. 환경을 해쳐서 돈을 버는 사람들이 계속 "걱정 마, 괜찮아"라고 하거든요. 편안하게 살고 있는 우리는 그 말을 믿지 않으면서도 적극적으로 뭘 하려고는 하지 않죠.

키팅    그러니까, 이탈리아 학생이 미국 학생들과 겪은 일에서 작가 님은 위계 행동을 차이에 대한 두려움과 연결하는 건가요? 미국 학생들이 다른 관점을 두려워했다고요?

버틀러    물론이죠. 제 생각이 틀렸을 수도 있지만, 전부 다 같은 맥락처럼 보여요.

키팅 그 생각이 옳을지도 모르죠. 하지만 저는 교육자로서 인간 본성에 희망이 더 있다고 생각하고 싶네요.

저게 최악의 문제네.
꼭대기까지 올라간 여자들이
남자인 척해야 한다는 것.

버틀러 물론 희망은 있죠. 오늘 아침 뉴스에서만 해도 이제는 〈포천 Fortune〉에서 뽑는 500개 기업의 최고위층에 올라간 여성 경영자들이 있다는 소식을 들었어요. 그 사람들은 꼭대기에 앉아서 이렇게 말하죠. "아, 이젠 아무 문제도 없어요. 이젠 유리 천장도 없으니, 더는 약자 우대 정책도 필요 없어요. 걱정 말아요. 여러분은 열심히 일하기만 하면 괜찮을 거예요." 저는 생각했죠. '저게 최악의 문제네. 꼭대기까지 올라간 여자들이 남자인 척해야 한다는 것.' 물론 육체적으로 남자 같은 모습을 취한다거나 남자처럼 행동한다는 건 아니지만, 저런 말을 할 때 그 사람들은 가장 흉내 내고자 하는 사람들의 특성을 띠는 것 같아요.

머해피 그러면 이 모든 위계 행동도 다 유전으로 거슬러 올라간다는 말씀인가요? 우리는 많은 경우에 그렇게 믿고 싶어 하지 않습니다. 그건 너무 폐쇄적이고, 너무 결정론적인 느낌이잖아요. 예를 들어, 주관성이 기본적으로 유전자에 반영된다는 생각은 우생학 시절로 거슬러 올라가지 않나요?

버틀러 하지만 여전히 우린 그런 가능성을 검토해봐야 해요. 안 그래도 몇 년 전에 제 친구 하나가 제가 사회생물학에 관심을 둔다는 사실에 무척 짜증을 냈어요. 전 말했죠. "잠깐만. 예를 들자면 이래. 혹시 네가 생리전증후군으로 고통받고 있고 그 사실을 안다면, 네가 하지 않을 일들이 있을 거야. 그 일을 형편없이 하게 될 테고 스스로를 해치거나 다른 사람을 해칠 것을 알기 때문이지. 하지만 네가 지금 일어나는 게 생물학적인 반응이라는 사실을 모른다면, 그냥 해치우려고 할지도 몰라. '아, 난 그냥 제멋대로일 뿐이야'라고 생각하면서 그 상태로 밀어붙이려다가 정말로 스스로를 해칠지도 모른다고." 다른 친구 하나는 그 시기에 스스로를 해칠 가능성이 높아서 날카로운 물건을 사용하지 말아야 했는데, 지금도 그 사실을 증명하는, 상처를 꿰맨 자국이 남아 있어요. 깨닫기 전에는 종종 그렇게 다쳤죠. 생리전증후군 시기면 꼭 날카로운 물건으로 뭔가를 하고 싶어 했거든요. 샐러드나 고기를 자르거나, 심지어는 나가서 나뭇가지를 자르기도 했고요.

키팅 그러니까 몸에 대해 알면 자율권을 얻을 수도 있고, 꼭 생물학이 결정적인 건 아니라는 말이죠?

버틀러 네, 그럼요!

237

키팅    음, 제가 사회생물학을 무섭게 생각하는 건 결정론 때문인데요.

버틀러    그건 걱정하지 말아요.

키팅    어떻게 결정론을 걱정하지 않을 수가 있어요?

버틀러    학문적인 생물학 결정론은 걱정할 필요가 없어요. 사람들이 그걸 어떻게 생각하는지를 걱정해야죠. 사회진화론을 걱정하세요. 만약 사회생물학이나 그 비슷한 학문(사람들이 이제는 그 말을 많이 사용하지 않는 건 뻔한 이유에서죠)이 진실이라면, 그걸 부인해봤자 도움 될 게 없어요. 우리가 해야 할 일은 그 진실과 함께 살아가는 방법, 그리고 그걸 가난한 사람이 더 가난해지게 둘 만한 좋은 핑계라고 여기는 사람들에게 맞설 방법을 배우는 거예요. '저들은 유전자 때문에 가난할 수밖에 없다'는 식의 어리석은 사회진화론 말이에요.

머해피    생리전증후군을 겪는 친구의 사례를 들었을 때, 작가님은 스스로를 보살피고, 스스로의 몸에 대해 특정한 사실들을 알고, 그 결과 특정한 방식으로 행동하는 여자들에 대해 말하셨어요. 하지만 아직도 세상에는 여자들이 월경 기간에 핵무기 발사 버튼 앞에 서게 되면 우리 모두 끝장이니 여자가 대통령이 되어선 안 된다는 농담을 하는 사람들이 있습니다.

버틀러    남자들은 아무리 미쳤어도 그 버튼에 접근할 수 있고 말이죠.

머해피    바로 그겁니다.

버틀러    제 말도 그거예요. 중요한 건 유전학으로, 그러니까 몸에 대한 지식으로 무엇을 하느냐예요. 권력을 쥔 사람들은 생물학을 가지고 왜 자기들이 계속 권력을 잡아야 하는지 그럴싸한 이유를 찾아내죠. 여자들이 언어능력이 더 좋다는 사실을 알려주는 테스트가 그렇게 많은데, 외교 대사 중에 얼마나 많은 수가 여성이죠? 정치가 중에는요? 그렇게 돌아가질 않아요. 대신 그러니까 여자들에게 수학 능력이 없다는 쪽으로 몰고 가죠…… 잊을 만하면 한 번씩요. 그러니까 지금 우리는 뭐가 됐든 우리가 갖지 못한 능력 때문에 불리해질 가능성이 높아요. 지금까지 알아낸 얼마 안 되는 유전학은 뭐든 우리에게 불리하게 작용할 가능성이 높죠. 최근에 전 어떤 대담에서 막 유전학 박사학위를 받은 남자와 같이 앉게 됐는데, 그 남자는 인간 게놈 프로젝트에 참여할 예정이었어요. 그 사실에 완전히 열광한 상태였죠. 전 이렇게 말했어요. "하지만 그 프로젝트가 사람들을 상대로 하는 많은 범죄에 쓰일 거란 사실이 신경 쓰이지 않나요? 그 결과는 스스로 병을 키우지 않아도 특정한 질병에 걸릴 경향이 있는 사람들을 대상으로 보험회사가 보험을 거부하는 데 쓰일 거예요. 고용주가 직업이 필요한 특정 인물들을 고용하지 않을 이유를 찾는 데 쓰일 테고요." 그랬더니 그 남자는 이렇게 대답했어요. "그런 사람들은 언제나 변호사를 찾아서 고소하면 됩니다." 하지만 이런 일을 당할 사람들은 변호사를 고용해서 고소할 능력이 제일 없는 사람들일 거라고요! 제가 그렇게 말하자 그 남자는 이러더군요. "그 말도 맞을지 모르지만, 그래도 해야 하는 일입니다." 그 프로젝트를 해야 하는 것도 맞아요. 그러니까 우리가 정말 해야 하는 일은 그런 반응들과 싸우는 거예요. 나쁜 반응이니까요. 정치적인 괴롭힘으로 작동할 반응이니까요.

키팅　　하지만 너무나 강력한 웅변입니다. 과학은 '진실'이니까, 과학에서 몸에 대해 이러저러한 이야기를 하면 그것도 진실일 거라는 말은요.

버틀러　　하지만 사회생물학적으로 연결 짓는 건 과학이 아니에요. 과학의 도움 없이도 우리가 그렇게 하죠. 다시 한번, 여자들이 언어능력은 더 낫다는 사실을 생각해봐요. 그렇다면 여자들이 더 좋은 외교관이 될 거라는 인식은 왜 인기가 없을까요?

머해피　　여자들은 문화의 주체이자 아이를 낳기 때문이죠.

버틀러　　그래서요!?

머해피　　여자들은 피 흘리는 기간이 있어서 위험하죠. 전 그저 제가 생각하는 바가 꽤 대중적인 합의라고 말하는 것뿐입니다.

버틀러　　하지만 남자들이 서로에게 어떻게 행동하는지 보면 그게 말이 되질 않아요.

머해피    아…… 동의합니다.

버틀러    뛰쳐나가서 전쟁을 시작하는 건 생리 기간의 여자들이 아니
          잖아요.

머해피    그렇다면 몸에 대한 지식이 사회, 정치적인 관계들에서 위계
          를 없애거나 아니면 재-위계화할 수 있다는 말인가요? 작가
          님 작품에서는 '몸-지식'이 큰 권위를 갖습니다. 인간의 몸을
          무엇보다도 담론적인 실체로 계산하는 대부분의 포스트모던
          적인 사고와 글쓰기와는 다르게요. 이는 유전학 연구들이 종
          종 인종화하고 성별화한 몸의 위계에 따라 정치력과 영향력
          을 할당해온 방식, 예를 들면 역시 우생학 같은 운동에 대한
          방어 반응일지도 모르겠습니다. 이런 포스트모던 사상가와
          작가 들에게는 인종, 젠더, 섹슈얼리티가 다 은유입니다. 사
          람의 몸은 오직 언어나 다른 표현 매체를 통해서만 알 수 있
          다는 식이죠. 다시 말해서, 그들에게 몸이란 오직 언어와 서
          사만이 살려내고, 우리에게나 다른 이들에게 알려줄 수 있는
          대상입니다. 그와는 대조적으로, 작가님의 많은 작품에서는
          몸이 중심 소통자예요. 말하거나 쓰인 언어는 오히려 소통에
          불충분할 때가 많고요. 예를 들어 '제노제네시스' 3부작의 오
          안칼리들은 머리가 아니라 몸이 압니다. (등장인물) 아킨은 그
          것을 오안칼리의 '몸의 확신'이라고 부르죠. 이런 식으로 작
          가님의 작품은 몸과 몸의 대사代謝 과정에 큰 권위를 부여하
          고, 담론을 넘어서는 힘을 부여합니다.

버틀러   우리가 아는 우리의 확실한 것은 몸뿐이니까요. 언제나 멋진 다른 것들이 있다고 말할 수는 있겠죠. 실제로 그렇고요. 하지만 우리가 확실히 갖고 있음을 아는 것은 몸뚱이뿐이에요. 사실 제 다음 책인 『은총을 받은 사람의 우화』에는 "자아란……"으로 시작해서 바로 이 개념에 대해 이야기하는 시가 있어요.

머해피   그래서 그 시는 '자아'가 무엇이라고 말하나요?

버틀러   거의, 몸이죠.

키팅   하지만 사람들은 자기 몸에 대해서 형편없이 몰라요. 인간은 보통 자기 몸을 잘 알지 못합니다.

버틀러   아까 했던 말과 이어지는데요. 우리는 어떤 것들을 알기 두려워합니다. 앎에는 위험이 있어요. 우리는 우리 몸에 대해서 조금밖에 모르는데, 그러면 자연스레 누군가가 책을 써서 유전학을 들먹이면서 이렇게 말해요. "음, 우리가 아는 내용은 어떤 집단이 직업훈련을 받아야 한다는 사실을 증명한다. 그들은 우리 같은, 아무래도 더 나은 사람들이 받는 교육을 흡수할 만큼 지적이지 않기 때문이다."

머해피   그러니까 어떤 이들을 직업훈련 후보자로 분류하는 일은 그 집단을 자신들의 몸으로부터 소외시키는 건가요? 그들의 몸

242

이 그런 식으로 인식되고 대상화되기 때문에요?

버틀러      제 말은 그게 '몸-지식'으로 하는 일이라는 뜻이에요.

머해피      또다시 위계로군요.

버틀러      그러게요.

키팅      제가 작가님 작품을 통틀어 제일 좋아하는 캐릭터는 『와일드 시드』의 주인공 아냥우예요. 아냥우는 자기 몸을 알죠. 모든 층위에서 몸을 아는 것 같아요.

글쓰기의 멋진 점은 세계에 대해서만이 아니라
나 자신에 대해서도 계속 새로운 발견을 한다는 거에요.

버틀러      실은, 그 책을 쓸 때는 제가 아냥우에게 시키는 일들에 대해 상당히 자신이 없었어요. 그때는 논리적으로 보이게 애를 썼지만 마음이 상당히 불편했고, 나중에 '제노제네시스' 3부작에 들어가서야 제가 『와일드 시드』에서 무엇을 하려고 했는지 더 이해하게 됐죠. 그러니까 글쓰기의 멋진 점은 세계에 대해서만이 아니라 나 자신에 대해서도 계속 새로운 발견을 한다는 거예요.

키팅      올해 12월에 토론토에서 열리는 현대언어협회 학회에서 저희가 작가님 작품에 대한 논문을 소개하는데요. 이 과정에서 주장하는 내용 중 하나는 작가님이 저희가 '차이의 새로운 질서'라고 부르는 것을 만들어낸다는 겁니다. 다른 범주의 친족관계와 인종화된 젠더racialized gender*를 지닌 공동체들을요. 작가님은 스스로 작품 속에서 새로운 공동체 유형을 만들고자 한다고 보나요?

버틀러    그보다는 제가 일부러 공동체를 만들려고 하는 게 아니라고 답하겠어요. 언제나 자동으로 공동체를 만들어 넣게 되거든요. 제가 살아온 방식과 관련이 있을 거예요. 제가 얼마 전에 새로 집을 샀는데, 공동체라고 할 것이 사실상 없는 동네에요. 다른 사람들은 이웃이 누군지 모르지만, 저는 가까이 있는 집에 하나하나 찾아가서 인사를 했죠. 이웃들은 "좋네요" 하고 말하고는 끝이었고요. 저는 이전까지 쭉 진짜 공동체가 존재하는 지역에 살았어요. 제가 6, 7년쯤 살았던 작은 뒷골목에 대해 여러 번 말했을 텐데, 여섯 개의 작은 집이 길거리에 맞닿아 있었고, 진정한 의미에서의 공동체였어요. 우리 모두가 서로를 알았고, 한 명이 며칠 동안 집을 비우게 되면 다른 사람들에게 말을 해뒀죠. 모두 서로를 좋아하는 건 아니었지만 알기는 했고, 그곳에 계속 살 테니까 어울리려는 노력도 했어요. 또 어렸을 때는 할머니 댁에 살았는데요. 할머니는 거대한 낡은 집을 갖고 있었고, 동네는 이전과 달라

---

\*    사회학적 개념으로, 인종과 성별이 개인에게 동시에 미치는 영향에 대한 비평적 분석이다.

진 상태였어요. 동네가 경공업 지구가 되면서 집들이 싸게 팔렸고, 할머니는 그 거대한 집을 사서 아파트 형태로 쪼갠 후 자식들이 가족을 데리고 이사해 들어오게 했죠. 그것도 공동체였어요. 정말 안 좋은 동네였기 때문에 그건 좋은 일이었고, 또 아버지가 없었기 때문에 좋기도 했어요. 제 아버지는 좀 이르게, 제가 아기 때 돌아가셨는데, 아버지가 없었으니 다른 아파트에 삼촌들이 살아서 다행이었죠. 길거리 사람들이 다 저에게 덩치 큰 삼촌들이 있다는 사실을 알았거든요. "걔 건드리지 마라. 걔는 누구누구 조카다" 이런 식이었죠. 그러니까 전 서로를 별로 좋아하지 않는다 해도 함께 어울려 살 방법은 찾아낸 사람들의 집단 속에서 살았어요. 제 캐릭터인 아냥우는 어느 시점엔가 자기가 주변에 공동체를 만든다는 말을 하죠. 제 모든 캐릭터는 『씨앗을 뿌리는 사람의 우화』에 나오는 로런처럼 공동체 안에 속해 있거나, 직접 공동체를 만들어요. 로런은 공동체에 속하기도 했고 만들기도 했죠. 저는 인간이 그렇게 살아야 하는데, 그러지 않을 때가 너무 많다고 생각해요.

머해피 제가 제일 좋아하는 작품은 『성인식』인데요. 그 책 도입부에 작가님이 말하는 너무 흔하지는 않은 공동체를 내포하는 구절이 있더라고요. 책 속에서 벌어진 유전자 교환의 결과로 바뀐 이들이 이루는 공동체요. 거기서 니칸지가 릴리스에게 말해요. "교환은 변화를 의미해요. 몸이 변하면, 생활 방식도 변해야죠. 당신의 아이들이 겉모습만 다를 거라고 생각해요?"

버틀러　　바로 그거예요!

머해피　　그렇다면 사회가 변하기 위해서는 반드시 유전적으로 몸을 바꿔야 한다는 말씀인가요?

변화는 피할 수 없고,
변할 때는 한 가지만 변하지 않을 거예요.

버틀러　　그저 무슨 이유에서든 몸은 바뀔 거라는 말이에요. 예를 들어 우리가 지구를 떠난다면요. 아니면, 이미 바뀌고 있기도 하죠. 제 나이에 도달한 사람들은 안경 없이는 잘 읽을 수가 없는데, 이제는 그래도 여전히 생산적인 일을 할 수 있어요. 도와주는 하인이 없어도요. 그것도 변화고, 다른 변화도 있죠. 지금 우리는 전보다 훨씬 멀리 여행할 수 있고 그건 좋은 일이지만, 동시에 서로에게 질병을 옮길 수도 있어요. 그런 면에서 우린 바뀌고 있죠. 갑자기 들어본 적도 없는 질병들과 싸울 수 있어요. 변화는 피할 수 없고, 변할 때는 한 가지만 변하지 않을 거예요.

머해피　　저는 『성인식』의 그 대목을 읽을 때면 현대의 사회관계들을 생각합니다. 기존의 정치에서 말하는 지혜는, 우리가 안고 있는 문제들, 현대의 전 지구적 문제나 지역적인 사회문제들에 대해 대화를 통해 인식을 바꾸면 좀 더 공정하고 평등한 시스템으로 발전할 수 있다는 것입니다. 그러나 작가님 작품 다수에서는, 특히 '제노제네시스' 3부작에서는 인식을 바꿀 방법으로 대화라는 방법은 부족해요. 작가님 작품에서는 인간의 모순을 바꾸기 위해서 몸을 바꿔야 할 뿐 아니라, 유전적으로 바꿔야 하죠.

버틀러     '제노제네시스' 3부작은 한 가지 가능한 길을 살펴봤죠. 하지만 정말로 외계인들이 내려와서 우리를 고쳐놓을 거라고는 한순간도 생각하지 않아요. '제노제네시스' 3부작에서 오안칼리가 인간의 문제를 고칠 때, 인간은 그걸 좋아하지 않고, 앞으로도 좋아하지 않을 거예요.

머해피     릴리스조차 그렇죠.

버틀러     릴리스는 별로 기뻐하지 않았죠. 전 『씨앗을 뿌리는 사람의 우화』에서 다른 가능한 길을 다뤄요. 그 책에서는 있는 그대로의 우리에 대해 이야기하고, 우리에게 종교를 주죠. 아니, 제가 주는 게 아니라 자연이 줬다고 봐야겠지만요(종교가 없는 문화가 있다는 말은 들어본 적이 없어요). 로런은 종교를 도구로 이용해요. 그러니까 전 그 도구를 써서 로런이 자기를 따르는 사람들과 그들에게 영향받은 사람들을 도울 수 있게 하죠. 스스로를 구하도록요. 로런의 생각은 (이건 오래된 SF의 아이디어지만) 인류가 별들 사이로 흩어지는 것이 멸망의 예방수단이 될 수 있다는 거예요. 우리가 지금까지 걸어온 길을 보면, 아마도 이것이 어딘가에 우리 중 일부라도 살아남을 길이겠죠. 우리는 이상한 파괴의 순환 주기에 들어서고, 그런 일을 거듭 반복해요. 윌 듀랜트Will Durant와 아리엘 듀랜트Ariel Durant의 역사책*을 읽었는데, 특히 첫 번째 책을 보면 약탈자들이 거듭 찾아와서 빼앗고 죽이고 고문하고 팔다리를 자르고 훔치거든요. 끔찍해요. 약탈자들의 왕은 마침내 정착해서 "내 백성들을 위해 여기에 정말 훌륭한 사회를 만들어보겠다"고 하고는, 정말로 쓸모 있는 일들을 하기 시작하죠. 당연히 언제나 쓸모 있는 건 아니고요. 하지만 몇 가지 경우에는 이런 일이 일어나요. 왕이 쓸모 있는 행동을 시작하죠. 병자를 더 잘 돌보도록 안배하고, 아이들이 필요한 것을 얻도록 보살피고요. 왕이 이러면 이럴수록, 왕은 이전까지 정말 좋은 삶을 살았던 사람들의 비위를 거스르게 되죠. 아이가 됐든, 노인이 됐든, 여자가 됐든 간에 지금 왕이 도우려 하는 사람들을 착취하면서 잘 살던 사람들요. 그래서 이전까지는 위계의 맨 위에 있었던 사람들이 대중을 흔들기 시작해요. "이 자가 너희의 적이라는 걸 모르겠어?" 이렇게 대담하게 표현하진 않더라도 기본적으로 그들이 하는 말은 이거예요. 그들은 왕에 대해 사람들이 비웃을 거리, 아니면 왕이 몰래 뭔가를 하고 있다고 의심할 만한 거리를 찾아서 퍼뜨려요. 어떻게 해서든 왕이 돕는 바로 그 사람들의 눈에 비치는 왕을 깎아내리죠. 그렇게 시간이 지나면 왕을 끌어내리도록 대중을 부추

---

\*    듀랜트 부부는 많은 역사책을 썼는데, 그중 열한 권짜리 대작인 『문명 이야기』로 퓰리처상을 받았다.

길 수 있어요. 이런 방법이 매번 통하는 것 같아요. 방금 제가 말한 것처럼 뚜렷하게 작동하진 않지만, 같은 패턴이 몇 번이고 반복되지요. 전 정말이지 하나의 종으로서 우리에게 희망을 별로 품지 않아요. 특히 우리가 더욱 과학기술을 발전시키면서도 모두가 지구에 남는다면요. 그냥 대화로 문제를 푼다는 건 해결책으로 불충분해요.

머해피 '제노제네시스' 3부작에서 일어나는 신체 변화와, 그에 따라 (니칸지의 말을 빌리자면) '삶의 방식'이 변화하는 데 대한 제 질문에 관련해서요. 저는 '제노제네시스' 3부작에 나오는 세 번째 젠더와 어떻게 그 젠더가 이성 간의 짝짓기 역학을 바꿔 놓는지에 푹 빠졌어요.

버틀러 음, 남자들은 자기들을 여자로 만든다고 느끼기 때문에 울로이를 좋아하지 않아요. 그런데 실제로 일어나는 일은 그게 아니죠. 남자들이 그렇게 여기는 이유는, 이제는 생물학적으로나 성적으로나 남자들이 위계의 맨 위에 있지 않기 때문이죠. 하지만 울로이가 꼭 어떤 남성적 기능을 빼앗는 건 아니거든요. 유전적으로 남성은 여전히 남성이에요. 그렇지만 오안칼리의 체계에서 '남성'은 인간의 체계에서처럼 힘과 권위를 갖지 않죠. 혹시 알아차렸을지 모르겠는데, '제노제네시스' 3부작에서 많은 독자와 서평가가 알아차리지 못하는 위계상의 차이가 두 가지 있어요. 하나는 오안칼리에게 전통적인 정부가 없다는 거예요. 대신 그들은 다양한 부속물의 신경계를 통해서 한데 모이고, 의견의 일치를 보죠. 그런 식으로 결정들을 내려요. 그리고 또 하나는 아주 큰 힘을 갖고 있는 듯 보이는 올로이가 개인으로서는 자손에게 유전적으로 기여하는 바가 없다는 거예요. 그 점은 올로이에게 상처가 돼요. 아니, 상처가 되는 건 아니지만 그런 면에서 자기 자식과 단절되어 있죠. 이 두 가지 차이점이 흔한 위계를 굴절시켜요. 오안칼리도 위계적이지만, 인간과 같은 방식의 위계는 아닌 거죠. 성향에 따라 그들에게도 자연스러운 위기는 있지만요.

머해피　이런 식으로, 예를 들자면 작가님이 쓴 것처럼 흔한 2인 관계가 아니라 3인의 젠더와 성행위로 위계를 수정하는 텍스트가 독자들에게 미치는 영향은 무엇일까요?

버틀러　독자들의 마음을 살짝 휘어놓는 효과? 그게 제가 희망하는 바이긴 한데, 거기엔 로런의 초공감과 같은 문제가 있어요. 사람들이 주의 깊게 읽지 않는다는 문제요. 서평가들은 대부분 로런의 초공감 능력을 초자연적인 능력으로, 일종의 초감각 텔레파시로 해석해요. 저는 그렇게 쓰지 않았는데도요. 제 생각에 독자들은 소설을 주의 깊게 읽어야 한다고 여기지 않는 것 같아요. 그래서 거듭 올로이가 그저 남성과 여성의 결합체라고 추측하죠. 3부작에서 제가 몇 번이나 분명하게 올로이는 다른 존재라고, 단순히 남성과 여성의 결합이 아니라 완전히 다른 세 번째 성이며 남성이나 여성처럼 행동하지 않는다고 말하는데도, 독자들은 대체로 원하는 대로 아니면 기대하는 대로 본단 말이에요.

머해피  그러니까 독자들이 그 말대로 "주의 깊게 읽지 않는다"면, 그
런 재설정을 쓰는 목적이…… 또는 독자들이 그런 재설정에
대해 알게 하는 목적이 뭐죠? 사람들이 주의 깊게 읽지 않는
다면, 소설 쓰기와 정치 논평과 투쟁 사이에 어떤 관계가 있
을 수 있죠?

버틀러  제가 정치 논의에 영향을 미친다고 생각하는지 묻는 건가요?

머해피  그 둘 사이에 관계가 있다고 믿냐는 겁니다. 예를 들어, 제가
느끼기로는 심지어 저희 분야에서도 많은 학자가 문학을 읽
고 연구하는 것은 도피에 더 가깝다고 믿거든요…….

키팅  그냥 오락거리라는 거죠.

머해피  문학은 정치적인 기능을 갖거나, 예를 들어 지금까지 우리가
이야기한 신체와 사회관계의 위계를 바꾸는 데 영향을 미치
기보다는 그저 사람들을 재미있게 해줄 뿐이라는 거죠.

버틀러  최근에, 그리고 장기적으로 상당한 영향을 미친 것처럼 보
이는 소설을 살펴볼까요. 수많은 생존주의자가 열광하는 책
은 어때요? 앤드루 맥도널드Andrew Macdonald의 『터너 일기The
Turner Diaries』요. 그 책은 끔찍한 인종 전쟁이 벌어지고, 작가의

편이 이긴 시대를 내다보죠. 이 책은 지하 컬트의 클래식이 되었고, 티머시 맥베이Timothy McVeigh*와 분리 정책을 지지하는 운동 전체에 영향을 미쳤다고 하죠. 가끔 새로운 미치광이 집단(이런 표현을 쓰게 되어 미안하지만)이 주장을 들고나오거나 들고나오려고 할 때마다 이 책도 한 번씩 뉴스에 나와요. 또 반유대주의 책도 있죠.『시온의 장로들의 규약The Protocols of the Elders of Zion』이요. 지금 사람들이 이 책을 소설로 여기는지는 잘 모르겠지만, 책이 쓰였을 당시에 작가 스스로는 이게 소설이라는 걸 알았던 것이 분명해요. 누군지 모를 그 작가는 오래전에 사라졌지만, 차르 지지자들이 러시아의 유대인들을 악마화하기 위해 그 책을 다시 꺼내 들었고, 나중에는 독일에서 나치도 꺼내 들었죠. 제 새 소설인『은총을 받은 사람의 우화』의 중요한 주제라서 한 나라가 어떻게 파시스트화하는지 조사하다 보니 읽게 된 책이에요. 영향을 미쳐서는 안 될 많은 독서가 너무나 진지하게 받아들여져요. 심지어는 성경의 '룻기' 같은 글도 그렇죠. 룻기는 그게 소설이냐 아니냐는 의문을 불러일으켜요. 너무 특이하거든요. 그 뒤에 이어지는 내용과는 전혀 다른 관용을 요구하죠. 그런 유의 관용은 룻기에 없어요. 오히려 나중에 보면 사람들이 "이 외국인 아내들을 없애자"고 제안하는데, 저에게는 기괴해 보여요. "여기, 너희 가족을 데려가서 문밖으로 밀어내라"라뇨. 하지만 룻기와

---

* 168명의 사망자가 발생한 1995년 오클라호마시티 폭탄 테러를 일으킨 테러범. 1997년 사형을 선고받았으며 2001년 형이 집행되었다. 맥베이는 독재적인 연방정부에 대한 저항의 뜻으로 테러를 일으켰다고 주장했다.

용기, 이 둘은 매력적인 소설이고 일상의 종교 담화에 파고들어서 엄청난 영향을 미쳤죠. 다른 건 몰라도 떠들기 좋기는 하다 보니, 많은 사람이 그 내용을 말 그대로 믿어요.

머해피    작가님은 자신의 작품이 정치적이라고 보나요?

버틀러    제 캐릭터는…… 자꾸 이렇게 되는데, 『은총을 받은 사람의 우화』에는 이렇게 말하는 캐릭터가 하나 있어요. "우린 정치를 멀리해야 한다. 우린 눈에 띄고 싶지 않다. 지금은 상황이 너무 치열하다." 진짜 파시스트가 대통령직에 출마하는데 제 캐릭터는 파시스트가 이길까 봐 두려워하죠. 제 캐릭터와 그 친구들은 나름의 사업체를 세우는 중이에요. 처음에는 기본적인 물물교환과 거래였죠. 그러다가 트럭을 한 대 얻으면서 서서히 도매업이 되고요. 그들은 이런 사업을 더 하고 있지만, 다른 사람들은 두려워해요. 파시스트가 이런 소리를 하거든요. "다 이놈의 비기독교인들 탓이다. 이 사이비들이 우리를 이 모든 구렁텅이에 밀어 넣었다." 그리고 제 캐릭터와 그의 동업자들은 이러죠. "우린 침착해야 해. 우린 눈에 띄고 싶지 않아. 정치에 휘말리고 싶지 않아." 하지만 여자주인공은 이렇게 말해요. "인간이란 정치적인 법이야." 저도 그렇게 생각하는 편이에요.

머해피    그러니까 작가님 글은 정치적이군요. 스스로의 글을 정치적이라 보나요?

버틀러 모든 것이 어떤 식으로든 정치적이죠.

머해피 저희는 작가님의 글이 대단히 혁신적이라고 생각하고…….

버틀러 저는 그런지 잘 모르겠지만, 고마워요.

머해피 그리고 작가님 글이 정치적인 투쟁에 해당한다고 믿습니다. 저희는 이런 세상에서(우리는 이제 냉전이 끝났다 해도 걸프전과 다른 모든 분쟁이 다양한 위계와 관련되어 있다는 이야기를 나눴죠) 소설과 정치적 투쟁 사이에 관계가 있는지 궁금하고, 작가님이 그렇다고 믿는다고 하니 또 글을 통한 혁신과 투쟁이 정치적으로 얼마나 효과적일지가 궁금합니다. 젠더와 민족성이나 섹슈얼리티 면에서 신체적으로 바뀐 위계를 포함해, 재편된 위계들이 대중의 태도를 바꿀 수 있을까요?

버틀러 저는 책을 한 권 살 때, 이 책에서 아이디어 하나만 얻어도 제값을 하는 거라고 말해요. 책을 한 권 쓸 때는, 제가 단 한 사람에게 영향을 미치고 그 사람이 또 다른 사람들에게 영향을 미친다면 가치 있는 일을 한 거라고 생각해요. 물론 그 영향이 좋은 것이라면요. 그 누구도 자기 책이 얼마나 오래 갈지, 얼마나 많은 영향을 미칠지 알 수 없으니, 전 그저 최소한 몇 명쯤은 생각하게 만들 수 있겠지, 해요. 그래서 어떤 결과가 나올지는 모르고, 아마 아무것도 이루지 못하겠지만, 방구석에 앉은 아이 하나가 어떤 일을 할지는 모르는 법이잖

# 옥타비아
# 버틀러의 말

옥타비아 버틀러

이수현 옮김

옥타비아 버틀러는 SF, 흑인, 여성이라는 세 가지 키워드로 분류되곤 합니다. 그의 소설이 과학기술을 바탕으로 쓰이고, 흑인사를 탐구하고, 주체적인 여자주인공을 내세운다는 이유에서 그렇습니다. 실제로 버틀러의 소설은 백인 남성의 장르였던 SF의 문법을 비틀어 대중의 사랑과 평단의 찬사를 모두 성취했습니다. 그러나 버틀러는 자신에게 따라붙는 수식어를 깊이 인식하면서도 '흑인 여성 SF 작가'로 한정되는 것에 아쉬움을 표합니다. 도서관에서 온갖 책을 빌려 파고들고, 때로는 아마존 탐험까지 불사하는 노력의 결과물을 몇 가지 분류로 압축하는 건 아무래도 아쉬운 일이 맞겠지요.

이 인터뷰집에는 그러한 분류에 대한 버틀러 자신의 생각과 더불어 점점 폐쇄적으로 변해가는 세상, 사람들의 위계적인 성향과 환경 파괴에 무관심한 사회 분위기에 대한 견해가 드러납니다. 물론 그가 써낸 소설들의 비화와 글쓰기에 대한 흥미로운 이야기도 가득하지요. 작품을 통해 세상과 소통하고자 했던 작가 옥타비아 버틀러, 그의 솔직한 마음을 들여다보시길 바랍니다. 그 마음이 이야기로 번지는 아름다움을 발견하게 되실 거예요.

마음산책 드림

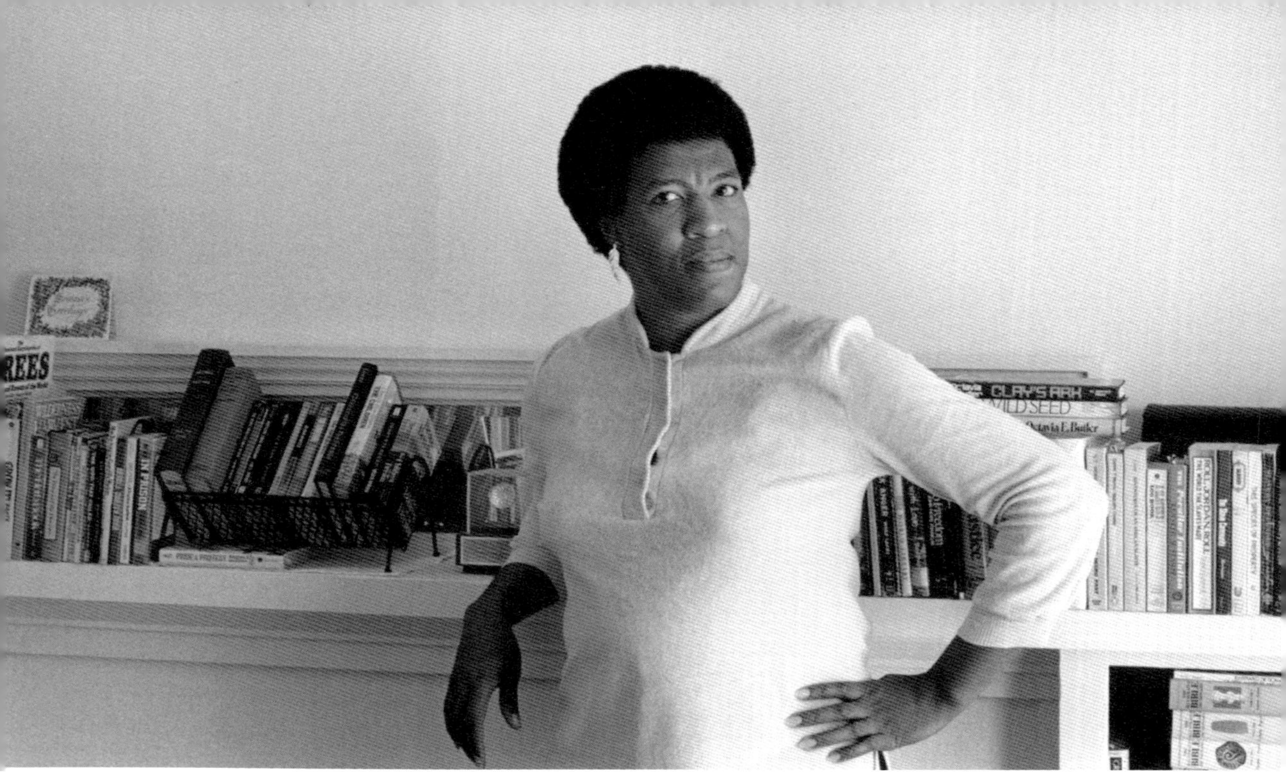


 | 『옥타비아 버틀러의 말』 마음산책

아요. 두 분은 교수이기도 하니 이 점을 잘 아시겠죠. 그 한 아이가 언젠가 아주 중요한 일에 찬성하거나 반대할 수 있을지도 몰라요. "그래요, 이 지저분한 아마존 우림을 마저 없애 버리죠" 아니면 "아니, 그러면 안 돼요"라고요. 사실 한 사람이 혼자서 그런 결정을 내릴 거라고 믿지는 않지만, 중요한 건 그거예요.

머해피   그러니까 작가님은 글을 통한 혁신과 투쟁이 정치적으로 긍정적인 효과를 갖는다고, 또는 가질 수 있다고 믿는 거군요.

버틀러   그럴 수도 있다고 믿죠. 보장할 순 없지만.

키팅   관련해서, 작가님의 글이 독자들에게 어떻게 영향을 미치길 바라나요? 이미 독자들이 생각을 하게 만들고 싶다고 했지만, 좀 더 구체적으로 풀어줄 수 있을지요. 예를 들어 작가님에게 큰 힘이 있고 특정한 방법으로 독자들에게 영향을 미칠 수 있다는 사실을 안다면, 영향을 미치고 싶을까요? 그렇다면 어떤 식으로요?

버틀러   그건 지니를 병에서 꺼내느냐 마느냐의 질문이네요. 만약 제가 그럴 수 있다는 사실을 알고 또 그렇게 한다면, 부디 제게 거의 그런 일을 하지 않을 분별력이 있기를 빕니다. 혹시 제가 그런 일을 한다면, 환경에 관한 일이기를 빌고요. 저는 많은 사람이 우리가 환경에 무슨 짓을 저지르는지 생각하게 만들 수 있지만, 우리가 실제로 환경에 저지르는 짓에는 영향을 주지 못해요. 하지만 어쩌면 그 사람들도 더 나이가 들면 기억할지 모르죠. 지구온난화가 일어나고 있다는 건 분명하잖아요. 모든 징후가 '그렇다'라고 말하고, '아니다'는 없지만 그래도 여전히 징후 하나만 보고 이렇게 말하는 과학자들이 있죠. "이 징후에는 미심쩍은 데가 있으니까, 어쩌면 정말로 벌어지는 일은 아닐 거야." 전 『씨앗을 뿌리는 사람의 우화』처럼 지구온난화가 사실상 또 하나의 캐릭터로 나오는 책을 쓰고 있는데, 아직 아무 힘은 없지만 언젠가는 힘이 생길 수도 있는 젊은 독자들에게는 그 내용이 더 생생할지도 몰라요. 젊은 층은 좀 더 받아들일 수 있을지 모르죠. "그래, 당연히 그 일이 벌어지고 있지. 막을 수 없다면 최소한 상황에 관심을 기울이고, 대비하고, 더 악화시키지는 말아야 해." 이렇게요.

키팅    1980년쯤부터 아프리카계 미국인 여성의 작품이 급증했습니다. 앨리스 워커Alice Walker, 토니 모리슨, 폴 마셜Paule Marshall*, 테리 맥밀런Terry McMillan** 외에도 정말 많지요. 혹시 이런 작가들의 작품을 읽고 영향을 받기도 했나요? 작가로서는 스스로를 그 속에서 어떤 위치에 놓겠습니까?

*     1959년 데뷔작 『브라운 걸, 브라운 스톤Brown Girl, Brownstones』으로 잘 알려진 흑인 여성 작가. 맥아더 펠로십을 수상했으며 예일대학교를 비롯한 여러 대학에서 가르쳤다.

**     미국에서 흑인 여성으로 사는 경험을 주로 다루었으며, 1992년에 쓴 세 번째 장편 『사랑을 기다리며Waiting to Exhale』이 300만 부 이상 팔리며 주목받기 시작했다.

버틀러 그다지 영향은 받지 않았어요. 우선, 우리 모두가 비슷한 때에 나온 것 같거든요. 저는 마법의 말이 나오는 판타지로 처음 글을 쓰기 시작했다가, 그 후에는 SF를 썼어요. 그러니까 제게는 수많은 젊은 SF 작가와 같은 결점이 있었어요. SF만 너무 많이 읽었죠. 제가 글을 쓰기 시작했을 때는 사실상 SF 말고 읽은 게 없었어요. 그러니까 언급하신 여성 작가들은 훨씬 나중에야 발견했고, 너무 늦은 시기라서 제 글에 별로 영향을 준 것 같지 않아요. 하지만 토니 모리슨은 제게 단어들을 사용하는 다른 방법들이 있다는 걸, 한 번도 시도해보지 않은 방법들이 있다는 걸 일깨워줬죠. 저는 펄프 잡지에 실린 SF를 통해서 글쓰기에 입문했는데, 펄프 소설에 짜증을 느끼기 시작하고도 한참 후에야 달리 어떻게 할 수 있나 생각하게 됐거든요. 그러니까 언어를 정말 능란하게 구사하는 토니 모리슨 같은 작가들이 제게 다른 가능성을 일깨워준 셈이죠.

머해피 그렇다면 미국의 문학계 전체라는 맥락 속에서는 자신의 작품을 어디에 놓으십니까? 그러니까, SF 장르 안에서만이 아니라 더 정통적인 문학 전통과는 어떻게 들어맞는지요.

버틀러 저는 어디 잘 끼어든 적이 없어요. 저 대신 두 분이 넣어주셔도 됩니다.

머해피 이 질문은 저희 둘 다 『히스 미국 문학 선집The Heath Anthology of American Literature』으로 가르치기 때문에 했는데요. 저희 둘

다 미국 문학 개론 수업을 가르치는데, 작가님 글이 1865년부터 현재까지를 담은 책에 들어가지 않았다는 사실에 놀랐거든요.

버틀러     음, 그 책이 예전에 출간되어서 그런 것 아닌가요?

머해피     아니에요. 제일 최근 판본은 2, 3년 전에 나왔고 새로운 판본이 올해 11월에 나올 예정이에요. 새로운 판본에 작가님 글이 수록되지 않는다면, 수록되었으면 하실까요?

버틀러     물론이죠. 왜 원하지 않겠어요? 그래도 이젠 제가 『노턴 아프로 아메리칸 SF 선집The Norton Anthology of Afro American Science Fiction』에 실려 있어요. 『옥스퍼드 컴퍼니언 미국 문학 편The Oxford Companion to American Literature』에서도 절 찾을 수 있고요.

머해피     그거 잘됐군요. 하지만 전 작가님 작품이 『히스 미국 문학 선집』에 실렸으면 좋겠어요. SF 작가로서만이 아니라, 전체 미국 문학의 일부로서요. 어쩌면 그것이 우리 분야가 SF 장르를 지금처럼 소외시키지 않는 방법일 수도 있고요.

버틀러     무엇이 SF로 불리느냐를 보면 재미있죠. 로빈 쿡은 안 좋은 SF를 써서 성공했는데, 자기 말로는 그의 작품을 읽기 전에는 대부분의 사람이 SF에 대해 아무것도 몰랐다고 해요. 대부분의 독자에게는 그의 책이 아주 새로웠고, 그들은 쿡이 얼마나 혁신적인지에 감명받았죠!

머해피 그렇다면 로빈 쿡의 성공은 어디에 기인할까요? 대부분의 SF 작가에게 달갑지 않을 정도로 주류적인 성공을 거뒀잖아요?

버틀러 몇 가지 요인이 있죠. 우선 로빈 쿡이 작은 SF 출판사에 책을 팔지 않은 것부터 무척 영리했어요. 주류 출판사를 찾았고, 의학박사다 보니 의학에 대해 썼으며, 무사히 진입했죠. 이제 는 지구에 찾아온 외계인에 대해 쓴다고 해도 여전히 로빈 쿡 이라는 이유로 대단한 게 됐어요.

키팅 분류라는 게 참 재미있는 것이, 놀랍게도 마거릿 애트우드의 『시녀 이야기』에는 SF라는 딱지가 붙지 않았어요. 작가님의 『씨앗을 뿌리는 사람의 우화』보다 더 먼 미래의 이야기인데 도, 정작 작가님 책은 SF로 불리는데도요.

버틀러 맞아요. 둘 다 똑같이 과학소설답지 않은 책이죠. 애트우드의 소설은 미래가 완전히 과학기술에서 벗어나 있으니 더 그렇 고요. 끔찍한 전쟁이나 재난 없이 우리가 어떻게 과학기술 없 는 미래에 진입할지 생각하기는 점점 더 힘들어져요. 사람들 이 과학기술을 이토록 편하게 여기니, 그냥 포기할 것 같지는 않거든요. 『시녀 이야기』는 흥미로운 책이었어요.

키팅 자신의 몸이 어떻게 글에 영향을 미쳤고, 글을 빚어냈다고 보나요?

버틀러 제 몸보다는, 제 몸에 대한 다른 사람들의 반응이 영향을 미쳤죠. 전 겉도는 아이로 자랐어요. 1학년 때 처음으로 못생겼다는 말을 들은 것 같은데, 그 후로 중학생 시절까지 쭉 못생겼다는 소리를 들었죠. 그렇게 오래 못생겼다는 말을 들으면 그 말을 믿게 돼요. 더해서 시간이 지나면 그 말을 기대하기 시작하고, 사람들이 너무 정중해서 그런 말을 하지 않게 되면 '속으로는 그렇게 생각하겠지' 넘겨짚고, 상당히 끔찍한 방식으로 그 말을 그리워하기까지 하죠. 그러니까 전 겉도는 아이였는데, 제가 겉도는 건 못생겨서라고 생각했어요. 사실 저는 상상하기 힘들 정도로 사교성이 떨어지는 아이였고, 아직도 어느 정도는 그런 사람이에요. 게다가 외동이어서 다른 사람들과 어울리는 방법을 썩 잘 배우지 못했죠. 이런 이유로, 제가 워낙 외면당하는 사람이었고 또 너무나 수줍음이 많았기 때문에, 글쓰기가 제게는 진정한 피난처였어요. 그런 면에서는 제 몸이 제가 작가가 되도록 도왔다고 말할 수 있겠죠.

머해피 글쓰기 과정 자체를요?

버틀러 저에 대한 다른 사람들의 반응이요. 전 열네 살인가 열다섯 살 때 키가 180센티미터였는데 그것도 도움이 됐어요. 남자애들은 제가 일부러 그렇게 컸다고 여겼죠.

머해피   구체적으로는 어떨까요? 다른 사람들이 작가님의 몸에 보이
는 반응이 글에 영향을 미쳤다고 했는데요. 그런 점에서 영향
을 받은 구체적인 글쓰기 방식이나 캐릭터나 대목이 생각나
세요?

버틀러   전 덩치가 작은 사람이 되어보려고 했어요. 『내 마음의 마음』
이나 『와일드 시드』에서 작은 사람이 되어보는 실험을 하려
했죠. 그러려니 작은 사람이 다뤄야 할 문제들을 생각해야 했
고, 작은 사람으로서 생각해야 해서 재미있더군요. 제 원래
모습만큼 덩치 큰 사람으로 쓰기를 시도한 건 『생존자』가 처
음이었어요. 여기에는 뚱뚱하지는 않지만 키가 무척 크고 중
성적인 외모의 캐릭터가 등장해요. 저는 예전에 남자로 오인
을 많이 받았고, 가끔은 당황스럽게도 누군가가 절 여자 화장
실에서 쫓아내려고 하기도 했어요.

머해피   그럴 때는 어땠습니까?

버틀러   마음이 많이 상했죠.

머해피   잘못 봤다고 바로잡아주면 어떻게 하던가요? 사과하던가요?

버틀러   아니요. 저를 남자로 잘못 봤다고 사과하는 사람은 별로 없
어요. 예를 들면, 전화상으로도 제 목소리가 굵다 보니 사람
들이 종종 남자로 오인하는데요. 지금 저는 보통 "전 여잡니

다"라고만 대꾸하는데, 어떤 사람들은 제 말을 아예 못 듣고, 어떤 사람들은 "네?"라고만 하고, 또 어떤 사람들은 아예 아무 말도 안 해요. 그냥 제가 말한 적도 없다는 듯이 대화를 이어가죠. 그리고 일부는 "어, 죄송합니다" 하고 태도를 바꾸니, 재미있는 인생이죠. 몸집 문제가 미친 영향이 제일 컸어요. 중학생 때는 제 어머니와 같은 종교를 가진 친구가 하나 있었는데요. 우리 둘 다 금기 사항이 같았어요. 춤 금지, 화장 금지, 짧은 치마 금지였죠. 그래도 우린 치마를 살짝 말아 올리긴 했지만요. 다시 말해서 기분 좋은 일이라면 다 금지였고, 남자애들에 대해서는 말도 꺼내지 말아야 했어요! 그래서, 대부분의 남자애들보다 더 덩치가 컸던 제 반응은 글쓰기에 몰두하는 것이었죠. 제 친구의 반응은, 반항할 만큼의 나이가 되자마자 뛰쳐나가서 임신하는 거였고요. 그건 저항의 행동이었어요. 저는 다른 사람들에게도 그런 일이 일어나는 모습을 보면서 생각했죠. '저래서 무슨 미래가 있어?' 제 친구는 학교를 1년간 못 다녔고, 결국에는 아예 졸업을 못 한 데다 괜찮은 직업을 찾을 수도 없어서 남편을 구했어요. 그 애는 저보다 15센티미터쯤 작았죠. 전 남자들에 관해서는 그 친구와 같은 길을 도저히 갈 수 없다고 생각했는데, 그 시점에도 남자들은 저를 쳐다보면서 정말 듣기 싫은 말을 했기 때문이에요. 전 다른 친구들도 살펴봤죠. 동네 친구 두 명은 여자라는 사실을 증명하고 싶어서 임신을 했는데, 한 명은 한 번이 아니었어요. 전 두 사람 모두에게서 미래를 보지 못했죠. 걔들이 어디로 가겠어요? 한 명은 결국 청소일을 하게 됐는데 그건 제가 전혀 매력을 느끼지 못하는 분야였고, 또 한 명은 그냥 아이를 잔뜩 낳다가 결국 결혼했어요. 저로서는 조금도 구미가 당기지 않았죠. 요컨대, 제 몸은 제가 조금이라도 누리고 싶어 한 삶에 늘 방해가 됐어요. 하지만 동시에 제 몸은 제가 좀 더 글쓰기에 몰두하게 했죠. 전 이것저것에 대해 생각하는 습관을 들였으니까요. 글쓰기는 생각을 하도록 부추겨요. 저는 뭔가에 뛰어들기 전에 살펴보기부터 했는데, 청소년답지는 않은 성격이었어요. 전형적인 청소년은 너무 자주 뛰어들기부터 하죠.

머해피 이젠 학생들이 작가님과 대화를 나누려고 기다리는군요. 적극적인 답변에 감사합니다. 인터뷰 정말 즐거웠어요. 정말 신나는 이틀이었고, 토네이도 경보가 발령됐는데도 고원지대에 있는 저희를 찾아주어서 고맙습니다.

버틀러 이런, 토네이도에 대해 들었다면…… 오지 않았을지도 모르겠는데요!

머해피 그렇다면 못 들어서 다행이군요!

버틀러 저도 대단히 즐거운 인터뷰였습니다.

1997년 5월에 이스턴뉴멕시코대학교에서 처음 이루어진 대면 인터뷰에 뒤이은 두 번의 전화 인터뷰에서, 옥타비아 버틀러는 연관되면서도 서로 다른 두 권의 '우화' 소설에 대해 이야기했다. 그는 두 소설 다 '경고'에 해당한다고 주장한다. 팻 로버트슨Pat Robertson*의 1992년 대통령 출마처럼 근본주의 종교가 주도하는 국가 정치의 위험에 대해, 그리고 지구온난화로 대변되는 기후변화에 대해 보내는 경고다. 모두 두 권의 소설 속에서도 지금의 현실에서도 일어나는 일이다. 그러나 더 나아가서 버틀러는 주인공인 로런 올라미나가 다양한 사람 사이의 관계나 인류와 지구의 관계를 바꿔놓을 '도구'로서 자의식을 갖고 종교를 이용한다는 점을 반복해서 말한다. "전 역사에서 특정한 집단들이 종교를 이용해서 사람들이 장기적인 목표에 집중하도록 했다는 사실을 염두에 뒀어요. 대성당을 짓거나, 피라미드를 짓는 것 같은 일이요. 전 로런이 '지구종'이라는 집단을 구상할 뿐 아니라, 그들이 지구에 대한 태도나 서로에 대한 취급을 바꿔놓는다는 목표에 집중하도록 그들을 이끌어가기를 원했어요. 그리고 중앙정부가 아니라 자립-자치를 하면서도 상호 작용하는 다수의 공동체를 만드는 것이 그 구상에서 중요한 부분이었죠. 로런의 종교에서, 『씨앗을 뿌리는 사람의 우화』의 결말에서처럼 지구종 집단이 땅으로 돌아가는 건 다시 산다는 뜻이에요. 말 그대로, 영적으로나요. 불멸이 곧 죽음과 초월을 의미하는 근본주의 감성과 달리, 로런은 땅으로 돌아감으로써 집단을 불멸시키고 싶어 하죠. 그리고 제게는 로런이 어느 정도 성공을 거뒀다는 게 중요했어요. 『은총을 받은 사람의 우화』의 결말에서 로런은 우주로 가기엔 너무 늦었고, 라킨이 가지 않으니 로런의 후손이 가지도 않지만, 그래도 다른 사람들은

---

\*     남부 침례교 목사이자 종교 방송인, 정치평론가로서 대통령에 출마해 보수 기독교 이데올로기를 정치적으로 실현할 수 있다는 기대와 우려를 동시에 받았다.

가죠. 그러니까 그 결말은 양면적이에요. 로런에게는 성공과 실패가 모두 있고, 희망은 많이 남죠. 여기에서 또 한 가지 양면적인 부분은, 우리 인간이 로런의 믿음대로, 또 제 믿음대로 지구의 일부라면, 어쩌면 우리는 지구를 떠나서 다른 행성으로 갈 수도 없고 가서도 안 되는 것일지 모른다는 사실이에요. 지구라는 시스템은 자동으로 조절이 되지만, 어느 특정한 종을 위해 그렇게 돌아가지는 않아요. 인간의 몸이 가진 신진대사 논리와는 다르죠. 아마 '에이콘Acorn'* 공동체는 우리가 지구에나 스스로에게나 가하는 해악을 멈출 가장 논리적인 방법을 보여줄 거예요."

버틀러는 내러티브 형식에 있어서 두 '우화' 사이의 차이에 대해서도 이야기했다. "두 번째 책이 화자를 여러 명 둔 것은 어떤 면에서, 제가 희망하기로는, 교묘하게 『씨앗을 뿌리는 사람의 우화』에 나오는 외골수 안내자의 목소리, 즉 로런 올라미나의 목소리를 약화하기 위해서입니다. 그래야 해요. 『은총을 받은 사람의 우화』는 『씨앗을 뿌리는 사람의 우화』 같은 성장담이 아니에요. 로런만이 진실을 아는 것도 아니고요. 전 후세대의 대변자 중 하나로서 로런의 딸인 라킨의 목소리도 들려주고 싶었어요. 하지만 라킨의 이야기와 삶은 로런과 많이 다르죠. 예컨대 라킨에게는 로런이 지구종 같은 종교를 만들고 계획을 짜던 때와 같은 지적인 여가 시간이 한 번도 없었어요. 로런과 달리, 라킨이 교육을 받을 때는 이미 성인이죠." 버틀러는 또한 1996년에 어머니가 뇌졸중으로 사망한 후 『은총을 받은 사람의 우화』의 초안이 어떻게 바뀌었는지도 말했다. "1997년 1월, 제가 다시 쓰기 시작했을 때 그 소설은 어머니

---

*    『씨앗을 뿌리는 사람의 우화』에서 로런이 설립한 공동체의 이름.

와 딸의 이야기가 되어 있었어요." 이에 더해, 우리는 버틀러의 이전 책들에서 보이던 내러티브 패턴에 대해서도 물었다. 원래의 인터뷰에서 언급했다시피, 이전 책들에서는 독자가 캐릭터의 혈통을 늦게, 그 정보가 서사의 핵심이 되어서야 알게 되는 경향이 있었다. 그러나 『은총을 받은 사람의 우화』는 『씨앗을 뿌리는 사람의 우화』를 포함한 전작 어디보다도 더 빨리 캐릭터의 인종이나 민족 정체성을 밝히고, 더 직접적으로 알린다. 버틀러는 상식적으로 대답했다. "많은 독자가 『은총을 받은 사람의 우화』를 읽을 때쯤에는 이미 『씨앗을 뿌리는 사람의 우화』에 나온 캐릭터 대부분을 알아요. 그러니까 다인종 다문화 공동체나 뒤섞인 몸과 정체성에 대해 익숙하죠. 게다가, 지구종 공동체 발전에서 이 단계에 이르면 앞선 '우화' 소설에서보다 많은 것이 위태로워요. 삶과 죽음이 걸려 있죠."

마지막으로, 버틀러는 『은총을 받은 사람의 우화』를 쓴 이후에 '우화' 시리즈를 네 권 더 구상했다고 말했다. 세 번째 소설이 될 '트릭스터의 우화'와 네 번째 '교사의 우화', 다섯 번째 '혼돈의 우화' 그리고 여섯 번째 '진흙의 우화'까지. 그는 이 네 권에 처음 두 권과 공통된 캐릭터는 없을 테지만, 이야기가 서로 맞물릴 것이라고 봤다. 그러나 버틀러는 '우화' 시리즈 세 번째 소설의 서문을 '적어도 150번'은 다시 쓰고 나서 '폐기'했다고 한다. "첫 번째 후속작을 쓰기가 힘들어도 너무 힘들었어요. 지금은 완전히 다른 소설과 새로운 화자에게 초점을 맞추고 즐기는 중이에요." 새로운 소설의 제목은 '죽음의 말Mortal Words'인데, 아흔아홉 살의 여성이 매일 쓴 편지라는 서간문 형식으로, 마지막 편지는 백

살 생일에 쓴 내용이라고 한다.* 옥타비아 버틀러는 평생 남부 캘리포니아에 살다가 최근에 워싱턴 시애틀로 이사했다.

앞서 말한 네 권의 '우화' 시리즈와 마찬가지로 여기에서 언급한 소설도 발표되지 않았다.

# SF도 다른 어느 분야만큼
# 폭넓고 다양해요

옥타비아 버틀러는 아마 현재 전업으로 SF를 쓰는 유일한 아프리카계 미국인 여성일 것이다. 직접 만나보면 짧게 자른 머리, 180센티미터에 달하는 키, 강인한 이목구비를 지닌 그의 모습이 눈길을 끈다. 평단의 찬사를 받은 장편 열 권과 문학상을 받은 단편 여러 개(최근 『블러드차일드』로 묶여 출간되었다)를 쓴 작가로서, 그 커리어 역시 눈길을 끈다. 어떤 비평가들은 버틀러를 미래파라고 부르고, 또 어떤 이들은 사변소설을 쓴다고 주장한다. '라벨 붙이기'를 확고부동하게 싫어하는 버틀러는 정작 『블러드차일드』에 실린 단편 몇 개는 아예 SF로 간주하지 않는다. 그는 이렇게 주장한다. "전 이야기꾼입니다." 그를 어떤 카테고리에 넣든 간에, 작품을 강렬하고도 설득력 있게 만드는 그의 선명한 상상력에 대해서는 평론가들 모두가 한목소리로 찬사를 보낸다.

캘리포니아 패서디나에서 태어난 버틀러는 첫 번째 세 권의 소설—『패턴마스터』『내 마음의 마음』『생존자』—에서 '도로'라는 '옮겨 다니는

---

〈포에츠 & 라이터스 매거진Poets & Writers Magazine〉 1997년 3/4월 호. 이 인터뷰는 존 프라이Joan Fry에 의해 진행되었다.

영혼'이 선별, 교배해 만든 텔레파시 종족을 다루는데, 도로는 보통의 사람이 옷을 갈아입듯이 몸을 갈아입는 인물이다. 버틀러의 '패터니스트' 시리즈에는 다 합해서 다섯 권의 장편이 있는데, 『내 마음의 마음』이 가장 으스스하게 다가오기 쉽다. 배경이 오늘날의 '포사이스'라는 곳으로, 소름 끼칠 정도로 패서디나를 닮은 가상의 남부 캘리포니아 마을인 탓이다.

버틀러가 소설에서 주로 보여주는 철학적 관심사는 권력남용, 지구 자원의 파괴, 그리고 '인간'으로 산다는 것의 다른 방식들이다. 하지만 결코 대놓고 남을 가르치려 들지는 않는다. 그의 인기는 뛰어난 인물 묘사—버틀러의 주인공들은 많은 경우 창조자와 비슷하게 영리하고 의지가 강한 흑인 여성으로, 암울한 상황 앞에서도 웃길 수 있는 인물들이다—와 "군더더기 없고 생생한 문체"(〈커커스 리뷰Kirkus Reviews〉), 무섭도록 그럴싸한 플롯, 그리고 『와일드 시드』에 나오는 노예 시대 아프리카부터 『생존자』에 나오는 외계 행성까지를 아우르는 설정의 진정성에 기초한다.

한때 "주의하지 않으면 비관주의자"라고 스스로를 묘사했던 버틀러는 인류의 위계 행동(그는 이를 "어떤 형태로든 이기려고 하는 의식"으로 정의한다)과 지성 사이에 유전적인 갈등이 내재하며, 이 갈등이 인류를 자기 파괴적인 행동으로 몰아넣을 때가 많지 않은가, 하는 의심에서 두 번째 시리즈인 '제노제네시스' 3부작을 썼다. 버틀러가 볼 때, 인간은 서로 평화롭게 사는 것이 불가능하다. 아니, 주위 환경 속의 생물체들과 평화롭게 사는 것도 불가능하다.

막 마흔여덟 살 생일쯤에(7는 1947년생이다) 버틀러의 전화기가 울렸다. 전화를 건 사람은 그에게 29만 5천 달러의 맥아더 펠로십을 받게 되었다고 알렸다. 지금까지 버틀러의 인생에 일어난 큰 변화는 집을 사고 패서디나에서 이웃한 앨터디나로 이사한 것밖에 없다. 운전을 하지 않다 보니 새 차를 살 일도 없다(그는 난독증이 있고 버스 타기를 더 좋아한다). 그리고 마침내 컴퓨터를 사기는 했지만, 가장 최근에 쓴 소설은 구식 수동 타자기로 완성했다.

프라이    맥아더 펠로십을 받았다는 소식을 들었을 때 뭘 하고 있었나요?

버틀러    책상 앞에 앉아서 글을 쓰고 있지 않았다면 뭔가 읽고 있었을 거예요. 낮에 집에 있으면 보통 그러니까요.

프라이    그 소식이 믿어졌나요?

버틀러    처음에는 아니었죠. 이전에 누가 전화를 걸어서 제가 뭔가를 받게 됐다고 말하면 다 거짓말이었거든요. 뭔가를 사게 만들려고 하는 외판원들이었죠. 그래서 전 이것도 사기일지 모르니 신중하게 들어봐야겠다고 생각했어요.

프라이    돈은 한꺼번에 받았나요?

버틀러    아니요. 5년에 걸쳐서 받아요. 예술계 사람들에게는 그편이 좋은 것 같아요. 우리의 문제는 먹을 것이 넘치거나 굶거나를 오간다는 점이니까요. 저는 글이나 강연으로 받은 돈을 무조건 은행에 넣은 다음 다시 저에게 월급 형태로 지급하는 습관을 키웠지만, 계좌에 돈이 너무 적어서 곤란했던 때가 계속 있었어요.

프라이 제대로 실감하고 나서 제일 먼저 나가서 한 일이 뭐였습니까?

버틀러 음, 제대로 실감하고 나서 한참 후에야 돈이 와서요. 특별히 한 일은 없네요.

프라이 SF를 쓴 지 얼마나 오래된 거죠?

버틀러 1959년, 열두 살 때부터지만, 생계가 될 만큼 돈을 잘 받기 시작한 건 1979년부터죠.

프라이 작가로서 자리를 잡기 전에 전전한 블루칼라 일자리들에 대해 말한 내용을 들었는데요. 그런 일에 그나마 좋은 점이 있다면 아무도 싹싹하기를 요구하지 않는다는 거라고 했죠.

버틀러 웃음을 요구하지도 않고요. 타고난 성격이 그렇지 못하다 보니, 제 기분 그대로 퉁명스럽게 굴어도 된다는 게 참 좋았어요. 전 아침 일찍 일어나서 글을 쓰다가 일을 하러 갔기 때문에, 퇴근하기 전의 몇 시간 동안에는 그야말로 기계적으로 움직였거든요. 우편물 취급소<sup>mailing house</sup>*에서 일했던 기억이 나는데, 요새도 그런 곳이 있는지 모르겠네요. 거기선 기계와 사람들이 같이 광고용 우편물을 만들었어요. 공장의 조립라인과 비슷한데, 조금 더 복잡했죠. 단순히 우편물을 봉투에 넣는 일만이 아니라, 각각의 우편물을 가지고 할 일이 있을 수도 있어요. 하루 종일 같은 일을 반복, 반복, 또 반복하다 보면 어깨가 다른 몸으로 도망치고 싶어 할 지경이 됐죠. 의식 비슷한 것을 유지하기 위해 할 수 있는 일이라고는 혼자 아주 조용히 노래를 하는 것뿐이었어요. 제가 엄청나게 듣기 좋은 목소리로 노래하는 건 아니다 보니, 감독관이 돌아다니다가 제 앞에서 이상한 표정을 지었죠. 그러다가 결국엔 이렇게 묻더라고요. "뭐 하는 건데? 혼잣말해?"

프라이 　분명히 작가님이 미쳐간다고 생각했겠군요.

버틀러 　실제로 미친 사람들도 있었어요. 제가 (『블러드차일드』에 수록된 단편) 「넘어감」을 쓴 것도 그래서예요. 일하면서 확실히 미쳐가는 어떤 여자를 지켜봤는데, 아무도 어떻게 해줄 수가 없었어요. 그 여자는 끔찍하고 지겨운 직장에서 일해야 했고, 집에 가면 병든 어머니를 돌봐야 했어요. 그게 그 여자의 인생이었죠. 그런 상황에서 버틸 수 있는 사람은 그다지 많지 않을 거예요.

---

\* 　우체국과 다른, 의뢰를 받아서 우편물을 준비하거나 처리하는 회사를 말한다.

프라이  「넘어감」에서는 공장에서 일하던 어떤 여자가 어느 날 밤에 막 출소한 전 남자친구를 만나죠. 다만 그 남자는 진짜가 아니고요. 이 이야기가 어떻게 SF가 되나요?

버틀러  SF가 아니에요.

프라이  그렇다면 작가님이 생각하는 SF의 정의는 뭔가요?

버틀러  음, 과학을 약간은 이용하면 좋겠죠.

프라이  그러니까 SF라고 해서 꼭 외계인과 대체 우주가 나올 필요는 없는 거군요.

버틀러  과학을 이용할 거라면 제대로 이용해야 하고, 상상력을 써서 현재 우리가 아는 지식 이상으로 확장할 거라면 지능적으로 해야 한다는 것 말고는, 꼭 해야 할 것이라곤 없어요. 제가 SF를 계속 쓰는 건, 그 안에서는 거의 무엇이든 할 수 있기 때문이에요. 하지만 어떤 재료를 가지고 놀려면 그 전에 그에 대해 알아야 하기에, 저도 먼저 조사 작업부터 하죠.

프라이  그 점은 저도 알겠더군요. 작가님은 다양한 분야에 정통하죠. 의약, 생물학, 동물학…….

버틀러  사실 그렇지는 않지만, 전 도서관을 활용할 줄 알죠. 그리고 어쨌든 그런 것들에 대해 궁금하니까, 〈사이언티픽 아메리칸 Scientific American〉이나 〈디스커버Discover〉나 〈내추럴 히스토리 Natural History〉나 〈스미스소니언Smithsonian〉처럼 제가 몰랐던 것을 알려주고, 어쩌면 제가 몰랐던 책들을 안내해줄 아이디어 공급용 잡지들을 읽어요.

프라이      대부분이 제일 처음 읽는 작가님 책은 『킨』 같습니다. 왜 그럴까요?

버틀러      SF를 읽지 않는 독자들이라도 이해하기 쉬우니까요. 『씨앗을 뿌리는 사람의 우화』도 그래요. 『킨』은 본의 아니게 남북전쟁 이전의 남부로 시간 여행을 해서 노예 생활에서 살아남기 위해 싸워야 하는 흑인 여성의 이야기예요. 주인공은 안간힘을 쓰며 글을 쓰는 작가이고, 시간 여행이 시작되기 전에 주인공과 주인공 남편이 거친 직업들은 제가 실제로 해본 일들이죠. 식품 가공, 사무직, 창고 일, 공장 일, 청소, 뭐든지요.

프라이      그 기간이 얼마나 오래 이어졌나요?

버틀러      1968년부터 1978년까지 10년이었어요. 1976년에 『패턴마스터』가 출간된 후에는 좀 더 드문드문, 임시직 일을 많이 했죠. 그 소설로 대단히 많은 돈을 벌지는 못했어요. 그보다는 잘 쓴 단편들로 더 벌었죠. 단편을 쓸 때는 비용이 훨씬 적게 들어가기도 했지만요. 제 마지막 직장은 병원 세탁실이었는데요. 8월이었고, 끔찍했죠. 그게 이미 세 권의 장편을 쓰고 판 이후였어요. 세 번째 소설을 팔고 나서는 직장을 그만두고 메릴랜드로 가서 『킨』의 자료 조사를 할 수 있었죠.

프라이　작가로서 영향을 받은 사람은 누구인가요?

버틀러　제가 가장 좋아하는 작가는 『듄』을 쓴 프랭크 허버트예요. 다른 책도 많이 썼고, 또 주류 소설을 한 권 써서, 제가 주류를 시도한다면 무엇을 기대해야 할지 알려줬죠. 그 책 표지에 찍힌 홍보 문구가 "허버트 최초의 진지한 소설"이었거든요. 시어도어 스터전도 영향을 줬어요. 스터전은 진짜 장인이죠. 아마 제가 좋아한 책은 『합성 인간The Synthetic Man』이었을 텐데, 원래 제목은 『꿈꾸는 보석The Dreaming Jewels』이었어요 (이후에 재출간되었을 때는 원래 제목으로 돌아갔다). 그리고 『인간을 넘어서』는 최고죠. 저에게 영향을 가장 많이 준 작가들은 다작하는 작가들이었어요. 존 브루너가 그렇죠. 『폴리매스Polymath』 『온전한 인간The Whole Man』 『장기적인 결과The Long Result』가 제일 좋았어요. 할란 엘리슨도 큰 영향을 줬는데, 특히 단편집 『위험한 상상들Dangerous Visions』이 그랬어요. 어렸을 때는 펠릭스 잘텐Felix Salten*도 많이 읽었어요. 영화관은 금지였기 때문에, 뭔가 흥미로운 이야기를 들으면 도서관에 가서 책을 확인했죠. 잘텐은 동물을 사람처럼 쓰는 경향이 있었

---

*　오스트리아-헝가리 작가로, 〈밤비〉의 원작자다.

어요. 더 정확하게 말하면, 동물들이 기꺼이는 아닐지 몰라도 알면서 인간의 지배를 받는다는 듯이 썼죠. 예를 들어 『밤비』에서 인간은 언제나 대문자로 '그He'라고 표현돼요. 마치 신처럼요.

프라이      『킨』 다음에는 『와일드 시드』가 나오는데요. 1년에 한 권씩 5년 연속 출간이었습니다. 어떻게 그렇게 많은 책을 쓰셨나요?

버틀러     다른 많은 작가와 비슷해요. 전 몇 년 동안이나 쓰려고 하는 아이디어들을 쌓아놨죠. 일단 실제로 장편소설을 완성할 수 있게 되자, 수문이 열리고 다른 책들도 다 완성할 수 있었어요.

프라이      '패터니스트' 시리즈를 먼저 썼지만, 순서대로 쓰진 않았죠. 어떤 책은 다른 책의 프리퀄이고 그런 식이에요. 혹시 시간순으로 읽고 싶다면 순서가 어떻게 되나요?

버틀러     맞아요, 완전히 순서에서 벗어나게 썼죠. 시간순으로는 『와일드 시드』가 맨 앞이고, 『내 마음의 마음』 『클레이의 방주』 『생존자』 『패턴마스터』로 이어져요.

프라이      제가 '패터니스트' 시리즈에서, 특히 『내 마음의 마음』에서 좋아하는 부분은 『씨앗을 뿌리는 사람의 우화』와 단편소설 「말과 소리」에서 좋았던 부분과 같습니다. 작가님이 보여주는, 붕괴해가는 도시사회의 모습, 약물남용, 무분별한 폭력과 살인 같은 것들은 지금 우리가 보는 세상과 크게 다르지 않아요.

버틀러　맞아요. 지금 우리가 안고 있는 문제들과 많이 다르지 않죠. 전 「말과 소리」의 후기에서 우리 모두가 서로를 단절시키는 모종의 소통 결핍을 안고 있다고 썼어요. 그래서 우리는 서로를 이해하지 못하고, 때로는 서로를 더 잘 이해하는 것 같아 보이는 사람들을 질투하죠.

프라이　혹시 「말과 소리」가 작가님의 난독증과 관련이 있는지 궁금했어요.

버틀러　전혀 아니에요. 난독증이 있다고 해서 제가 하고 싶은 일을 못 하지는 않으니까요. 운전 정도가 예외죠. 전 읽을 수 있어요. 단지 빨리 읽지 못할 뿐이죠. 학교에 들어가기 전에 할머니와 어머니에게 읽기를 배웠던 행운이 있었기에, 실제로 읽기에는 문제가 없었어요.

프라이　작가님은 강의를 한 후에 보통 질의응답 시간을 가지시더군요. 낭독은 하지 않고요.

버틀러　네. 전 적혀 있지 않은 글자를 읽는 경향이 있어서요. 한번은 점자 연구소에서 낭독을 하겠다고 자원한 적이 있어요. 제가 무척 운이 좋다고 느꼈고, 뭐라도 돌려주고 싶었거든요. 그래서 적어도 이런 일은 할 수 있겠지, 생각한 거죠. 제 목소리를 듣게 된 불운한 시각장애인들 앞에서 낭독을 시작하기 전까지만 해도, 제가 소리 내어 읽는 일에 얼마나 형편없는지를 미처 몰랐어요. 결국에는 한 사람이 이러더라고요. "뭐가 문제예요? 볼 수 있으면서 왜 그래요?"

프라이    어떤 평론가는 작가님이 사변소설을 쓴다고 하고, 또 어떤 평론가는 작가님이 과학소설을 쓴다고 합니다. 차이가 뭔가요?

저는 특별한 일을 하는 사람들에 대해서 씁니다.
그게 알고 보니 과학소설이라고 불릴 뿐이에요.

버틀러    전통적이지 않은 소설은 뭐든 사변소설이라고 봐요. 호르헤 루이스 보르헤스Jorge Luis Borges부터 아이작 아시모프까지 전부 다요. 하지만 저는 구별하지 않아요. 라벨이란 사람들이 절대적으로 필요로 하는 것이어서, 제가 어떻게 할 수 있는 일은 없어요. 전에도 말했다시피, 저는 특별한 일을 하는 사람들에 대해서 씁니다. 그게 알고 보니 과학소설이라고 불릴 뿐이에요.

프라이    SF를 쓰는 다른 흑인 여성이 또 있나요? 아니면 흑인보다는 아프리카계 미국인이라는 말이 더 좋을까요?

버틀러    오, 주여. 또 라벨이네요! 어느 쪽이든 괜찮아요. 그리고 답은 아니요, 하나도 몰라요. 크리스 네빌Kris Neville*이 살아 있었을 때는 아내인 릴 네빌Lil Neville이 가끔 집필에 참여하긴 했어요. 릴은 흑인이고 크리스는 백인이었거든요. 하지만 출간은 오직 남편 이름으로만 했죠.

프라이　'제노제네시스' 3부작의 출발점은 뭐였습니까?

버틀러　음, 아이디어는 1980년대 초반에 얻었죠…… 로널드 레이건 에게서요.

프라이　이건 꼭 듣고 싶군요.

버틀러　정권 초기에 레이건은 '이길 수 있는 핵전쟁'과 '제한된 핵전 쟁'에 대해 떠들고 다녔고, 그의 하수인 같은 인물이 핵전쟁 이 일어나면 어떻게 구멍을 파서 목숨을 구할 수 있는지에 대 해 떠들고 다니게 했어요. 구멍을 판 다음에 그 위에 문을 놓 고 문 위에 흙을 덮은 다음 구멍 속으로 들어가래요. 그러면 폭격이 끝나고 다시 올라와서 생활할 수 있다는 거예요. 저는 생각했죠. '미국인들이 이런 멍청이들에게 권력을 쥐여주다 니, 저놈들이 우릴 죽이겠어! 정말로 이런 헛소리에 넘어간다 면 사람들이 뭔가 잘못된 게 분명해!'
그래서 저는 우리가 뭐가 잘못됐는지 생각해봤어요. 그 문제

---

*　미국의 SF 작가로, 대표작인 중편 『베티안Bettyann』은 SF 소설의 고전으로 여겨진다.

를 제가 만든 외계인 오안칼리 캐릭터들의 입으로 말하게 했죠. 그들이 보기에 인간은 서로 잘 어울리지 않는 두 가지 특성을 갖고 있어요. 인간이 지성적이라는 사실엔 아무 문제가 없고, 오안칼리도 기꺼워하죠. 하지만 우린 또한 위계적이기도 해요. 그리고 이것이 둘 중에 더 오래된 특성이기 때문에 위계가 우리의 지성을 휘두르는 경향이 있죠. 그래서 저는 책의 시작을 끔찍한 핵전쟁으로 인해 우리가 거의 전멸한 후로 잡았어요.

프라이      3부작의 첫 번째인 『새벽』에서 작가님의 여자주인공은 깨어나 보니 오안칼리의 포로가 되어 있습니다. 오안칼리는 폭력적이지 않은 유전공학자 집단이고요. 흑인인 주인공 여성의 이름은 릴리스이고, 인류와 오안칼리를 혼합한 새로운 종족을 시작하기 위한 도구예요. 릴리스라는 이름의 의미는 알아차렸습니다만, 제가 또 어떤 단서를 놓쳤을지 궁금해지더군요.

버틀러      제가 소설을 쓸 때는 언제나 많은 층위가 있어요. 첫 번째 층위는 여기 재미있는 이야기가 있으니, 즐겁게 보라는 거죠. 그다음에는 제가 그 아래에 집어넣는 것들이 있어요. 예를 들어 소설 속에서 릴리스가 오안칼리로부터 소개받는 젊은 흑인 남자가 있어요. 릴리스는 오안칼리가 데려왔을 때 이미 성인이었지만, 이 남자는 오안칼리와 같이 성장했죠. 육체적으로는 어른이 되었지만, 책임감 있는 인간이 되는 방법은 배우지 못했어요. 다른 상황에서라면 그렇게 자랄 수도 있었을 텐데요. 이 청년의 상황은 어떤 면에서 흑인들이 노예제도의 결과로 발전시킨 생존 특성을 연상시켜요. 노예제도 속에서는 유용했지만 나중에는 해로워진 특성이요. 이제는 적절하지 않다고 해도 사람의 머릿속에 이미 들어간 생각을 억누르기는 힘들어요. 특히나 그게 어머니들이 자식들에게 가르치는 생각일 때는요. 그래서 전 흑인 공동체 안에서는 정말로 말하기 힘든 것들 일부를 『새벽』과 『내 마음의 마음』에서 말했어요. 누가 이해하고 누가 이해하지 못할지는 몰라요. 몇몇 학자는 알아보겠죠. 학자들은 작가가 그런 일을 하리라 기대하니까요.

프라이   『내 마음의 마음』은 대단히 폭력적인 책입니다. 구타, 근친상간, 살인이 나오죠. 정확히 무엇을 보여주려는 거죠?

버틀러   도로라는 인물이 있고, 사람들을 잔뜩 납치해다가 번식시키고 이용해요. 그리고 시간이 지나서 충분히 강해진 그 사람들은 도로에게 불쾌한 행동들을 하죠. 하지만 다른 모두에게도 불쾌하게 구는데, 살아남고 싶으면 그렇게 행동하라고 배웠기 때문이에요.

우리가 정말로 화해하는 방법을
모르는 것 같아요.

프라이   그것도 노예제도의 유산이라고 생각하나요?

버틀러　저는 흑인들이 스스로와 화해하지 못했다고 생각하고, 백인 미국도 우리와 어떤 식으로든 화해하지 못했다고 생각해요. 지금 시점에서는 우리가 정말로 화해하는 방법을 모르는 것 같아요.

프라이　그것도 작가님 작품에서 반복해서 나타나는 주제죠. 아주 드 문 몇 가지 예외를 빼면 모든 인간이 서로를 배신할 수 있다 는 거요. 개개인을 집단 안에 넣으면 더 나빠지고요.

버틀러　그래서 이런 문제가 있는 거예요. 사실대로 말하면, 설령 우 리가 서로 잘 어울리는 방법을 알았다 하더라도 문제가 있었 을 거예요. 상상할 수 있는 한도 내에서 최대로 균질한 집단 이라 하더라도, 우리는 분열을 만들고 서로 싸우고 말아요.

프라이　'제노제네시스' 3부작에서 작가님은 우리가 아는 형태의 인 류 문명에 별로 희망을 품지 않습니다.

버틀러　우리는 계속 서로를 다양한 암흑의 시대로 끌고 돌아가요. 지 금도 또 그러는 중인 것 같고요. 그러지 않을 때는 자원이 사 라져버릴 때까지 착취하죠. NPR에 캐나다에서 글레이셔 국 립공원으로 이주한 늑대들을 몇 년간 연구한 여자가 나왔는 데요. 이야기하다가 이런 소리를 하더군요. "제가 늑대였다면 자원을 다 써버릴 때까지 한곳에 머물다가 이동했겠지만, 늑 대들은 그런 짓을 하지 않아요." 그 말을 듣고 전 생각했죠.

'아하! 늑대들이 생물학적인 층위에서는 우리가 아직 이해하지 못한 부분을 이해했군!' 인류도 가족 단위로 살 때는 모든 것을 소비할 때까지 한곳에 머물지 않았죠. 계속 옮겨 다녔어요. 지금은 사람들에게 환경을 적으로 보라고 부추기는 것 같아요. 나가서 죽여라, 이거죠. 정말 운이 나쁘다면, 그 일에 성공하고 말 거예요.

프라이　작가님 책 한 권의 표지 내용에 따르면, 작가님이 고른 주제는 페미니즘과 인종입니다.

버틀러　아뇨. 주제가 아니라 제 독자들이에요. 제 독자는 페미니스트, 흑인, SF 팬, 그리고 일부 뉴에이지 팬 들이죠. 어느 카테고리에도 들어맞지 않고 그저 제 작품을 좋아해서 읽는 주류 독자들도 있고요.

프라이　제 눈에 띈 또 하나의 모티프는 변신인데요. '패터니스트' 시리즈에서는 그걸 '변이'라고 부르지만, '제노제네시스' 3부작의 인물들도 일부 비슷한 변화를 겪습니다.

버틀러　우리 모두가 거치는 변화죠. 가장 뻔한 변신은 청소년기일 테고, 그 후에는 중년기가 오고요. 청소년기는 불쾌한 변신이 될 수 있어요. 제가 진지하게 자살을 결심했던 유일한 시기이기도 하고요.

프라이   또 작가님이 자주 찾는 모티프는 다른 사람의 고통을 공유하는 능력입니다.

버틀러   '패터니스트' 시리즈에서는 실제로 텔레파시 능력이었죠. 변이를 무사히 해낸 사람들은 더는 원치 않는 감정을 느끼지 않아요. 더 강력한 누군가가 고통을 가하지 않는 한에는요. 변이 과정에 갇힌 사람들은—일종의 청소년기에 갇힌 셈인데—이들은 활짝 열려 있어서 고통받기 때문에 오래 살지 못하죠.

프라이   모티프에 대해 마지막 질문 하나 더 할게요. 특히 '패터니스트' 시리즈에서 눈에 띈 근친상간 모티프에 대해서요. 어디에서 온 건가요?

버틀러   (『블러드차일드』에 수록된) 단편소설인 「가까운 친척」의 후기에서 설명했는데, 어렸을 때 저는 아주 엄격한 침례교인이었어요. 매일 성경을 읽어야 했죠. 정말로요. 그러다가 구약성경에 나오는 많은 인물이 가까운 친척과 결혼한다는 사실을 알아차렸어요. 롯의 딸들이 아버지를 술에 취하게 만들고 성교를 해서 완전히 새로운 민족을 둘 낳는다거나 그런 거요. 저는 생각했죠. '우와, 벼락을 맞는 게 아니라 보상을 받았네. 새로운 민족 전체의 어머니가 됐잖아!' 전 그 부분이 굉장히 재미있었어요. 사실 그래서 『와일드 시드』의 소제목 하나를 '롯의 딸들'이라고 붙였죠.

프라이　　　『생존자』에서 작가님은 전통 기독교에 대해 혹독하신데요.

버틀러　　　전 열아홉 살 때 『생존자』의 최초 버전을 썼는데, 그건 당시 제가 느끼던 반항심의 결과였어요. 양육 방식에서 벗어나려고 하던 때였죠. 요전 날에 제가 어느 고등학교에서 학생들에게 강연을 하는데, 한 젊은 여성이 굉장히 진지한 얼굴로 묻더군요. "왜 스스로를 '전前' 침례교인이라고 칭하시나요?" 전 생각했죠. '아, 이런. 아이들을 타락시키진 말자.' 그래서 이렇게 대답했어요. "음, 저는 굉장히 엄격한 침례교 분파 소속이었어요. 춤을 추는 것도 죄악, 영화관에 가는 것도 죄악, 화장을 하는 것도 죄악, 너무 짧은 치마를 입는 것도 죄악, 그리고 너무 짧은 게 어느 정도인지는 교회 여자 어른들 생각에 달려 있었죠. 청소년이 재미있다고 생각할 만한 것은 뭐든지 다, 특히 사교적인 행동이라면 전부 다 죄악이었어요. 지금 전 이 사람 저 사람과 자고 다니는 행동을 말하는 게 아니에요. 그래서 결국에는 제가 춤을 춘다고 하나님이 화를 내신다고는 믿지 않게 됐죠."

프라이　　　『씨앗을 뿌리는 사람의 우화』 속 철학적 아이디어는 어디에서 왔나요?

버틀러　　　제게서 왔죠. 글쓰기에 좋은 점이 하나 있다면 스스로의 믿음을 들여다볼 수밖에 없다는 거예요. 제 주인공이 '산 자들의 책Books of the Living'*을 얻은 건 제가 수많은 종교 서적과 철학 서적을 훑어보다가 동의하거나, 격하게 반대하는 부분이 나올 때마다 멈춘 덕분이에요. 제가 뭘 믿는지 알아내는 것이 주인공이 뭘 믿는지 알아내는 데 도움이 됐죠. 그리고 그 답은 시구절의 형태로 찾아오기 시작했어요. 그 시들이 필요했어요. 당시에는 제 주인공이 권력 추구자라는 점 때문에도 애를 먹었고, 자꾸 예전 글을 다시 쓰고 싶어지는 바람에 소설을 쓰기가 정말 힘들었거든요. 작가들은 특정 시점이 지나면 그러나 봐요. 젊은 작가가 아니면, 다른 사람 작품을 다시 쓰거나, 자기 작품을 다시 쓰는 늙은 작가가 되는 거죠.

프라이    가장 많이 팔린 작품은 뭔가요?

버틀러    『킨』이 가장 오랫동안 꾸준히 팔리고 있어요. 한동안 절판되었다가도 다른 책보다 빨리 다시 출간됐고, 다른 책보다 수업에 쓰이는 일도 많아서요.

프라이    미스터리소설은 점점 더 진지한 문학으로 대우를 받는데, SF는 여전히 장르소설로 다뤄지는 이유가 뭐라고 생각합니까?

버틀러    캘리포니아주립대학교 로스앤젤레스에 친구가 하나 있는데요—저도 오랫동안 다니면서 여러 전공수업을 잔뜩 들었지

---

\*    '우화' 시리즈에 나오는, 로런 올라미나가 시의 형태로 '지구종' 종교의 믿음을 적어놓은 경전.

만, 졸업은 하지 않았죠—SF는 쓰레기라서 안 읽는다고 했어요. 제가 SF가 다 쓰레기는 아니라고, 다른 모든 것과 마찬가지로 쓰레기도 있을 뿐이라고 설명하면서 그 친구가 좋아할 만한 책으로 조지 오웰의 『1984』를 거론했죠. "그 책도 SF로 분류돼." 그랬더니 친구가 그러는 거예요. "SF일 리가 없어. 훌륭한 작품이었는걸!" 혹시 스터전의 법칙이라고 아세요? 시어도어 스터전은 유명한 SF 작가고, 지금은 돌아가셨는데요, 아마 어느 SF 컨벤션 패널로 참석했을 때였을 텐데, 어떤 사람이 불평한 거예요. "테드, SF의 90퍼센트는 쓰레기예요." 스터전은 이렇게 답했죠. "모든 것의 90퍼센트는 쓰레기죠." 그런데 불행히도 많은 사람이 SF는 어린이용이라고 믿고, 열네 살이 넘으면 그런 건 졸업해야 한다고 믿도록 훈련받아요. SF가 저질이고 유치하다는 명성이 높다 보니, 사람들이 SF 중에서도 최악의 요소만 보고 판단하기 쉽죠.

프라이    작가님 작품을 보면 뚜렷하게 구체적인 사회문제, 환경문제에 관심을 두십니다. 대부분의 SF가 현실을 도피한다고 생각하나요, 아니면 작가님과 비슷한 글을 쓰는 다른 작가들이 있나요?

사람들은 자신이 무엇을 두려워하는지 모를 때
마구잡이로 희생양을 찾는 경향이 있어요.

버틀러    이런 세상에, 많죠. 당연히요. 어떤 작가들은 저와 비슷한 문제에 대해서 쓰고, 다른 작가들은 또 다른 문제에 대해서 써요. 과학기술에서 해법을 찾기도 하고, 과학기술의 해결책을 폄하하기도 하고요. 세상이 지옥에 떨어질 거라고 생각하는 작가도 있고, 세상이 아이스크림으로 변할 거라 생각하는 작가도 있죠. SF도 다른 어느 분야만큼 폭넓고 다양해요.

프라이 　지금은 어떤 작품을 쓰고 있나요?

버틀러 　『은총을 받은 사람의 우화』라는 소설인데, 『씨앗을 뿌리는 사람의 우화』에 이어지는 작품이에요. 『씨앗을 뿌리는 사람의 우화』에서 문제점을 많이 들여다봤으니, 이제는 해결책을 몇 가지 생각해보고 싶어요. 답을 제시하겠다는 건 아니고요. 제가 하고 싶은 건 인류가 불안과 공포를 느낄 때 찾아낼 몇 가지 해결책을 살피는 거예요. 지금도 불안과 공포의 시대죠. 사람들은 자신이 무엇을 두려워하는지 모를 때 마구잡이로 희생양을 찾는 경향이 있어요. 우스꽝스러운 일이죠. UN 헬리콥터가 떨어져서 자기들을 강제수용소에 넣을 거라면서요. 너무 바보 같은 생각이라 누가 그걸 믿겠나 싶지만, 세상엔 그런 사람들이 있어요.

프라이 　맥아더 펠로십이 작가님의 생활이나 글에 뭔가 변화를 줬나요?

버틀러 　아니요. 제일 좋은 점은 이전에 제가 살 수 있었던 집보다 더 좋은 집을 사게 됐다는 거죠. 그리고 제 수입이 얼마나 될지 안다는 게 안심이 돼요. 특히 지금은 이 장편을 쓰고 있으니까요. 원래는 작년까지 쓸 예정이었는데, '네 개의 벽과 여덟 개의 창문'에 이렇게 말해야만 했어요. "지금 나온 글은 출간할 수가 없어요. 다시 써야 해요. 원한다면 선인세를 돌려드릴게요." 그랬더니 출판사에서 이러더군요. "아니, 아닙니다. 얼마든지 다시 쓰세요." 전에는 그런 적이 없었는데, 이번만큼은 원고를 그냥 보낼 수가 없었어요.

프라이      혹시 이 상이 더 일찍 찾아왔으면 좋았을 거라고 생각하나요? 예를 들면, 작가님이 온갖 육체노동 일을 할 때라거나요.

버틀러      당시에 그런 질문을 받았다면 "당연하죠!"라고 대답했을 거예요. 하지만 지금은 적당한 때에 와서 기쁘다고, 돈이 없었기에 일하는 습관을 형성했다고, 덕분에 다른 누군가가 해주기를 바라지 않고 스스로에게만 의지하는 습관을 들였다고 말하는 사치를 부릴 수 있네요.

프라이      거액의 현금을 개별 시인이나 작가에게 주는 관행은 최근 공격을 많이 받았습니다. 그 돈이면 작가 지망생 수십 명이 데뷔하거나, 대학을 다니거나, 굶주림을 면할 수 있다는 주장이었죠.

버틀러      하지만 그건 마음에 안 드는 뭔가를 없애려고 들고나오는 흔한 핑계예요! 굶주린 사람들을 먹여야 하니 우주 프로그램을 없앱시다, 같은 거죠. 선택만 한다면 우린 둘 다 할 수 있어요. 전 두 가지가 양립할 수 없다고 생각하지 않아요. 참고로 말해두자면, 이 상을 받기 전에도 그런 생각은 하지 않았을 거예요. 실은 『은총을 받은 사람의 우화』에서도 그런 주장이 나와요. 제 주인공에게 반대하는 사람이 이렇게 말하죠. "대체 왜 그래요? 여기 지구에 할 일이 얼마나 많은데, 별에 대해서는 생각할 여유도 없어요." 그러자 주인공은 말하죠. "당신은 여기 지구에서 원하는 대로 얼마든지 사람들을 도와도 돼요. 나도 그 사람들을 무시할 생각은 없지만, 우리에겐 우리의 숙명이 있어요."

# 아이디어의 문학

옥타비아 버틀러는 20년이 넘게 강렬하고 탁월한 우화들을, 현재와 과거만큼이나 미래와도 관련된 이야기들을 공들여 빚어냈다. 가장 유명한 작품일 『킨』은 1976년 남부 캘리포니아에서 예기치 않게 시간을 거슬러 전쟁 이전의 남부 대농장으로 가게 된 아프리카계 미국인 여성의 이야기다.

어려서부터 SF 소설에 빠진 옥타비아 버틀러는 열세 살에 SF 작가로 살겠다고 결심했다. 이모들이 "검둥이는 작가가 될 수 없어"라고 했는데도 말이다. 허드렛일을 전전하고 출판사의 거절 편지를 받으면서도 버틀러는 계속 썼고, 마침내 극복했다. 열 권의 책을 자신의 이름으로 낸 그는 지금 SF를 쓰는 몇 안 되는 아프리카계 미국인 여성 중 하나로 높이 평가받고 있다. SF계의 최고상인 휴고상, 네뷸러상, 제임스 팁트리상(현 아더와이즈상)을 다 휩쓸었고, 1995년에는 명망 높은 맥아더 '천재상'을 받았다.

---

〈인덱스 매거진Index Magazine〉 1998년 3월 호. 이 인터뷰는 마이크 맥고니걸Mike McGonigal에 의해 진행되었다.

그러나 '천재'는 버틀러 스스로는 잘 쓰지 않는 말이다. 1996년에 나온 책 표지에서 그는 스스로를 이렇게 묘사했다. "열 살의 작가였던 때를 기억할 수 있고, 언젠가는 여든 살의 작가가 되기를 기대하는 마흔여덟 살의 작가 (…) 주의하지 않으면 비관주의자가 되고, 늘 페미니스트이며, 흑인이고, 과거에 침례교인이었으며, 야심과 게으름과 불안과 확신과 추진력이라는, 어울리지 않는 요소들의 혼합물."

SF 장르에서 나온 모든 중요한 작품이 그렇듯, 옥타비아 버틀러의 작품 또한 '과학적 사실'이라고 할 만한 요소에 관심을 둔다. 상상 문학이지만 우리가 사는 세상, 우리가 온 세상, 그리고 물리적으로만이 아니라 도덕적으로나 영적으로도 우리가 깃든 신체와 정신에 견고하게 기반을 둔다.

맥고니걸   저는 최근에 처음으로 『킨』을 읽었는데요, 주인공인 다나가 과거에 내던져지는 이유가 전혀 설명되지 않는다는 점이 특히 무서웠습니다.

버틀러   저는 현대의 흑인 여성을 과거로 데려가서 대처하게 만들자는 생각에 관심이 있었어요. 역사에 대한 소설일 뿐 아니라 감정에 대한 소설인 것을 쓰고 싶었죠. 많은 젊은이가 감정이라는 층위에서는 제대로 이해하지 못한다는 사실을, 사실을 주워섬기긴 해도 그 당시에 산다는 게 어땠을지를 제대로 이해하지는 못한다는 사실을 인식했거든요. 그리고 솔직히 말하면 『킨』도 그 삶이 어땠을지 말해주지는 않아요. 『킨』은 노예제도의 깨끗한 버전이죠. 홀로코스트를 다루는 몇몇 소설,

텔레비전 쇼들과 비슷하게요. 실제는 너무나 추악하고 끔찍하기 때문에, 그 사람들이 무슨 일을 겪어야 했는지 밀접하고 자세하게 알고 싶지는 않아져요. 그리고 솔직히 말하자면, 기묘하게 지루하기도 하고요.

맥고니걸    책의 조사 작업은 어떻게 하셨나요?

버틀러    이런! 처음에는 제 서가를 뒤졌다가, 조금이라도 연관성이 있을 만한 책은 열 권밖에 안 되고 그나마도 대부분 피상적이라는 사실을 깨달았어요. 역사 개요서들은 너무나 피상적이어서, 그 당시를 사는 개인에 대해 쓰고 싶은 경우에는 사실상 무용지물이라는 문제가 있죠. 그다음엔 도서관에 갔어요.

맥고니걸    그 책을 쓴 게 몇 년도죠?

버틀러    어디 보자, 완성한 건 1978년이고, 출간은 1979년에 했죠. 전딱 좋은 시기에 흑인 역사를 조사하고 있었죠. 1960년대와 1970년대의 많은 결과물이 서가에 있었어요. 절판된, 수많은 노예 체험기가 도서관에는 남아 있었어요. 당시에 제 문제는 지역을 좁혀야 한다는 거였죠. 일반적인 노예제에 대한 정보는 많이 얻을 수 있었지만, 메릴랜드의 노예제에 대한 정보는 구하기가 쉽지 않았어요.

물론 해리엇 터브먼Harriet Tubman*과 프레더릭 더글러스Frederick Douglas**의 이야기들은 있었죠. 둘 다 메릴랜드 사람이었거든요. 하지만 가능하다면 메릴랜드에 가봐야겠다고 생각했어요. 전 『생존자』라는 소설을 예정보다 먼저 팔고, 그레이하운드 버스를 타고 떠났어요. 정말이지 그때는 돈이 별로 없었거든요.

맥고니걸    며칠 동안 '개를 타고 달렸'다고요?

버틀러    사흘하고 반나절을요.

맥고니걸    맙소사!

버틀러    이전에도 몇 번인가 그레이하운드를 타고 나라를 횡단한 경험이 있어서, 어떨지는 알고 있었어요. 그리고 낯선 도시인 볼티모어에 도착해서는 여행자 안내 센터에 가서 물었죠. "위험하지 않으면서 비싸지 않은 호텔에 연결해줄 수 있나요?" 그래서 묵게 된 곳은 사실 좀 걱정되는 호텔이었어요. 하지만 운 좋게도 전 키가 180센티미터에 꽤 험상궂게 생겼죠. 전 형편없는 좁은 방을 근거지로 삼고 버스로 동부 해안을 돌아다

---

*        남부에서 북부로 노예들을 탈출시키던 일명 '지하철도'에서 큰 역할을 했던 탈출 노예이자 인권운동가 여성.

**       인권운동가, 정치가, 신문 발행인. 메릴랜드에서의 노예 생활에서 벗어나 노예제폐지운동의 지도자가 되었다.

넣어요. 도서관에도 가고, 역사 협회에도 갔죠. 정보를 많이 모으고 발이 떨어져라 걸어 다녔어요. 발이 그렇게 아팠던 적이 없어요. 또 워싱턴 D.C.까지 가서 마운트 버넌에도 갔죠. 마운트 버넌의 도면 등 살 수 있는 건 모조리 다 샀고, 다양한 건물을 사진으로 찍었어요. 노예 오두막은 하나도 복원하거나 복구하지 않았더군요. 그리고 '노예'라는 말은 절대로 쓰지 않고 '하인'이라고 했어요. 꿍꿍이가 뻔히 보이는 상황이었죠. 그래도 그곳에서 아이디어는 얻을 수 있었어요. 집으로 돌아온 저는 마운트 버넌의 도면을 벽에 붙여놓고 써먹었죠.

맥고니걸　작가님은 작품에 조사한 내용을 많이 넣는 것 같습니다.

버틀러　전 조사는 해놓고서 쓰지 않는, 그런 일은 하지 않아요. 조사와 집필을 동시에 하면서 쌓아나가죠. 구체적인 뭔가를 알아야 할 때 찾아 나서고요. 그렇게 찾다 보면 다른 것들도 찾게 되죠. 그런 발견이 때로는 소설을 미처 생각지 못한 방향으로 끌고 가기도 하고요.

맥고니걸　보통 그런 과정을 거칩니까?

버틀러　소설은 쓰는 동안 언제나 변해요. 언제나 같은 이유로 변하지는 않지만, 언제나 변하기는 하죠. 그럴 수 있어야 해요. 유연함이라곤 없이 원안에만 매달리다가는 어느 시점부터인가 캐릭터들을 꼭두각시로 쓰게 되기 쉬워요.

맥고니걸     작가님은 생물학과 의학에 심취했는데요. 『클레이의 방주』를 보면 누구나 알 수 있는 사실이죠.

버틀러      아무래도 그렇겠죠.

맥고니걸     그렇지만, 그런 심취가 작가님 자신에게는 어떻게 나타납니까?

버틀러      이런저런 것들을 걱정하죠.

맥고니걸     과학기술과 과학에 관련된 전문 학술지들을 읽나요?

버틀러      학술지는 그다지 읽지 않아요. 〈사이언티픽 아메리칸〉과 〈디스커버〉를 학술지라고 부른다면 또 모르지만요. 바로 얼마 전에는 리처드 로즈Richard Rhodes*의 『치명적인 잔치Deadly Feast』**를 읽었는데요, 무서우면서도 정말 매력적인 책이에요. 몇 년 전 〈사이언티픽 아메리칸〉에서 프리온preon에 대해 처음 읽었는데, 그때부터 프리온에 폭 빠졌어요……

맥고니걸     뭐에 빠졌다고요?

---

*    미국의 역사학자이자 언론인, 소설가로, 원자 폭탄을 만들었던 '맨해튼 프로젝트'의 과정을 추적한 논픽션 『원자 폭탄 만들기』로 퓰리처상을 수상했다.

**   세 개 대륙을 넘나들면서 광우병을 추적하는 내용의 소설.

버틀러 　광우병과 다른 몇 가지 치매를 일으키는 단백질이요. 이 책은 기본적으로 어떤 행동이 광우병이라고 불리는 질병으로 이어졌는가를 다뤄요. 미리 경고를 받았던 셈인데, 우리는 아무 관심도 기울이지 않았죠. 그리고 지금 우리가 하는 일에 더 주의를 기울이지 않으면 어떤 상황에 이르게 될지도 다뤄요. 그 전에는 로리 개릿Laurie Garrett*의 『다가오는 전염병A Coming Plague』이라는 책에 푹 빠졌는데요. 이 책은 우리가 이미 겪고 있는 많은 공중보건 문제와 또 지금 우리의 행동으로 미래에 겪게 될 문제들을 다루죠. 그리고 버턴 루셰Berton Roueché**의 『의학 탐정Medical Detectives』***을 집어 들었던 기억도 나네요. 하지만 '아이고, 따라잡아야겠다'라고 생각해서 이런 책들을 집어 든 건 아니었어요. 이 책들은 이미 저를 매료시킨 문제들에 대해 이야기하고 있었죠. 저는 그냥 도서관에 가서 이리저리 들춰 보기를 좋아해요.

맥고니걸 　작품을 집필할 때는 그냥 해야 할 이야기, 구축해야 할 캐릭터, 묘사해야 할 환경만 있는 게 아니죠. 아이디어 구축도 무척 중요해 보입니다.

---

\*　　미국의 과학 저널리스트이자 작가로, 〈뉴스데이Newsday〉에 연재한 자이르의 에볼라바이러스 발생 연대기로 퓰리처상을 수상했다.

\*\*　 미국의 의학 작가로, 약 50년간 〈뉴요커The New Yoker〉에 기고했으며 스무 권의 책을 펴냈다. 호르몬제의 부작용을 다룬 영화 〈실물보다 큰〉의 원작자이기도 하다.

\*\*\* 희귀한 질병, 독, 기생충의 사례를 주제로 써낸 〈뉴요커〉 기고 글을 모은 책. 드라마 〈하우스〉에 많은 영향을 끼쳤다.

버틀러     사실 그게 SF의 좋은 점이에요. 제가 어려서 SF를 막 읽기 시작했을 때는 SF가 아이디어의 문학이라고 불렸어요. 그리고 전 여전히 그렇다고 생각해요. 무엇이든 좋을 수도 있고, 나쁠 수도 있다는 점만 인식한다면요. 화면으로, 영화로 보는 비디오게임 SF도 가능하고 생각을 하게 하는 SF도 가능하죠. 저는 두 번째 부류를 선호하고요.

맥고니걸     작가님의 아이디어는 규모가 큰 편입니다. 그래서 시리즈로 책을 쓰셨겠죠.

버틀러     그것도 그렇고, 작가들이 가끔 보여주는 고질병이랄까요. 이 이야기를 하는 작가가 많진 않더군요. 일단 힘들게 우주를 하나 창조하고 나면, 한동안 그 우주를 가지고 놀고 싶어져요. 사실 그게 재미있기도 하고요. 사람들이 "아, 돈 때문에 3부작으로 쓴 거겠죠"라고 하는데, 제가 돈만 벌자고 소설을 쓸 수 있는 작가인지는 잘 모르겠어요. 사설이라면 쓸 수도 있겠지만, 장편은 무리죠. 제게 장편은 너무 크고 또 너무 개인적이에요.

맥고니걸     작품을 팔기 시작한 후에도 작가의 삶은 늘 풍요 아니면 기근인 것 같습니다. 보통은 기근일 경우가 더 많고요.

버틀러     장편을 쓰기 시작했을 때 제가 익힌 요령은 스스로에게 월급을 주는 거였어요. 선인세를 잘 받으면—음, 그것도 잘 받는 경우와 아주 잘 받는 경우가 있지만요—저금해놓고 스스로에게 월급을 보내는 거예요. 안 그랬다간 어느새 돈이 없어져서 주위를 둘러보며 "이젠 어쩌지?" 이러게 되니까요.

**맥고니걸** 그리고 정말 필요하지 않은 물건이라고 해서 무를 수도 없죠.

**버틀러** 음, 장편 선인세 같은 돈을 받기 전에는 몇 가지 소지품을 전당포에 맡겼는데, 다시는 찾을 수가 없었어요. 그러니까 일단 돈을 벌기 시작하면 그런 습관을 익혀야 해요.

저는 운이 좋았어요. 타자기가 하나 더 있었거든요. 먹을 것이 떨어지면 언제든 전당포에 가서 그 타자기를 맡겼죠. 사실은 제대로 작동하지 않는 물건이었지만, 시험 삼아 작동시킬 정도로는 고칠 수 있었고 그걸로 돈을 조금이나마 구할 수 있었어요. 아무에게도 그걸 억지로 떠맡기진 않았어요. 제가 계속 되찾아온 단 하나의 물건이기도 했고요. 결국에는 누군가 훔쳐 갔지만, 그것도 인생에서 제가 통과해야 할 시기였어요.

**맥고니걸** 저도 가진 것을 거의 다 팔아야 했던 시기를 겪었습니다.

**버틀러** 그러게요. 제겐 멋진 아코디언이 하나 있었는데, 떠나보내야 했어요. 제가 어렸을 때 어머니가 구해다 준 물건이었죠. '멋진'과 '아코디언'이라는 말이 잘 어울리지 않는다고 생각하겠지만, 그건 정말로 멋진 아코디언이었어요. 그러니까 그때는 그것도 팔아야 했고, 한번 그런 일을 겪고 나면 다시는 그런 일이 생기지 않도록 온갖 예방책을 다 취하고 싶어져요.

맥고니걸   「블러드차일드」의 후기를 보면, 전 언제나 작가님이 '임신한 남자 이야기'를 쓸 생각이었다는 대목이 좋더군요.

버틀러   가끔은 서로 전혀 관계없는 아이디어들이 충돌할 때 최고의 글이 나오죠. 임신한 남자라는 아이디어가 있었고, 곤충 공포증 아이디어가 있었어요. 그리고 제 공포를 누그러뜨리려면 글을 써서 배출해야 했어요.

맥고니걸   자, 그 단편을 모르시는 분들을 위해 덧붙이자면, 작가님이 말씀하신 공포는…….

버틀러   끈적끈적한 무척추동물에 대한 공포증이에요.

맥고니걸   그것들이 뭘 하는데요?

버틀러   음, 이 특정한 경우에는 말파리였는데요. 말파리가 피부 아래에 알을 까면 사람은 그 작은 애완물을 품고 한동안 돌아다니게 되고, 부화한 작은 구더기가 몸속에서 성장해요.

맥고니걸   물론 완벽하게 말이 되는 것처럼 보이는 조치를 취하면—그러니까 그걸 즉시 제거하면 더 나쁜 거겠죠?

버틀러   아마존 우림에서는 그럴 수가 없었어요. 즉시 제거했다가는 피부 속에 구더기가 있는 것보다 훨씬 더 나쁜 염증이 생기거든요. 우린 말파리 구더기가 생기면 그대로 집에 돌아가서 의사를 찾아 제거하거나 아니면 그냥 구더기가 성장해서 날아갈 때까지 내버려둬야 한다는 설명을 들었어요.

맥고니걸   무시무시하군요.

버틀러   제게 그런 일이 일어나진 않았지만, 그 상황이 끝에 다다르면 구더기가 살을 파먹는 게 상당히 고통스러울 수 있다는 것 같아요.

맥고니걸   확실히 그럴 것 같습니다. 하지만 그런데도 작가님은 그 아이디어를 가지고 정말로 공감 가는 단편을 써낼 수 있었군요.

버틀러   일종의 사랑 이야기가 되어야 했죠. 사랑 이야기니까요. 그리고 이 이야기를 영화 〈에일리언〉처럼 끔찍하게 만들지 않고 사랑 이야기로 만드는 것이 저에게는 너무나 끔찍한 상상의 충격을 덜어내는 방법이기도 했어요. 이 작은 구더기들의 모체 비슷한 게 된다는 아이디어 말이에요. 그 단편에 후기를 쓸 수 있어서 다행이었는데, 첫 번째, 그게 노예제에 대한 이야기가 아니라는 점, 그리고 두 번째, 집세를 내는 것에 대한 이야기라는 점을 짚어두고 싶었기 때문이에요. 너무나 많은 작가가 다른 행성과 다른 항성계에 가는 일을 잉글랜드에서 아메리카에 가거나, 잉글랜드에서 아프리카에 가는 일과 똑같이 써왔잖아요.

맥고니걸   아니면 우리가 지금까지 알던 여행과 조금이라도 비슷하게 썼죠.

버틀러   정말로 다른 항성계에 가게 된다면 이전과는 완전히 다른 이주가 될 텐데 말이에요. 바다를 넘어서 지켜주러 올 해군도, 언덕을 넘어오는 기병대도, 다른 어떤 말도 안 되는 요소도 없을 거예요. 물론 제가 쓴 방식과도 전혀 다를 거라고 생각해요. 우리는 모종의 합의를 해야 할 텐데, 전에는 한 번도 해보지 않은 일이 되겠죠. 그것도 제가 『씨앗을 뿌리는 사람의 우화』를 쓰기 시작한 이유 중 하나였어요. 원래는 가이아가설*로 시작했거든요. 이 이야기를 듣고 싶으실지 잘 모르겠지만…….

맥고니걸   오, 당연히 듣고 싶죠.

버틀러   전 가이아가설과, 만약 우리가 다른 항성계의 다른 행성으로 가는 이민자가 된다면 그 가설이 우리에게 어떤 의미일까에 대한 관심이 굉장히 컸어요. 우리가 말 그대로 지구라는 유

---

*   1978년 영국의 과학자 러브록이 제기한 가설로, 그리스신화에 나오는 대지의 여신 가이아의 이름에서 따왔다. 지구를 단순한 암석 덩어리로 여겨서는 안 되며, 하나의 생명체처럼 수많은 요소가 유기적으로 연결되어 공존한다는 주장이 핵심이다.

기체의 일부라면, 그건 어떤 의미일까 궁금했죠. 우리가 어떤 문제를 겪게 될지 말이에요. 거부의 문제라고 합시다. 전 그런 문제를 다루고 싶었고, 그러려면 제 인물들에게 성간 여행을 떠날 좋은 이유를 줘야 했어요. 성간 여행은 보상도 없고 불확실하니까요. 우리가 정말 성간 여행을 하게 된다면 말이지만, 그건 확실히 수익성도 없으면서 비용은 엄청나게 드는 일이죠. 전 그 이유로 종교를 선택했어요. 종교는 우리가 도무지 수익성도 없고 평범하지도 않은 온갖 일을 하게 만들 수 있으니까요.

맥고니걸    그래서 그게 사람들이 떠날 이유였습니까?

버틀러    네. 제 인물들은 종교로 인해 여행을 떠났다가, 가이아가설에 맞는 거부 반응을 경험하게 될 예정이었어요. 다른 행성에 착륙을 하는데, 그 다른 행성이 그 사람들에게 일종의 항균 반응을 일으키는 거죠. 저는 그럴 때 사람들이 만들어야 할 합의에 대해 써보고 싶었어요. 꼭 다른 사람들과 하는 합의는 아니고, 살아 있는 행성이라면 그 행성 자체와 합의를 봐야겠죠. 살아 있는 행성이 아니라면, 다른 도움 없이는 그곳에서 살아남을 가능성이 없을 테고요. 전 누굴 총으로 쏘거나 총에 맞지 않으면서 맺을 법한 합의에 관심이 있었어요. 아마 지금 인기가 대단한 스페이스오페라의 비디오게임 같은 측면에 제가 반응하나 봐요.

맥고니걸　　　그리고 작가님은 그런 작품을 식민주의 태도와 연결하죠.

버틀러　　　생각해보면 정말 재미있는데, 우리가 그 문제를 충분히 생각해보지 않은 것 같아요. 처음 SF 컨벤션에 갔을 때, 많은 사람이 그 문제를 생각해보지 않았다는 사실에 깜짝 놀랐어요. 정말로 다른 행성에 가거나 외계인을 만나는 일을 다른 인간을 만나는 것과 비슷하게 생각하더라고요. 솔직히 털어놓자면, 전 우리가 다른 지성체를 만나게 될 거라고 생각하지 않아요. 하지만 만나게 된다면, 차이가 극도로 크겠죠. 우린 감도 못잡을 거예요.

맥고니걸　　　'제노제네시스' 3부작에 나오는 재생산 과정은 정말 기묘한데요.

버틀러　　　어렸을 때 제가 읽던 SF에서는 작가들이 가볍게 이런 내용을 쓰곤 했어요. '이 종족에겐 스물일곱 가지 다른 성이 존재하는데, 재생산을 위해서는 그 모든 성이 다 필요하다.' 그러고 나서는 다른 이야기를 하는 거예요. 전 언제나 대체 그들이 뭘 했는지 알고 싶었죠!

맥고니걸　　　성행위는 정말 이질적인 과정으로 보일 수 있습니다. 두 인간 사이에서조차 그렇죠.

버틀러　　　자연사와 생물학을 조금만 파고 들어가면 더더욱 이질적으로 보일 수 있어요. 그러면서도 아주 흥미롭죠. 예를 들어 몇몇 해양생물은 성별에 따른 이형태성dimorphism이—크기 차이가—너무나 커서, 수컷이 암컷의 부속물이 되기도 해요. 아주 어렸을 때 달라붙고는, 암컷은 계속 커지는데 수컷은 그대로죠. 아니면 바이러스의 재생산 방식도 굉장해요. 제 말은, 이미 존재하고 우리도 알고 있는 온갖 흥미진진한 가능성이 있다는 거예요.

맥고니걸    질병을 긍정적 잠재력을 지닌 매개물로 봅니까?

버틀러    저도 우리가 질병과 싸우는 과정에서 왜 지금처럼 해왔는지는 이해해요. 질병이 우리와 싸우는 것처럼 보이기 때문이죠. 호랑이가 팔을 물어뜯는다면 멈춰 서서 호랑이가 얼마나 아름다운지 생각할 수 없지 않겠어요? 하지만 우리가 미생물을 가지고 할 수 있는 일이 정말 많아요. 미생물이 다 질병 유기체는 아니거든요. 바이러스를 이용해서 유전자를 바꾸는 실험으로 이미 어느 정도는 그 사실을 증명했죠. 아직은 썩 잘되지 않았지만, 우린 학습하고 있어요. 단클론항체*처럼요.

전 우리가 살아남는다면 미생물과 싸우기보다는 제휴하는 방법을 배울 거라고 생각해요. 사실 그게 우리에게는 유일한 기회일 거예요. 지금까지 싸우면서 우리가 사실상 한 일이라고

---

\*    단 하나의 항원 결정기에만 항체 반응을 하는 순수한 항체. 이를 통해 정상적인 세포를 손상하지 않고 치료할 수 있다. 1970년대부터 시험관 생산이 가능해졌다.

는 미생물을 추려내어 더 강하게 만든 것뿐이니까요. 그리고 프리온은 더더욱 흥미롭죠. 어떤 유전물질도 없는 뭔가가 있는데, 그게 단백질이에요. 그래서 그게 어떻게 해를 끼치냐면, 그 형태로 해를 끼쳐요. 프리온은 몸속에서 동종의 다른 단백질에 형태를 전염시키죠. 그래서 프리온은 전염성이 있으면서 어떤 면에서는 다른 세대에도 전달될 수 있는 거예요.

맥고니걸　그리고 또 프리온은 『클레이의 방주』에 나오는 외계 유기체처럼 다른 종에게도 전염 가능하지 않나요?

버틀러　맞아요. 좋은 지적이에요. 프리온은 종과 종 사이를 건너뛰는 데 아주 능해요. 물론 우리가 많이 도와주기는 했고, 지금도 돕고 있긴 하죠. 프리온이나 에이즈 같은 게 나타날 때는, 상황의 과학만이 아니라 정치와 경제까지 보는 게 아주 중요해요. 가끔 SF는 과학에 매료된 나머지 경제와 정치와 종교에 충분히 관심을 두지 않기도 해요.

맥고니걸　작가님 작품에는 전반적으로 포스트휴먼이란 어떤 존재일까에 대한 관심이 드러납니다. 인간이라는 존재에게 일어날 다음 변화는 무엇일까에 대해 많이 생각하세요?

버틀러　역사는 오로지 우리가 아는 다른 세상들에는 확실히 누군가 살고 있고, 거의 우리와 흡사한 생명체들이 살고 있다는 사실을 알려주죠. 그리고 전 우리가 이전에 살았던 사람들과 별로 다르다고 생각하지 않아요. 우리는 그 사람들과 비슷하지만, 비슷하지 않기도 해요. 그러니까 어떻게 보면, 우리가 어떻게 될지 알고 싶다면 과거를 돌아보고 우리가 어땠는지 보는 게 최선일 거예요. 그렇다고 우리가 직선을 따라가고 있다는 뜻은 아니에요. 어떤 변화는 확실히 사회적인 변화죠. 하지만 예를 들어서, 우리가 많은 시간을 들여 전염성은 있으면서 치명적이지는 않은 특정한 장애를 가능하게 만든다면, 나중에는 그 장애가 공동체에 번져서 그 이상의 뭔가가 될 수도 있겠죠. 말이 되는 소리인지 모르겠지만…… 그 장애가 필요한 성질이 될 수도 있어요.

맥고니걸    아니면 아주 위험한…….

버틀러    그래요. 그게 우리를 없애버릴 수도 있겠지만, 모를 일이죠.

맥고니걸    괜찮다면 마지막으로 하나만 더 질문할게요. 스스로를 편안한 비사교인이라고 했는데, 어떤 뜻인가요?

버틀러    전 대부분의 시간을 혼자 보내기를 좋아해요. 많은 시간을 혼자 있을 수 있어야 사람들과 함께 있는 것도 즐길 수 있죠. 예전에는 가족들이 걱정하니 저도 걱정했는데, 결국에는 깨달았어요. 이게 저라는 사실을요. 그냥 그런 거예요. 우리 모두에게 괴상한 구석이 조금씩은 있고, 제 경우에는 이런 거죠.

자신의 책장 옆에 앉아 있는 옥타비아 버틀러, 1984.

# 문자 해독 능력

## 문자 해독의 가치

헨리 젠킨스 이건 부분적으로 옥타비아에게 직접 던지는 질문입니다. 방금 말하던 내용에 대한 질문이라서요. 제가 주말에 『킨』을 다시 읽었는데, '문자 해독'이라는 주제에 다시 마음이 움직였어요. 노예들의 교육에 대한 갈구, 읽고 쓰는 능력에 대한 굶주림과 읽고 쓰기를 가르치는 데 따르는 위험이요. 그러다 보니 다른 작품에 나왔던 두 장면이 떠오르더군요. 하나는 단편 「말과 소리」에서 문자 해독 능력의 상실, 아니 언어 자체의 상실과 그로 인해 생긴 디스토피아 세계에 대한 것이고요. 또 하나는 『새벽』에서 릴리스가 글쓰기 도구와 책을 달라고 요구했다가 이런 말을 들을 때입니다. "우린 그런 물건이 필요 없도록 머릿속을 고쳐줄 수 있어요. 그냥 기억할 수 있게

---

이 인터뷰는 1998년 MIT 문화연구 프로젝트로 진행되었다.

우리가 당신을 바꿀 수 있어요." 그러자 릴리스는 읽고 쓰는 능력이 더는 필요하지 않도록 머릿속이 바뀐다면 그 순간에 인간성의 근본적인 부분을 잃게 된다고 생각하는 것 같아요. 저는 그렇게 세 장면을 한데 놓으면 문자 해독 문제가 얼마나 중요한지에 대해 강력한 질문을 던질 거라고 생각했습니다. 작가님의 글쓰기에 있어서나, 작가님이 세상을 생각하는 방식에 있어서요. 혹시 그 점에 대해 조금 더 풀어줄 수 있을지 궁금합니다.

버틀러  흠. 그야 저에게 문자 해독이 대단히 중요한 건 뻔하고, 제 출신이 출신이다 보니 그럴 수밖에 없었다 싶군요. 제 어머니는 교육을 3년 받고 학교를 나와서 일을 해야 했어요. 그것도 애초에 여덟 살이 되어서야 학교에 가게 됐는데, 대뜸 3학년에 배정됐죠. 그러니 어머니가 어떤 교육을 받았는지 상상이 갈 거예요. 읽고 쓸 수 있다는 것만 해도 큰 행운이었죠. 어머니는 읽고 쓸 수 있어야 한다는 사실에 강하게 몰두했고, 어머니에게 사실상 불가능한 방식으로 세상에 어울리고 싶어 했어요.

전 문자 해독이 금단의 과실일 때 훨씬 더 인기가 있다고 생각해요. 끔찍한 소리지만, 유감스럽게도 그게 사실일지 몰라요. 금단의 과실은 언제나 매력적이죠. 제가 어렸을 때는 너무나 많은 어른이 절대로 학교에서 떨어져 나오면 안 된다고 압력을 줬어요. 적어도 고등학교를 졸업하기 전까지는 어림없었죠. 저보다 열 살쯤 어린 남자와 대화하다가 이런 말을 했던 기억이 나요. "그 모든 사람이 압박을 가하는데, 어떻게 우리가 학교에 계속 가서 뭔가를 해내려고 노력하지 않을 수 있었겠어요?" 그랬더니 그 사람이 이러더라고요. "어떤 사람들요?"

모르겠네요. 이 이야기가 질문에 어느 정도 대답이 될지 모르겠지만, 제가 보기에 이제는 예전같이 강한 압박이 없어요. 흑인 공동체에서는 특히 더 그렇고, 그게 무서워요. 제게는 무서운 일이에요.

새뮤얼
딜레이니

실제로 이보다 더 중요한 게 있을지 모르겠습니다. 제 할아버지는 노예로 태어났어요. 조지아의 노예였죠. 그리고 할아버지가 일곱 살이 되었을 때 노예해방이 찾아왔어요. 불법이었지만 할아버지는 해방 이전에도 읽기와 쓰기를 배웠기 때문에, 일곱 살에는 이미 읽을 줄 알았죠. 그리고 해방 이후에는 읽기를 배울 시간이 없었어요. 그 후에는 배우지 못했겠죠. 가족이 알아서 먹고살게 되어, 교육 같은 것을 받을 시간이 없어졌으니까요.

할아버지는 나중에 흑인 대상 대학교의 부총장이 되었는데, 이 대학의 목적은 순전히 다른 흑인들에게 읽기와 쓰기, 그 외에 다른 많은 것을 가르치는 것이었습니다. 대단히 실용적이고 직접적인 교육이었죠. 대학이었는데 요리 수업도 있었어요. 삶을 이끌어가는 방법에 대한 수업이 많았죠. 그래서 제 가족은 아주아주 초창기부터 그 학교에 얽혀 있었어요. 하지만 감히 말하건대, 할아버지의 주인들이 어린 노예로 하여금 일찍부터 읽기를 배우게 하지 않았다면 제 가족과 가족사는 완전히 달라졌을 겁니다.

할아버지가 부총장이 된 이유는 법적인 이유에서 총장은 백인이어야 했기 때문이에요. 서명을 해야 할 서류들이 있었는데, 흑인의 서명은 그런 서류에서 효력이 없었거든요. 하지만 할아버지가 흑인 대학의 부총장이 아니었다면 저도 지금 대학교수가 되지 못했겠죠.

제가 미국에서 생각할 수 있는 어떤 문제도 결국에는 교육으로 귀결됩니다. 문제를 해결하는 방법을 배우는 게 교육이니까요. 설령 아직은 그 문제들을 해결하지 못했다 하더라도요. 그리고 흑이든 백이든 회색이든 얼룩이든 간에 교육은 지금 이 순간 우리에게 가장 중요한 문제라고 생각해요.


## 문자 해독의 미래


버틀러    여기가 이 질문을 던지기에 딱 좋은 자리 같은데요. 전 많은 사람에게 더는 읽기가 필요하지 않은 미래는 어떤 모습일까가 쭉 궁금했어요. 그런 미래의 모습이 썩 달갑지 않지만, 예를 들어 컴퓨터를 음성으로 호출하고 대화도 나눌 수 있게 된다면, 그래도 사람들에게 읽고 쓰는 능력이 있어야 할지 궁금해요. 혹시 생각해본 적 있나요?

버스타인   음, 안 그래도 제가 최근에 읽던 글 하나가, 읽기가 사실 어려

운 기술이라는 점을 지적하는 스파이더 로빈슨 Spider Robinson*
의 에세이입니다. 로빈슨이 고향에서, 아마 밴쿠버였을 텐데,
길거리를 걷다가 누군가가 인도에 적어놓은 글을 봤다고 해
요. 돌에다 큼지막한 하트 모양과 함께 '투드와 제이니는 영
원히'라고 새겨놓은 글을요. 로빈슨은 이 사회의 그 누구도
아들 이름을 '투드Tood'라고 지었으리라 믿을 수가 없었죠. 그
러니 '토드Todd'가 자기 이름 철자를 제대로 몰랐을 거라는 게
유일한 결론이었는데, 그보다 더 무서운 건 이 사람이 제이니
에게 반하고 자손을 낳을 수도 있을 나이에 자기 이름을 제대
로 쓰지 못할 수도 있다는 거였어요.

그리고 이 에세이에서 로빈슨은 어떻게 보면 텔레비전과 라
디오가 우리가 정보를 얻는 가장 자연스러운 방법인데, 이는
해독해야 할 게 적기 때문이라고 지적해요. 딜레이니가 여기
에 대해 더 말해줄 수 있을 것 같은데요. 이런 매체들을 보면
기호해독을 덜 해도 되고, 정보가 눈앞에 펼쳐져 있죠. 반면
에 글을 읽을 때는 이야기를 온전히 이해하기 전에 먼저 기호
를 해독하는 일부터 배워야 하고요. 그리고 글이 우리의 상상
력에 불을 더 지필 수 있기는 해도, 지금처럼 시각으로나 음
성으로 정보를 간단히 제공할 수 있게 되면 읽기는 어떻게 될
지 로빈슨은 궁금해합니다. 월드와이드웹이 느린 게 그저 컴
퓨터의 문제라고 생각했겠지만, 사실은 그게 사람들이 그림
만 보지 않고 뭔가를 계속 읽게 만드는 방법이에요.

---

\* 　미국 태생의 캐나다 SF 작가로, 휴고상을 여러 번 수상했다.

| 마이클<br>맥아피 | 그 질문에 답을 하자면, 처음 떠오르는 생각은 이겁니다. 읽기와 쓰기 자체가 필요한 이유는 우리의 모든 언어는 나중에 와서 봐야 할 누군가를 위해 영구적인 기호를 남겨놓을 필요에서 발전했기 때문입니다. 그 언어가 표준영어냐 아니냐는 다른 질문이고, 문제는 우리가 특정 영역 바깥의 사람들과 소통하려는 욕망이 얼마나 되느냐에 달렸죠. 어느 날 갑자기 아, 난 50명 정도하고만 이야기하면 돼, 라고 결정하고 우리 모두가 나름의 은어를 찾아낸다면, 심지어 우리끼리만 알아볼 필기 방법까지 찾아낸다면 표준영어를 할 필요가 없겠죠. 어쩌면 미래에도 쓰기와 읽기가 완전히 없어지는 게 아니라, 이런 식으로 소통이 단절될 수 있어요. |
|---|---|
| 크레이그<br>맥도너 | 저는 옥타비아의 질문을 직접 다루고 싶은데요. 문자 해독 능력이 필요하다는 인식이 감소함에 따라 우리는 읽을 수 있는 사람들, 정보의 흐름을 통제할 수 있는 사람들의 횡포가 더해가는 모습을 보게 될 수 있습니다. 그리고 파편화 이야기로 돌아가자면, 은어를 통한 언어의 분열은 누군가가 각 사회계층을 통제할 방법이 될 수도 있어요. 과거에 사람들이 종교, 색깔, 아니면 언어의 작은 변화에 따라 이웃들을 다르게 생각하고 다르게 반응했던 것처럼요. 심하게 고립된 지역에서는 그런 모습을 볼 수 있죠. 지금도 우리가 가서 40년을 살더라도 거기 살던 사람이 아니라 '평지에서 온 사람flatlander'으로 남는 곳들이 있거든요. |

우리는 우리가 가진 것이
영원히 이어지리라 생각하는 경향이 있죠.

버틀러    역사가 다시 교육받은 사제들의 시대로 돌아가는 것 같군요.
         이상해요. 우리는 우리가 가진 것이 영원히 이어지리라 생각
         하는 경향이 있죠. 우리 사회가 어떻게 만들어졌는지 배울 수
         있을 때 아는 건 뭐든 영원히 이어지다가, 그렇지 않게 돼요.
         우린 결국 퍽 이상한 결말에 처하죠.

앨런       저는 여기 미디어랩의 대학원생입니다. 옥타비아의 원래 질
웩설블래트  문에 답하자면, 저는 무엇보다도 읽고 쓰기는 상대적으로 새
         로운 발명이라는 사실을 기억하는 게 중요하다고 생각합니
         다. 기껏해야 몇천 년밖에 안 된 기술이고, 처음 읽고 쓰기가
         나왔을 때는 인간의, 아니 물론 '남자의' 정신적 훈련을 무너
         뜨릴 거라고 매도당했어요.
         그리고 두 번째로 저는 문자 해독 능력과 교육을 혼동하지 않
         는 게 중요하다고 생각합니다. 저도 교육의 중요성에 대한 지
         적에 동의하고, 읽고 쓰기가 지금 우리 사회에서처럼 교육의
         전제 조건이 아니게 될 미래도 상상할 수 있습니다. 새로운
         과학기술이 우리 문화에 참여하는 데에 필요하고 기대되는
         기술들을 바꿀 겁니다. 닐 스티븐슨Neal Stephenson*의 『다이아

---

*        SF 작가로, 주로 사이버펑크소설을 썼다. 1992년 작품 『스노 크래시』는 디지털 아바타라
         는 개념을 처음 내놓은 소설로도 유명하다.

몬드 시대』The Diamond Age』라는 책이 있는데, 근본적으로 아이들을 어떻게 교육하느냐를 다루는 책이에요. 스티븐슨이 상정한 설정 하나는 병행 언어가 몇 가지 있다는 겁니다. 글자로 적는 언어도 있지만, 읽지 못하는 사람들도 기기를 작동할 수 있게 해주는 그림 언어도 널리 쓰여요. 즉, 그 사람들은 그림 기호를 보고, 그 그림 기호에 근거해서 조리 기구나 다른 물건의 작동법을 알아내는 거죠.

특히 미디어랩 내에서 이뤄지는 많은 연구가 어떻게 하면 '구성주의constructionism'라고 불리는 철학을 통해 아이들에게 배움을 가르칠지 알아내려고 합니다. '구성주의'는 미디어랩의 교수인 시모어 패퍼트Seymour Papert*가 발전시킨 개념인데요. 기본적으로는 배움이 건설을 통해 이뤄진다는, 즉 읽거나 듣거나 보거나 해서 이루어지는 게 아니라 인공물의 구성과 건설에 관여해서 이루어진다는 주장입니다. 저는 이 철학이 더 널리 받아들여지는 세상이 곧 오기를 바랍니다. 그런 세상이라면 학생마다 현미경만이 아니라 연구실용 과학 장비가 다 있을 테고, 아이들은 실제로 소규모 과학 프로젝트를 구축하고 실험을 하고 이것저것 만들려고 하겠죠. 그런 환경에서라면 배움이 훨씬 더 잘 이루어질 것이고, 그렇게 된다면 문자 해독 능력이 있고 없고는 덜 문제시될 거라고 생각합니다.

---

*   남아프리카공화국 출신의 미국 수학자, 컴퓨터 과학자, 교육자. '로고Logo'라는 프로그래밍 언어를 만들었다.

딜레이니    핵심은 물론, 그 말대로 읽고 쓰기가 그리 오래된 기술이 아니라는 거죠. 75년 후에 문자 해독 능력을 상실하더라도 세상은 계속 이어질 거예요. 우린 문자 해독 없이도 350만 년을 살아남았어요. 만약 인류가 100만 년을 더 존재한다면, 역시 문자 해독 없이 살아남겠죠.

그럼에도, 저는 읽고 쓰기가 특정한 기능을 한다고 생각합니다. 북돋아야 할 좋은 측면들이 있어요. 저는 한 가지 매체를 다른 매체로 대체할 수 있다고 믿지 않습니다. 매체는 대체 불가능하고, "아, 글이야 텔레비전과 영화와 그런 것들 앞에서 죽어가지"라는 주장에 빠지기는 정말 쉽다고 생각해요. 정말 그럴지도 모르긴 하지만, 여전히 저는 텔레비전과 영화가 정말 훌륭한 매체이며 정말 흥미롭다고, 매력적인 일들이 그 매체들에서 벌어진다고 생각해요. 하지만 또한 글이라는 매체에서도 매력적인 일들이 계속 일어난다고 생각하고, 문자적 기능을 잃으면 뭔가를 잃게 되리라 생각합니다.

버틀러    같은 생각이에요. 우린 계속 살아가겠죠. 그런데 이건 SF 패널로서 참여했던 토론을 떠올리게 하네요. 누군가가 "글쎄요, 기온은 전에도 달랐고, 모든 것이 전에도 변했습니다"라고 하길래 제가 "그야 전적으로 옳은 말이지만, 예전에는 인구가 이렇게 많지 않았고, 이 지역에 이 작물을 키우면 그걸로 수백만 명을 먹여 살린다는 방식으로 사회를 조직하지도 않았죠"라고 하는 식이었죠.

전 문자 해독 능력의 상실이 우리를 급격하게 바꿔놓을 거라고 봐요. 우리의 사회 형태를 바꿔놓을 것이고, 읽고 쓰는 사제직 같은 것을 우리가 발전시킬 거라고 생각해요. 신을 섬기는 사제든, 아니면 다른 뭔가의 사제든 간에요. 그 사람들만이 비밀을 알 것이고, 썩 살기 좋은 세상은 아니겠죠.

딜레이니    하지만 우리는 또 문맹의 사제직을 발전시킬 수도 있습니다.

필    저는 컴퓨터 오락산업에 종사합니다. 컴퓨터 오락산업에서는 문자 해독이 사라졌어요. 1984년에는 제일 잘 팔리는 게임 프로그램의 3분의 1이 텍스트 게임이었지만, 1986년에는 그런 게임이 시장에 하나도 없었습니다. 그리고 사실 전 얼마 전에 존 로메로John Romero*와 켄 윌리엄스Ken Williams**의 인터뷰를 읽었는데, 이렇게 묻더군요. "어떻게 게임에서 나머지 문자를 없앨 수 있을까요? 어떻게 하면 이 텍스트-거품text-bubbles을 없앨 수 있을까요?" 아직도 텍스트 게임을 만드는 사람들이 있긴 하지만, 지하 출판에서나 이어지는 분위기예요. 언더그라운드죠. 그런데 비디오게임을 하는 사람들이라고 문맹은 아니거든요. 읽을 줄 모르는 게 아닌데, 읽기 싫어하는 겁니다……

---

\*     전설적인 게임 개발자. 이드 소프트웨어를 창립하고 이끈 두 명의 천재 중 하나이며, 메가 히트 게임 '둠Doom'과 '퀘이크Quake'를 만든 것으로 유명하다.

\*\*     유명한 게임 개발자. 아내인 로버타 윌리엄스와 함께 그래픽 어드벤처게임이라는 장르를 개척한 회사 온라인 시스템스(현 시에라 엔터테인먼트)를 설립했다.

딜레이니  게임을 하는 동안에는 말이죠.

필  아니요. '게임'이라는 말이 오해를 부르나 봅니다. 소설을 쓸 수도 있고, 수많은 다른 형식의 예술 경험을 내놓을 수도 있지만, 그런 게임을 하는 사람들이 경험하고 싶어 하는 건 그래픽 형식으로 내놓았을 때 가장 잘 표현할 수 있는 것들이에요. 예를 들어서 제가 존 로메로와의 인터뷰를 하나 읽었는데, 이 사람은 게임 '퀘이크'와 '둠'을 만든 사람입니다. 뛰어다니면서 보이는 건 다 죽이고 피가 솟구치는 모습을 보는 콘셉트를 소개한, 그래픽으로 폭력을 표현한 게임들이요. 그런데 로메로가 예전에 자기가 비디오게임에 얼마나 중독이 되었던지, '아스테로이드Asteroids'* 게임을 하고 있는데 아버지가 찾아와서 머리를 게임기에 처박고는 집에 끌고 가서, 게임을 했다는 이유로 두들겨 팼다는 이야기를 했어요. 그 대목에서 전 생각했죠. '이거 재미있군. 이게 이 사람이 하고 싶어 하는 일이고, 만들고 싶어 하는 게임 유형이잖아.'
그래서 전 문제는 문자 해독 능력이 아니고, 왜 우리 사회가 읽기는 싫어하고 그런 유의 경험은 원하는 사람들을 낳는지가 문제라고 생각합니다.

버틀러  누가 했던 말인지는 기억이 나지 않지만, 이런 말이 있어요.

*  1979년에 출시된, 우주 테마의 슈팅 아케이드 비디오게임. 하나의 우주선을 조종해 소행성과 비행접시를 미사일로 쏘아 파괴하는 동시에, 비행접시와의 충돌이나 반격을 피해야 하는 게임이다.

"읽지 않는 사람과 읽지 못하는 사람 사이에 큰 차이는 없다."
한 가지 비교해보고 싶었는데요. 어렸을 때 전 만화책에 파묻혀 살았어요. 어머니가 어느 날 밤인가 낮인가, 제가 집에 없을 때 제 방에 들어와서는 만화책을 다 반으로 찢어놓았죠. (사람들의 신음 소리) 저와 비슷한 시대에 자란 사람이라면 익숙한 경험일 거예요. 그때는 만화책이 정신을 좀먹는다고 여겼거든요. 제가 만화를 읽던 시절에는 책에 글이 훨씬 많이 있었어요. 단어가 훨씬 많이 들어갔고, 이야기도 훨씬 많았죠. 잭 커비Jack Kirby* 스타일처럼 사람들이 다른 사람들을 때리고 다리를 쩍 벌리고 서 있는 그림만 있다거나 하지 않았어요. 그런데 서서히 그렇게 변하더니, 말은 점점 줄어들고, 이야기도 점점 적어지고, 훨씬 더 많은 사람이 서로를 두들겨 패거나 없애더군요.
컴퓨터게임도 이런 방향으로 간다니 흥미로워요. 분야나 장르를 막론하고 이렇게 단순화하는 경향을 보인다는 점이 솔직히 좀 무섭고요.

**하이퍼텍스트 읽기**

버스타인    저는 주로 딜레이니에게 질문을 던지고 싶습니다. SF를 쓰는

---

\*    미국의 만화가이자 작가, 편집자. 수많은 작품으로 만화계의 혁신을 불러일으켰으며 캡틴 아메리카를 비롯해 마블 코믹스와 DC 코믹스의 많은 캐릭터를 탄생시켰다.

일 외에 매사추세츠대학교 애머스트캠퍼스에 문학 교수로 재직 중이고, 또 텍스트를 분석하는 에세이를 많이 쓰는 것으로 압니다. 〈뉴욕 리뷰 오브 사이언스 픽션The New York Review of Science Fiction〉에 쓴 글도 몇 편 읽었고요. 혹시 하이퍼텍스트라는 개념에 대해 하고 싶은 말이 있을까요. 몇 년 전에는 사람들이 하이퍼텍스트를 중요한 새로운 단계로, '책'의 최후로 말했단 말이죠. 예를 들어서 어떤 글을 읽다가 단어를 하나 모르겠으면, 클릭만 하면 그 단어의 정의를 얻을 수 있는 거죠. 가령 빌 클린턴Bill Clinton과 모니카 르윈스키Monica Lewinsky에 대해 읽다가 이름을 클릭하면 그 인물에 대한 정보가 더 뜨죠. 실제로 '하이퍼텍스트소설'을 구성하는 사람들도 있었어요. 선형적으로 읽지 않고, 다른 방식으로 읽으면 다른 독서 경험을 선사하는 책 말입니다. 혹시 이런 개념에 대해 어떤 의견이 있는지 궁금했습니다.

딜레이니　굉장히 흥미로운 결과물도 있지요. 마이클 조이스Michael Joyce* 의 작품 몇 개는 정말 흥미로워요. 흥미로운 작품을 만들어낸 사람들의 이름을 목록화하는 사람이 있는데, 이름은 캐서린 크레이머예요.

다만 사람들이 쌍방향 예술에 대해서나 쌍방향 소통의 개념에 대해 말할 때 지적해야 할 것이 한 가지 있습니다. 갤러리

---

\* 전자 문학의 주요 작가이자 비평가. 그의 1987년 작품 『오후, 이야기|afternoon, a story』는 최초의 하이퍼텍스트소설 중 하나로, 독자가 다른 경로를 선택하면 읽을 때마다 줄거리가 바뀌는 형식을 실험했다.

에 직접 가서 돌아다니면서 그림을 보는 데 드는 에너지의 양은, 컴퓨터 화면에서 클릭으로 이미지를 넘겨 보는 데 드는 에너지의 양보다 훨씬 크다는 거예요. 그러니까 고전적인 텍스트(이쪽이 훨씬 더 쌍방향이죠)로 쌍방향 소통을 하기 위해 들이는 에너지가 훨씬 커요. 컴퓨터 화면에서 뭔가와 상호작용을 하는 방식보다 훨씬 더 광범위한 방식으로 참여해야 하니까요.

모든 텍스트는 어떤 면에서 하이퍼텍스트예요. 우리는 글을 읽다가 모르는 단어를 만나면, 사전에서 찾아보죠. 한 단락을 읽고 멈춰서 다른 책을 생각하기도 하고, 책을 아예 내려놓고 서가에 꽂힌 다른 책을 빼내어 다른 뭔가에 대해 읽기도 해요. 텍스트는 원래 선형적이지 않아요. 텍스트는 다중적이고, 정말로 읽는 사람, 읽기를 즐기는 사람이라면 누구에게나 쌍방향의 과정이죠.

지금 나온 하이퍼텍스트와 쌍방향성 매체라는 것은 훨씬 에너지가 덜 집약되는 공정을 만듭니다. 다시 말해서, 절대평가를 하자면 그것들이 지금 우리가 가진 텍스트들보다 '덜' 쌍방향이에요. 지금 있는 텍스트와 쌍방향으로 소통할 때 더 많은 에너지가 들거든요. 저는 쌍방향성이 에너지를 덜 요구하게 만듦으로써 얻을 것이 있다고 생각해요. 그 자체로 흥미롭게 이용 가능한 매체가 되겠죠.

하지만 지금의 시도들은 쌍방향성 자체를 제한할 뿐 아니라, 갈 수 있는 곳도 제한해요. 그러니까 쌍방향 텍스트는 우리가 지금 가지고 있는 텍스트의 확장이 아니에요. 오히려 지금 가진 텍스트의 한계를 정하죠. 제가 며칠 전에 월터 페이터<sup>Walter</sup> Pater의 『플라톤과 플라톤주의Plato and Platonism』를 읽었는데, 그때를 예로 들자면, 전 두 페이지쯤에 한 번씩 읽기를 멈추고 가서 하이데거의 글 한 부분을 읽거나 데리다가 플라톤에 대해서 말한 대목을 찾아 읽어야 했습니다. "이 아이디어가 저기에서 온 건가? 아하! 이 '파루시아parousia'*라는 단어는 왜 쓰는 거지? 내가 이 단어를 봤던 것 같은데?"

그냥 지금 새로 나오는 다른 쌍방향 예술의 쌍방향성이 덜 에너지 집약적이고, 그 안에서 갈 수 있는 곳도 전보다 적다는 사실을 명심하세요. 매력적이기도 하고 재미있기도 하지만, 우리가 이전에 갖고 있던 방식보다 더한 쌍방향은 아니에요. 오히려 쌍방향성이 덜하죠.

버틀러    저는 컴퓨터로 그런 것을 접하지 않지만, 묘하게도 지금 하시는 이야기가 꼭 제가 글을 쓰지 않을 때 아이디어를 찾아 헤매는 방식과 무척 흡사하네요. 아니면 제가 그냥 긴장을 풀고 떠다닐 때와도 비슷하고요. 전 보통 집 안 여기저기에 책을 네다섯 권쯤 펼쳐놓는데—혼자 사니까 그래도 되죠—같은 주제의 책도 아니에요. 어떤 식으로든 서로 연관된 책들도 아니고, 책마다 내놓는 아이디어들은 서로 부딪쳐 튕겨나가죠. 그리고 전 이런 효과를 좋아해요. 또 저는 오디오북도 듣는데, 완전히 다른 오디오북 테이프 두 개를 가지고 아침 산책

---

\*    임하다, 도착하다, 현존하다 등을 뜻하며, 기독교에서는 예수의 재림을 의미한다.

에 나서서 서로 다른 아이디어들이 부딪치고, 끓고, 묘한 방식으로 복제, 재생산하게 놓아두는 편이에요. 그러면 그냥 책 한 권을 붙잡고 다 끝낸 다음에 다른 책을 집어 들 경우에는 만나지 못했을 아이디어들과 만나게 되거든요.

그러니까, 그런 면에서 전 원시적인 하이퍼텍스트를 이용하는 셈이죠.

버스타인  하이퍼텍스트는 사실 제한적이라는 말이 흥미롭습니다. 다들 하이퍼텍스트는 확장이고 탐험이라고만 하지, 이전까지 그런 의견은 들어보지 못한 것 같아요. 하지만 작가님이 무엇을 구분하는지 알 것 같군요.

딜레이니  전통적인 독서는 쌍방향 소통에 더 많은 에너지를 요구한다는 점에서 쌍방향성이 더 강하고, 쌍방향의 가능성도 더 많습니다. 혹시 누군가 '카드 색인'이라는 낡디낡은 기술을 기억할지 모르겠는데요. (웃음과 박수) 도서관이 온라인화해서 정말 기쁘고, 지금 방식도 훌륭하지만, 우린 카드 색인을 잃으면서 다른 것도 잃었습니다. 그 시절엔 운 좋은 발견 같은 것이 있었거든요. 완전히 다른 것을 찾다가, 또 다른 책의 또 다른 제목에 우연히 걸려 넘어져서 "오, 이거 흥미로운데" 말하게 되는 접근성 같은 것이 있었죠.

서가에서 직접 책을 찾을 때도 똑같아요. 도서관에 직접 가서 조사를 하는 사람은 이쪽 서가를 살피다가 몸을 돌리면 다른 책을 보게 된다는 걸 알 겁니다. 알파벳 순서에 따른 연결도 아니고, 주제별 연관도 없는데, 그게 그냥 딱 필요한 책일 때가 있다는 걸요. 만약 책이 배열된 방식에 물리적으로 근접할 수 없다면 이런 기회는 놓치는 것이고, 이렇게 우연하게 보물을 찾는 일은 제한되겠지요.

그렇다고 카드 색인으로 돌아가야 한다는 말은 아닙니다만, 다시 말하건대 하나의 매체는 다른 매체가 대신할 수 없습니다. 매체를 바꾸면 그 과정에서 뭔가를 잃게 되고, 그걸 나중에 그리워하게 되는 경우가 자주 있지요.


## 잘못된 정보의 시대


비카 쿠리   저는 사실 워싱턴대학교에서 일하는 신경언어학자입니다. 그저 최근에는 보스턴에서 일할 뿐이죠. 저는 문자 해독 문제 전반에 대해 발언하고 싶었어요. 아까 이야기에는 문자 해독을 진실을 읽는 것과 동일시하고, 사람이 읽는 내용이 듣는 내용보다 더 진실이거나 더 진실이어야 한다는 함축이 담겼다고 생각합니다. 그리고 저도 어떤 매체든 완전히 대체되지 않는다는 점에 동의하고, 문자 해독이 중요하다는 사실과 어떤 매체를 통해서든 정보에 접근하는 것이 중요하다는 사실에 동의하기는 하지만, 텍스트가 거짓일 가능성도 입말이 거짓일 가능성과 동일하다고 생각합니다.


버틀러   그런데 저는 인쇄물에서의 진실이 구두의 것보다 더 진실하다고 하진 않았어요. 전혀 아니에요. 누구나 쓰레기에 막대한 에너지를 소모할 수 있어요. 인쇄물을 보든, 컴퓨터를 하든, 방송을 보든 뭐든요. 단지 글로 적혀 있다는 이유만으로 뭔가를 진실이라고 받아들이는 건 추천하지 않아요. 사실 이건 제가 예전에 사람들과 꽤 자주 나눈 논쟁의 중점인데요. 뭔가가 글로 쓰였거나 텔레비전에 나온다면 분명 진실일 거라는 믿음이요. 아니에요, 문자 해독이 중요한 건 주위를 둘러보고 무엇이 진실인지에 대해 더 알아볼 수 있어서지, 누군가가 열심히 해주는 말에 갇히라는 게 아니에요.

딜레이니　우리는 지금 정보의 시대에 대해 말하고 있지만, 지금은 정보의 시대가 아닙니다. 거짓 정보의 시대죠. 그리고 우리가 명심해야 하는 것은 거짓 정보가 실제 정보보다 더 단순하고 안정적인 경향이 있다는 거예요. 마치 나쁜 기억이 좋은 기억을 몰아내는, 지적인 파킨슨 법칙과도 같이요. 거짓 정보는 상대적으로 단순하고 안정적이기 때문에 진짜 정보를 몰아내는 경향이 있습니다.

텍스트와 읽고 쓰기는 논쟁을 안정시켜서, 오래 들여다보면서 조금이라도 분석할 수 있게 해주는 일을 합니다. 정보를 순수하게 말로만 주고받으면 좀 더 믿을 수 없게 되고, 분석하기는 좀 더 힘들어져요. 상대적으로 단순한 요소밖에 분석할 수 없고, 이런 요소들은 거짓 정보를 제공하는 경향이 있기 때문이죠. 또한 한 기지 맥락에서는 진짜 정보인 것이 다른 맥락에서는 가짜 정보가 되기도 합니다. 과학을 대중화하는 사람이 과학의 대중화를 위해 쓴 내용은 진짜 정보지만, 같은 정보가 전문가에게 주어지면 터무니없는 거짓 정보가 되기도 하죠. 맥락에 달려 있어요. 그래서 저는 지금이 사실 거짓 정보의 시대라고 생각합니다. 대단히요.

버틀러 아니면 감언이설이 많아도 너무 많아서 진짜와 거짓의 차이를 알 수가 없게 된 시대일지도요.


## 누가 웹을 통제하는가?

멜리사 기본적으로 저는 웹에서의 문자 해독과 특히, 더 구체적으로 말하면 웹 경험을 통한 아동교육에 대해 묻고 싶었습니다. 전에도 사람들과 이 문제로 토론해봤는데, 사람들은 그냥 누군가를 컴퓨터 앞에 앉히고 웹에 접속하면 모든 게 잘 돌아갈 수 있다고 생각하더군요. 하지만 그 사람들이 접속할 내용이 문제죠. 많은 사람이 현실 세계에 있는 모든 것이 결국에는 웹에 있게 될 테고, 책장이든 뭐든 스캔해서 웹에 넣으면 되고, 결국에는 그 내용이 모든 아이에게 전해져서 우리가 행복하고 즐겁게 살게 되리라는 생각을 당연하게 여깁니다.
하지만 특정한 집단이 웹에 게시되는 내용을 통제할 위험이 실재합니다. SF에 관해 말하자면, 지금 웹에는 SF를 좋아하는 집단이 있기에 SF가 웹에 많이 올라오지만, 더 많은 사람의 접근이 가능해지니 엉뚱한 것들도 쏟아지죠. 혹시 과학을 통

한 자유라는 이상이 그런 소음 속에 익사하리라 생각한 적이
있는지 궁금합니다.

딜레이니   음, 전 웹에서 섹스가 지금처럼 넘쳐나는 것이 우연이 아니라
고 생각합니다. 그리고 근본적으로는 그게 꽤 건강하다고 생
각해요. 욕망은 인간에게 큰 문제니까요.
새로운 매체가 나타나면 제일 먼저 다루고 싶어 하는 대상이
욕망이고, 보통 그건 나쁜 일이 일어나기보다는 좋은 일이 일
어나리라는 신호입니다.

버틀러   검열에 대한 노력에 관해서는 어떻게 생각하나요?

딜레이니   그러고 나면 검열하려는 노력이 따라오는데요, 부드럽게 말
하자면 전 검열을 썩 좋아하진 않는다고 해두지요. (웃음)


## 인종, 사이버스페이스, 평등

테리사   딜레이니 작가님, 전 작가님의 『트리톤Triton』을 몇 번째 다시
읽고 있는데, 언제나 푹 빠져 읽습니다. 이 책 안에서는 모든
것이 평등하다는 점이 제 눈길을 끌었는데요. 인종, 성별, 뭐
든 간에 아무런 차별이 없지만, 동시에 사람의 모든 것을 바
꿀 수가 있죠. 육체적인 외형, 키라거나 피부색이라거나 섹
슈얼리티까지도 바꿀 수가 있어요. 그래서 제 질문은 이겁니

다. 사람들이 꼭 그 정도까지 가야만 평등을 성취할 수 있을까요?

딜레이니    우선, 저는 그 사람들이 정말로 평등한지 여부는 모르겠군요. 불평등의 선이 으레 보는 균열을 따라가지 않을 뿐이죠. 젠더 사이에도 없고, 인종 사이에도 없어요. 하지만 다른 곳에 선이 그어져 있죠. 예를 들어 부록에 실린 내용에서 그곳에 한동안 있었던 사람들과 새로 온 사람들 사이에 불평등이 존재한다는 점이 설명됩니다.
『트리톤』은 그저 상황이 다르다면, 그리고 모든 것이 현실에서와 다른 방식으로 작동한다면, 특정한 요소들이 지금보다 좀 더 유연하다면 어떨까를 알아보기 위한 놀이 같은 시도예요. 그래서 그곳은 유토피아가 아니라 헤테로토피아heterotopia* 죠. 어떻게 보아도 최고의 세계는 아니에요.

젠킨스    저희가 앞으로 '과도기의 매체Media in Transition' 시리즈에서 개최하려는 콘퍼런스 하나는 인종과 사이버스페이스, 그리고 사이버스페이스가 방금 한 이야기와 유사한 상황을 야기하는 문제에 초점을 맞출 텐데요. 물론 '사이버스페이스에서는 아무도 네가 개인 줄 모른다'고 약속하는 유명한 〈뉴요커〉 만화

---

*    직역하면 '다른 장소, 중첩된 공간'이라는 뜻이다. 미셸 푸코가 세운 개념으로, 현실 안에 존재하면서 주변 현실과 완전히 다른 독자적 공간이다. 신화적이거나 환상적인 공간일 수도 있고, 거울 속의 공간이나 전시 공간일 수도 있다. 유토피아는 현실에 존재하지 않지만 헤테로토피아는 철저히 현실에 존재한다는 점에서 대비된다.

는 우리가 온라인 정체성을 직접 구성하거나, 필요한 정보만 준다고 암시하지요. 많은 면에서 이 상황은 SF 작가들이 소설 속에서 상상하던 유동적인 정체성과 비슷합니다. 그렇다면 이런 질문이 나오죠. 사이버스페이스에서 인종은 어떻게 될까요? 사람들이 사이버스페이스에 글을 쓸 때 인종을 고르거나, 아예 인종이 보이지 않게 할 수 있다는 건 좋은 일일까요, 나쁜 일일까요? 그리고 그 함의는 무엇일까요?

버틀러　흠. 좋아요. 솔직하게 저는 온라인형 인간이 아니라는 것부터 말해둬야겠지만, 우리에게 사이버스페이스에서 그런 일을 하고 그런 식으로 역할을 수행하면서 누구든 우리가 선택하는 사람이 될 수 있는 기회가 주어지긴 했어요. 하지만 그 기회의 창은 곧 닫힐 거예요. 사람들이 사진을 보여주는 걸 두고 처음에는 '음, 원한다면야'였다가, 나중에는 사진을 보여주기를 기대하게 될 거예요. 보여주지 않으면 '뭘 숨기고 있는데?' 하고 궁금해하기도 하겠죠. 정확히 어떻게 작동할지는 모르겠지만, 우리가 말하는 동안에도 사진이 나가거나 비디오가 재생된다면, 그 창을 잃지 않을까요.

딜레이니　문제는 물론 인종 자체가 아니죠. 특정 백인들이 흑인이라면 인종을 숨기고 싶을 거라고 생각하게 만드는 힘, 아니면 나처럼 흑인인 사람들이 "내가 세상에서 제일 숨기기 싫은 게 그깃"이라고 말하게 만드는 힘이 문제죠. 문제는 그런 힘들이에요. 그런 힘들의 상호작용이야말로 문제를 만드는데, 그런 물질적, 사회경제적 힘들이 컴퓨터 앞에 앉는다고 사라질 리 없죠.

## SF와 흑인 공동체

호르헤
엔테로니스
저는 여기 MIT에서 문학을 공부하는데, 두 가지 간단한 지적 또는 질문이 있습니다. 첫 번째는 딜레이니 작가님에게 드리는데요. 흑인이자 동성애자로서, 작가님이 저희에게 스스로에 관해 쓰고 표현할 공간을 열어준 것에 대해 정말 감사합니다. 그동안 문자 해독은 아프리카계 미국인 전통의 문자, 특히 글쓰기에서 정말 중요했습니다. 『말하는 책The Talking Book』* 과 노예 서사, 할렘 르네상스에서 문자 해독을 통해 이룬 평등, 1960년대 흑인 미학 추구 등에서요. 그리고 저는 작가님이 아프리카계 미국 문학 전통 속에서 SF 작가로서 스스로의 위치를 어떻게 생각하는지가 궁금했습니다.

딜레이니
음, 누군가의 위치는 다른 사람들이 말해줘야 하는 것 아닌가요. (웃음과 박수) "글쎄요, 전통 속에서 나의 자리는……"이러면 좀 바보 같죠. 위치는 다른 사람들이 만들어주는 거니까요. 그래서, 어떤 면에서 제 위치는 여러분이 친절과 관용으

---

\* 앨런 드와이트 캘러헌의 책으로, 기독교 성경이 미친 영향을 중심에 두고 노예 시대부터 오늘날 힙합 문화에 이르기까지 아프리카계 미국인 문화를 전반적으로 다룬다.

로 저에게 정해주는 자리라고밖에 못하겠군요.

버틀러     지금 말씀하시는 '위치' 이야기도 어떤 면에서는 진실이죠.
           또 다른 면에서 저는 제 위치란 어디든 제가 서 있는 곳이라
           고 생각해요. 저는 한 가지 글만 쓰지 않는데, 예전에는 SF를
           쓴다는 이유로 공동체에서 비판을 받았어요. '좀 더 의미 있
           는 글을 써야 한다'는 거였죠. 제가 대학에 다닐 때는 그게 중
           요한 말이었어요. 그리고 저는 그에 맞게 행동하지 않았죠.
           공동체에 기여하지 않았어요. 그런 비판도 저를 막지 못했으
           니, 지금 와서 제 위치를 걱정할 이유가 없죠. (웃음)

버스타인    어디까지나 정보 삼아 말합니다만, 이 두 분이 SF 공동체에
           서 놓인 위치를 알고 싶다면, SF 작가 공동체 전체를 대신해
           제가 말하는데, 새뮤얼 딜레이니와 옥타비아 버틀러 두 분 다
           우리 장르에서 해낸 일로 대단히 존경받고 있습니다. 두 분
           다 어떤 면에서 SF라는 장르를 초월했으면서도 대단히 SF에
           충실한 작가로 남아 있다는 사실을, 적어도 제가 만나본 SF
           작가는 모두 기쁘게 여기거든요. SF라는 분야에 몸담은 사람
           들은 때로 우리가 작은 게토 안에 있다고 생각하는 경향이 있
           는데, 문학적으로 이렇게 뛰어나면서도 스스로를 SF 작가로
           정체화하는 사람들이 있다는 건 정말 흐뭇한 일이죠. 옥타비
           아가 예전에 설명한 영화 같은 유만이 SF는 아니라는 생각을
           퍼뜨리는 데에도 도움이 되고요.

젠킨스 이 질문을 다르게 말하면 이렇겠죠. "작가가 정체성 문제를 논의할 때, 더 현실적인 형식이나 더 멜로드라마적인 이야기 형태로는 불가능하면서 SF에서는 누릴 수 있는 기회가 있습니까? 특히 인종 문제에 관해서요?"

버틀러 제게 SF의 매력은 그저 자유예요. 제가 못 할 게 없는 자유요. 다루지 못할 문제가 없죠. 제가 SF를 쓰기에 더 잘 다룰 수 있는지는 모르겠고, 그저 더 많은 것을 다룰 수는 있어요.

딜레이니 저는 모종의 사회적 논쟁으로 나타나는 것이라면 무엇이든 SF가 다룰 소재가 된다고 생각합니다. SF는 스스로를 지적인 장르로 여기고, 그렇기에 문학적인 장르에서는 경계하는 방식으로 정보를 환영하죠. 이를테면 방대한 데이터, 방대한 양의 정보, "음, 우린 이게 선전이 되길 바라지 않잖아요? 예술이어야 하죠" 같은 추상적인 질문에 대한 대규모 토론 같은 방식이요. (웃음)

제 생각에 SF에는 문학 장르들이 품고 자란 것 같은 데이터에 대한 공포가 없습니다. 여기에는 아마 좋은 면과 나쁜 면이 다 있을 겁니다. 좋은 면은 우리가 다른 이들이 가기를 무서워하는 곳에 맹목적으로 달려든다는 거죠. 사회적인 질문이 제기되면, SF에서 제일 먼저 반영하고 이야기하는 모습을 정말 자주 보게 돼요. 페미니즘의 역사도 그렇습니다. 전 SF계에서 사람들이 그 상황에 대해 어떻게 생각했는지를 보여주는 가장 초창기의, 그리고 가장 강력한 몇 가지 예시를 이야기하지 않고서는 페미니즘의 역사에 관해 제대로 논할 수 없다고 봅니다. 그러니까 SF는 특정한 사회적 토론을 반기는 반면, 문학적인 장르들은 다 해결될 때까지 기다린 다음에야 다루기 시작하죠.

## SF의 게토화

**닉 파파다키스**  저는 인공지능 연구실에 있습니다. 아주 짧게 말씀드리면, 제가 보기에 SF의 게토화는 우리 사회가 길고 긴 시간 동안 보여왔고 어쩌면 이제야 겨우 약화하기 시작한 반지성주의 경향 때문인 것 같습니다.

**딜레이니**  저는 SF가 받아들여지지 않는 이유가 그저 반지성주의 때문이라고 생각하지는 않아요. SF가 받아들여지지 않는 건 우선 노동계급의 예술로 보이기 때문이죠. SF는 노동계급의 관행이고, 노동계급의 예술 관행에 전통적으로 주어지는 가차 없는 시선을 받죠. 영화도 똑같은 방식으로 시작했지만, 영화의 환상은 계급의 경계선을 넘어서 호소하기에—모두가 부유해지고 아름다워지고 싶어 하니까요—노동계급 예술이라는 한계를 벗어날 수 있었던 거고요.

**버틀러**  SF가 심하게 청소년용으로 여겨지는 탓은 아닐까요?

딜레이니    아니, 애초에 노동계급 예술이기 때문에 유치하다고 여겨지는 거죠. (웃음)

버틀러    음, 유치하다기보다는 말 그대로 어린이용으로 여겨진다고 생각하는데요. 몇 년 전에 뉴멕시코의 어느 작가 모임에 갔었는데, 그보다 1년 전에 그 자리에 있던 굉장히 유명한 미스터리 작가가 SF를 쓰고 싶다고 말한 어떤 여자에게 이랬다는 거예요. "왜요? 열네 살이 넘은 사람은 아무도 안 읽는데요?"

딜레이니    하지만 『이상한 나라의 앨리스』도 청소년용이죠. 어린이용이기도 하고요. 그런데도 문학의 정통 고전으로 꼽혀요. 그리고 해럴드 블룸Harold Bloom*에 따르면 창세기의 우화들은 어린이를 가르치기 위한 이야기들인데, 우리에게 그보다 더 성스러운 문학이 또 있던가요?

애나 애점슨    저는 교육의 핵심이 사람들에게 추상적인 사고를 가르치는 것이라고 생각하는데요, 특히 SF는 이에 관해 많은 것을 할 수 있어 보입니다. 혹시 문제들을 추상적으로 다루는 데 있어서 SF의 역할을 어떻게 보는지 잠시 이야기 가능할까요?

딜레이니    제가 한마디 해도 될까요? 사실 저는 그 전제에 동의하지 않

---

*    미국의 문학비평가. 고전 세계문학에 대한 방대한 논문집을 편찬했으며, 20세기 말엽의 가장 영향력 있는 비평가로 평가받는다.

습니다. 추상적인 사고의 핵심은 추상적으로 사고함으로써 구체적으로 생각할 수 있다는 데 있어요. 추상적인 사고는 구체적인 사고를 돕는 도구이고, 그러므로 교육의 최종 목적은 추상적 사고가 아니라 구체적 사고라고 생각합니다. 추상화는 그저 구체적인 사고를 가능케 하는 도구일 뿐이에요.

그리고 다시, 그런 교육을 받으면 위험이 덜 위험해지죠. 아이들이 제대로 교육을 받기만 한다면 인터넷에 무엇이 있는지, 어디에 무엇이 있는지 걱정할 필요가 없어요. 아이들이 알아서 다룰 테니까요. 이 나라에는 아이들을 섹스로부터 안전하게 지키려면, 마치 그게 안전하게 지켜야 할 대상이라는 것처럼 그러는데, 그러려면 섹스가 존재한다는 사실 자체를 알려주지 말아야 한다는 믿음이 있어요. 말하지도 않고, 탐구하지도 않는 거죠.

저는 흑인 동성애자 남성입니다만, 제게는 또 스물네 살의 멋진 딸이 있고, 우리 집에는 어떤 검열도 있었던 적이 없습니다. 웬 괴상한 영화가 나와서 딸이 보고 싶어 하면, 우리 모두 같이 봤죠. 그리고 그 영화에 딸이 이해하지 못하는 성적인 내용이 있으면 우리는 같이 이야기했어요. 지금 제 딸은 아주 행복한 스물네 살이고, 자기파괴적인 구석이라곤 없습니다. 가까운 미래 어느 시기에도 그럴 것 같지 않고요. 모두가 그토록 위험하다고 생각하는 온갖 것들을 다룰 제일 좋은 방법은 교육이에요. 사람들을 교육하면, 그래서 사람들이 그것들을 다룰 줄 알고 어떻게 할지 알게 되면 더는 위험하지 않아요.

버틀러　이걸 어떻게 말해야 할지 모르겠군요. 아까 말했던 문자 해독 없는 비디오게임 이야기로 돌아가는데요. 저는 글을 쓰다가 잠깐씩 제 글, 제 문젯거리들에 압도되어서 일주일쯤 쉬면서 소설을 읽고 음악을 듣는 시기가 있어요. 기왕이면 쓰레기 같은 소설을 읽죠. 그러다 보면 아이디어가 몇 개 나오거든요. 그게 제 변명이에요. 그렇게 자주 하는 일은 아니지만, 그런 짓을 하긴 하죠.

전 괜찮은 읽을거리를 찾으러 마트에 가요. 음, 이미 '쓰레기' 같은 소설을 찾는다고 말했죠. 그런 곳에 가면 고백적인 소설과, 나쁜 놈을 죽이는 이야기만으로 이루어진 비디오게임 같은 소설을 찾아요. 그리고 이 정도로 문자 그대로의 '마음 자세'를 고려하면, 약간의 추상화 요구도 그리 나쁘진 않다고 생각해요.

저는 사람들이 제 작품을 좋은 사람들과 나쁜 사람들의 싸움 같은 단순한 방식으로 말하는 걸 좋아하지 않아요. 그런 일이 자주 일어나는데 정작 저는 그렇게 쓴 적이 없어요. 저는 착한 사람과 나쁜 사람에 대한 소설을 쓴 적이 없어요. 언제나 모든 캐릭터가 자기 나름의 할 말이 있는 소설을 썼죠. 캐릭터들이 충돌을 피할 수 없다 하더라도 그게 착한 사람들이 이기거나 지는 이야기는 아니고요. 그러니까 약간의 추상화는 우리 모두에게 좋을 거예요.

카틀라 존슨　저는 두 분 모두에게 소설을 써주셔서 고맙다고 말하고 싶습니다. 어린 시절 내내 저는 두 분의 작품에 제 모습이 반영된다고 믿을 수 있었고, 그래서 언제나 SF 팬으로 남을 수 있었어요. 제가 흑인이든, 아니면 어떤 다른 성정체성을 가졌든 간에 제 모습을 볼 수 있는 유일한 세계였죠. 저는 단편소설을 더 좋아하는데 두 분의 장편만은 다 읽을 수 있었어요. 하드 SF는 계속 보기가 힘들거든요. 그러니까, 감사합니다. (박수)

사회자　두 분의 작품은 SF라는 점에서 제게 강한 흥미를 불러일으켰지만, 제가 두 분의 작품을 너무나 사랑하고 같은 책을 몇 번이고 다시 읽은 이유는, 그 작품들이 복잡성을 해결하려고 애쓰는 놀랍도록 강력한 소설이기 때문입니다. 지나친 일반화의 위험을 무릅쓰고 말하자면 저는 논픽션은 정보를 위해 읽고, 픽션은 진실을 위해 읽어요. 그런 의미에서 저도 두 분에게 감사하고, 작품을 통해 그런 많은 진실과 진심으로 맞붙을 기회를 준 데 대해 큰 고마움을 표하고 싶습니다. 특히 픽션과 논픽션이 같이 수록된 책 『블러드차일드』에 감사의 말을 더하고 싶네요. 아까 나온, 두 분이 아프리카계 미국 문학 전통에서 어디에 위치하느냐는 질문으로 돌아가면, 저는 두 분이 그 전통 안에 확고하게 자리를 잡고 있다고 기쁜 마음으로 말하겠습니다. 특히 버틀러 작가님의 소설들은 사실상 평범한 흑인 여성들이 평범하지 않은 상황에 떨어져서 살아나가야 하는 이야기들이죠. 그런 면에서 저희에게 영감과 용기를 줍니다.

저는 SF 자가가 아니지만 자가예요. 그러니 너무나 훌륭한 롤 모델이 되어주셔서 감사합니다. (박수)

# SF의 통찰과 경고

윌리엄스     여기는 〈토크 오브 더 네이션〉, 저는 후안 윌리엄스입니다. 작가 옥타비아 버틀러는 SF 작가로서는 드문 상을 받았죠. 일명 '천재상'이라 불리는 맥아더 펠로십을 받았고, SF 장르를 SF에서조차 알지 못하는 영역으로, 요새 가끔 쓰는 표현으로는 '환상의 영역'으로 데려가고 있습니다. 그의 작품은 권력, 성별, 가족, 그리고 인종에 초점을 맞추죠. 현실 세계에서는 버틀러의 피부색이 그를 환상적인 이야기로 만들어주기도 합니다. 여성 SF 작가는 드물죠. 흑인 여성 SF 작가는 너무나 드물어서 사실상 단 한 명뿐이고, 바로 그 한 명이 옥타비아 버틀러입니다. 하지만 그의 작품은 작가가 흑인이라는 사실 이상으로 탁월합니다. SF계에서 가장 인정받는 네뷸러상, 휴고상, 로커스상을 다 받았죠. 버틀러의 작품이 가진 힘은 캐릭터 구축에 있는데요. 그의 캐릭터들은 정신과 육체의 힘은 이

---

NPR 프로그램 〈토크 오브 더 네이션Talk of the Nation〉, 2000년 5월 8일. 이 인터뷰는 후안 윌리엄스Juan Williams에 의해 진행되었다.

용하지만 섹슈얼리티는 이용하지 않는, 독립적인 여성일 때가 많습니다. 첫 장편인 『패턴마스터』는 텔레파시 능력을 지닌 지배층, 그리고 다른 두 집단으로 갈라진 세상을 그립니다. 하나는 지배층을 섬기는 무언의 인류이고, 또 하나는 바깥 우주에서 온 사족보행의 생물 '클레이아크clayark'예요. 그런가 하면 『킨』에서는 현대의 흑인 여성이 조상에 해당하는 백인 노예주를 구하기 위해 시간을 거슬러 올라가고요. 『씨앗을 뿌리는 사람의 우화』에서는 영리해지는 알약, 가뭄, 그리고 남부 캘리포니아를 점령한 소시오패스들에 대해 씁니다. 가장 최근에 나온 작품은 그런 끔찍한 풍경 속에서 미래를 만들어가야 하는 주인공 로런 올라미나의 이야기를 이어나갑니다. '은총을 받은 사람의 우화'라는 제목이죠. 옥타비아 버틀러는 수줍고 어색한 아이였던 자기 자신을 위한 미래를 만들어왔습니다. 이 자리에 함께한 옥타비아 버틀러 작가님, 〈토크 오브 더 네이션〉에 오신 것을 환영합니다.

버틀러 고맙습니다.

윌리엄스 작가님, 제일 최근에 나온 책에 대한 질문부터 할까요. 제목이 『은총을 받은 사람의 우화』가 맞지요?

버틀러 맞아요. 맞습니다.

윌리엄스 무엇에 관련된 제목인가요?

버틀러 음, 성서의 우화에 관련된 제목이죠. 사실은 다소 조잡한 성경 우화 중 하나지만요. 우리가 기독교인으로서든 사람으로서든 성공하려 한다면, 우리가 가진 달란트를 이용하고 투자해서 최선의 결과를 내라는 우화요.

윌리엄스 그 우화가 소설 속에서 어떤 역할을 하나요? 줄거리는 어떻게 되고요?

버틀러 이건 가상의 자서전 같은 이야기의 두 번째 절반이에요. 전 오랫동안 누군가, 죽은 후에 일종의 신으로 추앙받는 누군가의 가상 자서전을 써보고 싶었어요. 그리고 그런 일이 일어나는 건 반드시 사후여야 했죠. 이 여성은 살아 있는 동안에는 그런 오해가 빚어지지 않을 만큼 불완전하거든요. 하지만 전 이 여성이 새로운 믿음 체계를, 새로운 종교를 시작하는 사람이길 원했어요. 그것도 자기가 태어난 시대에 대한 반응으로요. 살면서 겪은 고난과, 사람들에게(어쨌든 가난한 사람들에게는) 희망이 거의 없다는 사실에 반응해서 새로운 믿음 체계를 만들어내고, 그 체계가 사람들을 더 나은 길로 밀어주리라 믿는 거죠.

윌리엄스 흠, 그렇다면 잠시 앞으로 돌아가서 청취자들에게 앞에 나왔던 책에 대해 잠시 이야기해야겠네요. '슬픔을 뿌리는 사람의 우화'였나요? 제목이 뭐였죠?

버틀러     '씨앗을 뿌리는 사람의 우화'요.

윌리엄스   씨앗이었군요.

버틀러     네.

윌리엄스   그 제목은 뭘 가리키는 건가요?

버틀러     그것도 성서에 나오는 우화예요. 『씨앗을 뿌리는 사람의 우화』는 씨앗을 뿌리러 나간 어떤 남자의 이야기인데, 그 씨앗 중 일부는 바위에 떨어져서 자라지 않고, 일부는 잡초 사이에 떨어져서 잡초에 질식당하고, 또 일부는 새들에게 먹혀버리고, 나머지는 자라서 백배 천배로 불어난다는 이야기고요. 제 주인공과 몇 안 되는 그의 친구들이 하는 일이 어떻게 보면 그런 거죠. 이들은 모든 것을 잃어요. 목숨까지도 잃을 뻔하다가, 다시 삶을 꾸려나가기 시작하죠. 그리고 제 주인공에게는 아까 말한 믿음 체계가 있고, 나머지 모두는 어디로 가야 할지, 어떻게 가야 할지 모르는 반면에 주인공은 어딘가로 가고 있는 듯 보이기 때문에, 다른 사람들을 이끌게 되지요. 그렇다고 주인공이 다른 사람들보다 훨씬 많이 아는 것도 아니에요. 단지 자기가 아는 것을 믿는다는 의미일 뿐이죠.

윌리엄스   저에게 인상적이었던 것 한 가지는, 작가님이 주인공을 똑똑해지는 약이 존재하는 세상에 살게 했다는 겁니다. 사실, 아시다시피 지금 미국에도 똑똑해지는 약이 나오기 직전인데요. 작가님은 주인공을 그런 세상에 살게 하고…….

버틀러    조금 무섭죠. 그렇지 않나요?

윌리엄스    하지만 사실이죠.

버틀러    네.

윌리엄스    작가님은 주인공이 그런 똑똑해지는 약이 존재하는 세상에 살게 했어요. 또 극심한 가뭄이 있는 세상에 살게 했죠. 안 그래도 우리가 아는 바에 따르면, 지구온난화로 지구의 온도가 올라가면서 요새 점점 가뭄이 올 가능성이 높아지는데 말입니다. 또 주인공이 점점 늘어가는 깡패와 소시오패스 들을 상대하게 만들었는데, 많은 사람이 지금 우리도 그런 문제를 마주하고 있다고 할 겁니다.

버틀러    그렇겠죠.

윌리엄스    그러니까 마치 현재 일어나는 사건들에 기반해서, 그냥 그것들을 투사해서 환상 세계를 만든 것 같단 말이죠.

버틀러    정말로 그랬어요. 그나저나 똑똑해지는 알약이 책 속에서 사람들이 달려가서 사야 할 물건으로 나오지는 않아요. 제 주인공의 엄마가 그 약에 중독되는 바람에, 그 결과로 딸이 선천적인 장애를 안고 태어나는 것으로 표현되죠. 그러니까, 확실히 사람들이 찾아야 할 뭔가로 제시되지는 않아요. 다만 저는……

윌리엄스    어, 잠깐만요. 선천적인 장애라는 게 무슨 뜻이죠? 저는 사실 주인공이 굉장히 똑똑하다고 생각했는데요.

버틀러    그래요. 아, 주인공이 똑똑하지 않다는 말은 아니고요, 문제가 있죠. 다른 사람들의 고통을 같이 느낀다고 믿는 일종의 망상장애가 있어요. 다른 사람들이 고통받는 모습을 보면 고통을 느끼죠. 그런데 그건 망상이에요. 위험한 망상이죠. 그 장애로 인해 굉장히 폭력적인 세상에서 스스로를 지키지 못할 수도 있으니까요. 한편으로 그건 생물학적인 양심 같기도 해요. 남에게 고통을 주려면 스스로도 받아야 하니까요. 하지만 다르게 보면, 공격을 받았을 때 다른 사람보다 훨씬 곤란해진다는 의미이기도 하죠.

윌리엄스    사실 저는 이 이야기에서 작가님은 주인공을 극도로 공감이 강한 인물로 보는데, 동시에 주인공의 주위 사람들은 그걸 장애로 본다는 생각이 듭니다.

버틀러    주인공 스스로도 장애라고 여기고, 실제로도 장애예요. 그 장애가 없다면 육체적으로 확실히 더 나았을 거예요. 제가 그 책을 쓰기 시작할 때는 우리에게 생물학적인 양심이 있어야 할지도 모르겠다는 생각을 했어요. 이 세상에는 나라의 절반을 지배할 수 있다면 나머지 절반을 기꺼이 지워버릴 사람이 너무 많아 보이거든요. 우리는 계속 그런 사람들과 마주치고, 그런 사람들은 자꾸만 전쟁을 시작하죠.

윌리엄스    이를테면 누구를 말하는 건가요?

버틀러    아, 구 유고슬라비아를 생각하고 있어요. 아프리카와 구 소련에 속한 몇 나라도 생각하고 있고요. 그런 사람들을 두면 계속 일어나는 사건이요……. 그 사람들에겐 훌륭한 새 철학이 없어요. 어마어마하게 부유하고 강력해지고 싶은 욕망만 있죠.

윌리엄스    흠.

버틀러    이를테면 시에라리온에서 얼마 전에 죽은 사람이 있죠.*

윌리엄스    맞아요. 음, 요새는 이런 소설들을 보면, 지금 이야기처럼, SF가 진화하면서 우리가 점점 더 생물공학을 현실로 보게 된다는 생각이 듭니다. 사실 이다음에는 생물학적인 과학 혁명이 온다는 게 일반적인 여론일 거예요. 이런 상황이 작가님의 SF

---

*    시에라리온 내전은 1991년부터 2002년까지 이어지며 참혹한 학살을 되풀이했다. 다만 여기에서 말하는 '죽은 사람'이 누구를 가리키는지는 불확실하다.

쓰기에 영향을 미칩니까?

버틀러 　저는 전적으로 생물학적인 SF를 써왔어요. 안 그래도 곧 그런 소설 세 권이 재출간되는데요. 『새벽』『성인식』『이마고』가 '릴리스의 아이들Lilith's Brood'이라는 제목으로 다시 묶여 나올 텐데 그 책에 나오는 사람들은 다른 과학기술이 아니라 생명 공학 기술을 이용하기에 생물학적 SF라고 할 수 있죠. 여기 나오는 사람들은 생물학적인 기계를 빼고는 기계를 쓰지 않아요.

윌리엄스 　그리고 그 생물학적인 기계를 쓸 때는 사악한 목적이 있겠군요.

전 사람들에 대해 쓰죠.
저는 선과 악에 대해 쓰지 않아요.

버틀러 　아, 아니에요! 아니에요. 아니에요. 아니에요. 전혀요. 전 그런 거대한 이분법을 들고나와서 선과 악에 대해 쓰는 작가가 아니에요. 전 사람들에 대해 쓰죠. 사람이 할 법한 일을 하는 사람들에 대해 써요. 그리고 전 우리 중에서 최악인 사람이라 해도 그냥 사악해지려 하지는 않는다고 생각해요. 사람들은 뭔가를 얻으려고 하죠. 뭔가로부터 스스로를 지키려고 하고요. 어쩌면 겁에 질렸는지도 몰라요. 아마 자기들의 방식이 다른 사람들에게 자기들 방식을 강요하는 가장 좋은 방법이라고 믿기 때문에 그렇게 구는 거고요. 아무튼 아니에요. 저는 선과 악에 대해 쓰지 않아요. 사실 제가 지금 쓰고 있는 새 소설 '트릭스터의 우화'는 어딘가 엉뚱하고 별난, '일은 그냥 일어나지'라는 태도가 현실적이라는 생각이 바로 우리가 해결해야 할 생각이라는 점을 조금 다루기도 해요. 그리고 그냥 "음, 악마가 시킨 일이야"라고 하는 건 별로 쓸모가 없죠.

윌리엄스    자, SF 속의 남자와 여자 이야기를 해볼까요? 작가님의 여성 캐릭터들은 대단히 강한 경향이 있는데요. SF를 가볍게 읽는 독자인 저로서는 익숙하지 않아요.

버틀러    예전보다는 이런 캐릭터가 많아요. SF계에 여성이 전보다 훨씬 많고, 심지어 흑인 여성도 몇 명 늘었죠. 이름도 댈까요?

윌리엄스    물론이죠. 말씀해주세요.

버틀러    좋아요. 인접 장르인 호러-판타지를 쓰는 타나나리브 듀가 있고요. 또 SF를 쓰는 네일로 홉킨슨Nalo Hopkinson도 있죠. 남자 중에서는 SF를 쓰는 스티븐 반스가 있고요. 물론 제 스승 중 하나였으며 그랜드마스터이기도 한 새뮤얼 딜레이니도 있군요.

윌리엄스    자, SF에서 여자들을 보면 말이죠. 예전 이야기입니다만, 특히 '스타트렉'이나 다른 텔레비전 쇼와 영화에서 보면, 여성

로스앤젤레스서부커뮤니티칼리지에서의 옥타비아 버틀러, 1981.

이 주연을 맡는 모습을 본 적이 없어요. 작가님 작품에서는 여자들이 주연이라는 점이 눈에 띄죠.

버틀러    그렇죠. 음, 저 자신을 넣었어요. 이건 제가 무심코 하는 일이라고 할 수 있죠. 그나저나 제발 SF를 텔레비전과 영화에서 보는 것만으로 제한하지 말아줘요. 텔레비전과 영화는 언제나 뒤처지거든요. 자본은 대단히 보수적이고, 사람들은 이전에 성공하는 모습을 본 것에만 자본을 쓰고 싶어 하기 때문에, 영화와 텔레비전은 책으로 오래전에 했던 일들을 담게 되는 것 같아요.

윌리엄스    잠시만 작가님에 대해 이야기해볼까요.

버틀러    물론이죠.

윌리엄스    작가님에 대해 읽다 보니, 쭉 외톨이였고 캘리포니아에 사는 어린아이였던 시절부터 스스로를 위해 다른 현실을 창조했다고 한 부분에 놀랐습니다.

버틀러    그랬죠.

윌리엄스    왜 그랬나요? 어떤 아이였고, 부모님은 어떻게 했는지 좀 들려주세요.

버틀러   음, 저는 외동이었고, 어머니는 무척 이른 시기에 남편을 잃었어요. 제겐 아버지에 대해 선명한 기억이랄 게 없어요. 그러니까 전 혼자 지낼 때가 많았고 또…… 아주 어렸을 때부터 혼자 지냈기 때문에 다른 아이들과 어울리는 방법을 일찍 배우지 못했고, 그건 학교에 가고 방과후 시설에 갈 때쯤에도 다른 아이들과 어울리는 방법을 잘 몰랐다는 뜻이죠. 하지만 저만의 작은 세계를 만드는 방법을 알았고, 재미 삼아 그러고 놀았어요. 스스로에게 이야기를 해줬죠. 네 살 때부터 혼자 이야기를 지어냈어요. 열 살이 되었을 때는 그걸 적기 시작했고요. 열세 살에는 출판사에 투고하는 방법을 알아냈고, 제 소설로 편집자들을 괴롭히기 시작했죠. 물론 보내는 원고는 다 거절 편지와 함께 반송받았지만, 그 나이에 이미 제가 글을 써서 먹고살고 싶어 한다는 사실을 알았어요.

윌리엄스   하지만 그러다가 어느 시점엔가 좌절했죠. 청소일도 했다고 들었는데…….

버틀러   아, 온갖 일을 다 했죠. 그건 좌절의 문제가 아니었어요. 집세를 내는 문제였죠.

윌리엄스   심지어 전화 통신판매도 했다고요?

버틀러   맞이요. 맞아요. 그랬죠. 그 일을 두고 농담도 하곤 해요. 사람들에게, 당신에게 전화해서 원하지도 않는 물건을 팔려고 했던 사람이 바로 나라고, 당신의 답변은 정말 별로였다고 말하고 그러죠. 그래서…….

월리엄스   하지만 그러다가 그 일자리에서 해고당했고, 그 시점에 SF 집필이라는 도박에 뛰어들 수밖에 없었다고요.

버틀러   음, 해고당한 덕분에 장편을 쓰게 됐죠. 이전까지는 단편을 써서 투고했어요. 글쓰기를 멈춘 적은 없었어요. 글쓰기는 제게 종교 같은 것이라서요.

월리엄스   그렇군요.

버틀러   아마 대단히 많은 작가에게 그럴 테지만, 제가 시작했을 때는…….

월리엄스   옥타비아 버틀러 작가님, 잠깐 휴식하죠. 바로 다시 돌아오겠습니다.

(음악)

월리엄스   옥타비아 버틀러 작가님, 아까 하던 말을 제가 끊은 것 같은데요. 덧붙이고 싶은 말이 있나요?

버틀러   아, 그 부분은 충분히 얘기한 것 같네요. 그저 제가 작가로 시작하던 때에 대해 말하고 있었을 뿐이에요.

월리엄스 제 생각에는 작가님이 여러 다른 SF 작가들과 접촉했다는 사실을 알면 많은 사람이 흥미로워할 것 같습니다. 사실 할란 엘리슨은 작가님과 대단히 밀접한 관계에 있죠. 레이 브래드버리는 작가님의 열렬한 팬이고요.

버틀러 아, 그거 반가운 이야기네요.

월리엄스 그러면…….

버틀러 할란은 제 스승 중 하나였어요. 브래드버리는 겨우…… 사실 한 번밖에 만나지 못했어요. 하지만 저와 레이 브래드버리의 일화라면, 사실 연사로서 처음 서게 됐을 때 그분 바로 뒤에 말하게 되었지 뭐예요.

월리엄스 그건 분명히…….

버틀러 처음 몇 권을 막 쓴 불쌍한 작가가 하기엔 끔찍한 일이었죠. 불가능한 임무였어요.

월리엄스 음, 전 이집트인들에 대한 이야기가 하나 기억난다던 레이 브래드버리의 발언을 읽었는데요. 그 이야기에서는 사람이 죽어서 천국에 도착하면 딱 하나 받는 질문이 현실의 삶에서 열정을 가지고 살았느냐는 질문이라고 합니다. 그러면서 브래 드버리는 옥타비아 버틀러에 대해 말해요. "버틀러는 확실히 자기가 하는 일에 열정이 있죠." 전 무척 훌륭한 찬사라고 생 각했어요.

버틀러      아주 좋은 말이네요.

윌리엄스      그래요. 자, 이제 전화 연결을 해볼까요. 캘리포니아 뉴포트 의 주디스입니다. 주디스, 〈토크 오브 더 네이션〉입니다.

주디스      안녕하세요. 여긴 뉴포트 해변이에요. 저는 『은총 받은 사람 의 우화』와 『씨앗을 뿌리는 사람의 우화』를 정말 좋아하거든 요. 그래서 그 제목에 대해 설명해달라고 하려고 했는데, 이 미 설명하셨네요……. 저는 책을 아무리 여러 번 읽어도, 그 책 속의 설명을 아무리 읽어도 이해가 가지 않았거든요. 설명 해주셔서 고맙습니다. 하지만 제가 하려던 이야기는요, 제가 운전하면서 남부 캘리포니아를 많이 돌아다니는데 장벽과 출 입문을 둔 중산층용 주택 프로젝트가 엄청 많아요. 그런 모습 을 보면 저는…… 그냥 생각하게 되더라고요. '아, 안 돼. 저 벽은 충분히 높지가 않아'라거나 '아, 저 출입문은 어떻게 해 야 할 텐데'라고요.

버틀러      아, 그래요.

윌리엄스   다른 청취자들과도 생각을 공유해주셔야죠. 그러니까 옥타
         비아 버틀러의 책에서 읽은 내용 때문에 그런 생각을 하는
         거군요.

주디스    맞아요. 로런이 그런…… 빗장 도시gated community* 출신이었
         고, 그건 베벌리힐스 같은 고급 단지가 아니잖아요. 여기 오
         렌지카운티 어딘가에 있는 곳이었죠. 그런데 지금 바로 그런
         곳이 잔뜩 세워지고 있고…….

버틀러    맞아요.

주디스    네. 잔뜩요. 출입문과 장벽이 있고, 전 그냥 그런 곳에 대해
         많이 생각하게 되는 거예요. 그러다가 생각하죠. '어, 우리 집
         뒷마당에 텃밭을 가꿀 수 있을까?' 그런데 제가 사는 곳에는
         출입문 같은 건 없어요. 아, 그러니까 전 확실히 작가님 책에
         대해 생각해요.

윌리엄스   주디스, 왜 텃밭을 가꿔야 할 거라고 생각하나요? 사람들이
         식량을 비축하고 있는데…….

주디스    어떤 가게에도 가기가 두려우니까요. 음, 특히 옥타비아 버틀
         러의 소설 속에서 여기 로스앤젤레스는 더 그렇죠. 로스앤젤

---

*        주변을 장벽으로 둘러싸고 자동차와 보행자 출입을 엄격히 제한하는 주거 단지 형태.

레스까지 가려다간 거의 살해당할 거예요.

버틀러 아니, 아니, 진정하세요. 세상에. 제가 로스앤젤레스에서 한동안 살았는데, 그렇지는 않아요. 말해두는데…….

윌리엄스 아니에요. 주디스는 작가님 책 속에서의 상황을 말한 거예요.

주디스 아니, 아니, 맞아요. 책 속에서요.

버틀러 아, 알겠어요.

주디스 책에서…….

버틀러 그렇군요. 제가 『씨앗을 뿌리는 사람의 우화』를 쓰기 시작했을 때는 빗장 도시에 사는 사람이라곤 하나도 몰랐어요. 그런데 집필을 끝냈을 때쯤에는 적어도 친구 한 명은 빗장 도시로 이사해 들어간 후였죠. 그러니까 무슨 말인지 알아요. 그리고 이건 평범한 중산층 얘기죠. 제 친구도 교사였어요.

주디스 네.

버틀러 그 말대로 그런 곳이 점점 많아지죠. 그건…….

주디스 그러니까요. 하지만 저는 가끔 빗장 도시가 해결책이라기보다는 원인이 되지 않을까 생각해요. 음, 작가님 책에서는 그게 해결책으로 나오잖아요.

버틀러    아니에요, 결코 해결책이 되지는 않아요.

주디스    맞아요. 진짜 해결책이 되진 않죠. 사람들이 장벽을 뚫는 바람에 로런이 여행을 시작하게 되죠. 하지만 그게, 그게요. 모르겠어요. 그냥 작가님 책이 머릿속을 떠나지 않는 것 같아요. 전 어딜 가든 그 모습을 보고…….

버틀러    그렇다니 기쁘군요. 경고용으로 쓴 소설이거든요.

주디스    정말 그래요.

버틀러    그건 '이대로 계속하다간, 이런 상황에 이를지도 모른다'고 말하는 책이에요.

주디스    하지만 작가님은 확실히 그런 미래를 볼 수 있는 거죠.

버틀러    사람들이 이 책을 예언이라고 하던데, 저는 대체로 그런 말을 들으면 경악해요. 전 이 내용이 예언이 되기를 바라지 않거든요. 그런 세상에 살고 싶진 않아요.

## 제 소설의 결말엔
## 언제나 희망이 있죠.

주디스   절대로 싫죠. 안 돼요. 안 돼요. 우리도 이 책이 예언이 되길 바라진 않지만, 확실히 경고의 역할을 하긴 해요. 그렇지만 작가님이 쓴 장면과 아이디어 들이 얼마나 정확한지 보면 소름이 끼쳐요. 그러니까…… 북부 캘리포니아도 그렇고, 다요.

버틀러   고마워요.

주디스   모르겠어요. 그게요. 결국에는 행복 비슷한 결말이 나서 정말 기뻤지만요…….

버틀러   제 소설의 결말엔 언제나 희망이 있죠.

주디스   맞아요.

버틀러   예전에는 제가 비관주의자라는 사실을 걱정했는데, 정작 제가 비관적으로 끝을 맺는 이야기는 쓰지 못한다는 사실을 깨달았어요.

윌리엄스  자, 전화 고맙습니다, 주디스. 청취자들에게 말해두지만 이 소설은 사실 2032년을 배경으로 하고 있는데요. 뭐랄까, 버틀러 작가님은 이 이야기를 제3차 세계대전의 분할 계획처럼

전하는 것 같습니다.

버틀러 제 등장인물 중에 한 명이 그런 식으로 표현하긴 하죠. 쌓인 일들의 결과가 산사태처럼 쏟아지는 거예요. 우리가 무시하고 사는 모든 일들—몇 가지는 언급됐지만, 약물이며, 지구온난화 같은 것들이 점점 더 심각한 문제가 되어가고, 그냥 가뭄의 문제가 아니죠. 전 세계적 지구온난화의 영향이에요…….

윌리엄스 그런 것들이 빗장 도시, 인종, 살인과 얽히죠.

버틀러 네. 확실히 빗장 도시들도 얽히죠.

윌리엄스 소설에선 사람들이 공무원에게 잡혀가고요. 사라지는 거죠.

버틀러 음, 그렇죠.

윌리엄스 사람들이 식량과 무기를 감추기도 해요. 공립학교라곤 없고요.

버틀러 정확해요. 사람들은 그냥…… 정치가들이 공립학교는 실패한 실험이라고 판단하는 바람에, 많은 경우에 학교가 없죠.

윌리엄스 그리고 노예제도 나옵니다.

| 버틀러 | 네. 사실 노예제가 정말로 없어진 적은 없어요. 그저…… 조금 가라앉았을 뿐이죠. 지하로 들어갔어요. 하지만 많은 곳에서, 많은 나라에서, 예를 들어 부채 노예\*는 아직도 존재할뿐더러 합법이에요. |
|---|---|
| 윌리엄스 | 하지만 소설 속에는 미국에 노예제가 있습니다. |
| 버틀러 | 네, 그리고 지금 여기에도 노예는 있어요. 가끔 한 번씩, 새로운 어떤 곳에서 노예가 발견되었다는 뉴스가 나오죠. 하지만 소설 속에서는 노예제가 거의 합법화돼요. 노예라기보다는 고용계약 관계가 되죠. 파산하면 계약에 묶이는 거예요. |
| 윌리엄스 | 그러면, 하지만, 음, 방금 이야기에 대해서 질문이 한꺼번에 떠오르는데요. 그러니까, 노동착취 공장이라거나 배 밑바닥에 중국인 이민자들을 싣고 오는 것 같은 일을 말하는 건가요……. |
| 버틀러 | 대충은요. 아니면 태국에서 온 여자들 기억하세요? 무급으로 노동하고 있었던 데다가 말도 안 되게 긴 시간을 일해야 했고, 대체로 갇혀 있기까지 했던? |
| 윌리엄스 | 하지만 작가님 책에서는 사람들에게 말 그대로 목줄을 채우 |

---

\*     빚이나 기타 의무에 대한 상환을 담보로 사람을 부리는 방식으로, '담보 노동'이라고도 한다.

죠. 전기충격을 주는 목줄로, 쾌락과 고통을 줘서 사람들을 노예화해요.

버틀러      음, 제가 그 목줄을 고안했을 때는 전기충격 벨트에 대해 몰랐어요. 그런 식으로 죄수를 통제하는 장치가 실제로 나올 줄은 몰랐죠. 그런데 제가 첫 번째 책을 쓰던 도중에 그런 장치가 나왔어요. 그리고 원래 목줄을 선보이려던 두 번째 책에서는 목줄의 존재만 소개할 게 아니라 그걸 현재 있는 전기 벨트의 기술적인 후손으로 만들어야 한다는 걸 깨달았어요. 그 벨트는 꽤 단순해요. 그냥 고통만 주죠. 그런데 책에 나오는 목줄은 더 복잡해요. 목줄을 채운 상대에게 쾌락을 줄 수도 있죠. 사람을 악기처럼 연주할 수 있기에 굉장히 고약한 상황이고, 사람이 그런 상황에 처하면 죽은 사람을 부러워하게 돼요.

윌리엄스      음. 이번에는 노스캐롤라이나 채플힐의 레이철을 연결해보겠습니다. 레이철, 〈토크 오브 더 네이션〉입니다.

레이철      오늘 이렇게 멋진 시간을 만들어줘서 고마워요, 후안. 정말 감사합니다.

윌리엄스      오, 별말씀을요.

레이철      제 부족한 의견이지만, 옥타비아 버틀러는 당대 최고의 소설가예요.

버틀러 세상에. 고맙습니다.

레이철 저는 『씨앗을 뿌리는 사람의 우화』와 『은총을 받은 사람의 우화』를 제 정치 이론 수업에 쓰는데요. 이 작품은 정말로 학생들이 정치참여에 대해서나 그 의미에 대해서, 어떤 현실이 닥칠 수 있는지에 대해서 생각하게 해줍니다. 제 질문은 이거예요. 옥타비아, 제일 좋아하는 정치소설이 무엇인가요? 그리고 혹시 진행 중인 영화화 계약이 있나요? 그리고 '트릭스터의 우화'는 언제 나오나요?

버틀러 음, 마지막부터 역순으로 답할게요. '트릭스터의 우화'는 아직 쓰지 않았어요. 작업 중이죠. 제 모든 소설이 시작할 때는 다 이래요. 애를 먹이죠. 그러니까 아마 올해 말 아니면 내년 상반기쯤 쓸 것 같아요.

레이철 좋네요.

버틀러 영화화 계약은, 『킨』은 대체로 늘 옵션 계약이 되어 있어요. 지금도 그렇고요. 『씨앗을 뿌리는 사람의 우화』는 옵션이 걸려 있을 때가 한 번씩 있어요. 사실 제 책 대부분이 한 번 이상은 옵션이 걸렸어요. 하지만 영화화 옵션이라는 건 영화를 만들자는 계약을 성사시킬 수 있을지 여기저기 알아볼 권리를 산다는 의미일 뿐이라서요. 지금까지는……

레이철    스파이크 리Spike Lee*와는 얘기해보지 않았나요?

버틀러    지금까지는 아무도 영화화를 성사시키지 못했어요.

레이철    그렇군요.

버틀러    그리고 또…….

윌리엄스   버틀러 작가님, 레이철은 작가님이 스파이크 리와 이야기해
         봤는지 물어본 것 같은데요. 아니면 아무튼 흑인 영화제작자
         들을 생각하는 것 같군요.

버틀러    음, 대화를 해보긴 했죠. 하지만 공식적인 건 아니었어요. 우리
         둘 다 참여하는 이벤트에서 만났고, 둘 다 말을 하긴 했지만,
         '아, 저 사람이 그 영화를 만들까?' 같은 주제로 대화하진 않았
         어요. 아마 아닐 거예요. 전 아무 이야기도 못 들었거든요.

레이철    알겠어요.

윌리엄스   알겠습니다.

---

*        영화감독이자 각본가이자 배우, 할리우드의 몇 안 되는 아프리카계 미국인 제작자다.
         1989년 〈똑바로 살아라〉로 흥행을 거두며 대중과 평단 양쪽에서 큰 반향을 일으켰고, 이후
         에도 〈말콤 X〉 〈정글 피버〉 〈블랙클랜스맨〉에 이르기까지 오랫동안 흑인 공동체와 인종차
         별 문제를 주로 다루며 도발적인 이야기를 만들어왔다.

버틀러   상관은 없지만, 전 아무 소식도 듣지 못했어요.

레이철   훌륭한 아이디어인데 말이죠.

버틀러   아. 그리고 제가 좋아한 소설들에 대해서라면, 바로 떠오르는 유일한 정치소설은 뻔하디뻔한 책, 『1984』인데요. 학교에서 읽으라고 하기 전에 저 혼자 읽었죠. 그리고 물론『동물농장』도요. 정치적인 소설들이 뉴스 중독자로 사는 삶 이상으로 제게 영향을 미쳤는지는 잘 모르겠군요. 전 뉴스를 많이 읽고 들어요. 필요 이상으로 많이, 저에게 좋지 않을 정도로 많이요. 그리고……

윌리엄스   어렸을 때는 SF 잡지 읽기를 좋아했다는 내용을 읽었습니다만.

버틀러   아, 그랬죠. 하지만 지금은 뉴스를 피하고 살 수가 없는 것 같아요. 말이 나온 김에 말인데, 후안 윌리엄스의 쇼도 늘 들어요.

윌리엄스   이런, 고맙습니다, 옥타비아.

버틀러   저런!

레이철   질문 하나 더 해도 될까요?

버틀러    물론이죠.

윌리엄스  물론입니다. 질문하세요.

레이철    고마워요. 혹시…… 작가님의 정치적인 의도에 대해서 들을
          수 있을까요? 이 두 권의 책에서…… 어떤 의도가 있었을 수
          도, 없었을 수도 있겠지만. 이 책들에는 분명히 우리가 **빠**
          **르게** 다가가고 있는 미래의 모습이 있잖아요.

버틀러    아니에요…….

레이철    우리가 온정적 보수주의\*를 받아들인다 해도요. 어떤 사람들은
          우리가 그 방향으로 가고 있다고 말할 수도 있는데, 저는 작가
          님이 이 문제를 다루기가 불편하진 않았는지가 궁금했어요.

버틀러    사실은, 제 정치적 의도라는 말은 적절하게 들리지가 않네요.
          마치 아까 말했듯이 제가 이 소설들로 예언을 하려고 한다는
          듯한 표현이라서요. 이 소설들은 예언이 아니에요. 경고죠.
          '우리가 조심하지 않으면'이죠. "우리가 이제까지처럼 계속한
          다면, 이런 결과에 처할지도 모른다." 제가 책에서 쓰는 문제
          들은 우리가 어떻게든 할 수 있는 문제들이에요. 제가 소설

\*        기존의 보수주의 이념과 달리 소외계층의 보호를 도입한 보수주의. 복지를 부정하지 않는
          반면, 직접적인 복지는 사람을 무력화하는 자선이므로 어려운 사람에게 가장 기본적인 도
          움을 주어 자립시켜야 한다고 여기는 태도로, 부시 행정부의 슬로건이었다.

에 쓰는 이유도 그래서고요. 우린 지금 같은 교육 문제를 안고 살지 않을 수 있고, 공교육을 포기하지 말아야 해요. 깜짝 놀랄 만큼 많은 사람이 공교육을 포기해야 한다고 말하지만요. 그 사람들에겐 대안이 없어요. 그저 이렇게 생각할 뿐이죠. '공교육이 제대로 돌아가지 않는데, 뭐 하러 공교육에 돈을 내?'

## 우리는 어떤 세상에 살고 싶은지 생각해야 해요.

윌리엄스   이 나라의 태도는 갈수록 그런 것 같습니다. 다만 전 작가님 생각에 이의를 제기하고 싶은데요…….

버틀러   무서운 일이죠.

윌리엄스   음, 어떤 면에서는 SF에서처럼 무섭지 않나요?

버틀러   음, 현실이 무섭죠.

윌리엄스   맞습니다.

버틀러   제 말은, 우리는 어떤 세상에 살고 싶은지 생각해야 해요. 그런데 살아 있는 사람 중에 제가 소설로 쓴 세상에 살고 싶은 사람은 아무도 없을 거예요. 그런데도 우린 그런 세상을 만들 수 있단 말이죠.

월리엄스    흠, 사실 저는 그 부분에 대해 이의를 제기하려고 했습니다. 작가님은 사실 권력관계에 대해 쓴 게 아니라고 했지만, 저는 그렇게 썼다고 생각하거든요. 제 생각에는요…….

버틀러    오…….

월리엄스    『패턴마스터』에서 작가님은 텔레파시를 통해 이어져 있는 지배층에 대해 썼죠. 그건 지배계층이었어요. 권력 엘리트였죠.

버틀러    그래요. 전 제가 예언을 쓰지 않았다고 했는데요.

월리엄스    이런, 죄송합니다. 제가 오해했나 보군요.

버틀러    흠. 그래요, 전…….

월리엄스    저는 작가님이 확실히 정치적인 이야기를 쓴다고 생각하거든요. 강력한 정치적 견해가 담겨 있어요.

버틀러    아, 그래요. 전 권력에 대해서 꽤 쓰죠.

월리엄스    그렇다니까요.

버틀러     지금까지 말한 적이 없었지만, 그래요. 제가 힘(권력)에 대해 쓰게 된 이유 중에는 성장하는 동안 제게 아무 힘이 없다고 느꼈고, 그래서 힘이 매력적이었기 때문도 있어요. 전 글을 쓰기 전에 온갖 일에 다 뛰어드는데요. 도서관에 가서 이 책 저 책 들춰보기도 하고, 여행 중에 들을 수 있게 녹음된 강좌 테이프를 사기도 해요. 온갖 짓을 다 하죠. 안 그래도 최근에 테이프로 강좌를 하나 사서, 바로 이번 여행에서 계속 들었어요. 그 강좌에서 한 명이 헤겔에 대해 말하는데, 헤겔의 '힘이 권리를 만든다'는 아이디어를 들으니 매력적이더군요. 물론 이렇게 투박하게 말하진 않았죠. 저도 분명히 학창 시절에 헤겔의 글을 과제로 읽었을 텐데, 그건…… 학교에서 읽는 글은 그 수업이 끝나자마자 잊어버리는 거 알죠.

윌리엄스     사실입니다.

버틀러     그런데 지금 다시 들었더니, 헤겔이 지금 일어나는 일은 다 그렇게 일어나도록 되어 있던 일이라는 이야기를 얼마나 멋지고 영리하게 말했는지가 확 되살아나더라고요. 꼭대기에 있는 사람은 꼭대기에 있도록 정해진 사람이라는 거죠. 전 여전히 권력관계에 관심이 있고 여전히 그 문제에 대해 쓰지만, 이제는 제가 힘을 갖지 못한 것을 걱정해서가 아니라, 그저 '인간이란 무엇인가'에서 권력관계를 뺄 수가 없어서예요.

윌리엄스     맞아요.

버틀러     그리고 전 인간다움의 여러 다른 길에 대해서 쓰죠.

윌리엄스     청취자들에게 지금 이 방송은 NPR 뉴스의 〈토크 오브 더 네이션〉이라는 사실을 다시 알립니다. 이번에는 오리건 포틀랜드의 앤지를 연결해보죠. 앤지, 〈토크 오브 더 네이션〉입니다.

앤지     안녕하세요. 좀 어때요?

윌리엄스     좋습니다, 고마워요, 앤지.

앤지     옥타비아, 무엇보다도 우선 전 당신이 현대사회에 대해 논평하고, 당신이 보는 문젯거리가 무엇인지 내놓고, 가능한 해결책까지 제시하는 방법으로 SF를 이용하는 데 대해 한마디 하고 싶었어요. 그리고 전 당신의 시선을 정말 높게 평가해요. 공유하는 부분도 많고요. 하지만 그런 이야기가 정말 효과적인 건 독자들의 마음을 움직일 수 있기 때문이죠. 저한테는 그래요. 제가 소설을 읽는 건 이야기를 사랑하기 때문이에요. 그리고 분명히 저와 같은 관점에서 쓴 유토피아 소설, 디스토피아 소설을 이제까지 많이 읽었는데, 그래봐야 공허하기만 했어요. 그런데 당신이 쓰는 캐릭터에서 가장 좋은 건, 특히 '우화' 시리즈와 『킨』의 주인공들이 좋은 건 그들에게서 믿을 수 없이 친밀감이 느껴진다는 거예요. 마치 오랜 친구를 대하는 듯한 느낌이에요. 그래서 묻고 싶은 건, 일부러 그러는 건가요? 당신의 캐릭터와 독자 사이에 그런 관계를 형성하려고 짜

넣는 건가요, 아니면 그냥 그게 작가로서 당신의 재능인가요?

버틀러　의도한 게 맞아요, 앤지. 전 제가 참여할 수 있는 소설을 읽고 싶고, 다른 사람들을 참여시키는 소설을 쓰고 싶어요. 우린 결코 소설 속 캐릭터를 아는 만큼 서로를 잘 알 수가 없어요. 소설 속 캐릭터의 마음속으로는 들어갈 수가 있으니까요. 그리고 저는 저를 계속 캐릭터 바깥으로 밀어내는 소설은 별로 읽고 싶지 않아요. 정말로 별로예요. 그래서, 그런 소설을 좋아하지 않으니까 그렇게 쓰지 않죠.

앤지　전 당신의 책들을 정말 고맙게 생각해요. 감사해요.

윌리엄스　전화해줘서 고마워요, 앤지.

버틀러　고맙습니다.

윌리엄스　그거 아세요, 버틀러 작가님. 전 마음속으로 이건 현실 세계에서는 독자의 친구로 존재하는 사람들, 그러니까 흑인, 아시아인, 히스패닉 등이 갑자기 SF에 튀어나오는 걸 보는 문제라고도 생각했어요. 왜 이전에는 그런 사람들이 SF에 없었을까요?

버틀러　완전히 없지는 않았죠. 전 제게는 무척 좋은 시절에 나왔어요. 1970년에 클라리온 SF 작가 워크숍에 갔는데…….

월리엄스    다음 휴식 시간까지 30초 정도밖에 없으니, 빨리 말해줄 수 있다면 감사하겠습니다.

버틀러    좋아요. 그 워크숍은 우리가 여성이든 뭐든 더 포용하는 방법을 배우는 곳이기도 했어요. 저야 저 자신을 글에 넣어야 하기에, 더욱 포용적일 수밖에 없죠.

월리엄스    좋아요. 이제 잠시 짧게 휴식하겠습니다…….

월리엄스    다시 〈토크 오브 더 네이션〉 시간입니다. 저는 후안 월리엄스고요. 버틀러 작가님, 제가 청취자인 척하고 질문을 하나 하고 싶은데요. 작가님은 종교에, 특히 종교를 만드는 일에, 그리고 광신도와 광신에 아주 관심이 많죠. 걱정 때문인가요? 광신에 대해서나, 미국 사회에서 신종교가 성장하는 문제에 대해 걱정하나요?

버틀러    오, 음, 아니에요. 딱히 그렇지는 않아요. 이번 소설 두 권은 구체적으로 종교에 대해 걱정하죠. 그런 의도가 담겼고요. 물론 광신은 문제고, 모든 말썽이 누구 책임인지 손가락질하고 손을 쓰려고 드는 희생양 유의 광신은 특히 문제예요. 이 두 권의 소설에서 저는 종교 없는 인간 공동체는 없다는 현실에 편승하는 셈인데요. 무슨 뜻이냐 하면, 특정한 신을 알지 못하는 인간 공동체는 있을지 몰라도, 세속적이든 성스럽든 간에 모두 종교를 만들어내기는 한다는 거예요. 그리고 지금 이 경우에 제 캐릭터는 주위를 둘러보고 말하죠. "왜 종교를 뭔가에 이용하면 안 되는데? 왜 종교가 도구가 되면 안 돼? 종교가 우리를 다른 것들은 데려다줄 수 없는 곳으로 데려가줄 수도 있잖아?" 주인공이 만드는 종교는 '지구종'이라고 하는데, 주인공은 지구종의 숙명이 별들 사이에 뿌리를 내리는 것이라고 말하죠. 사람들에게 목표를 주는 거예요. 그것도 어려운 목표, 장기적인 목표를요. 중세에 대성당을 짓던 것과 비슷해요. 대성당 건축을 시작할 순 있어도, 시작한 사람이 끝날 때까지 살지는 못했죠.

윌리엄스 흠, 그 종교와 예를 들면 유대교나 가톨릭이나 개신교 분파들이 다른 점이 뭡니까?

버틀러 기본적으로, 지구종 사람들은 살아 있는 동안에 천국에 가죠. 가는 사람은요. 주인공은 지구종의 숙명이 별들 사이에 뿌리 내리는 것이라고, 우리가 털 없는 공룡이 아닌 어떤 존재가 되려고 한다면 우주로 나가야 한다고 진심으로 생각해요. 그리고 우리가 저 바깥으로 나갈 제일 좋은 방법은 우리를 그곳까지 데려가줄 거대한 프로젝트 집단을 만드는 거죠. 식민주의나 그 비슷한 걸 생각하는 건 아니에요. 주인공은 그저 일종의 인간 보험에 들려고 하는 셈이에요.

윌리엄스　그렇다면 주인공이 하는 일과 컬트 집단* 사이의 차이는 뭔가요?

버틀러　흠, 제 생각에는 어떤 종교든 처음 시작할 때는 컬트로 불릴 수 있어요.

윌리엄스　하지만 그 격렬함이 다를 텐데요. 아시다시피, 짐 존스Jim Jones**는 교황과 좀 다르죠.

버틀러　아, 무슨 말인지 알겠어요. 교황이 교황으로 출발한 건 아니지만요. 그것도 유대교 내부의 작은 컬트로 시작했어요. 기독교 말이에요. 유대교 안의 작은 컬트 집단으로 시작했죠. 그러니까, 대부분의 종교는 컬트로 시작해요. 그때는 작으니까요. 지지자도 몇 명 안 되고, 바깥 세계에서 많이 이해받지도 못하죠. 제 주인공은 몇 사람으로 시작해요. 그중에서도 일부는 주인공의 말을 믿고, 일부는 그저 따뜻하고 배부른 삶을 원하죠.

윌리엄스　좋아요. 이제 세인트루이스의 마이클을 연결해볼까요. 마이클, 〈토크 오브 더 네이션〉입니다.

---

*　사이비 집단이라는 의미와 소규모 종교 집단이라는 의미가 같이 쓰이고 있다.

**　인민사원Peoples Temple의 교주로, 900명이 넘는 신도들의 집단자살 사건을 일으켰다.

버틀러    좋아요.

마이클    여보세요.

윌리엄스   여보세요.

마이클    안녕하세요, 후안?

윌리엄스   네. 고맙습니다, 마이클.

마이클    안녕하세요, 버틀러 작가님. 이 쇼에서 작가님과 대화할 기회
        를 얻어 정말 기쁩니다.

버틀러    고마워요, 마이클.

마이클    저는 작가님의 모든 작품을 두 번 이상씩 읽었어요. 그리고
        그 책들이 얼마나 사실적이고 설득력 있는지 이야기하고 싶
        었어요. 일단 책을 잡으면 내려놓을 수가 없다는 점에서요.
        그리고 저는 또…….

버틀러    고마워요.

마이클    그게, 과학에서는 미래에 대해 비현실적인 시각이 너무나 많
        고 영화와 텔레비전에서도 너무나 많이 미화해왔잖아요. 사

람들이 미래가 어떻게 될지, 그 미래에 어떻게 얽힐지 완전히 감을 잘못 잡고 있다고 생각하나요?

버틀러     누구든 미래가 어떨지 알 수 있다고는 생각하지 않아요. 우리가 미래를 만들고 있기는 하지만, 선명하게 볼 수는 없죠. 미래를 더 낫게 만들려고 노력할 수 있을 뿐이에요.

마이클     무슨 말씀인지 이해해요. 그리고 제가 지적하고 싶었던 한 가지는요, 그러니까 미디어에서나 영화에서나 미래를 그리는 방식 때문에요. 많은 사람이 배제되고, 음, 아까 제가 말한 대로 제한된 시각만 보인다는 거예요. 그런데 작가님의 글은 모두를, 그리고 모든 상황과 사회적인 모든 것을 포함시키는 셈이죠. 그래서 어쩌면…… 그, 아까 전화한 여자분이 작가님 글 중에 몇 편은 거의 예언 같다는 말을 한 게 아닐까요?

버틀러     아, 그분이 그렇게 표현한 것 같지는 않지만, 제 글이 폭넓게 포괄하려고 하기는 하죠. 전 사람들에 대해서 쓰고, 비슷한 점만이 아니라 다른 점들에도 매력을 느껴요. 저는 남부 캘리포니아 출신이고 한 번도 인종 분리 공동체에 살아본 적이 없는데, 그 덕분에 바깥 현실에는 모두가 다 있다는 사실을 인식할 수 있었을 거예요.

윌리엄스     아시다시피, 하지만 묘사 중에…….

버틀러 　　 그리고 저는…….

윌리엄스 　　 제가…… 아, 마저 말하세요.

버틀러 　　 아, 한 가지 더요. 아까 이 말을 했는지 모르겠는데, 제가 글
을 쓰면서, 열두 살에 처음 SF를 쓰던 때에는 제가 읽는 SF에
나오는 모든 사람이 백인이었고, 제가 SF에서 읽은 사람들 대
부분이 남성이었어요. 그러니까 전 정말로 저 스스로를 글에
넣어야 했죠.

윌리엄스 　　 제가 하려던 말은…….

버틀러 　　 그리고 일단 제가, 아, 미안해요.

윌리엄스 　　 아닙니다. 제가 하려던 말은, 작가님에 대해, 그러니까 작품
말고 개인사를 읽다 보니 스스로 늘 외부인처럼 느꼈고 아이
치고 키가 컸다는 말을 자주 했던데요. 키가 180센티미터였
고, 통합된 공동체에 살고 있었는데도 마치 밀려나 있는 것처
럼 느꼈다고요.

버틀러 　　 실제로 구석에 밀려나 있었어요. 전 사교가 정말 어색한 사람
이었어요. 많은 SF 작가가 사교를 어색해하고 육체적으로 평
범하지 않은 젊은이들 중에서 나와요. 성장하면서 스스로의
육체에 익숙해지기는 하지만, 그 무렵이면 이미 SF 쓰기에 낡

여 있는 거죠. 그리고 분명히 저도 그런 사람이었어요. SF 작가 워크숍에 가보니, 그곳에서 만난 사람들은 인종과 성별이 각기 다르다 해도 그 한 가지 면에서는 저와 무척 흡사했죠. 다들 바깥으로 밀려난 사람들이었어요.

윌리엄스   좋습니다. 이제 또 전화를 몇 통 받아볼까요. 미네아폴리스의 엘리자베스 연결합니다. 엘리자베스, 〈토크 오브 더 네이션〉이에요.

엘리자베스   안녕하세요. 전 컨벤션 기간에 미네아폴리스에서 옥타비아 버틀러를 한 번 만날 기회가 있었는데요. 하지만 당시에는 제가 눈이 보이지 않았고, 절 데려다줄 사람을 찾을 수가 없었어요.

버틀러   아.

엘리자베스   그건 그렇고, '패터니스트' 시리즈에서 잠재 능력을 가진 사람들을 그린 작가님의 통찰에 대해 묻고 싶은 게 있어요. 이 잠재 능력자들의 행동 방식을 보면 마치 정신적으로 아픈 사람처럼 보이는데요. 저는 그 내용을 보고 그 사람들이 너무 민감하기 때문에, 아픔을 누그러뜨리려 알코올과 약물을 남용해야 했는지도 모른다고 생각했어요. 제가 이해하기로는요.

버틀러   정확해요.

엘리자베스　혹시 다른 통찰이 있다면, 통화 끊고 들을게요.

윌리엄스　잠깐만요, 엘리자베스. 끊기 전에, 당시에 눈이 보이지 않았다고요?

엘리자베스　눈 수술을 받았는데, 옥타비아 버틀러에게 데려다줄 사람을 찾을 수가 없었어요. 그때 만났다면 바로 이 질문을 했을 거예요.

버틀러　그때 알았다면 좋았을 텐데요. 세상에.

윌리엄스　하지만 이젠 회복한 거고요?

엘리자베스　아, 네.

윌리엄스　아, 다행이네요. 자, 좋습니다. 전화해줘서 고마워요, 엘리자베스. 옥타비아?

엘리자베스　통화 끊을게요. 감사합니다.

윌리엄스　예.

버틀러　좋아요. 주로 『내 마음의 마음』에 나오는 잠재 능력자들은, 텔레파시 능력이나 다른 초능력을 갖고 있지만 통제는 하지 못하고, 능력을 꼭 이해하지도 못하며, 그 능력으로 너무나 고통받다 보니 정신적으로 아파 보이죠. 결국 진짜 텔레파시 능력을 갖고 다른 사람들의 생각을 듣는 사람과, 조현병으로 목소리를 듣는 사람 사이의 차이가 뭐겠어요? 잠재 능력자들은 사실을 모르고, 고통받으며, 그저 그 목소리들을 잠재우려고 알코올과 마약을 남용해요.

윌리엄스　흠. 매사추세츠 서머빌의 빌을 연결해볼까요. 빌, 〈토크 오브 더 네이션〉입니다.

빌　반가워요, 후안. 반가워요, 옥타비아.

윌리엄스　반갑습니다.

버틀러　안녕하세요.

빌　한 가지 말하고 질문할게요. 말하고 싶은 건, SF 작가들은 규율의 잠재력에 도전하는 일이 도통 없을 때가 너무 많다는 거예요. 그냥 지금 이 역사적 순간에 우리가 속한 지배문화에 장치만 더 붙여서 투사할 뿐이에요. 그리고 제가 옥타비아의 글에서 사랑하는 건, 옥타비아가 인간의 잠재력을 온전히 본다는 거예요. 그래서 옥타비아의 SF는 그냥 기술적인 과학이 아니라 사회과학적 소설이기도 하죠.

버틀러      고맙습니다.

빌      고마워요. 질문은 이건데요. '릴리스' 3부작에서, 당신이 오안 칼리라고 부르는 종족은 릴리스에게 인류에게는 내재된 갈등이 있어서 자기들이 끼어들지 않으면 그 모순이 인류를 멸종으로 이끌 거라고 하죠. 전 당신이 정말 그렇게 믿는지가 궁금해요. 정말로 그게 당신의 목소리인지가요. 정말로 그런 갈등이 존재한다고 믿나요? 그렇다면 그 갈등을 해결할 방법이 보이나요?

윌리엄스      빌, 전화해줘서 고마워요.

우리는 때로 도움이 되는 일을 하기보다
서로를 이기는 데 훨씬 관심을 두는 것처럼 보여요.

버틀러      그 갈등 혹은 모순이라는 건, 인류는 지성이 있지만 또한 위계적이고, 그 위계적 성향이 지성보다 훨씬 오래된 것이며, 때로는 지성마저 지배한다는 거죠. 그리고 전 이야기의 시작을 끔찍한 전쟁이 인류 대부분을 없애버린 후로 두어서 이 점을 강조해요. 그 시점에서는 위계 성향이 우위에 있었던 게 확실하고, 우리는 아슬아슬하게 멸종을 면한 상태예요. 그래서 제가 정말로 그렇게 생각하냐고요? 그럴 수도 있다고 의심하기는 해요. 책 속에 쓴 것과 똑같지는 않더라도, 우리는 때로 장기적으로 도움이 되는 일을 하기보다 서로를 이기는 데 훨씬 관심을 두는 것처럼 보여요. 나라 간에도 마찬가지고요.

윌리엄스    버틀러 작가님, 그 말씀은 꼭 유전적인 운명을 믿는다는 듯이 들리네요. 우리의 유전자에 위계를 사랑하는 것 같은, 우리가 벗어날 수 없는 어떤 요소들이 있다는 거죠?

버틀러    위계에 대한 사랑은 아니에요. 위계적인 성향이죠. 하등동물과 식물에게서도 발견할 수 있는 행동 방식이죠. 소설 속에서 바로 그런 묘사를 할 때 어디에서 영감을 받았는지가 기억이 나는데요. PBS에서 보던 자연다큐에서 어떤 해조류의 복제물이, 정확히는 똑같은 유전자인 두 개의 조류가 한 바위에서 자라다가 점점 성장해서 마주치는 모습이 나왔어요. 그리고 "어, 실례합니다. 이제는 위로 자랄게요" 이러는 게 아니라, 한쪽이 다른 쪽을 독살하려고 하더군요. 이기려고 하는 거죠. 그러니까 저는 계획된 뭔가를 말하는 것도 아니고, 사악한 뭔가를 말하는 것도 아니에요. 그냥 성향에 대한 이야기죠.

윌리엄스    좋습니다. 이제 워싱턴 시애틀의 니시에게 연결해보죠. 니시, 〈토크 오브 더 네이션〉이에요.

니시    안녕하세요. 안녕하세요, 옥타비아.

버틀러    안녕하세요.

니시   좋은 쇼네요. 제가 묻고 싶었던 건요, 클라리온이라는 작가 워크숍에 학생으로도, 강사로도 참여했던 걸로 아는데요. 워크숍 이후의 합평 모임에 어떤 가치가 있는지 말해줄 수 있을까요. 그리고 왜 작가님은 그런 곳에 들어가지 않는지 궁금해요.

버틀러   아, 그건 저에게 묻기 좋은 질문은 아닐지도 모르겠어요, 니시. 저는 이미 그런 시점에 이르렀거든요. 합평 모임이 필요하기보다는, 제 일을 해서 내보내는 데 더 집중할 필요가 있는 시점이요.

니시   하지만…….

버틀러   때로는 그런 시점에 도달하게 됩니다. 경력이 쌓이는 대신 비평만 받고 있다 싶어지는 시점요.

니시   예전에는 합평 모임에 속했다가, 경력이 쌓이면서 합평이 이전보다 가치가 없어진 건가요?

버틀러   네, 두 개인가 세 개에 들어가 있었어요. 그리고 경력 문제는 아니었어요. 그보다는, 경력을 쌓으려면 집에 가서 글을 쓰는 게 나았다는 문제죠.

윌리엄스   니시, 전화해줘서 고마워요. 버틀러 작가님, SF는 새로운 방향으로 이동하고 있나요?

버틀러 보통 그렇다고 생각해요. 그러니까, 본성상 그렇죠. 꼭 새로운 예언이나 신기술 이야기는 아니고요. 무엇에 대해서든, 이를테면 나노테크놀로지에 대해서 우리가 더 많이 알게 되면 더 많이 쓸 수 있게 되겠죠.

윌리엄스 짧게 부탁할게요. 곧 끝을 내야 해서요. 좋습니다…….

버틀러 좋아요. 우리는 뭔가에 대해서 배우면 배울수록 더 쓸 수 있고, 지금 이대로 계속하면 어떤 일이 일어날지를 더 생각할 수 있죠.

윌리엄스 정말 고맙습니다. 오늘 주어진 시간은 다 됐네요. 이 시간에 전화를 걸어준 청취자들 모두에게 감사하고, 특히 오늘의 손님 옥타비아 버틀러 작가님에게 감사합니다.

버틀러 고맙습니다.

윌리엄스 옥타비아 버틀러의 새 책은 『은총을 받은 사람의 우화』입니다. NPR 뉴욕 지국에서 연결했습니다. 함께해주어서 고맙습니다. 여기는 워싱턴, 저는 후안 윌리엄스, NPR 뉴스입니다.

# 인종차별에 대한 에세이

사이먼     이번 주에 남아프리카공화국 더반에서 UN 인종차별 콘퍼런스가 시작됨에 따라 저희는 이런 생각을 하게 됐습니다. 인종차별이 그냥 사라져버린다면 인류는 자기 위치를 어떻게 알까요? 요컨대, 인종차별이 없는 세상을 상상해보세요. 저희는 이 생각을 작가 옥타비아 버틀러에게 전달했습니다. 버틀러는 작가 경력 내내 인류라는 종의 미래와, 이 우주 어딘가 다른 곳에 있을 수도 있는 우리의 상대에 대해 사색했죠. SF계의 주요 상을 모두 받았을 뿐 아니라 일명 '천재상'이라 불리는 맥아더 펠로십도 받았고요. 옥타비아 버틀러에게 인종차별이 없는 세상을 상상해보라고 부탁했더니, 그 결과는 그의 소설과 마찬가지로 놀라우면서도 심란했습니다. 이 에세이는 저희 웹사이트(npr.org)에 게재되어 있습니다. 옥타비아 버틀

---

NPR 프로그램 〈위켄드 에디션Weekend Edition〉, 2001년 9월 1일. 이 인터뷰는 스콧 사이먼 Scott Simon에 의해 진행되었으며, 2001년 8월에 개최된, 인종차별에 관한 UN 콘퍼런스를 위해 옥타비아 버틀러가 작성한 에세이 「인종차별에 관하여On Racism」를 바탕으로 이루어졌다.

러가 워싱턴 시애틀에 있는 KUOW 회원 방송국* 스튜디오에서 저희와 대화합니다. 함께해주셔서 정말 고맙습니다.

버틀러   고맙습니다.

사이먼   그리고 작가님은 완전하고 절대적인 공감 능력이 있는 세상을 시도해볼 만하다고 판단했습니다만, 그게 어떻게 작동할지에 대해 내린 결론은 놀라웠습니다.

버틀러   저는 가끔 우리가 어떤 아이디어를 떠올리고 멋지다고 생각하는 건 한동안 그대로 살아보기 전까지라고 생각해요. 쓰기도 그런 식으로 쓰고요. 저는 제가 창조한 세상에서 한동안 살아보려고 하는데, 지금 말한 세상은 살기 무척 힘든 세상일 것 같아요.

사이먼   아무래도 그 세상에서 절대적인 공감력이 어떻게 작동할지 설명을 부탁해야겠는데요.

버틀러   음, 모두가 다른 모두의 고통과 쾌락을 느낄 테니, 누군가를 해치기가 무척 어려워지겠죠. 그 고통을 스스로 기꺼이 받을 생각이 아니라면요.

*   시애틀에 있는 NPR 회원 방송국.

385

사이먼　작가님 에세이에서 몇 줄을 읽어주셔도 좋겠군요. 몹시도 매력적으로 들리는 이 제안에 몇 가지 실질적인 결점이 있다는 생각에 이르렀는데요.

버틀러　"내 소설 속에서는 피할 수 없는 공감이 고통의 원인으로 잘 작동했지만, 권투나 미식축구 같은, 인기 있으면서도 고통스러운 스포츠들을 보면 고통을 공유한다고 해서 꼭 사람들이 서로에게 더 낫게 행동하는 것은 아니며, 오히려 문제를 일으킬 수도 있다는 생각이 든다. 예를 들어서 사람들은 의료 전문직이 되는 일을 그만둘지도 모르겠다. 간호사는 굉장히 인기가 없어질 수 있을 것이며, 그런 사회에서 누가 치과의사가 되고 싶어 하겠는가?"

사이먼　저널리스트는 어떨까요? 흠, 여기서 생각해볼 만한 문제군요. 우리가 어떻게든, 하다못해 인종차별과 이종 혐오(제노포비아) 경향만이라도 제거할 수 있다면, 또 무엇이 제거될까요?

버틀러　경쟁이 많이 없어질 수 있겠죠. 그러면 우리는 아주 다른 사람들이 될 테고요.

사이먼　작가님은 어느 시점엔가 이렇게 말했죠. 마지못해 내리는 결론이지만, 종으로서의 우리가 누군가에 대한 우월감을 즐기는 데엔 이유가 있을지도 모른다고요.

버틀러      심지어 그런 성향에 대한 광고도 있었어요. 누군가가 "내가 너보단 낫지"라고 하는 광고요.

사이먼      제 기억이 맞는다면 자동차 광고인가 그랬던 것 같군요. 자동차는 그런 비교에 특히 취약한 상품일지 모르겠습니다. 그렇지 않나요?

버틀러      개인적으로 사용할 뿐 아니라 공개적으로 내보이는 물건이라면 뭐든 취약할 수 있을 것 같군요.

사이먼      예를 든다면요?

버틀러      아, 예를 들어 집도 그렇죠. 어디에 사는지, 집의 외관이 어떤지, 잔디밭이 이웃집보다 푸른지 아닌지 등등요. 우리는 사실 그런 우스꽝스러운 방식으로 경쟁을 해요. 그게 상대적으로 안전한 경쟁이겠죠. 적어도 서로를 해치지는 않으니까요.

사이먼      예술가의 관점에서 볼 때, 이런 인종 분열이 없는 세상이 글로 쓰기에는 좀 더 어려울까요?

버틀러      네. 지루해질 거예요.

사이먼      그 점은 우리가 현대문학을 통해 알게 된 것 같군요.

버틀러    그게 가능하다면요.

사이먼    제 말이 틀렸다면 바로잡아주기를 바랍니다만, 우리가 모종의
        유토피아를 다루는 문학에서 본 수많은 묘사에서, 처음 25퍼
        센트까지 읽을 때는 '흠, 이거 좋은데' 하고 생각한단 말이죠.
        하지만 그러다가 나머지 부분으로 넘어가면 주인공이 이건 유
        토피아가 아니구나, 이건 행복하고 상냥한 독재의 일종이구나,
        여기엔 조금도 재미있는 게 없구나, 깨닫게 되지요.

버틀러    제 생각에 유토피아 문학의 문제점은, 문학에는 갈등이 있어
        야 하는데 유토피아에는 갈등이 있어선 안 된다는 점 같아요.
        저는 인간이 어떤 종류의 갈등도 없이 살 수 있다고 생각하지
        않아요. 우리가 갈등을 특별히 즐기진 않는다 해도, 피할 수
        는 없다고 생각해요.

사이먼    인류에 대해 공부해본 결과, 우리가 민족성과 피부색 같은 것
        에 대해 경쟁적으로 굴지 않는다면 또 다른 뭔가를 고를 거라
        는 건가요?

버틀러    우린 언제나 그랬어요. 모두가 같은 피부색, 같은 종교, 같은
        언어인 곳에서는 뭔가 다른 걸 찾아서 서로를 때리죠.

우린 때로 어리석은 목적,
아니면 위험한 목적으로 지성을 이용해요.

사이먼   그게 우리에 대해 뭘 말해줄까요?

버틀러   우리가 슬프도록 위계적인 종이고, 우리가 가진 위계 성향이
         오래된 데다가 지성을 지배할 가능성이 높다는 걸 말해주죠.
         그래서 우린 때로 어리석은 목적, 아니면 위험한 목적으로 지
         성을 이용해요.

사이먼   우리가 어디에 집중하면 여기가 덜 추악한 곳이 될 수 있을
         까요?

버틀러   전 남아프리카공화국에서 열리는 이번 콘퍼런스가 올바른 방
         향을 향하고 있다고 생각해요. 대화를 나누고, 협상을 할 수
         만 있다면 그 문제를 두고 싸울 가능성이 적어지겠죠.

사이먼   전 작가님이 에세이에서 사용하신 단어에 조금 놀랐는데요.
         '관용tolerance' 말입니다.

버틀러   예전에는 그 말을 싫어했어요. 예전에는 우리가 그런 식으로
         서로를 용인하기만 해야 하다니 얼마나 끔찍한가, 라고 생각
         했죠. 그러다가 관용이라는 건 기본적으로 상대를 내버려두는
         것이고, 자기네 삶을 살게 놓아두는 것임을 깨달았죠. 간섭 없

이 자기 삶을 살고, 자기 신을 섬기고, 기본적으로 그냥 자기 자신으로 산다는 게 정말 귀한 권리라는 것도 깨달았고요.

사이먼    관용이란 그 자체가 보답이 되는 미덕이고, 결국에는 우리 스스로에게 더 나은 사회를 만들어주기 위해 관용을 가져야 한다고 생각하고 싶어 하는 사람이 많을 겁니다. 그런데 작가님은 도덕적인 계산이 그렇게 쉽지 않다고 하시는 것 같군요.

버틀러    맞아요. 우린 다른 사람들도 똑같은 관용을 베풀 거라고 믿을 수가 없으니까요. 제가 든 사례는 학교 운동장에서 겪던 괴롭힘으로 거슬러 올라가요. 당신이 아무리 관용한다 해도 상대는 그렇지 않고, 상대방이 그러길 원한다면 관용으로는 그 상대가 당신에게 시비를 거는 걸 막지 못하죠. 그렇지만 저도 대부분의 사람은 관용으로 함께 어울릴 수 있다고 생각해요.

사이먼    혹시 에세이에서 저희에게 읽어주고 싶은 부분이 또 있을까요?

버틀러    아마도 마지막 부분이요. "1960년대 초에 방영된 UN 텔레비전광고가 있었는데, 무지, 공포, 질병, 굶주림, 의심, 증오, 전쟁에 대해 읊었다. 광고에서는 여기까지였지만, 나라면 탐욕과 복수도 더했을 것이다. 그리고 이 모든 것이 위계적인 사고를 위계적인 행동으로 바꾸는 기폭제가 될 수 있다. 이 모든 것들 사이에서 관용이 이길 가망이 있을까? 오직 우리가 원해야만 가망이 있다. 오직 우리가 원할 때만 가망이 있다. 평화의 모든 측면이 그렇듯, 관용도 언제까지나 완료되지 않고 진행 중인 과정이며, 결코 버려지지도 않을 것이다. 우리가 우리 생각만큼 지성적이기만 하다면."

# 크게 생각하는 사람

스탬버그   2001년에 관한 또 한 번의 대화, 이번에는 SF 작가 옥타비아 버틀러와 함께합니다. SF계의 모든 상을 수상하고 이에 더해 맥아더 펠로십까지 받은 분이죠. 버틀러 작가님은 인류라는 종의 미래와, 다른 행성에서의 삶이 어떠할 수 있을지를 생각하는 데 많은 시간을 할애합니다. 시애틀에 있는 회원 방송국 KUOW에서 연결했습니다. 초대에 응해주셔서 고맙고, 반갑습니다.

버틀러   고맙습니다.

스탬버그   저희는 2001년을 돌아봐주길 요청하고 있습니다. 2001년 올해가 한 국가로서의 우리를 바꿔놓았다고 생각하세요?

NPR 프로그램 〈위켄드 에디션〉, 2001년 12월 29일. 이 인터뷰는 수전 스탬버그Susan Stamberg에 의해 진행되었다.

버틀러    저야 국가로서의 우리는 해마다 바뀐다고 생각하죠. 단지 얼마나 달라지느냐의 문제일 뿐이에요. 올해는 다른 해보다 좀 더 많이 바뀌었을지도 모르고, 어쩌면 우리가 예상치 못한 방향으로 바뀌었을지도 모르지만, 변화 자체는 피할 수 없어요.

스탬버그    궁금한 게요, 옥타비아 버틀러. 작가님은 시애틀에 있고 저희는 반대쪽 해안에 있는데, 특히 뉴욕과 워싱턴에서는 올해 일어난 다른 어떤 사건보다도 9·11테러에 대해 훨씬 많이 이야기하고, 강박적으로 이야기하게 되거든요. 작가님의 경험은 어떤가요?

버틀러    맞아요. 저도 이 방송에 대한 요청을 받았을 때 제 생각을 써보려고 했더니—저는 생각을 하기 위해 끄적이거든요—주로 9·11테러에 대해 쓰게 되더군요. 또 감세, 환경문제, 지구온난화, 전쟁 같은 것들도 되돌아봤는데, 그런 문제들도 다 어디에도 가지 않고 여전히 그 자리에 있어요. 우리가 그런 문제들을 잊어버렸다는 사실이 심란한 건, 미래의 언젠가 우리가 그런 문제로 곤경에 처할 텐데 그때도 예상하지 못할 거란 뜻이기 때문이에요. 문제는 테러리즘이 아닐 거예요. 그저 우리의 태만 탓이겠죠.

스탬버그    우리는 지금 이 순간 전쟁을 치르고 있습니다. 이건 다른가요?

버틀러    그렇다고 생각해요. 우리의 진정한 적은 한 나라가 아니니까요. 아프가니스탄에서 벌인 우리의 노력에도 불구하고, 우리의 적은 스스로를 어찌할 줄 모르면서 희망은 거의 없는 많은 청년이에요. 잃을 게 없다고 생각하는 사람보다 더 위험한 것은 없는데, 우리가 진정으로 전쟁을 치르는 상대도 그런 사람들이에요.

스탬버그     SF는 어떻습니까. SF도 테러리즘을 다루나요?

버틀러     아마 있겠지만, 저는 잘 몰라요. 최근에 테러리즘이 나오는 작품을 읽지는 못했는데, 분명히 그걸 다루는 단편도, 장편도 있을 거예요.

스탬버그     제가 궁금한 건, 9·11테러 이후에 작가로서 버틀러 작가님에게 무슨 일이 일어났느냐는 겁니다. 달라졌나요?

버틀러     장편 하나를 죽였어요. 가벼운 소설이었죠. 쉬어가는 셈 치자 생각하고 판타지를 쓰고 있었거든요. 『씨앗을 뿌리는 사람의 우화』와 『은총을 받은 사람의 우화』를 끝내고 똑같이 암울한 소설을 하나 더 염두에 두다 보니 휴식이 필요해서 가벼운 소설을 쓰고 있었던 건데, 9·11테러 이후에는 계속 쓸 수가 없었어요. 결국엔 장편을 쓰지 않아도 되도록, 같은 이야기를 담은 단편을 쓰고 말았죠.

스탬버그     그러니까 장편을 쓰다가, 어떻게 보면 그런 밝은 세계에서 많은 시간을 보내고 싶지가 않아서 더 짧게 써버렸다는 건가요?

버틀러   그래요.

스탬버그   전에도 그런 적이 있습니까?

버틀러   없었던 것 같아요. 형편없는 소설을 써서 출간한 적은 있지만, 이번처럼 그냥 나가떨어진 장편은 하나도 없었어요.

스탬버그   그러면 지금은 어떤 작업을 하고 있나요?

버틀러   암울한 소설로 돌아갔죠. 하지만 단편을 쓰는 건 재미있었어요.

스탬버그   그래서 2001년을 역사상의 큰 변환점이 아니라 그저 우리가 거쳐 가는 또 다른 변환점이라고 보신다면, 그 의미는 무엇이라고 생각합니까?

버틀러   개인적인 차원에서 본다면, 저는 SF 작가이기 때문에 2001년이 왔다가 가는 모습을 지켜보는 게 흥미진진해요. 그리고 우리가 아직 다른 SF 작가가 상상했던 것만큼 멀리 가지는 못했다는 걸 깨닫게 되네요. 아서 C. 클라크 말이에요.

스탬버그   『2001 스페이스 오디세이』를 쓰신 분 말이죠.

버틀러      저는 클라크가 생각한 미래를 응원하던 셈이에요. 어쨌든 그 중에 좋은 부분은요.

스탬버그    어떤 부분 말인가요?

버틀러      더 큰 우주로의 여행, 그리고 부담이 별로 없는 우주여행이라 는 아이디어요. 저는 1960년대 우주 경쟁Space Race 시기*에 성 장했는데, 그건 실제 전쟁은 하지 않으면서 경쟁하는 훌륭한 방법이었어요. 과학기술 면에서 독려받을 수 있었고, 소련과 싸우면서도 핵전쟁은 하지 않을 수 있었죠. 핵전쟁 대신에 달 에 가려고 경쟁했어요. 전 여전히 우주 경쟁이 서로를 해치지 않으면서 과학기술 분야에 많은 성과를 거둘 한 가지 방법이 라고 생각해요.

---

*      1955년부터 1975년까지 진행된 미국과 소련의 우주비행 경쟁 시기.

# 끔찍함으로부터 상상하기

다음 인터뷰는 두 번에 걸쳐 이루어졌다. 2003년 겨울, 옥타비아 버틀러가 첫 번째 성공작이었던 『킨』의 25주년 기념판 출간을 축하하는 투어를 끝낸 직후에 한 번, 그리고 『쇼리』 출간과 『블러드차일드』 첫 확장판 출간이 같이 있었던 2005년 가을에 또 한 번이다. 작가의 요청에 따라, 두 인터뷰 모두 공개 강연 내용의 일부를 가져와 보완했다. 첫 번째 인터뷰는 캘리포니아대학교 버클리의 모리슨 열람실에서 이루어졌으며, 아프리카계 미국인 연구 학과와 아프리카나 연구 프로그램에서 조직했다. 두 번째 인터뷰는 오클랜드에 있는 아프리카계 미국인 관련 서점인 마커스 북스에서 이루어졌다. 따라서 두 인터뷰는 작가와 그 독자들의 심도 있는 상호 헌신 관계에 많은 도움을 받았다.

버턴-로즈   저는 『은총을 받은 사람의 우화』를 읽으면서 작가님이 수단에서 벌어지는 현대판 노예제, 아니면 콜롬비아나 소말리아

〈샌프란시스코 베이 가디언〉 2005년 12월 호. 이 인터뷰는 2003년과 2005년에 대니얼 버턴-로즈Daniel Burton-Rose에 의해 진행되었다.

에서 일어나는 체제 붕괴에 대한 뉴스를 보고 영감을 받은 줄 알았습니다.

버틀러 아니에요, 제가 본 건 미국이었어요. 나치 독일도 봤죠. 전 한 나라가 어떻게 파시스트화하는지에 관심이 있었어요. 어쩐지 우리도 그 길로 곤두박질칠 수 있다는 걱정이 들었거든요. 그 리고 또 우리가 유용한 방식으로 관심을 기울이지 않는 온갖 것들에도 관심이 있었죠. 정치적으로 이용되기는 하지만 대 체로 정말 쓸모 있는 방식으로 이용되지는 않는 일들이요. 전 교육과 경제와 생태, 그리고 지금 관심을 기울이지 않으면 우 리를 정말 살고 싶지 않은 세상으로 이끌고야 말 다양한 문제 들을 생각했어요. 과거에 대한 이야기가 아니에요. 현재와 미 래에 대한 이야기죠.

버턴-로즈 지금까지의 작가님 작품 대부분은 로스앤젤레스와 그 주변 에 깊이 통합되어 있습니다. 마이크 데이비스 같은 로스앤젤 레스 전문가도 작가님이 이 도시가 어떻게 디스토피아로 발 전할지에 대한 정보를 질적으로 업데이트하고 있다고 말하 는데요. 작가님과 로스앤젤레스의 관계를 어떻게 특징짓습 니까?

버틀러 당시에는 로스앤젤레스가 제가 살아본 유일한 지역이었어요. 꽤 큰 지역이지만요. 그러니 제가 미래에 대해, 그리고 우리 가 조심하지 않으면 스스로 불러올 미래에 대해 생각했을 때도 당연히 제가 사는 곳에 어떤 영향이 미칠까를 생각했죠. 다른 지역들에 대해서도 생각은 했지만, 로스앤젤레스를 먼저 생각했어요. 제 고향이었으니까요.

버턴-로즈　　혹시 『씨앗을 뿌리는 사람의 우화』에서 로런 올라미나가 북쪽으로 가는 경로가 작가님의 경로를 예시한 건가요?

버틀러　　아니에요. 전 지금 시애틀에 살고, 여기까지 걸어오지도 않았어요! 시애틀에 살고 싶어진 지는 꽤 오래됐죠. 어머니가 연로하신 데다 남편까지 잃어 곁을 떠날 수가 없었는데, 1996년에 돌아가셨어요. 어머니의 일을 정리하고 나니 앞으로 어떻게 하고 싶은지 생각할 수 있게 됐죠. 너무 늦기 전에 이쪽으로 이사하는 게 낫겠다고 생각했어요.

버턴-로즈　　배경의 변화가 글에 영향을 미친다고 보십니까?

버틀러　　아니요. 배경 변화는 큰 영향이 없어요. 물론 이제부터는 이쪽 지역에 대해 더 많이 쓰겠죠. 사실 제 단편소설 「마사의 책」의 주인공이 이 지역에 살아요.

버턴-로즈　　작가님 작품들은 정치의식이 높은 사람들의 걱정과 생각 들을 많이 반영하지만, 그러면서도 작가님은 사회운동에 비판적인 거리를 유지하고 있습니다. 예를 들어 『은총을 받은 사람의 우화』에서 그런 운동을 활성화하는 인물인 로런 올라미나의 일기 바깥에는 비판적인 목소리가 더해져 있어요.

버틀러     네, 로런의 딸이 쓴 비판이죠. 제가 비판적인 관점을 유지한 건 아니었어요. 로런의 딸이 소설에 이런 식으로 나오게 된 건, 제 어머니가 돌아가신 일의 직접적인 결과나 다름없어요. 어머니가 돌아가시자 전 어머니의 일을 정리하고 저 자신을 추슬러야 했죠. 어머니와 같이 살게 되리라 생각하고 막 집을 산 참이었어요. 충격 때문에 소설 쓰기도 한참 멈췄죠. 겨우 글쓰기로 돌아갔을 때는 갑자기 소설이 어머니와 딸의 이야기가 되어 있었어요. 원래 그럴 계획이 전혀 아니었는데도요.

버턴-로즈     확실히 힘든 이야기이고, 어머니 쪽에게는 대단히 고통스러운 이야기예요.

버틀러     저는 그 점을 오랫동안 이해하지 못했어요. 성공적인 것 같아서 그대로 두기는 했지만, 나중에 가서야 제가 어머니를 그리워하는 동시에 어머니가 돌아가셨다는 사실에 조금 화가 나 있었다는 걸 깨달았어요. 논리적이진 않지만, 사람들은 그런 생각을 하죠.

버턴-로즈     작가님이 동질감을 갖거나, 영감을 받은 사회운동이 있나요?

버틀러     심각한 건 없었어요. 참여한다는 의미에서는요. 지금은 '부시만 빼고 누구든' 운동 중이긴 하네요. 2003년 겨울에 처음으로 정치 후보자에게 후원금을 보내기도 했어요. 하워드 딘 Howard Dean이었는데, 경선에서 떨어졌죠.

제가 신경 쓰는 문제는 많고, 그중 몇 가지는 두 권의 '우화' 시리즈에서 언급하고 있어요. 환경보호 단체에는 상당수 가입해 있고요. 저는 정말로 우리가 장난치기를 그만두는 게 중요하다고 생각해요. 사람들을 숲에 들여보내 가장 귀한 나무들을 베게 하면서 숲을 개선하겠다는 생각은 그냥 터무니없고, 이전 세대가 정말 힘겹게 얻어낸 깨끗한 공기와 깨끗한 물을 위한 환경규제법을 잃을 거라는 생각도 터무니없다고 봐요. 제 말은, 우리가 형용할 수 없을 정도로 멍청한 짓을 하고 있으니 저도 관심을 두지 않을 수가 없다는 거예요.

물론 전쟁과 평화 같은 문제들도 있죠. 제가 보기에 이라크 전쟁은 전혀 필요하지 않았고, 전쟁에 돌입하기 전에 그렇게 말하기도 했어요. 우린 잘못된 길을 많이 가고 있어요. '우화' 시리즈는 경고예요. '이대로 가다간……' 유의 소설이죠.

사실 경고가 필요하지도 않아요. 다들 우리가 잘못된 방향으로 미끄러지고 있다는 걸 알 수 있어요. 특히 지구온난화 같은 문제에서는 더 그렇죠. 그런데 아무 조치도 취하질 않아요. 적어도 우리 정부에서는요.

버턴-로즈    제가 『씨앗을 뿌리는 사람의 우화』에서 이해하기 어려웠던 게 하나 있다면, 인간이 우주로 나가야 한다는 숙명을 완수하자는 부분이었습니다.

버틀러       '지구종'의 숙명 말이죠. 그게 왜요?

버턴-로즈    우주탐사는 막대한 부를 절박하게 돈이 필요한 가정으로부터
            다른 곳으로 돌리는 것이라는 생각을 떨치기가 어려워요. 그
            리고 이런 자금은 무엇을 맞닥뜨리든 군사적으로 정복할 생
            각인 사람들이 쓰잖아요.

버틀러       저는 태양계 바깥의 행성들이 군사적인 정복의 대상이 되리
            라 생각하지 않아요. 거리만 생각해도 그럴 수가 없죠. 제가
            본 것은 어쩌면 우리가 서로를 찢어발기지 않게 관심을 돌려
            줄, 까다로운 장기 프로젝트의 가능성이었어요. 또 그러면 소
            박하게나마 종으로서는 보험에 드는 셈이죠. 우리가 스스로
            를 파괴하는 데 성공한다 해도, 모든 곳에 있는 우리를 다 파
            괴하진 못할 테니까요.
            제가 우주로 나가는 것을 올라미나의 목표로 생각한 건, 제
            가 우주 경쟁 시기에 어린 시절을 보내서이기도 해요. 저는
            아침 일찍 일어나서, 준비 과정이 이루어지는 모습을, 머큐리
            Mercury 탐사 계획을, 그다음에는 제미니Gemini 계획을, 그다음
            에는 아폴로호가 떠나는 모습을 지켜봤어요. 눈을 뗄 수가 없
            었죠. 중요한 일 같았어요.
            나중에 가서는 이게 러시아인들과 실제 핵전쟁을 치르지 않
            으면서 전쟁하는 방법이라고 생각했어요. 전쟁에서와 같은
            결과인데, 과학기술 면에서의 결과가 따라오고, 경쟁도 있고
            요. 그러면서 엄청나게 많은 사람이 죽지도 않잖아요. 물론

우리는 베트남과 지독한 전쟁을 치렀지만, 소련과의 핵전쟁은 치르지 않았죠. 이런 우주 경쟁 덕분이기도 했어요. 피라미드부터 중세의 대성당에 이르기까지, 사람들이 종교의 권한을 이용해서 어려운 초장기 프로젝트를 해낸 일은 많았어요. 그러니 실제로 해낼 수 있다면, 실제로 인류라는 종에게 좋은 일이 될 수 있는 어려운 장기 프로젝트를 주는 게 어떨까 한 거죠.

버턴-로즈 '제노제네시스' 3부작에서는 외계인 오안칼리가 우리 인류의 두 가지 특성을 알아보는데, 지성과 위계 성향 중에서 후자가 우리의 치명적인 문제점이라고 보죠.

버틀러 맞아요. 두 가지 특성이고, 유감스럽게도 더 오래된 특성이 지배적이죠.

버턴-로즈 위계 성향 말씀이군요. '우화' 시리즈에 나오는, 통제할 수 없을 만큼 강력한 공감 능력을 이 특성에 대한 해독제로 제시하는 건가요?

버틀러 '우화' 시리즈 두 권 중에 어디에서도 초공감 증후군은 해결책이 되지 않아요. 오히려 문젯거리죠! 그것 때문에 제 주인공이 살아남지 못할 뻔하는걸요.

버턴-로즈 하지만 주인공이 남을 공격하지 못하게 막기도 하죠. 공격하

면 대단히 불쾌해지니까요. 사람들의 폭력 성향에 대한 안전
장치를 의도한 게 아닙니까?

버틀러　그렇긴 해요. 처음에 그 아이디어를 떠올렸을 때는 모두가 초
공감 증후군을 갖고 있는 시대에 대해 쓸 수도 있겠다고 생각
했어요. 어떤 이유에서인지 모두가 감염된 거죠. 조금 써보고
나서야 그것만 달라진다면 충분하지 않겠구나, 깨달았어요.
예를 들어, 언제나 다른 사람에게 돈을 주고 당신이 감당하려
는 것보다 많은 고통을 감당하게 할 수가 있겠더라고요. 게다
가 이 증후군은 결국 망상이에요. 능력이 아니라요. 제 주인
공들과 또 약물에 손상을 입은 다른 사람들이 가진 망상이죠.
전 책에서 일어난 모든 일이 실제로 일어날 수도 있는, 그런
책을 한 권 쓰고 싶었어요(실제로는 벌써 두 권이 됐죠). 새로이
개발된 능력에 대한 책을 쓴 게 아니에요. 전 도저히 떨쳐버
릴 수 없는 특정한 망상을 안고 살면서, "그건 다 네 머릿속의
일이야"라는 말을 들어봐야 아무 소용도 없는 사람에 대해 쓰
고 싶었어요. 물론 그건 머릿속에서 일어나는 일이죠. 그래도
똑같이 아픈데 어쩌라고요! 그래서 제가 주인공이 속임수에
넘어갈 수 있다는 점을 강조하는 거예요. 그리고 다른 사람들
도 똑같은 문제를 안을 수 있어요. 고통스럽지 않으면서 그런
척하는 사람에게 속아 넘어갈 수 있죠. 고통을 억누르면서 그
냥 흘려보내는 사람에게도 속을 수 있고요. 또 쾌락이라는 측
면도 있는데, 이건 좋은 일이지만 제 주인공이 강간당할 때는
기괴해지죠.

버턴-로즈 　책 속에서 일어난 모든 사건이 실제로 일어날 수 있는 책을 쓰고 싶었다고 했는데요. SF 장르를 쓰는 사람이라기에 작가님은 과학기술 자체에 대해서는 전혀 심취하지 않는 것 같습니다.

버틀러 　심취하진 않았지만, 관심은 있죠. '제노제네시스' 3부작에 나오는 과학기술은 거의 전적으로 생물학적이에요. 저는 생명공학에 훨씬 더 매력을 느끼더라고요. 하지만 그건 그냥 개인적인 관심이죠.

버턴-로즈 　『쇼리』는 어떻게 쓰게 되었나요?

버틀러 　『쇼리』를 쓰기 시작한 이유는 『와일드 시드』를 썼을 때와 거의 같아요. 제가 『와일드 시드』를 쓴 건 『킨』을 쓴 스스로에게 주는 보상이었어요. 『킨』은 우울했죠. 제 머릿속에서나 역사 속에서나 도저히 제가 즐길 수 없는 곳들에 가야 했어요. 또 『킨』에서는 제 주인공들이 사실 이길 수가 없었죠. 역사를 바꿔서 이기게 만들 수는 없었으니까요. 승리에 제일 가까운 게 살아남는 거였어요. 그 인물들은 살았죠. 온전하게 살아나오지는 못했어도, 살았어요.
　『킨』을 완성했을 때, 저는 뭔가 재미있는 일을 해야 했어요. 『와일드 시드』는 재미있었죠. 지금까지 쓴 책 중에서 가장 어려운 책에 들어갈 테니 이상한 일이지만요. 하지만 쓰는 내내 즐거웠어요.

'우화' 두 권을 쓰고 나서 세 번째 책을 쓰고 싶었지만, 한동
안은 글을 쓰지 못할 것을 깨달았어요. '우화' 두 권은 뉴스에
서 출발했죠. 조심하지 않으면 머지않아 아주 끔찍한 미래에
살게 될 거라고 경고하는 책이에요. 그러니 저도 가장 끔찍한
일들을 상상해야 했죠. 우리가 지금 하는 짓들을 계속한다면
어떻게 될까? 그런 생각을 많이 했고, 더 이상 그 세상에 살
고 싶지 않았어요. 계속 시도는 했죠. 세 번째 우화를 쓰려고
시도는 했는데, 아무것도 나오질 않았어요. 심각한 다른 책을
몇 권 쓰려고 해봤는데 역시 아무것도 나오지 않았고요. 그러
다 결국 누군가가 저에게 뱀파이어 소설을 한 권 줬어요. 전
그 책을 읽었고, 마음에 켕기지만 정말 즐거웠기 때문에 나가
서 뱀파이어 소설을 좀 더 샀어요. 그렇게 시간이 지나자 저
도 한 권 쓰고 싶어졌죠. 그래서 『쇼리』를 썼어요.

버턴-로즈 뱀파이어 소설의 오랜 팬이었나요, 아니면 최근에 개종한 건
가요?

버틀러 전에는 관심을 많이 두지 않았어요. 브램 스토커Bram Stoker의
『드라큘라』는 옛날에 읽었죠. 제 어머니의 서가에 있었어요.
좋았어요. 전 어머니의 서가에 있는 책은 뭐든 읽으면서, 제
가 뭘 할 수 있는지 알아냈거든요. 나중에는 앤 라이스Anne

Rice*에 대해 들었죠. 라이스의 첫 번째 소설을 읽었고 흥미로웠지만, 큰 관심을 두지는 않았어요.

제 관심을 끈 건 뱀파이어 소설을 역사소설로도, 미스터리소설로도, 로맨스로도, SF로도 쓸 수 있다는 점이에요. 그 다양성이 놀라웠어요. 전 생각했죠. '이렇게 온갖 종류의 뱀파이어가 다 있다니. 나도 나만의 뱀파이어를 쓰겠어.'

버턴-로즈    저는 『쇼리』가 '호러' 분류에 꽂힌 모습을 봤습니다만, '에로티카Erotica'로 분류될 수도 있다고 생각합니다.

버틀러    놀랍네요. 그런 분야가 따로 있는 줄도 몰랐어요. 그냥 판타지라고만 생각했죠. 이젠 그런 분야가 존재한다는 걸 알지만, 전에는 몰랐어요.

버턴-로즈    작가님은 언제나 작가님을 하나의 장르에 못 박고 싶어 하는 사람들을 힘겹게 만들었죠.

버틀러    그 문제에 대해서는 걱정하지 않아요. 제가 어쩔 수 있는 일이 아니라서요.

버턴-로즈    우리의 상상 속에서, 뱀파이어는 우리의 통제할 수 없는 욕망

---

*    소설 '뱀파이어 연대기' 시리즈로 유명한 고딕 문학, 에로틱 문학 작가. 이 시리즈는 첫 작품인 『뱀파이어와의 인터뷰』를 비롯해 여러 편이 영화화되었으며, 드라마화도 이루어졌다.

을 나타냅니다. 보통 이 욕망은 다른 사람들을 해치는 욕망으로 이해되지만, 작가님이 상상하신 '이나Ina' 공동체는 구성원들의 욕망을 상호 만족시키는 방식으로 들어주고 그 방향으로 연결해요.

버틀러    문화란 그래서 있는 거죠. 어떤 식으로든 구성원을 돌보기 위해서요. '이나'는 모계 중심 문화예요. 화학적으로 사람들은 대부분의 시간에 꽤 잘 어울리죠. 안타깝게도 가끔 한 번씩 뭔가가 잘못돼요. 어느 문화나 다 그렇듯이요.

버턴-로즈    작가님의 전작에서는—특히 '패터니스트'와 '제노제네시스' 시리즈에서는—불사不死인과 평범한 인간 사이, 외계인과 인간 사이의 유전자 선택 과정에서 심란한 권력의 역학이 존재했습니다. 『쇼리』에서는 유전공학 실험을 하는 진보적인 여성 원로들과 그들을 공격하는 비합리적인 보수파 사이의 역학이고요.

버틀러    어떤 경우라도 권력의 역학은 있을 거예요. 라이트(주인공 쇼리의 '공생共生인' 또는 인간 연인 중 한 명)의 위치가 흥미롭죠. 그는 자신이 처한 상황을 불행하게 여기지 않지만, 스스로 선택한 건 아니에요. 그건 집단결혼이죠.

버턴-로즈    『쇼리』의 인종 역학을 풀어주실 수 있을까요. 아프리카계 미국인인 주인공이 유럽계 미국인들에게 받은 폭력으로 인한 문화적 기억상실을 겪는 방식이 미국 전체에서 아프리카계 미국인들이 겪는 경험과 유사해 보이는데요.

버틀러 쇼리가 기억상실을 겪지 않았다면 평범한 아프리카계 미국인보다는 쇼리를 길러준 사람들과 더 공통점이 많아졌을 거예요. 하지만 기억상실이 있기에 누구와도 별로 공통점이 없죠.

버턴-로즈 작가님은 전작 대부분을 '세상 구하기' 소설로, 『쇼리』는 '재미용' 소설로 칭했습니다. 세상을 구하는 재미있는 방법이 뭔가 있을까요?

버틀러 「마사의 책」이 세상을 구하는 재미있는 방법이었어요. 「마사의 책」은 『블러드차일드』의 두 번째 판본*부터 들어간 단편인데요. 마사가 평범하게 살고 있다가 갑자기 신에게 납치당해요. 신은 인류라는 종족을 덜 자기파괴적으로 만들 방법을 찾아내라고 하죠. 그리고 뭘 생각해내든 마사는 그 밑바닥에서 살게 될 거라고 해요. 그러니 바닥에 있더라도 괜찮을 만한 곳을 생각해내야 하는 거죠. 마치 "여기 파이가 있다. 네가 파이를 자르면 네 형제가 첫 조각을 먹게 된다" 같은 거예요.

버턴-로즈 신이 마사의 제안에 건설적인 비판을 제시하고요.

---

\*     국내 출간된 번역본은 이 두 번째 판본에 해당한다.

버틀러  마사는 실수를 저질러서 우연히 인류를 지워버리는 일은 하
고 싶지 않거든요!

버턴-로즈  그래서 마사는 사람들의 꿈을 더 강력하고 만족스럽게 만들
기로 결정합니다.

버틀러  꿈이 각각을 위한 유토피아인 거죠. 꿈꾸는 동안에는 자기만
의 유토피아에 살게 되는 거예요.

버턴-로즈  『블러드차일드』에 새로 포함된 또 하나의 단편 「특사」의 기
원에 대해 말해줄 수 있을까요?

버틀러  「특사」에서는 외계인이 이 땅에 도착하는데 우리에게 관심이
없어요. 우리가 귀중하게 생각하는 그 무엇을 빼앗아가는 데
에도 관심이 없죠. 그들은 데스밸리Death Valley*같이 뜨거운 사
막을 좋아해요. 몇몇 인간을 실험실 쥐처럼 미로에 몰아넣기
도 하지만, 대체로는 우리를 무시하죠.
이 외계인들은 사람을 몇 명 잡아다가 이것저것 시키면서 우
리가 대체 어떤 존재인지 알아내려고 해요. 그런 다음에는 놓
아주죠. 제 주인공은 처음 풀려난 사람 중 하나였지만, 몇 년
동안이나 포로로 지냈어요. 막 풀려났을 때 이 여성을 발견한

---

*  미국 캘리포니아 동부에 있는 사막 계곡으로, 지구상에서 가장 더운 곳 중 하나다. 선주민
인 팀비샤 부족이 부르던 이름은 따로 있지만, 이곳에서 금광을 찾던 초창기 개척자들 열세
명이 혹독한 더위로 죽은 후에 영어로 '죽음의 골짜기'라는 뜻의 이름이 붙여졌다.

인간 경찰기관은 주인공이 분명 비밀을 알고 있을 것이라고, 만약 그 비밀을 말하지 않는다면 외계인 편에 섰기 때문이라고 생각해요. 그래서 주인공을 체포해서 가두고 지독하게 다루죠.

여기까지는 전부 다 1990년대 후반에 웬호 리Wen Ho Lee 박사에게 일어난 일에서 영감을 받았어요. 웬호 리는 로스앨러모스 국립연구소에서 일하던 중국계 미국인이었는데, 느닷없이 중국의 첩자라고 고발당해요. 이게 재미있는 건, 사실 그 사람은 대만인이었거든요!

이 고발 때문에 박사는 경력을 망치고 한동안 갇혀 있기까지 했죠. 박사는 언제 다시 세상에 나오게 될지, 나오게 되기는 할지, 갇혀 있는 동안 자신에게 무슨 일이 벌어질지 몰랐어요. 그게 정말 끔찍한 부분이죠. 당신이 무고하게 갇혀 있는데 자유를 얻기 위해 거래할 정보라곤 없다고 상상해봐요. 전 이런 짓이 얼마나 성행하게 될지 짐작도 못 했어요.

버턴-로즈   이미 『쇼리』가 시리즈의 시작이 될 거라는 추측이 있습니다만, 어떻게 생각하세요?

버틀러   다음 권으로 이어질 만한 조각들이 있기는 한데, 그건 책을 한 권 끝내면 언제나 그래요.

전 오랫동안 '트릭스터의 우화'를 정말 쓰고 싶었어요. 『씨앗을 뿌리는 사람의 우화』와 『은총을 빈 사람의 우화』를 잇는 작품이요. 앞의 두 권에서는 새로운 종교가 태어났죠. 그 종교의 시에서는 신을 이런 식으로 묘사해요. "신은 트릭스터요, 교사이며, 혼돈이고, 진흙이다……." 저는 새로운 종교인 지구종의 명령, "지구종의 숙명은 별들 사이에 뿌리내리는 것이다"를 따라 지구를 떠나는 사람들의 이야기를 쓰고 싶어요. 쓰게 될지는 잘 모르겠어요. 감히 누구에게도 제가 확실히 쓰고 있다고는 말하지 못하겠거든요!

# 살아남은 이야기

디채리오     『킨』을 쓰면서 노예제도에 대해 어떤 말을 하려고 한 건가요?

버틀러     사람들이 그 책을 느끼게 하자는 생각이었어요. 그게 현대의 흑인을 데려다가 노예제도를 경험하게 하는 일의 요점이죠. 그냥 일대일의 문제가 아니라, 아예 돌아가서 노예제도라는 시스템 전체의 일부가 되게 만드는 거요.

디채리오     그게 다른 작가들이 아직 하지 않은 일이라고 생각한 건가요?

버틀러     실제로 전 그런 걸 본 적이 없었어요.

디채리오     독자들에게 『킨』의 이번 판본에 대해 알려주고 싶은 점이 있나요?

---

이 인터뷰는 2004년 닉 디채리오Nick DiChario에 의해 진행되었다. 인터뷰 전문은 '작가와 책Writers and Books' 웹사이트(www.wab.org)에서 찾아볼 수 있다.

버틀러 이 책에는 제가 쓰지 않은 서문이 있어요.* 아직 책을 읽지 않은 분들이라면, 이 서문을 마지막에 읽는 것도 좋을 것 같아요. 끝에 넣으려고도 해봤는데, 안 되더라고요. 서문에 책 내용을 약간 발설하는 부분이 있는데, 지금처럼 앞에 들어가지 않고 뒤에 들어갔어야 했어요.

디채리오 왜 하필 1800년대를 쓴 건가요? 그 시대에 끌리는 이유가 있었나요?

버틀러 아니요. 저는 남북전쟁이 이야기에 들어가지 않을 정도로만 일찍 시작하고 싶었어요. 루퍼스라는 인물에게 성장할 시간을 주고 싶었고요. 또 저는 노예 생활을 했던 특히 유명한 두 명의 메릴랜드인, 프레더릭 더글러스와 해리엇 터브먼에 대해 알고 있었죠. 제 등장인물이 실제로 터브먼에 대해 말하는 대목도 있어요. 그 당시에 거기 살았으니까요. 그러니까 그때가 제가 조금이나마 친근하게 느끼는 시대였어요.

디채리오 왜 책의 배경을 남부 깊숙한 곳이 아니라 메릴랜드 같은 경계에 있는 주로 설정한 건가요?

버틀러 제 주인공에게 탈출할 수 있다는 적당한 희망을 주고 싶었기 때문이죠. 미시시피 중앙에 떨어진 이방인이라면 거의 그곳

---

\* 이 서문은 국내 출간된 번역본에는 수록되지 않았다.

을 벗어나지 않았을 거예요. 메릴랜드에서 태어난 사람들은 탈출하기도 했죠. 제 자료가 된 책에 여러 건의 탈출 사례가 있었어요. 메릴랜드라면 다나가 자유에서 멀리 떨어지지 않은 셈이었어요.

디채리오   그 시대의 노예들이 실제로 탈출 경로에 대해 얼마나 알았을까요?

버틀러   그거야 노예마다 달랐겠죠. 아무것도 모르는 사람들도 있었어요. 그래서 메릴랜드에서 탈출하려고 했는데도 굶어 죽거나 잡힌 사람들이 있었던 거죠. 어디로 가야 할지를 전혀 몰랐으니까요. 북극성을 찾는다거나 그럴 수도 있었겠지만, 뭘 먹어야 하고 뭘 먹지 말아야 하는지를 몰랐다면…… 그게 해리엇 터브먼이 가진 이점이기도 했어요, 터브먼의 아버지는 딸에게 숲에서 어떻게 살지 가르쳤거든요. 터브먼은 탈출했고, 그 가르침 덕분에 살아남았죠. 하지만 다른 사람들은 그러지 못했어요. 살아남지 못하거나, 성공하지 못했죠.

디채리오   당시에 메릴랜드에서 탈출하는 데 성공한 사람들의 수가 얼마쯤 되는지 아시나요?

버틀러   해리엇 터브먼이 메릴랜드에서 빼낸 사람만 300명쯤 된다는 건 알지만, 그 외에는 잘 몰라요. 아마 상당한 숫자였겠죠. 물론 메릴랜드의 노예주들이 그런 사실을 널리 알리고 싶어 하진 않았을 테고요.

디채리오 　『킨』이 작가님이 알기로는 독자들에게 노예가 된다는 게 어떤 느낌인지 이해시키려 한 첫 번째 소설이라고 하셨는데요.

버틀러 　한 사람을 이해시키려 한 게 아니라, 현대인이 역사 속의 현실과 정면으로 마주 보게 하려는 시도죠. 역사적 사건에 대해서 읽다가 끔찍한 일이 일어났다고 진저리 치는 것과는 달라요. 전 지금 현대에 사는 사람을 그 속에 던져 넣었고, 그건 일반적인 역사소설이 하려고 하지도 않고 할 수도 없는 방식으로 독자를 데려가서 그 현실에 노출시키는 셈이에요.

디채리오 　그래서 내내 주인공이 현대 의복을 입도록 한 건가요?

버틀러 　그렇기도 하고, 아무도 주인공에게 새 옷을 주지 않는다는 현실을 보여주기 위해서이기도 해요. 옷을 찾아줄 수도 있었겠지만, 다나가 입고 있는 옷도 그럭저럭 괜찮았고, 거의 벌거벗고 지내는 노예들도 있었어요. 노예들의 옷차림 같은 건 누구에게도 대단한 관심사가 아니었어요.

디채리오 　이 책을 쓰느라 노예 체험기를 상당히 많이 조사했다고 읽었습니다.

버틀러 　제가 특별히 몸을 움직여서 어딘가로 가기는 처음이었어요.

그 조사를 하기 위해 메릴랜드에 갔거든요. 그 덕분에 나중에 다른 3부작(제노제네시스) 조사를 위해 남아메리카에서 페루 아마존으로 가야 했을 때는 겁을 덜 먹었죠. 이 모든 과정이 배움의 경험이었어요. 당시에는 그런 소설을 어떻게 써야 할지 몰랐고, 제가 한 모든 일은 하면서 배운 거였어요.

디채리오      지금이라면 다르게 했을까요? 이제는 좀 더 경험이 있으니까요?

버틀러      제가 그때 갔던 길은…… 다시 그렇게 하지는 않을 것 같아요. 떠나기 전에 정보를 더 많이 얻을 수 있었을 것 같아요. 당시에 살던 로스앤젤레스의 도서관은 상당히 훌륭했어요. 단지 메릴랜드는 워낙 작은 주였고, 직접 가서 그곳 도서관을 이용하면 제가 쓸 수 있는 정보를 찾을 가능성이 더 높다고 생각했던 거죠.

디채리오      이 책을 쓰고 사반세기가 더 지난 지금 와서 보면, 이 책 전체가 다른 의미로 다가오나요?

버틀러      여전히 제가 원했던 대로와 거의 같아요. 혹시 이 책을 쓴 데 대한 제 감정이 달라졌냐는 질문이라면, 답은 '아니요'예요. 전 대부분의 책을 쓸 때 해야 할 말을 하고 나서 다음으로 넘어갑니다. 지금은 다른 글을 쓰고 있고, 『킨』이라는 결과물에 상당히 만족해요.

디채리오 　다나가 백인 남편을 두고, 백인 주인을 상대해야 한다는 것과 엮어서 그 당시의 인종 간 결합으로 태어난 노예 아이들에 대해 논평을 하는 사람들이 있었습니다. 저는 이게 세월이 지나면서 어떻게 사고방식이 변하는지를 보여주기 위한 의도적 장치라고 생각하는데요.

버틀러 　확실히 그렇죠…… 이 나라에는 우리 생각보다 훨씬 혈연으로 맺어진 관계가 많아요. 우리는 언제나 그 사실을 제대로 인정하지 않기를 선택해왔지만요. 제가 『킨』을 썼을 때는 인종 간 결혼이 지금보다 적었어요. 지금은 어깨나 으쓱하는 정도의 반응이지만, 그때는 좀 더 특이하게 여겼죠. 학교에 다닐 때 제게는 백인 아버지와 흑인 어머니를 둔 친구들이 있었어요. 정확히는 세 명이 한 세트였는데, 그 사실이 전교에 다 알려졌죠.

디채리오 　주인이 노예를 임신시켜 태어난 아이들이 얼마나 많았는지, 그리고 오늘날 얼마나 많은 흑인에게 백인 조상이 있는지에 대해 조금 더 말해줄 수 있을까요.

버틀러 　반대 방향으로도 마찬가지예요. 꽤 많은 백인이 흑인 조상이 있다는 사실을 알고 놀라죠. 흑인이라는 건 무척이나 불편했어요. 백인으로 통할 수 있다면야, 그게 좋은 생각이었던 시절이 있었으니까요.

디채리오      분명히 이번 세기가 되기 전까지는 그랬겠죠.

버틀러      사실, 제 소설 『씨앗을 뿌리는 사람의 우화』를 가지고 홍보 투어를 하다가 어떤 여성과 계속 마주쳤는데요. 『과즙이 달수록: 어느 흑백의 가족 전기The Sweeter the Juice: A Family Memoir in Black and White』라는 책을 쓴 사람(셜리 테일러 헤이즐립Shirlee Taylor Haizlip)이었어요. 작가의 가족에 대한 책인데, 어느 날 가족 중에서 피부색이 더 밝은 사람들이 그냥 사라졌다는 사실을 다뤄요. 그 사람들은 지역을 떠나 미시건으로 가서, 백인이 됐죠. 작가의 어머니는 그 가족 가운데 가장 검은 피부를 가졌다는 이유로 뒤에 남겨졌어요.

그 작가는 책을 위해 조사하다가 이런 사실을 전혀 모르고 있었던 가족구성원 몇 명을 찾아냈어요. 그야 아무도 말해주지 않았겠죠. 시간이 가면서 아이들에게는 신경 써서 사실을 숨겼던 거예요. 작가는 오렌지카운티에서 가족구성원 몇 명을 찾아냈는데, 나이가 많은 사람들은 아직도 화를 냈고 젊은 사람들은 열렬한 반응을 보였어요. "정말요? 흥미진진하기도 해라! 어떻게 된 일인지 말해줘요!" 그 세대 차이에 대해 들으니 정말 재미있더군요. 시대는 변했어요. 조금이라도 변했어요. 제가 처음 이 책을 썼을 때는, 노예제도를 하찮아 보이게 만들었다는 비평도 조금 받았어요. 노예제에 대해 SF 같은 글을 쓰다니, 한 거죠.

디채리오      스스로를 SF 작가로 여깁니까?

버틀러    전 스스로를 작가로 여겨요. 아마 눈치챘겠지만, 사람들이 계속 정의를 내리려고 하는 건 믿을 수 없을 만큼 지겨워요. "아 그래서 당신이 쓰는 게 사변소설인가요, 과학소설인가요, 아니면……" 이러는 거요. 정말이지, 좋은 소설인지만 묻고, 좋은 소설이라면 그냥 받아들이면 좋겠네요.

디채리오    시간 여행을 썼다는 이유만으로는 SF가 된다고 생각하지 않는 거군요?

버틀러    제가 메커니즘을 제시했다면, 가짜 물리학으로라도 설명을 했다면 SF가 됐겠죠. 하지만 그런 걸 넣지 않았기 때문에, 『킨』은 암울한 판타지예요.

디채리오    부모님이 책 읽기를 권장했나요? 아니면 작가님이 특히 SF를 읽는다는 사실을 안 좋아했나요?

버틀러    음, 아버지는 돌아가시고 없었고요. 어머니는 SF든 어떤 다른 장르든 알지 못했을 거예요. 교육을 3년밖에 못 받으셨거든요. 일찍 학교에서 나와 일터에 나가야 했죠. 외할머니는 대공황이 시작될 무렵에 남편을 잃었어요. 그러니 할머니의 자식들은 대부분 교육을 받으러 가지 못했죠. 가난한 집이었으니까요. 할머니는 제가 책을 읽는 걸 좋아하셨는데, 제가 집 안에서 책을 읽고 있으면 나가서 말썽에 휘말릴 일이 없고, 그러면 살아남을 수 있기 때문이었어요. 독서에 대해서는 글쓰기만큼 미심쩍게 생각하지 않았던 것 같아요. 제가 아는 가족은—그러니까 할머니와 이모와 삼촌들은 제가 실제로 이야기를 써서 먹고살 수 있다는 꿈을 꾸는 걸 알고 불안했을 거예요.

디채리오    그건 아주 오랜 시간 동안 미심쩍은 일이었죠. 지금은 전보다 더 심할지도요. 가족들이 어떻게 생각했을지 쉽게 이해할 수 있습니다.

버틀러    얼마나 많은 SF 작가가 어린 나이에 글을 쓰기 시작하는지 보면 재미있어요. 한번은 그레그 베어Greg Bear*와 프로그램을 같이 했는데, 여덟 살에 글을 쓰기 시작했다고 하더군요. 그리고 저는 열 살에 시작했죠. 제 생각에 우리는 글쓰기에 지배되는 것 같아요. 우린 그걸 찾아내고, 사랑하고, 지배받죠……. 저는 열세 살 때 받은 첫 거절 편지를 보관해두었고, 그 후로도 오랫동안 거절 편지를 계속 모았어요.

디채리오    작가님은 특별히 다작하는 건 아니죠.

버틀러    다작할 수 있다면 좋겠는데, 아니죠. 예전에는 쓰는 게 너무 느려서 영영 이걸로 먹고살지 못할까 봐 걱정했어요.

---

\*    미국의 SF 작가이자 일러스트레이터. 주로 하드 SF 작가로 여겨지며 두 번의 휴고상과 다섯 번의 네뷸러상을 수상했다. 대표작으로는 『블러드 뮤직』과 『다윈의 라디오』 등이 있다.

디채리오    하지만 이 일을 꽤 오래 해왔어요.

버틀러      좋은 점은, 충분히 오래 버티면서 충분한 작품을 출간하면 살
          아남을 수 있다는 거예요. 특히 할리우드에서 가끔 한 번씩
          수천 달러를 던져주면요. 흥분할 만한 소식은 아니고, 그냥
          옵션 계약 이야기예요.

디채리오    안 그래도 현재 옵션 계약이 된 작품이 있는지 물어보려고 했
          는데요.

버틀러      『킨』은 대체로 옵션이 걸려 있고, 지금도 마찬가지예요. 안타
          깝게도 영화를 만들 돈은 아직까지 찾아내지 못했나 봐요.

디채리오    『킨』에 특수효과가 충분히 나오지 않아서 그럴지도요.

버틀러      (웃음) 아, 이런, 사람들에겐 SF가 무엇이고 어때야 하느냐에
          대해 나름의 생각들이 있죠.

디채리오    특별히 존경하는 다른 SF 작가가 있나요?

버틀러      한동안 셰리 S. 테퍼Sheri S. Tepper*에 대한 열병을 앓았어요. 누

*          SF, 호러, 미스터리 작가로서 많은 작품을 남겼지만 특히 페미니즘 SF 작품들로 유명하다.
          주로 사회학, 젠더, 성평등, 신학, 생태학 주제를 다루어 SF계의 에코-페미니스트로 불렸
          는데, 스스로는 에코-휴머니스트라고 칭했다.

군가가 테퍼의 작품을 알려줬는데, 푹 빠져서 엄청나게 많이 읽었죠. 생각해보면 파트리크 쥐스킨트Patrick Suskind의 『향수』처럼, SF 같지 않은데 제가 보기에는 딱 SF인 고전도 많이 있어요. 1950년대를 돌아볼 때 제일 흥미로운 점은 모든 것이 얼마나 친숙했냐는 거예요.

디채리오    좀 더 설명해줄 수 있을까요?

버틀러    우린 많은 것을 전보다 빨리, 크게, 복잡하게 할 수 있지만 그래봐야 근본적으로는 똑같아요. 우린 여전히 전화기로 대화를 하죠. 이제는 물론 컴퓨터로도 할 수 있지만, 그렇다 해도 타이핑을 하고 화면을 봐야 하고, 그 시절에도 우린 타이핑을 하고 화면을 봤어요. 우린 연결되어 있어요. 자동차 생김새도 달라 보이지만 여전히 대부분은 내연기관 엔진이고요. 우리가 생각했던 온갖 것들, 날아다니는 자동차며 높디높은 건물이며……

디채리오    〈젯슨 가족The Jetsons〉*에 나오는 미래 말이죠.

버틀러    저는 젯슨보다는 난센스라고 부르기를 좋아해요. 우리 시대를 못 알아보게 바꿔놓은 건 주로 사회적인 부분들이죠.

---

*    1962년부터 1963년까지 방영된, 우주의 자동화된 주택에 사는 젯슨 가족을 중심으로 벌어지는 이야기를 담은 시트콤 만화.

1950년대로 돌아가서 지금 우리는 동성결혼에 대해 토론하고 있다고 설명하는 걸 상상해봐요. 1950년대에는 결혼은 고사하고 동성애라는 말도 들리지 않았어요. 아니지, 동성의 두 사람은 고사하고 흑인과 백인의 결혼도 불법이었다고요. 그리고 미국 여기저기에서는 아직 사람을 린치해도 괜찮았죠. 지금도 온 나라에서 대놓고 인종차별자가 되는 건 허용하지만요. 그런 것들이 유행에서 멀어졌다가 돌아오는 모습을 보면 재미있죠.

디채리오　다른 이야기지만, 제가 막『릴리스의 아이들』을 다 읽었는데, 대단히 감명받은 부분이…….

버틀러　이번엔 SF네요.

디채리오　네, 확실히 SF죠. 하지만 테마 면에서는『킨』의 테마를 뒤집어놓은 것만 같아요.『릴리스의 아이들』에 나오는 작가님의 외계인은 위계가 없고, 폭력이 없고, 대단히 협력적이며, 외형만 가지고는 구별하기가 어렵습니다.『킨』이후에 거의 정반대 방향으로 가서, 같은 테마를 부정적인 각도가 아니라 긍정적인 각도에서 접근하는 것 같은데요.

버틀러　이전까지 보지 못했던 일을 또 하나 해보려고 했는데요. 전타 종족에 매료되는, 즉 '제노필릭xenophilic'인 외계 종에 대해 쓰고 싶었어요. 그리고 그 3부작을 쓰기 시작했을 때는 제노필릭이 존재하는 단어라고, 완벽하게 훌륭한 단어라고, 그런 단어가 꼭 있을 거라고 생각했어요. 하지만 오래된 제 사전들에서는 찾을 수가 없었죠. 도서관에 가서 옥스퍼드 영어 사전을 찾아보니 겨우 나오더군요. 이제는 새로 나온 사전들 몇 가지에도, 큰 사전 대부분에도 수록되어 있죠. 제노필릭을 찾지 못했을 때 대신 찾은 단어는 이방인들에 대한 공포를 뜻하는 '제노포빅xenophobic', 그리고 이방인을 부자연스럽게 좋아하는 사람을 일컫는 '제노마니악xenomaniac'이었어요. 제가 갖고 있던 사전들이 1950년대의 그늘 속에서 집필되어 그랬을 거예요. 당시에는 제노포비아가 훨씬 인기 있었죠.

디채리오 음, 제노포비아는 미국사에 깊이 자리 잡고 있죠. 안타깝게도 역사 전반에요.

버틀러 그게 다시 시작될까 봐 두려워요. 지금 겪고 있는 우리의 온갖 문제들과 함께요.

디채리오 『킨』을 두고 공개 강연을 할 때 가장 좋은 점이 뭔가요?

버틀러 바로 얼마 전에 포모나칼리지에서 굉장히 좋은 경험을 했어요. 1학년 수업에서 『킨』을 읽었는데, 이 학생들이 제가 이전까지 들어보지 못한 질문들을 내놓고, 제가 이전까지는 말로 표현하지 못했던 것들을 밀하고 생각하게 하더군요. 로체스터대학교에서도 그랬으면 좋겠어요.

# 관심을 기울이게 되는 것들

옥타비아 버틀러는 지난 사반세기 동안 신세대 작가들에게 영감이 되어주었다. 1970년대 중반, SF를 쓰는 여성은 얼마 없고 흑인은 더 없었던 시대에 버틀러는 집요하게 계속 썼고, '패터니스트' 시리즈 첫 세 권(『패턴마스터』『내 마음의 마음』『생존자』)을 출간했다. 그리고 1979년에는 미국사의 껄끄러운 핵核인 노예제도를 파고드는 어두운 판타지소설 『킨』을 출간했다. 젊은 중산층 흑인 여성이 1976년 캘리포니아에서 남북전쟁 이전의 메릴랜드로 이동하게 되는 이 소설은 SF와 판타지의 고전이 되었으며, 여성 연구와 아프리카계 미국인 연구 양쪽에서 필독서가 되었다. 하지만 속지 말라. 버틀러의 소설이 페미니스트와 소수자 들에게 호소력을 갖기는 하지만, 그 호소력만으로 떠받들린 글은 아니다. 옥타비아 버틀러를 읽는다는 것은 훌륭한 문학을 읽는 것이다. 반박은 불가능하다.

그동안 십여 권의 장편소설과 여러 단편소설을 냈지만(그리고 두 번의

이 인터뷰는 2004년 존 C. 스나이더John C. Snider에 의해 진행되었다. 인터뷰 전문은 〈사이파이디멘션스〉 웹사이트(www.scifidimensions.com)에서 찾아볼 수 있다.

휴고상과 한 번의 네뷸러상을 받았지만) 그는 여전히 『킨』으로 제일 유명하다. 비컨 프레스에서 이번에 『킨』 25주년 특별판을 출간했는데, 이 책에는 비평과 토론용 질문이 포함되어 있다.

스나이더 　『킨』 출간 25주년을 축하합니다.

버틀러 　고마워요.

스나이더 　처음 이 책이 출간됐을 때, 아니면 이 책을 쓸 때 이만한 영향을 미칠지 예상했습니까?

버틀러 　물론 못 했죠. 제가 쓰는 글이 'SF'라고 불리는 경우가 많긴 해도, 제게 미래를 보는 능력은 없어요. (웃음) 『킨』이 제가 이전까지 해본 적 없는 도전이고, 특히 어려우리라는 건 알았죠. 어떻게 써야 할지를 몰랐어요. 다른 책을 세 권은 쓰고 나서야 덤벼들었는데, 그때쯤에야 겨우 소설을 쓰는 방법을 알았기 때문이에요. 그래도 이 소설을 어떻게 쓸지, 어떻게 조사 작업을 할지는 잘 몰랐죠. 하면서 배우는 수밖에 없었어요.

스나이더 　『킨』 같은 책을 만들자면 어떤 조사 작업이 필요한가요?

버틀러 　음, 당연히 도서관에서 조사를 많이 했고, 메릴랜드까지 가서 현장 조사도 했죠. 친척들과도 이야기를 나눴고, 제가 쓰는 시대와 장소에 직접 관련된 건 아니지만 흑인이라는 사실이

무척 힘들었던 시대와 장소에서 흑인으로 산다는 경험을 맛
보게 해줄 개인적인 조사도 좀 했어요.

스나이더      책 속에 나오는 메릴랜드는 실제 장소이거나, 실제 장소에 기
초해서 만든 곳인가요?

버틀러      음, 메릴랜드 동쪽 해안은 실제로 있는 곳이죠. 문제의 대농
장만 빼면 어떤 곳도 제가 만들어내지는 않았어요.

스나이더      제 기억이 정확하다면 작가님이 『킨』을 집필할 때쯤에 알렉
스 헤일리Alex Haley의 〈뿌리〉 미니시리즈가 나왔는데요…….

버틀러      사실 미니시리즈는 아직 방영되기 전이었을 테지만, 책은 나
와 있었고 베스트셀러였죠. 안 그래도 메릴랜드를 여행할 때
작은 '알렉스 헤일리 다녀감' 표지판과 계속 마주쳤어요. 바
로 여기서 헤일리가 자료 조사를 했다고 광고하는 거 있잖아
요. 저는 완전히 다른 종류의 책을 쓰고 있었기에 신경이 쓰
이진 않았어요. 적어도 그걸 보면 제가 제대로 오긴 했구나,
알 수 있었죠.

스나이더      그렇다면 『뿌리』는 작가님에게 특별히 영향을 주진 않았나요?

버틀러      당시에 저는 그 책을 읽지도 않은 상태였어요. 제가 쓰고 있
었던 건 전혀 다른 글이었으니까요. 저는 제 조상을 찾아내려

고 하지 않았어요. 사람들이 노예제도를 느끼게 하려고 하고 있었죠. 노예제도가 감정적, 심리적으로 사람들에게 던진 돌들을 이해하려 하고 있었어요.

스나이더   『킨』이 연구되는 여러 분야를 보면 흥미롭습니다. SF 팬들도 읽고, 여성 연구에도 쓰이고, 아프리카계 미국인의 역사를 다루는 수업에도 쓰이죠.

버틀러   안 그래도 처음 책을 냈을 때 출판사에 그 점을 알리려고 했지만, 그 사람들은 도무지 절 믿지 않았죠. 전 저에게 최소한 세 가지 독자층이 있다는 걸 알고 있었어요. 『킨』 이전의 작품은 모두 SF였는데, 그때도 세 가지 독자층이 있다고 느꼈죠. 다만 그때는 제 주장이 누구의 관심도 제대로 끌지 못했어요.

스나이더   다양한 독자층이 있다는 건 좋은 일이죠?

버틀러   그때는 특히 좋았죠. 당시에는 독립서점이 훨씬 많았거든요. SF도, 여성 연구도, 흑인 연구도 전문서점이 있었어요. 멋졌죠. 전 언제나 그런 서점들이 제 작품을 갖춰놓았기를 기대했지만, 보통은 들어가서 'SF요'라고 말하자마자 그대로 돌아서서 집으로 가야 했어요. (웃음)

스나이더   '아프리카계 미국인 여성 작가'라는 라벨이 싫지는 않습니까?

| 버틀러 | 바보 같기는 하죠. 그 라벨을 달면 이상한 코너에 꽂히거든요. 많은 사람이 제가 뭘 썼는지 보려고도 하지 않을 만큼 이상한 자리에 꽂혀요. 뭔지 이미 안다고 생각해서든, 아니면 어떤 내용일지 알기가 두려워서든 간에요. 전 오직 그 문제만 이야기하고 싶어 하는 인터뷰를 여러 번 겪었어요. 스스로를 어떻게 생각합니까…… 이걸 어떻게 정의하나요…… 저건 어떻게 정의하나요……, 정말 지겨워요. |
|---|---|
| 스나이더 | 다들 '~계' 미국인으로 부르는 현상 전반에 대해 어떻게 생각하십니까? |
| 버틀러 | 자기가 스스로를 뭐라고 부르든 그건 자기 권리죠. 그건 신경 쓰지 않아요. 남들이 멋대로 그렇게 부를 때나 신경 쓰이죠. |
| 스나이더 | 작가님의 '우화' 시리즈에 대해서도 조금 이야기를 나누고 싶었습니다. 특히 종교적인 면에 대해서요. 여기에 나오는 '지구종'이 진짜 종교가 될 수도 있을까요? |
| 버틀러 | 아, 진짜 종교로 작동하진 못할 거예요. 그러기엔 부족해요. 충분히 사람을 위로하지 못하죠. 안 그래도 『씨앗을 뿌리는 사람의 우화』 홍보 투어 중에 비슷한 질문을 들었는데, 그 사람은 지구종이 "삶의 원칙으로 삼기 좋다"고 하더군요. 저는 대답했죠. "음, 그렇기는 한데, 별로 위안이 되진 않죠?" 그러자 그 사람은 이렇게 말했어요. "하지만 저는 종교에서 굳이 |

430

위안을 받을 필요가 없어요." 그래서 전 말했죠. "그야 이미 편안하게 살고 있으니 그렇겠죠." 그리고 우리 대부분이 그래요. 부유하진 않더라도 하수구에서 굶고 있지는 않죠. 그러니까 우리는 편안하지만, 제가 소설에 쓰는 사람들은 전혀 편안한 상태가 아니고, 아직 집 안에 있는 동안에 총을 맞을 가능성도 높아요. 결국에는 그 사람들의 집이 다 타버린다는 점을 생각하면 더욱 그렇죠. 주인공 로런은 사람들이 이런 말을 들어야 하는 시대에 살고 있어요. "좋아, 넌 곤경에 처했고 알아서 빠져나와야 할 거야. 기댈 수 있는 사람은 너 자신밖에 없으니까. 너와 연대하는 사람들과 너밖에."

스나이더     그렇다면 이상적인 종교는 어떤 것일까요? 스스로에게 맞는 종교를 이미 찾았나요?

버틀러     맙소사, 이상적인 종교에 대해서는 말도 꺼내고 싶지 않군요! 전 침례교인으로 성장했고, 양심을 일찍 장착했다는 사실이 좋아요. 제게는 크고 흉포한 양심이 있어서 도무지 뭘 모면하게 해주지 않죠. 그런 양심을 가진 사람이 더 많다면 우리도 더 나아질 텐데요.

스나이더     직접 창조한 우주에서 벌어지는 일을 더 쓰라는 외부 압박을 느낍니까? 『킨』의 속편을 쓰라거나, '패터니스트' 시리즈를 한 권 더 쓰라거나, 우화를 하나 더 쓰라거나 하는 등의 요구 같은 것을요.

버틀러　　아니요…… 장편은 긴 시간이 드는 작업이에요. 저는 느린 작가고, 아주 잘되어갈 때도 천천히 써요. 제게 소설은 쓰는 내내 제가 관심을 기울일 무엇이어야 해요. 제 관심사가 아닌 어떤 다른 이유로 쓰려고 한다면, 별로 잘되지 않을 가능성이 높아요.

스나이더　　왜 다른 문학 장르가 아니라 SF를 쓰게 된 건가요?

저는 사람들이 행동하는 방식, 인간이 서로의 주위를
춤추듯 움직이는 방식에 관심이 무척 많았어요.

버틀러　　방금 한 말로 돌아가게 되는데요. 제가 쓰는 글은 제 관심을 붙들어야 해요. 먼저 제 관심을 붙든 장르는 판타지였죠. 하지만 판타지나 호러나 다른 인접 장르는 가끔 그 속의 문제점들이 제게 비논리적으로 보인다는 문제가 있어요. 저에게는 문제를 풀어내고, 실제 상황이라면 정말로 어떻게 돌아갈지 보려고 하는 욕구가 있어요. 그렇게 할 수 있어야 해요. 그래서 처음에는 판타지가 괜찮았다가, SF를 발견하자 매우 만족스러웠죠. 제가 SF에 대해 처음에 기울인 관심은 천문학에 대한 관심과 함께 찾아왔거든요. 그렇다는 건 제가 항성과 행성과 온갖 것에 대해 읽어야 했다는 뜻이고, 제 기대보다는 따분했지만, 그래도 무척 신나는 일이었어요. 저는 화성인과 금성인 등등이 다 있다고 생각했는데, 책을 읽기 시작했더니…… 음, 그런 건 없었죠. 하지만 그래도 일상에서 상대해야 하는 어떤 것보다 더 재미있었어요. 저는 그때 어린아이에 불과했고, 제 일상은 상당히 따분했으니까 그렇기도 했을 거예요. 그래서 전 더 재미있는 뭔가에 손을 뻗었죠. 또 한편으로 저는 사람들이 행동하는 방식, 인간이 서로의 주위를 춤추듯 움직이는 방식에 관심이 무척 많았어요. 그걸 가지고 놀고 싶었죠. SF는 제가 둘 다 할 수 있게 해줬어요. SF를 쓰면 과학을 들여다보고 사방에 코를 들이밀 수 있죠. 전 절대로 좋은 과학자는 못 됐을 거예요. 그러기에는 오래 몰두하질 못하거든요. 천문학을 들이파다가, 인류학을 들여다봤다가, 지질학을 봤다가 하는 식이죠. 뭐든 제가 원하는 것에 대해 조사하고 쓸 수 있는 지금이 훨씬 더 재미있어요. 그래서, 전 열세 살이 되자 글을 써서 투고를 했죠. 아무도 제가 글을 쓰지 못하게 막지 않았고, 아무도 저를 SF로 인도할 필요가 없었어요. 제가 여기에 관심을 둔 건 자연스러운 일이었어요.

스나이더    작가님의 초창기 경력에서 할란 엘리슨의 역할은 뭐였나요?

버틀러     할란은 제 글을 출판에 더 적합하게 만드는 데 큰 도움을 줬죠. 제 스승 중 하나였어요. 할란은 1969년에 로스앤젤레스에 있는 미국서부작가조합의 '오픈 도어 워크숍'이라는 곳에서 가르쳤는데요. 저에게 클라리온 SF 작가 워크숍을 소개해줬어요. 클라리온은 6주짜리 작가 워크숍이었고, 주마다 다른 출간 작가나 편집자가, 가끔은 현장에서 일하는 다른 누군가가 가르쳤어요. 제가 갔을 당시 펜실베이니아 클라리온에서 열렸고, 원래 이름도 그곳에서 따온 거였죠. 지금도 있긴 한데, 지금은 이스트랜싱에 있는 미시간주립대학교에서 하고 또 시애틀에 클라리온 웨스트가 따로 있어요.

스나이더      오늘날 SF에 결여된 부분이 있을까요? 탐구가 이루어지지 않는 테마라거나요.

버틀러      SF는 활짝 열려 있는 장르예요. 하지만 조건부로 열려 있죠. 판타지는 활짝 열려 있고, 정해둔 규칙을 따르기만 하면 돼요. 하지만 과학에 대해서 쓴다면, 우선 자신이 쓰는 내용을 배워야 해요. 그걸 빼면 어떤 장벽도 없어요. 다루지 못할 주제도 없고요. 그나저나 『킨』은 SF가 아니라는 점을 지적해두고 싶었는데요. 이 소설에는 과학이랄 게 없어요. 암울한 판타지에 가깝죠.

스나이더      새로운 '우화' 시리즈를 집필한다고 들었는데요?

버틀러      아니에요…… 시도는 했지만, 건강상의 문제가 있어서 머리가 멍해지는 약을 먹다 보니 오랫동안 출간할 만한 글을 쓸 수가 없었어요. '우화' 시리즈 후속작도 시도했다가 써내지 못한 글 중 하나였죠. 지금은 완전히 다른 걸 쓰고 있어요.

스나이더      하지만 언젠가 '우화' 시리즈로 돌아올 가능성은 남아 있는 거죠?

클라리온 SF 작가 워크숍에서의 버틀러(우측 첫 번째), 1970.

버틀러    아마도요, 네. 앞의 두 권에서 만났던 두 사람이 다시 나오지
         는 않을 거예요. 두 번째 책이 끝날 때쯤에 그때까지 나온 사
         람들 대부분이 죽었으니까요. 하지만 숙명을 따라가려고 하
         는 사람들에 대한 이야기가 될 거예요.

스나이더  혹시 저희가 알아야 할 새로운 프로젝트가 또 있나요?

버틀러    단편을 몇 개 쓰기는 했는데요. 하나는 「마사의 책」이고 하나
         는 「특사」라고 해요. '사이픽션$^{SciFiction}$'에 온라인으로 발표했
         기 때문에 독자들이 못 봤을 수도 있어요. 작년에 썼지만, 제
         가 제일 최근에 발표한 작품들이에요. 지금 하고 있는 작업
         은, 판타지로 돌아갔는데요, 판타지라곤 해도 제 소설이다 보
         니 일종의 과학 판타지로 바꿔놓고 있네요. 뱀파이어 이야기
         이긴 한데, 제 뱀파이어들은 생물학적인 뱀파이어예요. 누군
         가에게 물려서 뱀파이어가 된 게 아니라, 그렇게 태어났죠.
         지금 쓰고 있는 소설은 그거예요. 저는 세상에 일어나는 일,
         뉴스와 역사에 자극을 받아서 쓰는 글이 많은 편인 데다가,
         그동안 약 때문에 조금 우울하기도 했던 것 같아요. 그 상태
         에서 빠져나가려면 꽤 가벼운 글을 써보는 게 좋겠더라고요.
         다만 그래도 적정한 논리는 있어야 해서, 지금 이 과학 판타
         지를 쓰고 있어요.

스나이더  언제쯤 출간될지도 알 수 있을까요?

버틀러　　　아니요. 아직 아무도 보지 못한 수준이에요. 겨우 반 넘게 썼
　　　　　　는데, 올해 중반쯤에는 다 썼으면 좋겠네요.

스나이더　　『킨』의 성공을 다시 한번 축하하며, 시간 내주셔서 고맙습니다.

버틀러　　　고맙습니다.

# 종교는 어디에나 존재하죠

곤잘레스    자, 보통 저희 〈데모크라시 나우!〉에서는 SF에 대해 많이 이
야기하지 않습니다만, 오늘은 지금 이 장르를 쓰는 걸출한 작
가를 초대했습니다. 옥타비아 버틀러는 몇 안 되는 유명한 아
프리카계 미국인 여성 SF 작가 중 하나죠. 지난 30년간 그의
작품은 보통 SF에서 보기 힘든 주제들과 씨름했는데요. 〈워싱
턴 포스트〉는 버틀러를 "소설계에서 가장 훌륭한 목소리 중
하나라는 점에 반박할 수 없다. 인종차별, 성차별, 빈곤, 무지
에 굽히지 않고 눈길을 던지며 독자가 인간 본성의 끔찍함과
아름다움을 보게 하는 스토리텔링의 달인"이라고 하기도 했
습니다. 정작 자신은 스스로를 아웃사이더이며 "비관주의자,
늘 페미니스트, 흑인, 조용한 자기중심주의자, 과거에 침례교
인이었던 사람, 그리고 야심과 게으름과 불안과 확신과 추진
력이 물과 기름처럼 뒤섞인 사람"이라고 묘사합니다.

---

〈데모크라시 나우!Democracy Now!〉, 2005년 11월 11일. 이 인터뷰는 후안 곤잘레스Juan Gon-
zalez와 에이미 굿맨Amy Goodman에 의해 진행되었다.

굿맨    옥타비아 버틀러는 열 살에 첫 소설을 썼고, 그 후 계속 글을 썼다고 합니다. 그의 작품에는 인종과 노예 문제가 반복적으로 나타나죠. 『킨』 외에도 『씨앗을 뿌리는 사람의 우화』 등 열 권의 장편을 썼죠. 맥아더 '천재상'을 비롯해 많은 상을 수상했고요. 최신작은 『쇼리』라고 합니다. 〈데모크라시 나우!〉에 어서 오세요.

버틀러    고맙습니다.

굿맨    신작은 뱀파이어 이야기라고요?

버틀러    네, 이전까지 쓰던 글보다 조금 가벼운 소설을 써보려는 노력의 결과였어요. 그 전에는 '우화' 시리즈 두 권을 썼는데, 제가 '경고담'이라고 부르는 종류거든요. 우리가 계속 그릇된 행동을 하고, 우리가 무시해온 일들을 앞으로도 계속 무시하며, 환경에 지금까지 해온 짓을 계속한다면 이렇게 되고 말거라는 이야기였죠. 그러다 보니 제 작품에 제가 압도당했더라고요. 소설을 쓰느라 꼼꼼하게 들여다봐야 했으니까요. 그래서 결국 판타지를, 뱀파이어 소설을 한 권 쓰게 됐어요.

굿맨    하지만 작가님은 또 여기 등장하는 뱀파이어들에 대해서 많은 내용을 썼죠. '이나'라고 하던가요? 이 사람들에 대해 좀 더 밀해줄 수 있을까요?

버틀러　　음, 물론 제가 만들어낸 사람들이에요. 하지만 뱀파이어 소설을 하나 쓰기로 결심하고 보니 요새 뱀파이어에 대해 쓰는 작가들은 대부분 자기 나름의 뱀파이어를 창조하더라고요. 그리고 사실 그게 판타지물이죠. 규칙을 만든 다음 그 규칙에 따르는 거예요.

굿맨　　『쇼리』의 주인공에 대해 이야기 부탁합니다. 이 뱀파이어가 어떤 존재인지요.

버틀러　　좋아요, 이 소녀는…….

굿맨　　"소녀"라니 시작부터 핵심이군요.

버틀러　　아, 그렇죠. 쇼리는 어린 소녀예요. 그 지적이 맞아요. 제가 이제까지 본 뱀파이어들은 어째선지 대부분 남성이었어요. 아마 『드라큘라』 때문이겠죠. 사람들은 『드라큘라』를 계속 다시 찾는다니까요. 아무튼 쇼리는 기억을 잃었고, 심한 상처를 입었으며, 고아가 된 상태예요. 자기가 누군지, 무엇인지 전혀 모르죠. 알고 보니 쇼리는 최초의 흑인 뱀파이어인데, 뱀파이어 종족이 낮에도 돌아다니기를 원했고, 쇼리의 여성 조상이 낮에 돌아다니는 비결 하나가 멜라닌이라는 사실을 알아냈기 때문이에요.

굿맨　　그게 무슨 뜻인가요?

버틀러　　멜라닌이 햇빛으로부터 몸을 보호하는 데 도움을 주는 거죠. 그래서 뱀파이어들은 유전공학으로 쇼리를 만들어냈어요. 이 뱀파이어들은 보통의 인간과 다른 종이에요. 누가 물어서 뱀파이어가 되는 게 아니라 원래 그렇게 태어나죠. 쇼리는 유전 공학으로 태어나서 동족과 또 다르고, 그렇다고 인간도 아니죠. 그러니까 쇼리는 애초에 혼자였던 셈이에요. 그리고 우리가 만나게 될 때도 완전히 혼자인데, 아무것도 모르기 때문이에요. 나이는 쉰셋이지만, 그 53년의 기억을 다 빼앗겼거든요.

굿맨　　최근에 『쇼리』를 출간한 옥타비아 버틀러와 대화 중입니다. 버틀러는 '우화' 시리즈를 쓰기도 했는데요. 허리케인 카트리나가 들이닥쳤을 때, 카트리나의 여파 속에서 많은 사람이 옥타비아 버틀러에 대해, 그리고 '우화' 시리즈가 얼마나 이 사태를 떠올리게 하는지에 대해 이야기했습니다. 설명 부탁합니다.

버틀러　　전 1990년대에 두 권의 '우화' 시리즈를 썼어요. 그리고 말했다시피 이 두 권은 지금 우리가 자초하고 있는 몇 가지 문제를 바로잡으려 노력하지 않으면 일어날 일을 다루죠. 지구온난화도 그런 문제 중 하나인데, 저는 그 문제를 1980년대에 인식했어요. 그 문제에 관한 책들을 읽었죠. 그런데 많은 사람이 그걸 정치문제로 봤어요. 불확실한 이야기로 보고, 내일 당장 일어날 일은 아무것도 없으니 무시해도 되는 문제로 봤죠. 더해서 당시에 저는 교육에 관심을 많이 기울이고 있었을 거예요. 제 친구 중에 교사가 많기도 했고, 교육을 둘러싼 정치 상황에 점점 겁이 났거든요. 우린 학교와 도서관보다 교도소 건설에 대해 더 많이 생각하는 시점에 이르고 있었어요. 그리고 '우화' 시리즈를 쓰던 도중에 제 고향인 패서디나에서 도서관을 돕기 위해 통과시킨 채권 발행안이 있었는데요. 전 그 안이 통과되어서 너무나 기뻤어요. 그런 일은 이루어지지 않을 때가 많으니까요. 그때까지 패서디나의 많은 도서관이 문을 닫은 상태였는데, 다시 열 수 있게 됐죠. 그러니까 모두가 잘못된 방향으로만 가는 건 아니었지만, 나라의 많은 부분이 여전히 잘못 돌아가고 있었어요. 그리고 제가 쓰고 싶었던 건 일종의 해결책을 내놓는 사람에 대한 소설이었죠.

제 주인공의 해결책은, 주인공이 만들어낸 또 다른 종교에서 나와요. 종교는 어디에나 존재하죠. 종교로 인식하느냐 아니냐일 뿐이지, 세상에 종교 없는 인간 사회는 없어요. 그래서 전 종교가 답이 될 수도 있다고 생각했어요. 어떤 경우에는 종교 자체가 문제이기도 하지만요. 예컨대 『씨앗을 뿌리는 사람의 우화』와 『은총을 받은 사람의 우화』에서도 종교는 문제와 답, 둘 다로 기능해요. 그래서 저는 자기네 종교가 아니면 참아줄 수 없다는 이유로 미국을 파시즘에 몰아넣는 사람들을 썼어요. 그런 한편으로 여기 다른 종교가 있다고, 우리가 다른 방식으로 생각하게 도와줄 수 있는 시가 있다고, 우리가 죽은 이후까지 기다리지 않아도 될 목적지가 있다고 말하는 사람들에 대해 썼죠.

굿맨  옥타비아 버틀러 작가님, 『은총을 받은 사람의 우화』를 조금 낭독해주실 수 있을까요.

버틀러  책에 나오는 시를 한두 편 읽을게요. 그리고 이 글은 1990년대에 쓰였다는 점을 명심하세요. 사실 언제나 적용된다고 생각은 하지만요. 첫 번째 시는, 책 속에서 이 나라를 파시즘으로 이끌면서 대통령에 당선되는 인물이 하나 나오는데요, 우연찮게도 텍사스 출신이에요, 그런 상황에서 제 주인공이 영감을 받아서 쓴 시에요. 이런 시입니다.
"지혜와 선견지명을 기준으로 지도자를 선택하라. 겁쟁이를 지도자로 고르면, 그 겁쟁이가 두려워하는 모든 것에 좌우될 것이다. 바보를 지도자로 고르면, 그 바보를 조종하는 기회주의자들에게 끌려다닐 것이다. 도둑을 지도자로 고르면, 그대의 가장 소중한 보물을 훔쳐 가달라고 내미는 꼴이다. 거짓말쟁이를 지도자로 고르면, 거짓말을 해달라고 청하는 꼴이다. 독재자를 지도자로 고르면, 그대와 그대가 사랑하는 사람들을 노예로 팔아넘기는 셈이다."
그리고 제가 읽어야겠다고 생각한 시가 하나 더 있는데, 이런 일이 일어나는 걸 너무 많이 봐서 그래요. 누군가가 정치적인 질문에 정치적인 슬로건으로 대답하는 걸 들었을 때 이 아이디어가 떠올랐죠. 그런데 그 남자는 자기가 다른 사람 말을 인용하고 있다는 것도 모르는 눈치였어요. 자기가 창의력을 발휘했다고 생각하는 눈치였죠. 그래서 전 이런 시를 썼어요.
"조심하라. 우리는 너무 자주 다른 사람에게 들은 말을 내 말

처럼 한다. 우리는 남에게 들은 말을 우리의 생각인 양 여긴
다. 우리는 봐도 좋다고 허락받은 대로 본다. 더 나쁠 때는,
보라고 지시받은 대로 본다. 반복과 자만으로 인해 그렇게 된
다. 뻔한 거짓말이라도 반복, 반복, 또 반복해서 보고 들으면,
거의 반사적으로 그 말을 내뱉게 되고, 그다음에는 우리가 그
말을 했다는 이유로 옹호하게 되고, 마침내는 우리가 그 말을
옹호했다는 이유로 받아들이게 된다.”

굿맨    우선 여기까지 해야겠습니다만, 홈페이지(democracynow.org)
에서 온라인으로 계속합니다. 옥타비아 버틀러였습니다.

# 제겐 써야 할 소설들이 있었고
# 그래서 썼어요

옥타비아 버틀러의 대화 스타일은 그의 글과 비슷해서, 군더더기 없이 명료하다. 그렇다고 그에게 할 말이 많이 없는 것은 아니다. 그는 여자 주인공이 백인 노예주 조상을 구하기 위해 시간을 계속 거슬러 올라가는 『킨』, 포스트아포칼립스 상태의 미국 한복판에서 지구를 중심에 둔 새로운 종교를 설립하는 소규모 생존자 무리에 대한 풍성한 상상을 담아낸 『씨앗을 뿌리는 사람의 우화』를 비롯해 열한 권의 장편을 써냈다. "'세상 구하기 소설'이라고 부를 순 있지만, 사실 아무것도 구하진 않아요." 그는 이렇게 말한다. "그저 해야 할 일이 너무나 많은데 정작 이 나라는 그런 문제에 신경도 쓰지 않는 사람들이 운영한다는 사실에 주목하라고 하죠."

휴고상과 '천재상'이라 불리는 맥아더 펠로십을 수상한 버틀러의 작품은 인종과 성별의 경계선을 비트는 한편, 또한 환경오염, 노예제도의 유산, 인종차별 등에 초점을 맞춘다. 〈인디펜던트〉는 근 10년 만에 내놓은

---

〈인디펜던트The Indypendent〉, 2006년 1월 13일. 이 인터뷰는 카젬베 밸러건Kazembe Balagun 에 의해 진행되었다.

소설 『쇼리』의 홍보 투어 중인 버틀러와 대화를 나눴다.

밸러건      SF를 쓰기로 한 데에 가장 큰 영향을 미친 요소는 뭐였습니까?

버틀러      전 열두 살이 되기도 전에 SF를 읽기 시작했고 비슷한 시기에 SF를 쓰기 시작했어요. SF가 활짝 열려 있다는 사실에 매력을 느꼈죠. 전 SF에서 무엇이든 할 수 있었고, 거기엔 저를 가둬두는 벽도 없었으며, 탐색하지 말아야 할 인간사도 없었어요. 음, 그리고 전 글을 쓰고 싶었죠. 언제나 소설을 쓰고 싶었어요. 제겐 써야 할 소설들이 있었고 그래서 썼어요.

밸러건      활짝 열려 있다는 말이 나오니 말인데, 『릴리스의 아이들』에서도 그렇고 최신작 『쇼리』에서도 젠더, 인종, 섹슈얼리티의 제약만이 아니라 개방적인 연인 관계에 대해서도 많이 다루더군요. 혹시 복혼複婚 제도가 인류의 미래라고 생각하나요?

버틀러      아니요. 전 인류의 미래는 인류의 과거와 비슷할 것이고, 우리는 쭉 했던 대로 할 것이며, 그래도 여전히 인간은 존재할 거라고 생각해요. 당연히 뭔가 다른 걸 하는 사람들도 늘 있을 것이고, 가능성은 많이 있죠. 전 제 주인공들(『씨앗을 뿌리는 사람의 우화』의 로런과 『쇼리』의 쇼리)이 그들의 삶에 중요한 공동체를 가졌거나, 그런 공동체를 만든다고 생각해요.

밸러건      작가님의 소설들은 과거, 미래, 현재를 하나로 다루는데요. 어떤 사람은 그걸 '산코파 Sankofa'* 개념에 비유하기도 합니다. "우리는 현재를 이해하고 미래를 준비하기 위해 과거를 본다." 작가님 작품에서 산코파 개념이 어떻게 작동한다고 보나요?

과거를 진짜로 만들고, 그게 어떻게
현재에 흉터를 내는지 보여주고 싶었죠.

버틀러   음, 그 개념을 멀게라도 다루는 소설은 『킨』, 딱 하나뿐이에
요. 전 노예제도의 감정적 현실을 실제로 전달하려고 했죠.
사람들이 그동안 자료로만 배운 내용을 더 느끼게 하고 싶었
어요. 과거를 진짜로 만들고, 그게 어떻게 현재에 흉터를 내
는지 보여주고 싶었죠.

밸러건   지금의 문학 현장에서 관심을 끄는 작품이 있습니까?

버틀러   지금 전 몇 주 동안 투어를 다녔기 때문에, 신문보다 어려운
글은 아무것도 못 읽었어요. (웃음) 그러니 양심에 따라 뭘 추
천할 순 없네요. 제가 제일 좋아하는 책 하나는 에릭 라슨Erik
Larson이 쓴 『아이작의 태풍Issac's Storm』이에요. 텍사스 갤버스
턴을 강타했던 큰 태풍에 대해 그리고 있고, 1900년이 어땠
는지 알려주죠. 또 월터 앨버레즈Walter Alvarez가 쓴 『티라노사

---

*       가나의 방언인 트위어에서, '돌아가서 되찾는다'는 의미로 사용된다. 돌아보는 새 모양의
        기호로 표현되며, 1990년대 이후 미국과 영국에서 자주 가져다 썼다.

우루스와 파멸의 크레이터T. Rex and the Crater of Doom』라는 책도 있어요. 공룡들을 멸종시킨 소행성 발견의 역사를 담은 책이죠. 이 책은 같은 주제를 다루는 대부분의 책보다 과학이 어떻게 이루어지는지를 더 많이 보여줘서 좋아해요. 이 책은 우리가 조심하지 않으면 과학을 종교처럼 생각하게 될 수 있다는 이야기를 하죠. 사건이 오직 한 가지 방식으로만 일어날 수 있다고 굳게 믿은 사람들이 있었는데, 사건이 다른 식으로 일어날 수도 있다고 생각하기를 힘들어했어요.

밸러건 '세상 구하기' 유형의 소설 쓰기와, 작가의 예술적인 충동 사이에 갈등이 있습니까?

버틀러 아니, 전혀요. 전 세상을 더 나은 곳으로 만드는 이야기, 어떻게 인류를 더 생존에 가깝게 할 수 있을지에 대한 이야기를 여럿 썼어요. 『쇼리』는 다른 유형의 책이지만, '우화' 시리즈는 경고의 역할을 하죠. '우화' 시리즈는 이 나라가 가는 방향이 걱정스러워서 썼어요. 그걸 '세상 구하기 소설'이라고 부를 순 있지만, 사실 아무것도 구하진 않아요. 그저 해야 할 일이 너무나 많은데 정작 이 나라는 그런 문제에 신경도 쓰지 않는 사람들이 운영한다는 사실에 주목하라고 하죠. 가난한 사람들을 돕는 돈이라면 온갖 이유를 다 들어서 빼앗아 가는 의회를 보세요. 특히나 사람들이 교육받기 더 힘들게 만드는 꼴을요. 교육받은 사람이 지금보다 더 적은 세상에서 누가 살고 싶겠어요?

밸러건     우리는 이라크전쟁과 카트리나 사태 같은 국가적 위기에 처해 있습니다. 작가로서 미래에 희망을 품을 이유가 있다면 뭘까요?

버틀러     당장은 너무나 희망이 없게 느껴지네요. 리더십이 달라지면 우리가 더 주의를 기울일 거라고 생각해요.

그런데 그 리더십이 어디에서 올지는 잘 모르겠어요. 그렇다고 우리 모두가 똥통에 떨어지고 있다고 생각하는 건 아니에요. 그저 희망이 어디에서 올지 모르겠다는 거죠. 우리에겐 존 케리John Kerry*나 빌 클린턴보다 강력한 이상을 품은 사람들이 필요하다고 생각해요. 용기와 통찰이 더 있는 사람들이 필요하다고 생각해요. 우리가 너무나 나약한 사람들만 지도자로 두었다는 게 안타까울 뿐이에요.

---

\*     2004년 미국 민주당의 대통령 후보였으며, 2021년 이후 바이든 정부에서 기후변화 특사를 맡고 있다.

옥타비아 버틀러의 작품은 중편 「블러드차일드」를 제외하면 거의 한국에 소개되지 않다가, 2011년이 되어서야 처음으로 장편 『와일드 시드』(첫 출간 당시 제목은 '야생종'이었다)가 나오며 본격적으로 번역, 출간되기 시작했다. 한국에는 늦게 들어온 셈이다. 내가 『킨』과 작품집 『블러드차일드』의 번역을 맡은 것도 같은 해로, 이미 작가가 죽은 지 5년 후의 일이었다.

그 후로 10여 년이 지나고, 2023년 현재 옥타비아 버틀러의 책은 총 여섯 권이 번역, 출간되어 있다. 평생 내놓은 저서 중 절반이다. 옥타비아 버틀러라는 작가가 어떻게 성장했고, 무슨 생각을 했고, 어떻게 책을 썼는지 총망라하는 이 책이 나오기 딱 좋은 시점이랄까.

작가의 작품 세계를 이해하기 위해 꼭 그의 실제 목소리나 실제 생활을 알아야 하는 것은 아니다. 작품의 이해를 돕는 해설이 꼭 필요하지도 않다. 옥타비아 버틀러라는 작가는 특히 더 그렇다. 그의 소설은 모두 경탄스러울 만큼 또렷하고 명료하며, 부연 설명을 필요로 하지 않는다. 그러나 이 책에 실린 버틀러의 말들이 그의 작품에 대한 이해를 더 풍성하게 만들어주는 것 또한 사실이다. 에세이 몇 편을 제외하면 버틀러의 육성을 들을 방법은 남아 있는 인터뷰들밖에 없고, 그 속에 작가의 가치관과 작법, 각 작품의 뒷이야기와 비평까지 모두 담겨 있기 때문이다.

버틀러라는 작가에게 소설이 얼마나 큰 의미였는지, 그가 얼마나 치열하게 소설을 썼는지 알면 그의 작품이 왜 그토록 완벽하게 짜여 있는지 이해할 수 있다. 또 "저는 제 캐릭터들에게 너무 친절한 편이라서요. 조심하지 않으면 인물들에게 어떤 식으로든 대가를 치르게 할 만한 일이 안 일어나요. 그러면 좋은 이야기가 안 되죠" 같은 대목은 어떤가. 버틀러의 소설을 읽어본 독자라면 그게 무슨 소리냐며 비명을 지를 만한 말이다. 하지만 동시에, 작가가 그렇게 생각했기 때문에 그만큼 주인공을 벼랑 끝으로 몰고 갔음을 알게 된다. "제가 특별한 문학적 재능을 타고났다는 생각은 전혀 안 들어요. 그저 글쓰기가 제가 하고 싶은 일이었고, 제가 하고 싶은 일을 추구했을 뿐이에요"라는 말에 경악할 때도 마찬가지다.

그리고 그 이해는 옥타비아 버틀러의 소설을 다시 읽고 싶은 마음으로 돌아온다. 오직 소설만 원하고, 소설만 쓰고자 한 어느 작가의 유산을.

> 이제 나는 영영 그와 인터뷰를 하지 못할 테지만, 아마 할 수 있었다 해도 그는 내 질문들에 대한 답으로 작품들을 다시 보라고 했으리라 믿는다. 이런 인터뷰 모음집이, 그것도 이렇게 작가 사후에 모은 책이 어떤 유산을 만들고자 하는 시도라면, 분명 이 인터뷰들은 버틀러의 유산이 그가 우리에게 남긴 장편과 단편에 있다는 사실을 일깨우기 때문이다.
> ─ 콘수엘라 프랜시스, 「서문」 중에서

어쩐지 옥타비아 버틀러의 작품에 대해서는 무슨 말을 해도 감상이 부족하다고 느끼곤 하지만, 번역을 처음 맡았을 때 내가 느낀 부담감은 기억하고 있다. 인터뷰에서도 자주 언급되다시피 『킨』은 버틀러의 대표작이자 최고 흥행작이며, 미국에서는 교과서에도 실릴 정도로 중요한 작품이다. 깊고, 복잡하고, 마음을 뒤흔드는, 그러면서도 책장이 순식간에 넘어가는, 무섭도록 사람을 사로잡는 책. 그 소설 속 세계에 깊이 잠기는 건 괴롭기까지 한 일이었다.

그러나 돌아보면 『킨』과 『블러드차일드』의 번역은 내심 특히 뿌듯하게 생각하는 작업이기도 하다. 그의 소설을 읽는 일이 늘 그렇듯이, 고통스러운 터널을 통과하고 나면, 중간에 느꼈을 어떤 괴로움도 모두 보상하는 새로운 풍경을 보게 되기 때문이다. 이 인터뷰집을 맡아서 버틀러의 작품 세계 전체를 더듬어 짚어볼 기회를 얻은 것 또한 고맙고 기쁜 행운이었다. 부디 이 책이 독자들에게도 나에게만큼이나 큰 즐거움을 주고, 아직 접하지 않은 작품을 찾는 기회가 되기를 바란다.

언급되는 버틀러의 작품 중에서 한국에 아직 출간되지 않은 책은 역자가 제목을 임의로 번역했기에, 이후에 나올 번역서의 제목과 다를 수 있다. 또한 원서에 실린 내용을 모두 이 책에 옮기지는 않았으며, 역자의 판단으로 내용이 많이 겹치는 인터뷰와 질문을 일부 생략했음을 알려둔다.

2023년 가을
이수현

**1947**
6월 22일, 캘리포니아 패서디나에서 옥타비아 마거릿 가이와 로리스 제임스 버틀러 사이에서 '옥타비아 에스텔 버틀러'라는 이름으로 태어난다. 구두닦이였던 아버지를 일찍 여의고, 가사도우미로 일하던 어머니와 외할머니 슬하에서 자란다. 어릴 적부터 수줍음 탓에 다른 아이들과 어울리지 못하고, 난독증으로 인해 학교 공부에도 어려움을 겪는다. 자주 책을 읽으며 시간을 보냈고 동화와 '말' 이야기에 대한 관심이 서서히 SF 잡지로 이어지며 제나 헨더슨, 존 브루너, 시어도어 스터전 등의 이야기를 읽기 시작한다. 집안의 영향으로 독실한 침례교인으로 성장하는데, 매일 성서를 읽고, 화장과 짧은 치마, 춤을 추거나 영화관에 가는 일 등이 금지된 엄격한 규율을 지키며 생활한다.

**1954**
아버지가 사망한다.

**1957**
어머니에게 타자기를 사달라고 해 처음으로 이야기를 쓰기 시작한다.

**1959**
텔레비전 영화 〈화성에서 온 악녀〉를 보고 자신이 그보다 나은 이야기를 쓸 수 있다고 생각했고, 훗날 '패터니스트' 시리즈가 되는 소설의 기초가 되는 초고를 쓴다.

**1960**    친척들로부터 '흑인은 작가가 될 수 없다'는 이야기를 듣지만, 출판에 대한 열망을 포기하지 않고 당시 다니던 워싱턴 중학교(현 옥타비아 E. 버틀러 매그닛 중학교)의 과학 선생님에게 SF 잡지에 기고할 첫 번째 원고를 타이핑해달라고 요청하기도 한다.

**1965**    존 뮤어 고등학교를 졸업한다. 낮에는 일하고 밤에는 패서디나시티칼리지에 다닌다. 신입생 시절 대학교에서 열린 단편소설 경연에서 우승해 글을 통한 첫 수입을 얻는다. 흑인 인권운동에 참여한 한 아프리카계 미국인 동급생이 역사적 맥락을 고려하지 않은 채 이전 세대의 아프리카계 미국인들이 백인들에게 복종했다고 비판하는 말을 듣고 소설 『킨』의 아이디어를 떠올린다.

**1968**    패서디나시티칼리지에서 학사학위를 취득한다.

**1969**    캘리포니아주립대학교 로스앤젤레스에 들어간다. 미국서부작가조합의 '오픈 도어 워크숍'에서 SF 작가 S. L. 스테벨과 할란 엘리슨의 가르침을 받는다. 이듬해 엘리슨의 소개로 클라리온 SF 작가 워크숍에 참여해 이후 오랜 친구가 되는 새뮤얼 딜레이니를 만난다.

| | |
|---|---|
| **1970** | '아이 찾는 사람Childfinder'이라는 제목의 소설로 처음으로 글을 판매한다. |
| **1971** | 단편소설 「넘어감」(이후 『블러드차일드』에 수록)을 발표한다. |
| **1974** | '패터니스트' 시리즈로 묶이게 되는 일련의 소설들을 쓰기 시작한다. |
| **1976** | '패터니스트' 시리즈의 첫 번째 권 『패턴마스터』를 출간한다. 책의 선인세로 버스 여행을 떠나고, 처음으로 시애틀을 방문한다. |
| **1977** | '패터니스트' 시리즈의 두 번째 권 『내 마음의 마음』을 출간한다. |
| **1978** | '패터니스트' 시리즈의 세 번째 권 『생존자』를 출간하고, 이때부터 글쓰기 수입으로만 살아갈 수 있게 되어 그 외에 하던 일들을 그만둔다. 『킨』을 쓰기 위해 자료 조사 작업에 몰두한다. |
| **1979** | 장편소설 『킨』을 출간한다. |

| 1980 | '패터니스트' 시리즈의 네 번째 권 『와일드 시드』를 출간한다. |
| | |
| 1983 | 단편소설 「말과 소리」(이후 『블러드차일드』에 수록)를 발표한다. |
| | |
| 1984 | '패터니스트' 시리즈의 마지막 권 『클레이의 방주』를 출간한다. 「말과 소리」로 휴고상(최우수 단편 부문)을 받는다. 「블러드차일드」를 발표하고, 이 소설로 네뷸러상(최우수 중편 부문)을 받는다. |
| | |
| 1985 | 「블러드차일드」로 휴고상(최우수 중편 부문)과 로커스상(최우수 중편 부문)을 받는다. '제노제네시스' 3부작의 작업을 위해 아마존 우림과 안데스산맥을 탐험한다. |
| | |
| 1987 | '제노제네시스' 3부작의 첫 번째 권 『새벽』을 출간한다. 중편소설 「저녁과 아침과 밤」(이후 『블러드차일드』에 수록)을 발표한다. |
| | |
| 1988 | '제노제네시스' 3부작의 두 번째 권 『성인식』을 출간한다. |
| | |
| 1989 | '제노제네시스' 3부작의 세 번째 권 『이마고』를 출간한다. |

| | |
|---|---|
| **1993** | 『씨앗을 뿌리는 사람의 우화』를 출간한다. |
| **1995** | 소설 다섯 편과 에세이 두 편을 엮은 작품집 『블러드차일드』를 출간한다. SF 작가로서는 처음으로 맥아더 펠로십을 받는다. |
| **1998** | 『씨앗을 뿌리는 사람의 우화』의 속편 『은총을 받은 사람의 우화』를 출간한다. '우화' 시리즈의 일환으로 '트릭스터의 우화' '교사의 우화' '혼돈의 우화' '진흙의 우화'를 계획하지만, '트릭스터의 우화' 작업에 대한 시도가 거듭 실패하자 시리즈 작업을 중단한다. |
| **1999** | 어머니가 사망하고, 시애틀의 레이크 포레스트 파크로 이사한다. 『은총을 받은 사람의 우화』로 네뷸러상(최우수 장편 부문)을 받는다. |
| **2000** | '제노제네시스' 3부작을 하나로 묶어 『릴리스의 아이들』로 출간한다. PEN 아메리카로부터 공로상을 받는다. |
| **2003** | 단편소설 「특사」와 「마사의 책」(이후 『블러드차일드』에 수록)을 발표한다. |

**2005**   '우화' 시리즈 작업이 잘되지 않자 좀 더 가볍고 즐거운 소설
을 쓰고자 한 노력의 결과로 『쇼리』를 출간한다. 소설 두 편
을 추가한 증보판 『블러드차일드』를 출간한다. 시카고주립대
학교의 국제 흑인 작가 명예의 전당에 오른다.

**2006**   2월 24일, 시애틀 레이크 포레스트 파크에 있는 자택 근처에
서 쓰러진 뒤 회복되지 못하고 생을 마감한다. 그의 원고, 편
지, 논문, 사진 등은 버틀러와 오랜 관계를 유지했던 헌팅턴
도서관에 기증되었다.